绿 宝 石
Fall into your light

耕云钓月

叹西茶 著

杨平西：
我后悔
如果再给我一次机会
我还是会坐上你的车

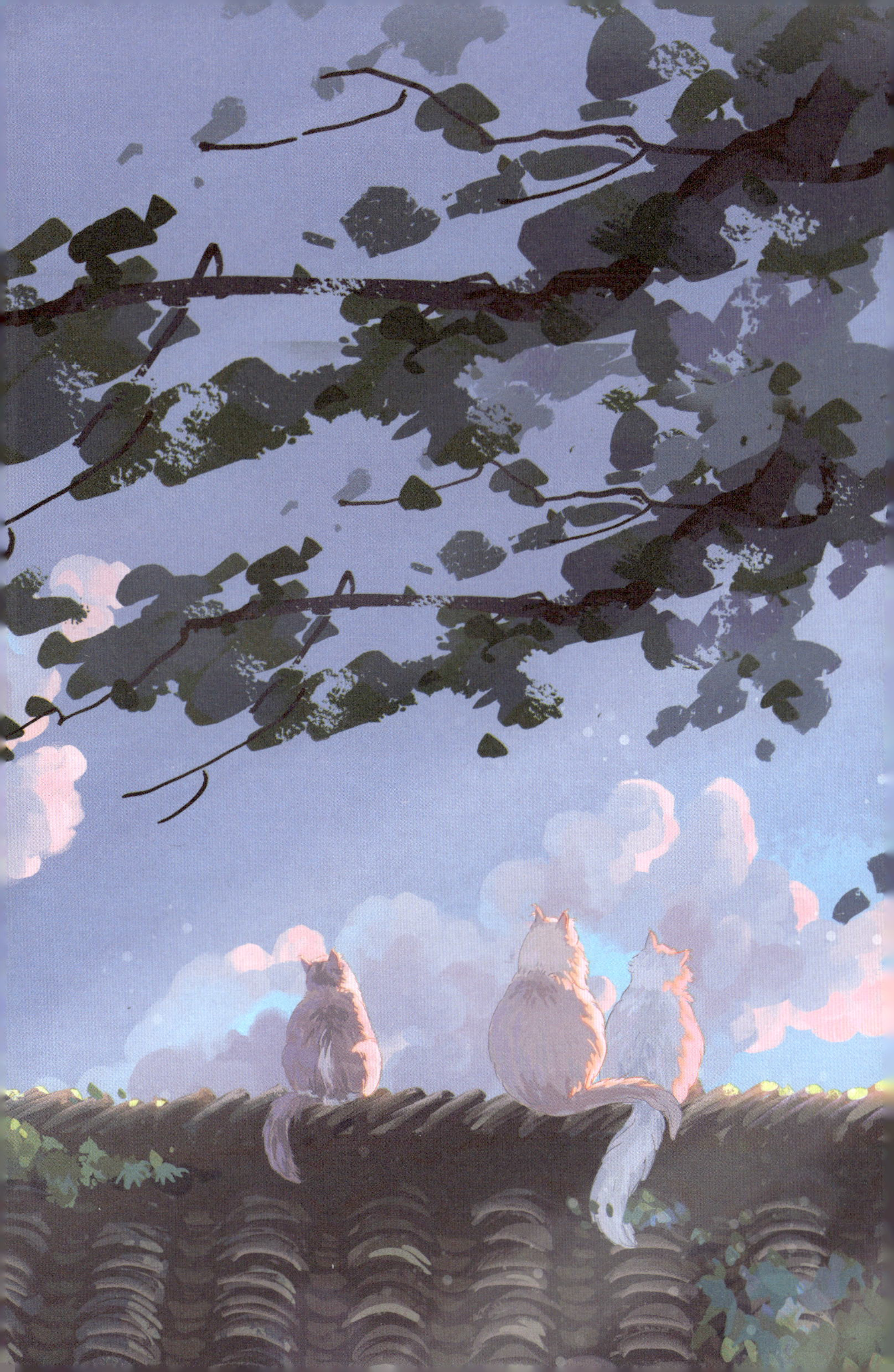

目录

Chapter 1　黎东南　　　　　　　　　1

Chapter 2　小侗寨　　　　　　　　　19

Chapter 3　耕云　　　　　　　　　　39

Chapter 4　合作愉快　　　　　　　　59

Chapter 5　试用期　　　　　　　　　79

Chapter 6　老板娘　　　　　　　　　99

Chapter 7　逍遥诗人　　　　　　　　121

Chapter 8　她的心海　　　　　　　　146

Chapter 9　不可或缺　　　　　　　　170

Chapter 10　换真心　　　　　　　　 191

- Chapter 11　逆鳞　　　　　　　214
- Chapter 12　宝贝儿　　　　　236
- Chapter 13　羁绊　　　　　　254
- Chapter 14　榫卯　　　　　　280
- Chapter 15　钓月　　　　　　298

- 番外一　风在耕云　　　　　317
- 番外二　三五知己　　　　　321
- 番外三　日日月月　　　　　327
- 出版番外　亦情人　　　　　333

Chapter 1 黎东南

> 这男人，靠脸吃饭都比他做生意靠谱。

飞机着陆那一刻，袁双忍不住红了眼。

要是知道会遭此劫难，她就不会出门旅行，不，她就不会一气之下辞职。

大学毕业后，袁双怀着雄心壮志来到北京，在家里人和好友都不看好的情况下，毅然决然地开始了北漂的生活。

袁双本科学的是酒店管理，到北京后她通过层层关卡，入职了一家星级酒店，从前台服务员做起，一步步往上爬，五年的时间，坐到了大堂副理的位置。

前段时间酒店人事调动，袁双的上司离职，前厅部经理一职空缺，所有人都说这个位置肯定是袁双的，人事部经理私底下还暗示过袁双，让她做好心理准备。

袁双入职以来为酒店呕心沥血，做牛做马，纵观整个前厅部，没有人比她更有资格坐上这个位置。她对前厅部经理这个职位志在必得，甚至给家里人打电话时有意无意地透露过自己将会升职加薪。只是她这个美梦没做多久就被一个"空降兵"打碎了。

总经理的侄女从海外归来，直接坐上了前厅部经理的位置，酒店的员工哗然，却也不敢置喙，袁双一时成了个笑话。

在"社会大学"进修了这么久，袁双见多了不公，她以前不是没被截和过，只是这回的变故令她心灰意冷。

回想在酒店工作的这五年，她自认为对工作尽心尽力。酒店忙，入职以后她几乎每天二十四小时待命。在客房部轮岗的时候，她什么脏活儿累活儿都干过，甚至于收拾住客的秽物、清洗马桶、帮人擦皮鞋，还要忍受客人的辱骂和骚扰。她本来是风风火火的性格，这些年因投身服务业，始终压抑着自己的本性，渐渐地被磨平了棱角。因为工作性质，她要上夜班，休息日也经常加班，几乎没有个人生活，她的前两任男友都是因为受不了她的工作才与她闹掰的。

酒店的同行常开玩笑说他们就是给人当"奴才"的。袁双的大学同班同学基本上都转了行，只有她还在坚持。她不是没有想过放弃，坦白说这些年她时常有撂挑子不干的念头，但每每又不甘心止步于此，这才撑到了第五个年头。本以为只要坚持就会有好的结果，现实却给了她当头一棒。

前厅部经理一职被截是压死骆驼的最后一根稻草。人事任免通知下来那天，袁双忍不住去找总经理理论，得到的却是"学历不够，难堪重任"的诛心话语。

总经理寥寥几句敷衍的话就将袁双过去几年的付出变成了泡沫，袁双心寒过后又是不忿，这才记起自己本来不是好脾气的人。这几年为了工作她忍气吞声委曲求全，积攒许久的怒火堵在胸腔中，只需一个火星子就能点燃。

袁双在办公室指着总经理的鼻子不留情面地发泄了一通，在贬损完他的三角眼、蒜头鼻后，她干脆利落地提了辞职，不给他反击的机会。

当时她是爽了，但事后离开酒店，冷静下来又不免后悔，觉得自己过于冲动，把几年的努力付之一炬了。

袁双的父母早前就不同意她去北京，觉得以她的能力在首都压根儿站不住脚，现在谶言成真。知道她不但没有升职加薪还丢了工作后，他们又以一副早就料到如此的过来人姿态数落她。

袁双觉得父母看到自己吃了亏得以证实了他们的观点，不为她打抱不平反而还有些沾沾自喜，她心里头不痛快，便忍不住和他们吵了一架，电话不欢而挂。

袁双本来还想着离职后有时间了可以回家看看，但家里二老让她"有本事别回家"。不蒸馒头争口气，她一气之下便把回家的车票退了。

之前袁双当上大堂副理后租了套小公寓，离职后她无别处可去，便整日宅在公寓里。说来也怪，以前忙的时候嫌没时间休息，现在闲下来了反而觉得不适应，她和好友李珂聊天说起这个情况，得到一句"劳碌命"的评价。之后，李珂又建议她趁这个机会出去走走散散心。

酒店节假日都不一定能放假，更别说休假出去玩了。袁双上回旅行还得追溯到大学毕业时，她和室友去了趟西北，自那以后她只有出差才有机会去外地，而且每回都来去匆匆。这些年她的生活除了工作就是工作，想想也的确是亏待了自己。袁双思索过后就采纳了李珂的建议，打算出门散散心，放飞一下。她是临时起意，一时想不到可以去哪儿。不知道是不是聊天记录被手机软件"窃听"了，那天晚上她刷短视频时，一连刷到了好几个旅游博主的博客，听到最多的就是那句"欢迎来到西双版纳"。袁双很听劝，立刻订了一张飞往云南的机票，当晚收拾好东西，第二天行李箱一拉就去了机场。

值机、托运、候机、登机、起飞，一切都很顺利，袁双以为自己接下来的旅途也会很顺遂，谁承想飞机在云霄之上遇到了不小的状况。

飞机遇到了强气流，剧烈颠簸。情况紧急，乘务员广播通知乘客飞机要紧急备降,要求所有人听从指挥,做好备降前的准备工作。

舱内氧气面罩弹出,客舱内人心惶惶,不少人惊惧之下痛哭出声。袁双也害怕,背部紧紧地贴在椅背上,脑子里走马灯似的闪过了许多画面,最懊悔的就是登机前和父母吵了一架。

幸而有惊无险,飞机顺利降落到了藜州机场。之后,机组人员组织乘客撤离。机场工作人员早做好了准备,把乘客们转移到了安全的地方,又有医务人员来检查他们的身体,确认无碍后安排他们入住酒店,又派人来做心理疏导。

袁双和一个大姐被安排到了一个房间。在鬼门关走了一趟,她过了好久才缓过来,想起飞机上经历的生死时刻又是一阵后怕。到了酒店,她给父母打去电话。家里二老显然还在气头上,口气生硬,袁双也没顶撞,放软语气认了错,又说自己出门散心,过阵子回家,绝口不提飞机上发生的意外。

诸事不顺,袁双情绪低沉,晚上又有航空公司的员工前来慰问,说第二天会为他们安排前往云南的航班。经过今天云上这一遭,袁双有点儿恐飞了,西双版纳对她的吸引力早被留在九霄之上,她没多考虑就和航空公司的人说自己要留在藜州。

没了玩乐的心,袁双便准备打道回府。她打算订一张回北京的高铁票,打开购票软件却发现往后一周从藜州省会藜阳直达北京的高铁票全没了,再看了眼普通车次,卧铺都是无票的状态。她以为系统出故障了,刷新了下页面,结果仍是如此。

"太离谱了吧?"袁双盯着手机,忍不住出声。

"怎么了?"同一房间的大姐问。

"回北京的火车票都没了。"袁双纳闷儿,"我没听说北京最近要办什么活动啊。"

"嗐,正常,这个时候很多学校陆陆续续地放暑假了,学生要么回家要么去玩,车票就紧张了。"

袁双恍然,毕业多年,她都忘了还有暑假这一回事。她又搜了下回老家的火车票,情况也差不离,直达车都无票,只能中转。若是轻装出行,中转也就罢了,可袁双这回出门本是打算在外玩一段时间的,所以行李多,拖着个大箱子赶车转车实在不便。

屋漏偏逢连夜雨,袁双直叹倒霉的时候,倒霉事真是一件接着一件。

"你是出来旅游的吧?"大姐问。

袁双点头:"本来是。"

"现在打算回北京？"

"嗯，没心情了。"

"唉，那多可惜啊，才出门就回去，好不容易活下来，可不得玩得更畅快点儿啊。"大姐语气豁达道，"反正暂时也没回去的车票，你不去云南，可以就在藜州玩玩啊。"

"以前来过藜州吗？"大姐又问。

袁双摇头。

"那正好啊，我和你说，藜州我去年来过，避暑胜地，能玩的地方可多了。"

"是吗？"

"是啊，藜州有山有水，还有很多少数民族寨子，好玩着呢。"大姐越说越起劲，像个旅游宣传大使，一个劲儿地介绍藜州，又问，"藜州的大瀑布，知道吧？"

袁双点了下头。藜州是西南的一个省份，她不太熟悉，以前出差也没来过，但对大瀑布她是有印象的，读书的时候见过一篇文章专门介绍这个瀑布，她学这篇课文时还产生过憧憬。

"去过没？"

"没有。"

"那不是正好借这个机会去看看嘛。夏季瀑布水量大，是最壮观的时候，错过可惜啦。"

大姐一直热情地分享，还拿出手机找出去年拍的照片和视频给袁双看："景色美吧？"

袁双附和道："是不错。"

"怎么样，是不是有点儿心动了？"

袁双经过今天的飞机事故，玩兴大减，但看大姐兴致这么高，不忍心泼她冷水，便点了下头。

大姐更来劲了，好似将产品成功推销出去的销售员，笑着说："大瀑布不在藜阳，在藜南，从市里到那儿没有直达的车，要坐火车去平顺再转大巴去景区。你要是嫌麻烦可以找人拼车去。我去年遇到一个靠谱的司机，专门走大瀑布线的，人很负责，也不知道他现在还跑不跑车。"大姐说着就去找手机，"我记得我存了他的号码，应该没删。你等会儿啊，我找找。"

袁双抬手，委婉道："姐，不用麻烦了。"

"不麻烦不麻烦。"大姐戴上眼镜，低头看着手机，没一会儿就喜上眉梢道，"找着了，果然没删。我把他的手机号给你，你存着。"

盛情难却，大姐都做到这份儿上了，袁双只好配合地拿出手机，存下她念的手机号码，心想着，先存上，晚点儿再给删了。

大姐又读了一遍号码，问："没存错吧？"

"嗯。"

"那就行。"大姐心满意足地收起手机，又说，"这个司机姓杨，你要是有需要就打电话问问，他人很好的。"

袁双干巴巴地一笑，低头给刚存的号码打上备注——杨师傅。

✦ ✦ ✦ ✦

晚上，袁双又上购票软件上看了眼，近几天从藜阳去北京的车票仍是无票状态。她开通了自动抢票功能，一觉起来，依旧一无所获。

同一航班的乘客飞的飞，走的走，袁双远在他乡是回也回不成，去也去不得，结果被困在了藜州。同一房间的大姐今天要搭乘航空公司安排的航班继续前往云南，走之前还特意叮嘱袁双，要是去大瀑布玩，记得找那个姓杨的司机。

袁双被提点，就去网上搜了下去大瀑布的攻略，发现从藜阳到大瀑布景区是可以当天来回的，她当下心里就有了计划。反正今天抢到火车票的概率很小了，与其在酒店里干等，不如去大瀑布看一看，也算是了却一桩儿时的心愿。兴许玩上一天，晚上回来就能抢到明天的火车票。

袁双向来是很果断的人，打定主意后就立刻付诸行动。她搜了搜从藜阳去大瀑布的路线，发现一切果真如那个大姐所说，没有直达车，要先坐火车到平顺，再去平顺汽车站坐到大瀑布景区的大巴。网上说进大瀑布景区至少要预留五个小时的时间，否则根本逛不完里边的景点。今天时间已晚，现在再去火车站搭车去平顺，时间紧张不说，也不一定凑巧来得及。

袁双思忖片刻，找到了昨晚存下的号码，给那个杨师傅打去电话。

没多久，电话接通了，袁双试探地喊了声："杨师傅？"

电话那头的杨平西愣了下。

袁双喊完没听到回应，以为自己打错了电话，又确认道："您不是杨师傅？"

杨平西听过别人喊他"杨老板""杨哥""老杨""小杨"，就是没听人喊过他"杨师傅"，一时觉得新鲜。他清了清嗓，出声问："什么事？"

袁双有些意外，这个杨师傅的声音听上去很年轻，沙沙的，带点儿慵懒的气息，不像她印象中老司机的嗓音。她稍顿片刻，说明打电话的意图："我想去大瀑布，有个朋友给了我您的联系方式，说您的车是专门走瀑布线的。"

杨平西从烟盒里抖了支烟出来，听她这么问，应道："算是吧。"

算是吧？袁双皱了下眉，隐约感觉这个杨师傅不太靠谱。

"你今天要去大瀑布？"杨平西点上烟，含糊地问。

"对。"

"几个人？"

"一个。"

"一个呀……"

袁双听他的意思像是嫌人少，不想走，她干脆道："没人拼的话我可以包车。"

杨平西叼着烟挑了下眉，略有兴味地说："包我的车可不便宜。"

"多少？"

杨平西想了下，报了价："四百块。"

袁双刚才在网上看了，从藜阳到大瀑布景区有近两百公里的路程，开车要两个多小时，包一辆车去那儿花四百块不算贵。

"成。"袁双没多犹豫就同意了。

杨平西眸光一动，问："你人在哪儿？"

袁双把酒店名告诉他。

杨平西一听是在机场附近，便说："你等着，我去接你。"

挂断电话，杨平西掐了烟，紧接着拨了个电话出去，等那头接通后说："大雷，我今天不回去了。"

"啊？"大雷纳罕，问，"出什么事了，怎么不回来了？"

"没什么，接了趟车。"

"哥，你不是说不接车了吗？阿莎的妈妈住院了，她这两天不在，我一个人忙不过来。"

"临时的，一姑娘打电话约的，她一个人，不好把她撂下。"杨平西说，"店里你先看着点儿，我明天就回去。"

"这回可说好了啊。"

"嗯。"

杨平西又问了下旅店这两天的情况，和大雷聊了两句才挂断电话。他拿起刚才在便利店买的水，一口气喝了半瓶，这才启动车子往机场方向去。

他今天本来是要回藜东南的，也是那姑娘的电话打得及时，他还没出城，掉个头就可以去接她。要说这单生意不接也行，可那姑娘说是朋友介绍的，他猜应该是以前的客人引荐的，既然别人信得过他，他就不好辜负这份信任。

杨平西开车到了酒店，拿出手机在通话记录中找到上午通过话的北京号码拨了过去，没多久就看到一个姑娘走了出来。

袁双穿着防晒衣，把衣服的拉链一拉到底，遮住了下面半张脸，又戴着帽子，鼻梁上架着一副墨镜，全副武装。

杨平西下车，等那个浑身上下包得严严实实的姑娘走近，问："是你要去大瀑布？"

袁双轻轻点头，墨镜后的眼睛上下打量了下杨平西。

原来他不是声音年轻，是他本来就年轻，休闲T恤、工装裤搭上马丁靴，覆额的碎发配上他那双漫不经心的眼睛，还有下巴处才冒出来的青色胡楂，整个人看上去就像个落拓不羁的浪子，一副万事不挂心的模样。

袁双觉得他这气质适合去草原骑马放羊，不适合开车载客。

那个大姐把这个"杨师傅"夸上天，她就理所当然地以为他是个很有经验的本地老师傅，现在这么一看，她不由得心生怀疑。

"你就是杨师傅？"袁双看了眼杨平西颈侧的文身，语气带有一丝不信任。

"是我。"杨平西看出了袁双的防备，没点破，微挑下巴示意道，"上车吧。"

袁双垂眼打量着这辆车身沾满泥渍的小轿车。车上的漆被蹭掉了好几处，后座车门还凹进了一块。这车看上去如同一辆报废车，她心里更没底了。

"前两天下雨，跑山路溅上的，还没来得及洗。"杨平西打开车门，一手搭在车顶上，侧着身回头，随意问，"还走吗？"

袁双抬头对上杨平西的眼睛。从刚才到现在他都不冷不热的，完全没有招徕客人的样子，她怀疑他这样的态度平时能不能拉到客人。他看着不像好人，也不像坏人，亦正亦邪。袁双对他不放心，但现在再找车也来不及了，便抿了下嘴，说："走。"

她特意从车后方绕到另一边，坐进后座，把车牌号记下后发给李珂，叮嘱她，要是联系不上自己了就报警说这辆车的车主有很大的嫌疑。

李珂立刻回复："不会是套牌车吧？"

袁双觉得这个怀疑不无道理，便抬起头看向驾驶座，状似无意地问："师傅，我还不知道你叫什么名字呢。"

杨平西从后视镜中看她了一眼，即便她戴着墨镜，他也能看穿她的心思。他了无意味地一笑，倒是配合，一边倒车一边回她："杨平西。"

"哪个'平'哪个'西'？"

"最简单的那两个。"

袁双皱眉："平安的'平'、西南的'西'？"

"嗯。"

杨平西。袁双把这个名字连同他的电话号码发给李珂。没多久，李珂发来几条语音，扯着嗓子让袁双记得一路报平安，要是袁双超过十分钟没回她的消息，她会马上报警的。

杨平西知道这几条语音是说给自己听的，心下嗤笑，觉得今天接了个吃力不讨好的活儿。

袁双抱臂坐在后座，时刻注意着杨平西的行驶路线。当看到他把车停在动车站的出口时，她忍不住讶异道："怎么来这儿了？"

"看看有没有人要去大瀑布。"杨平西解安全带的同时看着后视镜，似笑非笑地说，"多拉两个人你就不用花钱包车，也不用一直这么防着我了。"

袁双见心思被点破，有点儿尴尬，幸好脸上遮得严实，他看不到她的表情。"能拉到人吗？"袁双岔开话问。

"最近游客多，试试。"杨平西说完推开车门，下车前回头看了袁双一眼，说，"你坐着等会儿。"

袁双扒拉着车窗看向车站出口，许是有列车到站，出口处拥出了一大批人，在各处蛰伏的私家车司机闻风而动，一哄而上去拉客。

和那些热情洋溢的司机师傅比起来，杨平西一点儿都不热络，他就戳在一个位置，脚下生根了似的，有人从他身边经过时才问上两句。

袁双见别的师傅都拉到客了，就杨平西还"颗粒无收"，她性子急，反倒坐不住了，下车，走了过去。

杨平西看到袁双站到身旁，愣了下，开口说："不是让你在车上等着？"

袁双瞥他一眼，数落道："我赶时间，你这么'佛系'是拉不到客的，我来吧。"她说完把防晒衣的拉链往下拉了点儿。杨平西这才有机会看到她半张脸，虽然不完整，但不妨碍她的美丽。

袁双的目光快速扫视着出站的人群，逮到拖行李箱的人，她就直接上前询问，态度落落大方，丝毫不露怯。

杨平西看她露出标准八颗齿的微笑，总觉得她对拉客这种事非常熟练，让他想到了景区饭馆门前招揽食客的服务员。

车站人来人往，拖行李箱的人不在少数，但大多人碰上拉客的都会冷漠地摆摆手，快速走开。袁双气恼，但换位思考，如果是她，在车站出口碰上拉客的私家车也会有所顾忌，这是人之常情。就这样碰了几回壁，袁双的好胜心被激了出来，摆出了一副不拉到客绝不罢休的架势，连杨平西说要走，她都不答应。

没多久，又有一拨人从车站出来。袁双眼尖，看到三个拖着行李箱的年轻姑娘出了站，立刻抢在别的司机前面冲上去，热情地招呼道："嘿，三位美女，你们要去大瀑布吗？我这儿有直达的车，立刻出发，你们坐吗？"

"不用了，我们自己坐车去。"其中一个姑娘说。

袁双一听她们有打算去大瀑布，心头一喜，忙说："我也是来旅游的，现在在找人拼车。你们应该做过攻略吧？从藜阳到大瀑布是没有直达车的，自己去的话就要坐火车再转车。

"转车很麻烦的，而且时间不一定合适，不如和我一起走，今天上午就能到，下午就能去景区玩，一点儿时间都不浪费。

"行李的话，你们不用担心，景区附近就有酒店，你们可以住那儿，这样也不会太赶。

"拼车怎么也比坐火车舒服啊。"

袁双连珠炮似的说了一堆，三个姑娘你看看我、我看看你，显然有些动摇了。袁双眼见有戏，再下一剂猛药，转过身指着杨平西，掐着嗓门儿笑得一脸谄媚，说："全程有帅哥司机相伴哦。"

杨平西："……"

三个姑娘瞄了眼杨平西，突然你推推我、我推推你，羞赧起来。

袁双在心里低叹，自己巧舌如簧好话说尽都不如杨平西一张脸实用，不由得感叹，这世道。

三个姑娘嘀嘀咕咕商量了一阵儿，最后做出决定，说："好吧，那我们就和你一起去吧。"

袁双一下拉到了三个乘客，这样一来能把车座填满，一股成就感自心底油然而生。她转过身看着杨平西，下巴一抬，冲他颇为得意地一笑。

杨平西看她跟一只骄傲的孔雀似的，轻挑眉头，笑了。

杨平西领着袁双拉到的三位姑娘往停车的地方走。

路上，一个短发姑娘问："还不知道车费多少呢。"

"一人一百。"杨平西说。

那个姑娘外向些，一口一个"哥"，还和杨平西议价："我们仨都是学生，放假出来玩的，经费有限，你能不能给个折扣，一人收八十行不行？"

杨平西不想和人讨价还价，随性地点了头，余光察觉到袁双的目光，便转过头和她说："你也一样的价格。"

包一辆车四百块，现在多拉了三个人反倒少赚了小一百，袁双觉得杨平西这人是真不会做买卖，一点儿生意人该有的精明都没有，像冤大头一样。她想，如果自己和他搭伙做生意，铁定会亏死，但现下她是受益者，倒也乐得少花点儿钱。

到了车旁，三个姑娘显然对小轿车的外形颇有微词，袁双觉得杨平西拉她们也没多赚，出发点是为了她能省钱、安心，也就自觉地和他站到了一个阵营。

"前两天藜州下雨，车跑山路，还没来得及去清洗，不过车内是很干净的。"袁双打开车门让她们看，又说，"帅哥司机开车很稳的，我亲测过。"

杨平西不知袁双是想省钱还是真担心他是个坏人，所以想拉人做伴，他看她这卖力拉客的模样比他店里的员工还尽职尽责，不由得失笑。

那仨姑娘往车里看了眼，知道袁双说的话不假，又觉得车费合适，比自己坐火车再坐大巴方便且划得来，也没多犹豫就上了车。

她们三个是一起的，袁双不好把她们分开，就自行坐到了副驾驶座上。她调整了下椅背，坐舒服后目光转了转，就看到中控台上放着一本泰戈尔的诗集。

袁双看向帮姑娘们放好行李箱才准备上车的杨平西，问："你还读诗？"

杨平西关好车门，顺着袁双的目光看到了那本书，倒是很坦然地点了下头，说："有空会看看。"

袁双咋舌，惊讶于他不良分子的外表下竟然有颗文艺青年的心，开着一辆小破车谋生，心里还装着诗和远方。

"看不出来啊，哥，你还是个文化人。"后座短发姑娘扒着椅背，和他搭话，"还没问呢，怎么称呼你啊？"

"我姓杨。"

"那我叫你'小杨哥'？"

这称呼亲昵过了头，杨平西说："喊我'杨老板'或者……"他看了眼袁双，笑了下说，"'杨师傅'也行。"

"杨老板？你开店的？"短发姑娘问。

"有家小旅店。"

这下袁双也意外了，她问："你开旅店的？"

"嗯。"

"在大瀑布附近？"

"不是。"杨平西说，"在藜东南。"

袁双对藜州不熟悉，不知道藜东南在哪个地区，也不知道离此地多远，倒是那短发姑娘听了很激动，目光炯炯地看着杨平西说："我们之后有打算去藜东南呢，你的旅店在哪儿，离千户寨和古桥远不远？"

杨平西有一答一："就在古桥旁边，去寨子也不远。"

"哇，那敢情好。"短发姑娘掏出手机问，"杨老板，能不能加个好友？之后我们要是去了藜东南就去你的旅店住。"

有生意光临，杨平西自然不会拒绝，干脆地拿出手机让她扫码加好友，要收回手时对上了袁双的眼睛，他动作一顿，问："你要加吗？"

"不了，"袁双摆手，"我不去藜东南。"

一般来藜州旅游的人都会去藜东南走一走，杨平西没问袁双怎么不去，也没像别的拉客司机那样说"不到藜东南就不算到藜州"之类的拉拢生意的话。她说不去，他就收起手机，系上安全带准备开车。

"你在别的地方开旅店怎么会跑来藜阳载客，还是走大瀑布线？"袁双忽然问。

"前段时间旅游淡季，大瀑布人多点儿。"

杨平西回复得简单，袁双却听明白了。

大瀑布是国家5A级景区，闻名中外，去那儿的人肯定比去别的景点的人多。旅店淡季住客少，杨平西开车载客走大瀑布线不仅能赚点儿外快，兴许还能混个脸熟，拉些客人入住自家旅店。生财有道，这个曲线拉客源的法子倒是不错，就是执行人不大靠谱。刚才要不是后头那短发小妹多问了一句，谁能知道杨平西在藜东南开了家旅店？他做生意全凭运气，"佛系"得很，旅店生意能好才怪。当然，这些话，袁双也就在心里想一想，没有说出来。她和杨平西素昧平生，他的旅店生意好不好不干她的事。

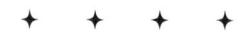

❖ ❖ ❖ ❖

从藜阳到平顺走的是高速路，一路上后头三个姑娘有说有笑的，又是拍合照又是玩游戏，全然是游客做派。托她们的福，车内气氛一直很轻松。

袁双看得出来，那个短发小妹对杨平西有点儿意思，路上好几次找他搭话，听着像是在打听藜州的风土人情，其实醉翁之意不在酒。她在一旁有一搭没一搭地听着，慢慢地眼皮就重了。昨天因为险遭空难，她晚上做梦都梦到自己坐飞机失事了，因而一夜没睡好，现在在车上晃晃悠悠的，不由得睡意萌生，索性睡了过去。

杨平西起初没发觉袁双睡着了，还是过一个急转弯时余光见她脑袋一歪，这才看出来。他不禁觉得好笑，刚上车的时候她防狼一样提防着他，现在又这样毫无防备地睡了过去，也不知她到底是信他还是不信他。

袁双睡得昏昏沉沉，还是一个颠簸把她颠醒的。她睁开眼，觉得眼前灰蒙蒙的，下意识地抬手要揉眼睛，一下碰到了镜框，这才清醒过来。

"醒了？"杨平西出声道。

袁双坐直身体，摘下墨镜，先往窗外看了眼，见路旁群山环绕，万峰如林，这才转过头问杨平西："要到了？"

杨平西冷不丁毫无障碍地对上袁双的眼睛，不由得恍了下神。

"哦。"杨平西回神，说，"再有二十分钟就能到。"

袁双回头去看，后座三个姑娘大概也是坐车坐累了，此时正你挨着我、我挨着你，安静地坐着看手机。

"你们都买门票了吗？"杨平西问。

"昨天晚上就买好了。"短发姑娘说。

袁双经提点才想起自己没买票，忙拿出手机，想在网上买张门票，却发现今天的票都售罄了。

"不会吧，也没票了？"

杨平西听她嘟囔，问："没票了？"

"嗯。"

"最近景区有些设施在维修，限流了，所以票少。"

"那我不是进不去了？"袁双眉头紧皱，暗道自己这次真是出门不利，事事倒霉。

"我认识个景区的朋友，等会儿我给他打个电话，让他帮你出张票。"

"原价？"

杨平西嗤笑道："一分钱都不多赚你的。"

临近景区，杨平西把车停在一家酒店门前，回头和后座的姑娘们说："这就是我刚刚和你们说的酒店，附近有超市也有餐馆，住这儿比较方便，靠近路边，也安全。"他顿了一下，又说，"你们要是想住别的酒店也行。"

"这家酒店，我们刚才在网上看过了，好评率挺高的，我们就住这儿吧。"短发姑娘说。

"行。"杨平西解开安全带，下车把后备厢里的行李箱拿下来，又绕到副驾驶旁敲了敲车窗。

袁双降下车窗："怎么了？"

"你也下车，吃顿饭再进景区，里面餐厅少，吃的也更贵。"

袁双看了眼时间，现在都快正午了，她早上什么都没吃，现在是有点儿饿了，便听杨平西的话下了车。

杨平西带着后座三个姑娘进酒店办理入住手续，袁双跟着进去看了看。她在酒店干久了，有职业病，每进一家酒店就习惯性地用研判的目光去观察里边的环境和服务人员的素质。

大瀑布景区在远郊，酒店各方面条件自然不如城里好，但不算太差，价格也合理、公道。酒店前台服务员像是和杨平西是老相识，见着是他带来的人，二话不说就给打折。

办好入住手续，三个姑娘拖着行李箱上楼，杨平西就在大厅给他在景区工作的朋友打去电话，说了下买票的事。

挂断电话，杨平西问袁双："身份证带了吗？"

"带了。"

"你拿出来我拍张照片给他。"

袁双看着他，眼神又开始不信任起来。

杨平西挑眉："你怕我拿你的信息干坏事？"

袁双说："也不是不可能。"

杨平西颔首："你一个人出门，有警戒心是挺好的，就是下次记得别在陌生男人的车上睡着了。"

袁双觉得他是在讽刺自己。

"等下我送你到购票处，你去游客服务中心问问，线下应该还是能买到票。"

他都这么说了，袁双再多疑反倒显得不识好歹，她从包里翻出钱包，拿出身份证，轻咳一声，递给他。

杨平西掀起眼睑，见袁双一脸别扭样，轻笑了下，接过。他拿她的身份证拍了照发给朋友，也就知道了她的名字。

袁双，好事成双，寓意不错。

"手机号码。"

袁双报了串数字，没多久，手机就收到了一条购票成功的短信。

"我朋友帮你出了票，你到时候直接刷身份证就能进景区。"杨平西说。

杨平西这么坦荡、磊落，袁双倒有点儿不好意思了。虽说出门在外宁可不信任一百个好人也不能错信一个坏人，但真拂了别人的好意，她心里也会过意不去的。

"那个……门票钱多少，我怎么给？"袁双的语气柔和了些。

杨平西说了个数字，然后说："你先转给我吧，我再转给他。"

"可以，我顺便把车费一起转给你吧。"袁双这回就应得很干脆了。

杨平西找出收款码,袁双扫了码,把钱转了过去。

"多了。"杨平西看到收款数目,说。

"不多,说好一辆车四百的,你给她们的优惠我补上,这已经比我自己包车划算很多了。"

杨平西稍一思量,抬起头问:"你晚上还要回藜阳?"

"对。"

"下午你从景区出来给我打电话,我送你回去。"

"啊?"

"从平顺到藜阳的火车最晚一班是傍晚六点,你自己回去不一定赶得及,既然你回程的车费都付了,那就坐我的车回去。"

袁双语噎。她平生第一回碰到杨平西这样有钱不赚、有便宜不占的人,心里越发笃定——千万不能和他这种人一起做生意,亏死!

◆　◆　◆　◆

从酒店出来,杨平西带着袁双她们去了酒店附近的一家小馆子吃饭。饭馆的老板见他来了,就跟他打招呼,又与他勾肩搭背地谈天说笑,看上去两人很熟悉,感情不错。

袁双见杨平西左一个朋友右一个朋友,走哪儿都有熟人,还挺纳罕的,心道,他这路子挺广啊,简直是广交天下友。

"你们能不能吃辣?"杨平西问。

短发姑娘俏皮地说:"我们就是隔壁省来的,你说能不能吃?"

西南地区的人大多能吃辣,杨平西了然,又看向袁双。

其实袁双不能吃辣,但和别人拼饭总不好让多数人迁就自己的口味,便点了下头。

杨平西多看了她一眼,转过身点菜去了。

老板炒了几个当地的特色菜。菜上桌时,短发姑娘盯着一个有好几碟小菜的盘子激动地问:"这个是不是就是丝娃娃?"

"嗯。"

"怎么吃啊?"

杨平西戴上一次性手套,拈起一张薄薄的面皮,将各种切成丝的小菜放在面皮上裹起来,又舀了点儿酸汤淋上去。

"就这么吃。"

他才示范完,那三个姑娘就迫不及待地动起手来。

袁双好奇，但看那汤汁红红的，有点儿犹豫。

杨平西见袁双不动，把手上裹好的丝娃娃递过去，说："来藜州不尝尝丝娃娃就可惜了，酸汤是番茄熬出来的，不辣。"

袁双没想到杨平西这么会察言观色，心头一动，也不矫情，戴上手套就接过了他手里的丝娃娃，放在嘴里尝了尝。起初，她觉得味道不错，嚼了几下后她突然品出了一股奇怪的滋味，那味道霸道得很，直冲天灵盖，她顿时觉得有一条活鱼在嘴里游蹿。

袁双囫囵咽下，不由得凝眉问："这里面放了什么？"

杨平西见她皱着一张脸，这才后知后觉，指着一小碟菜说："我放了折耳根，你不是本地人，吃不惯正常。"

边上三个姑娘见袁双这窘态，纷纷笑了，杨平西也忍不住翘了下嘴角。见袁双看过来，他压了压笑意，说："你可以少放一点儿再尝尝，实在吃不惯就别勉强了。"

袁双早就听说过鱼腥草的威力，真是百闻不如一尝，她倒了杯水灌进肚子里，可那淡淡的腥味还是萦绕在舌头上，久久没消失。

杨平西最先吃饱，放下筷子。他起身去外面点了支烟，回来时手上拿着几件一次性的雨衣，分给了袁双她们。

"雨衣你们带着，用得上。"

杨平西见她们吃得差不多了，坐下说："大瀑布景区有三个景点，每个景点都有观光车直达，一般游客和旅行团都会从第一个景点逛起，你们如果也这样走，就只能看人了。"

"那我们怎么走人才会少点儿？"一个姑娘问。

"错峰。"杨平西言简意赅道，"先去第二个景点，再去第三个景点，看完大瀑布再坐观光车去第一个景点。"

袁双觉得有道理。

"第二个景点分前后两程，前半程基本上是人工打造出来的景观，观赏性不强，如果体力不错，我建议你们走完后半程，风景好的地方都在后头。"杨平西看了眼袁双，见她在听，顿了下接着说，"从第二个景点出来，可以走路去乘车点，也可以选择花十块钱坐缆车，景区里需要走路的地方很多，最好保存点儿体力。第三个景点就是大瀑布，可以花钱坐大扶梯下去，也可以选择走路，两种方式有利有弊，坐扶梯省时省力，走路可以从不同的角度看大瀑布。"

短发姑娘听完立刻接道："那我们肯定走路啊，从不同的角度看大瀑布感觉肯定不一样。"

杨平西只笑了下，没有置评。他看了眼时间，起身说："走吧，送你们到景区门口。"

"饭钱……"袁双出声说。

杨平西低头看了她一眼："我已经付了，外来是客，这顿我请你们。"

"谢谢哥，你人真好，今天能碰上你真的是太幸运了，帮我们省了不少事呢。"短发姑娘当即殷勤地说道。

袁双刚刚还以为杨平西带人住酒店下馆子是有抽成拿的，现在看来是她存小人之心了。她也跟着道了句谢，心思却又拐去了别的地方。

杨平西无论开车载客还是开旅店，做的都是游客的生意，他不精明不说，还秉着"外来是客"的原则处处让利，这样能赚到什么钱，怕不是还赔本？她现在算是看出杨平西的为人了，一股子江湖气，人是不错，就是不会做生意。

从饭馆出来，一行人重新上了车，杨平西直接送袁双她们到了景区门口。下了车，他从后备厢里拿出几瓶水分给她们。递给袁双时，他不忘再说一遍："出来给我电话。"

袁双含糊地应了声，接过水后和三个姑娘一起往景区走。排队要进去时，她忍不住回头看了一眼，只见杨平西正倚在车身上点烟，见她看过去，抬手冲她做了个打电话的手势。

景区人多，好几个旅行团一同出游，袁双听从杨平西的建议，和三个姑娘搭乘观光车直接去了第二个景点。下车后，她们一齐往里走。

景点的前半程果然和杨平西说的一样，是人工打造的景观，石桥、湖泊和大花园的无异。袁双对人造景观的兴趣不大，那三个结伴出游的姑娘却兴致勃勃，时不时要停下来拍照、合影。袁双觉得和她们一起走不仅慢，还要给人当摄影师，便说自己赶时间，匆匆和她们道了别，径直向前走去。她想尽快到后半程，看看自然景观。

很多旅行团走完前半程就不继续往前了，因而后半程游客骤减，袁双乐得人少，走得自在。后半程的景色果然不负所望，江水急流，滔滔之势极为壮观。她沿着栈道往前走，时不时停下拍个小视频发家族群里，就这么走走停停的，逛完景点已是一个小时以后了。

今天万里无云，火伞高张，藜州虽是避暑胜地，但太阳底下也热得不行。袁双走了一路，汗出了不少，腿也酸了，杨平西给她的一瓶水早已喝尽。她又累又渴，也就没有步行去乘车点，而是坐缆车下去。到了休息站，她买了瓶水，坐着歇了歇，这才上车前往大瀑布。

两个景点之间的距离不近，坐车要二十来分钟，袁双之前看网上说逛景区要预留五个小时的时间还觉得夸张，现在看，所言不虚。

下了车，袁双往第三个景点里走。她平时忙于工作，很少运动，今天猛然这么一走，体力已经不够用了。她在大扶梯和步行之间犹豫了下，最后还是在旅行的四字箴言"来都来了"的鼓动下，抬起了灌铅似的腿。

沿着山体栈道一直往下走，很快就看到了大瀑布的影子，袁双精神一振，立刻加快了脚步。大瀑布景点最为著名，人也最多，观景台上人头攒动，很多人抢着位置拍照。

袁双不甘示弱，好不容易挤到了前面，顿时被眼前的景象震撼了。

"飞流直下三千尺，疑是银河落九天"，这句从小就背的诗有了实景。飞湍瀑流，激起白茫茫的水雾，雾中一道颜色分明的彩虹赫然在目。这一刻，袁双觉得值回票价了。她兴奋地拿出手机，左拍拍右拍拍，恨不能有个无人机帮着拍照。等她心满意足地拍完，手机屏幕已经沾满水雾，防晒衣也潮乎乎的了。她退守后方，见很多人在穿雨衣，便有样学样地穿上杨平西给的一次性雨衣。

刚才在休息站，袁双看到有人在卖雨衣，价钱不便宜。她临时决定来大瀑布，没做什么攻略，好在杨平西这司机当得周全，什么都想好了，连雨衣都备着，倒省了她一笔小钱，不过对他来说这又是一笔赔本买卖。

观景台的人挤挤挨挨的，袁双没有久留，继续往前走，跟着人群进了瀑布底下的溶洞，从另一个角度去观看大瀑布。

她在大瀑布景点待了很长一段时间，在每个观景台上都拍了照，等回过神时已经是下午四点了。想到晚上还要回藜阳，她不再逗留，离开大瀑布，原路返回乘车站，搭车绕回第一个景点。

等逛完整个景区，袁双累得双腿打战。她坐车到了景区门口，看时间不早，知道火车是赶不上了，也没迟疑，直接给杨平西打电话。

没多久，杨平西开着车过来了。袁双上车后系好安全带，瘫坐在位置上，一下都不想动弹。

"她们出来了吗？"袁双想到一起来的三个姑娘，问了一句。

杨平西说："比你早两个小时。"

袁双讶然："她们怎么那么快？"

"搭了扶梯。"

袁双了然，忽然想到中午杨平西在短发姑娘说要步行走到大瀑布时露出的意味深长的笑,想来他那时候就觉得她们走不下去。

"我是走完全程的。"袁双强调道。

"我知道。"杨平西见她一副筋疲力尽,像没了骨头的模样,挑唇笑了下,说,"不亏。"

步行看到了更多的美景,是不亏,但累啊。袁双觉得自己把接下来一个月的运动量都预支了,现在几乎连说话的力气都没有了。

"直接回藜阳?"

"嗯。"

杨平西把车开到一个广场前停下,他解开安全带,扭头对袁双说:"你坐着等会儿。"

袁双累到恍惚,也没精力去猜他干吗去了。

没多久,杨平西回到车上,手里拎着一份小吃,递给袁双。

"什么?"袁双接过问。

"破酥包,垫垫肚子。"

袁双走了半天,中午吃的饭早就转变成能量消耗掉了,现在胃里空空。她打开打包盒,闻到包子的香味,顿时食指大动,拿起一个包子就咬了一口。

"这包子还是请我吃的?"袁双含糊着问。

"嗯。"

袁双咽下嘴里的包子,忍不住看向杨平西,问:"你对所有的客人都这样,动不动就请吃饭?"

杨平西听袁双这么问,以为她在怀疑自己的动机,不由得眉头微挑,说:"放心,你不是特例。"

袁双闻言心里啧然,暗叹道:"这男人,靠脸吃饭都比他做生意靠谱。"

Chapter 2 小侗寨

在暗夜中，几处昏黄的灯火像是坠落凡间的星星，兀自闪耀。

两个包子下肚，袁双总算是恢复了点儿力气，脑子开始转了。她扭头看了眼空空如也的后座，问："就我一个人？"

"嗯。"杨平西看她一眼，语气揶揄，"害怕我把你卖了？你要是担心我是坏人，刚才就不应该吃我买的包子。"

袁双乜斜他："我是觉得就拉我一个人太亏了，我要是你，就会在景区门口多拉几个人一起回藜阳，这样还能多赚点儿。"

"你不是赶时间？"杨平西用手指轻敲了下方向盘，又说，"这个点，要坐火车回去的早就走了，没走的肯定联系好了车，拉不到人的。而且，不快点儿上路，晚点儿可能会下雨。"

"下雨？不会吧？"袁双转头望了望天，"今天天气挺好的呀。"

"山里的天气说变就变。"

袁双本来对杨平西这话将信将疑，直到上了高速，眼看着乌云聚合，云脚越来越低，最后大雨倾盆而下，让人猝不及防。

雨势很大，天地间霎时朦胧，四周的山峰在雨里被润成了一幅古朴的山水画，意境幽远。

杨平西降低车速，把雨刮器开到最快，但还是赶不上挡风玻璃被雨水覆盖的速度。雨水连成片，像一层天然的帘布，蒙住人的眼睛，车外能见度极低。

"这是依萍又去陆家要钱了啊。"袁双下意识坐直了身体，看向前方，她视力很好，但这会儿都看不清哪里有路。

"车不能再在高速上走了。"杨平西微皱着眉，时刻观察着路况，说，"我们在下一个出口出去。"

杨平西把车的前后灯打开，小心地驾驶着车辆，从最近的高速出口下道，在出口处的休息站停车。

"在这儿等等吧，山里的雨下不了多久的。"

下了雨，气温骤降，袁双白天还热得出了一身汗，这会儿却觉得凉了。她抬手把防晒服的拉链一拉到底，双手抱臂搓了搓。今天之前，她都不知道防晒衣还能保暖。

杨平西见她冷，就把车里的暖气打开。

"我还是第一次在夏天吹暖气。"

"藜州早晚凉，下了雨气温会很低。"

"那冬天是不是很冷？"

"嗯，冻骨头。"杨平西说，"你可以冬天再来趟藜州感受一下。"

"我是飞机备降才来藜州的，你可别咒我。"

说到这儿，袁双忽地想起一件事，她拿出手机打开购票软件看了看，还是没抢到票。

"怎么车票这么紧张，都赶上春运了吧？"她嘟囔了句。

"你在抢票？"

"嗯。"

"去哪儿的？"

"回北京。"袁双扭头看他，"你不会铁路局也有朋友吧，能帮我出张票？"

杨平西噗地笑了："我还没那么大能耐。你要是去近点儿的地方，我还能帮你找个车，去北京就没办法了。"

袁双幽幽地叹口气，说："实在不行只能飞回去，总不会那么倒霉，回去还碰上强气流吧？"

"难说。"

袁双恶狠狠地瞪了眼杨平西。

"天气预报说之后几天天气都不太好。"

听袁双刚才说她是备降藜州的，杨平西想到了昨晚看的新闻，问她："你昨天才到藜州？"

"嗯。"

"就要回去？"

"嗯。"袁双说，"本来是要去云南的，现在胆都被吓破了，没心思玩了。"

杨平西垂眼："我怎么觉得你玩得挺开心的？"

袁双低头，见杨平西在看自己今天在景区买的伴手礼，轻咳了下，说："来都来了，总不好空手回去。再说了，藜州最出名的景点都看了，其他地方的景色应该不会有大瀑布这么壮观吧？"

杨平西淡淡地看袁双一眼，说："没去过怎么知道？"

人往往都有乡土情结，袁双觉得杨平西肯定也有，在他心里，藜州肯定千好万好,她不和他争辩。

两人在车里坐了一阵儿,雨势果然渐小,世界变得清晰了。

杨平西开车掉头,到高速入口时,收费站的工作人员和他们说,极端天气禁止通行,道路具体开放时间要等通知。

袁双蒙了,"啊"了声,说:"那我不是回不去藜阳了?"

杨平西又把车掉了头,想了下,说:"不知道高速什么时候会开放,走国道吧。"

"走国道要多久?"

"四个小时。"

"……"

现在已经七点,走国道回到藜阳就到半夜了。

袁双深吸一口气,平复情绪。

杨平西见她像被雨打蔫儿了的花一样,不自觉地笑出了声,说:"可以边走边打听,要是高速开放了,从其他入口也能上高速。"

袁双闭上眼,认命道:"走吧。"

◆　◆　◆　◆

天色渐暗,暝色中山峦影影绰绰,国道比不上高速路好走,路窄弯多,虽然雨势小了,杨平西还是开得比较慢。

约莫开了一个小时,车拐过一个大弯,杨平西见对面接连来了几辆车,为首一辆车的远近灯光交替亮了下,他松开油门,退了挡,降下车窗。

对面车的司机也放慢车速,微微探出头来,冲杨平西喊道:"哥们儿,别往前开了,前面山体滑坡,路被堵了,过不去,往回开吧。"

杨平西闻言把车靠边停下,拿出手机不知道给谁打了个电话,问了几句,没多久就转过头看向袁双。

"是真的。"他说。

袁双抚额,失语片刻才扼腕道:"我这回出门忘记看皇历了。"

"高速路开放了吗?"她问。

"还没有。"杨平西回她,"刚才下大雨,高速上出了车祸,估计今晚不会让车通行了。"

袁双没了主意,只能问:"那怎么办?"

杨平西问:"你赶时间吗?"

袁双想到还没抢到车票,便说:"倒不是很赶。"

"那在平顺住一晚，明天再走？"

袁双看他："走国道再开车回去？"

"嗯。"

袁双已经折腾了一天，其累无比，现在只希望有张床能让自己躺下，想到还要再奔波，她脸色都不好了。

杨平西看她，想了下，说："你要是不想回平顺，倒是可以在附近住一晚。"

"休息站？"袁双想到那个小得不能再小、只有个公厕和几个小馆子小商店的休息站，怀疑道，"那地儿有住人的地方？"

"有个小招待所，不过今天高速封路，国道又不通，现在应该都住满了。"

"那你说——"

"我们来的路上有个小侗寨，你要是愿意，可以去那儿住一晚。"

杨平西说完看着袁双。

袁双沉默，虽然经她观察，杨平西八成是个好人，但听他说去小寨子，她心里还是犹疑不定。

"你要是不想去寨子，我们就回休息站，车里勉强也能过一晚。"杨平西像是看出了袁双的顾虑，又说。

车里空间又小又窄，要是平时，袁双也就忍了，大不了熬个通宵，反正她常上大夜班。但是今天她又是坐车又是走路的，微信运动显示步数都破了两万，现在累得浑身无力、头昏脑涨，再让她蜷在车里过一晚，明天她铁定会散架。此时此刻就算是有块空地，袁双也想躺下休息，便顾不上那么多了，叹口气就说："你说的那个侗寨，远吗？"

杨平西扬了下唇角，利落地挂挡掉头。他把车往回开了一段，到了山脚下的一个小路口又把方向盘一打，驶了进去。

山路崎岖，弯多路险，路的另一边没有护栏，往外是黑黢黢不见底的山崖，路上一盏路灯都没有，黑灯瞎火的，很是瘆人。进山路上先是上坡，到了半山腰又开始下坡。袁双夜里没有方向感，见走了这么久连盏灯都没看到，一颗心不由得悬了起来。她觑了杨平西一眼，夜色里他的五官显得更加立体、刚毅。这是一张显而易见的男人的脸，她在想自己会不会轻信他了。他是不贪财，但兴许好色呢？

袁双攥着手机，时刻做好拨紧急求救电话的准备。

"怎么还没到？"

"快了。"

月黑风高，四下无人，孤男寡女共坐一车，袁双脑子里想到了很多耸人听闻的社会新闻，一时觉得毛骨悚然，忍不住劝解道："你一个大好青年，可千万别走上犯罪的道路啊。"

"什么犯罪道路？"杨平西专心开车，随口接了句。

袁双干咽了下，说："虽然我长得还不错，但是你要是因为见色起意葬送了前程，也太不划算了。"

杨平西扑哧一声，起先他还装模作样地忍了忍，后面实在忍不住，笑出了声。

"笑什么？"袁双恼了。

杨平西收了笑，说："今天是意外，如果不是情况特殊，我也不会大晚上的载一个女客走山路，你害怕，我也害怕。"

"你怕什么？"

"你怕什么，我就怕什么。"

袁双听杨平西这话的意思，他一个大男人反倒防着她，怕自己对他欲行不轨。她瞥了他一眼，冷哼一声，道："没想到你还挺自恋的。"

"不是你说我是帅哥司机吗？"

"……"

袁双被堵得无话可说，经过这么一番插科打诨，她也没那么紧张了，看杨平西这不着调的样子，反倒像个好人。

"看。"杨平西忽然说道。

"看什么？"

杨平西挑起下巴示意，袁双顺着他的指示往他那头的窗外看。

路的另一旁不再是深不可见的山谷，在暗夜中，几处昏黄的灯火像是坠落凡间的星星，兀自闪耀。

"寨子到了。"杨平西说。

✦　✦　✦　✦

雨停后，万籁俱寂。

寨子里没有停车场，杨平西就把车停在寨门口的空地上，随后解开安全带，示意袁双下车。

袁双把买来的伴手礼留在车上，提着包下了车，抬头看了眼牌楼似的寨门，问："这里能有地方住？"

"有。"杨平西如实说，"不过你得做好心理准备，条件不会太好。"

都到这时候了，袁双也没更多的要求了，她抬了下手，示意杨平西带路。

寨子入口附近是侗戏戏台，今天下雨，没人登台唱戏，台子上空荡荡的。戏台前面是花桥，这个点桥上还很热闹，两边的木椅上坐满了寨民，正用侗语热络地聊着。

杨平西和袁双走上花桥时，桥上的寨民不约而同地消了声，所有人的目光都落到他们身上，几秒后又热烈地讨论起来。

袁双感到如芒刺在背，紧走了两步跟在杨平西身边，目光不断地在四周逡巡。

侗寨的房子都是木质的，结构是干栏式的吊脚楼，屋檐出挑，很有民族特色。深夜寨子里灯火不足，光线昏暗，袁双看不清房子的细节，却还是为之惊叹。

杨平西带着袁双穿过一条小巷，到了另一座花桥边上，进入一栋房子。厅里一个老妇正在喂孩子吃饭，听到声响抬头，看到杨平西，立刻起身惊讶地问："怎么没说一声就来了？"

这个老妇绾着头发，穿着侗族妇女传统的蓝布衣衫。袁双打量她一眼，又看向杨平西。

杨平西说："出了点儿意外，来寨子里借住一晚。"

老妇点点头，目光投向袁双，显然将她打量了一番。

"你们吃饭了没有啊？"

袁双晚上就吃了两个包子，杨平西估摸着她也该饿了，便说："还没，麻烦您给我们弄点儿吃的。"

老妇满口应下，指了指边上的小餐桌让他们先坐，之后就去厨房忙活了。

杨平西找了两个一次性的塑料杯，倒了两杯水，递了一杯给袁双。

"你在这儿还认识人呢？"袁双接过水说。

杨平西坐下，回她："之前有些客人包车自由行，我带他们来过这里，都是在这家住的。"

袁双了然，这个寨子地处深山，远世避俗，要是没有当地人带路，普通游客肯定找不到这儿。

没多久，老妇端上了饭菜，虽说是简餐，但有肉有菜有汤，色香味俱全。

袁双就着地道的腊肉，吃了一大碗米饭。

杨平西看到她一碗米饭见底，挑了下眉，一脸兴味地说："吓破胆了？"

袁双也觉自己吃得有点儿多了，她微微窘迫，却仍是理直气壮地说："我是胆吓破了，胃又没事。"

杨平西噙着笑，把那盘腊肉往她面前推了推："没事就多吃点儿。"

两人吃完饭，老妇带他们上楼。这栋房子有三层，主人家住二楼，三楼的房间平时都空着。

房子的楼梯又陡又窄，袁双小心翼翼地上了楼，被木板上飞起的灰尘呛得打了个喷嚏。她跟在杨平西后边走，目光不住地在挑廊上游弋。看得出来三楼没人住，住客都是蜘蛛，袁双已经不知道在廊柱上看到几张蜘蛛网了。

老妇把他们带到一个房间门前，推开门，打开灯，说："你们住这间吧，床大点儿。"

袁双："……"

杨平西咳了下，解释道："她是包车的客人。"

老妇愣了下，随即对着袁双不好意思地笑了："小杨以前都是带好几个人来寨子的，今天就带了一个姑娘，我还以为——"

袁双摆摆手："没关系的，我们俩看着也算是郎才女貌，不怪您会误会。"

她这话说得落落大方，一下子就将刚才的尴尬气氛化解了，也让老妇有了台阶下。

杨平西低头，袁双冲他眨了下眼。

"楼上的房间都是空着的，你们看看想睡哪间就睡哪间。"老妇说。

"我就睡这间吧。"袁双说。

"我睡隔壁。"杨平西说完看向袁双，见她没有异议就收回了目光，重新看向老妇，说，"还得麻烦您给我们两床被子。"

"你们等着，我就去拿。"

老妇说完下了楼。

袁双走进房间，上下左右地扫视。

房间不大，里头只摆着一张床、一张桌子就略显逼仄，不知是不是四壁都是铜色杉木的缘故，即使开了灯，房里也给人一种不够亮堂的感觉。

"郎才女貌？"杨平西倚在门边谑笑着说。

"我这是为了救场才说的，你别想多了。"袁双拍拍手，昂起头说，"当然了，我说的也不全是假话，至少有一半是真的。"

"郎才？"杨平西故意说。

"是女貌。"

说话间，老妇抱着被子上来了，她进了房间就说："我前阵子把被单拆下来洗了，现在在帮你们套上去。"

袁双见她佝偻着身子，忙拦下，说："不用了，已经很麻烦您了，剩下的我们自己来。"

老妇回头，杨平西也说："您去休息吧。"

老妇没推拒，点了下头，说："那你们有事再喊我。"

"好。"

老妇走后，袁双把被单展开，杨平西要上前帮忙，却见她手脚麻利，三下五除二就把被单套好了，那熟练程度令他这个开旅店的都自叹不如。

"在家经常套被子？"他问。

"差不多吧。"袁双含糊地应道，她扯了扯被角，直起腰问，"这里有新的洗漱用品吗？"

"有，我下去拿。"

杨平西下楼问老妇要了新的牙刷和毛巾，上了楼。在"大床房"没看到袁双，他喊了她一声，就听到隔壁房间传来了回应。

袁双顺手把隔壁房间的床给铺了。杨平西进屋时，她正抖搂被子，动作干练。

"拿到了吗？"袁双把被子一叠，转过身问。

"嗯。"杨平西把手上的东西递过去，说，"浴室在走廊尽头。"

袁双拿了东西出去。挑廊的灯坏了，她走了两步，看着前方黑黢黢一片，总觉得黑暗尽头有什么东西在躲着，便又倒了回来。

"怎么了？"

袁双咳了下，不自在地说："没灯，我看不到浴室在哪儿。"

杨平西见她眼神闪躲，勾了下唇，举步往外走。

"我带你过去。"

袁双跟着杨平西往前走，两人踩着木板，跫音交错，她心里稍稍安定。

到了浴室门口，杨平西先进去，把灯打开，这才走出来问："要我在外面等你？"

袁双一个人是有点儿怕，但让一个大男人站在门外等自己洗澡，她也不自在，就说："不用了。"

"嗯。"杨平西离开浴室，走到挑廊拐角处站定，拿出手机，不知给谁打起了电话，站在那儿说话。

袁双见他不远不近地站着，心下倒没那么害怕了，赶紧走进浴室，关上门。

房子的浴室是改造的，空间狭小，也没做干湿分离，淋浴的地方旁边就是一个马桶。看得出来这间浴室许久没人用过了，热水器边上都结了蜘蛛网，洗手台也积灰了。

以袁双一个酒店人的眼光来看，这里是哪儿都不合格，但形势所迫，她也没那么多讲究了。今天出门前她没料到晚上会留宿在外，所以没带换洗衣物，现下即使有热水器也不便冲澡，只能凑合着擦擦身体了事。

洗手台上有瓶洗面奶小样，袁双猜是之前在这儿住的游客留下的，她也顾不上洗面奶过没过期，挤了一些就把脸洗了。幸而今天出门急，她只抹了防晒霜，没有化妆，不然此时卸妆也是个让人头疼的大问题。

洗了脸擦了身，身上总算是清爽了，袁双把束起的头发放下，用手抓了抓，立刻闻到了一股汗馊味。她嫌恶地皱了下眉，犹豫再三，最后还是洗了头发，用毛巾包好湿发后才把牙刷了。

杨平西和大雷通完话就在挑廊上站着，正低头回消息，就听到挑廊尽头传来脚步声。他抬眼就看到袁双包着头发走过来，那形象，夜里乍一看，活脱儿异族人。

"我好了。"袁双扶着自己的脑袋，说，"先回屋了。"

杨平西颔首。

袁双回到房间，随手关上门。这房门闩是插销，她费了点儿力气才把门关好，转身走到床头边，推开窗户。

房子临溪而建，窗外面就是条小溪，溪水上头是一座花桥。这个时间，聊天的人还没散，谈话声随着清风送到房间里。

袁双拆下头上的毛巾，拿手抓了抓湿发，忽然听到有人敲门，下一秒就听到了杨平西的声音。

"是我。"他说。

"什么事啊？"袁双披着湿发起身，打开门。

杨平西把才从楼下拿来的吹风机递给她。

袁双暗道，他还挺贴心，这时候倒像旅店老板了。

杨平西看了眼房间里敞开的窗户，提醒道："山里蚊子多，你睡觉的时候最好把窗户关上。"

"哦，好。"

"有事喊我。"

袁双点头。

杨平西走后，袁双把头发吹得半干，之后坐在床边拿起手机看了眼抢票情况，还是一张票都没抢着，她气闷，咬咬牙买了个加速包。

从购票软件里退出来，袁双联系李珂，苦诉今天几回倒霉的遭遇。没一会儿，李珂就给她打来了视频通话。

"你现在在哪儿呢?"李珂上来就顶着大脸问。

"一个小侗寨。"

"和上午带你去大瀑布的那个男司机?"

"嗯。"

"他人怎么样啊?"

"挺好的。"

"长得怎么样?"

"……也挺好的。"

李珂马上挤眉弄眼,笑得一脸淫色,说:"你这支支吾吾的样子,看来那人是长得很不错啊……有没有考虑来一场旅途艳遇呀?"

袁双瞪眼:"瞎说什么呢!"

"我是认真的。之前体检,医生不是说你内分泌有点儿失调嘛,我看就是太久没沾'荤腥'了,找个男人就好了。"

"咯咯。"隔壁传来了几声不轻不重的咳嗽声。

袁双:"……"

她第一回住木头房子,没想到隔音这么差,顿时窘得脚趾抓地,恨不得找个地缝钻进去。

李珂见袁双满脸慌张,又调侃道:"嘿,袁又又,你居然害羞了,这不像你啊!"

"你别说话了。"袁双狂按音量键,想想又觉得不妥当,当机立断道,"我们打字说。"

她挂断视频,爬上床,趴在墙上去听隔壁的动静。在那一阵咳嗽声之后,她就再没听到杨平西的声音了,也不知道刚才那几声他是无意的还是有意的。袁双身子一萎,双手捂着脸,欲哭无泪。刚才李珂的话要是让杨平西听到了,那她丢人可就丢大发了。

◆ ◆ ◆ ◆

袁双今天累极,洗完澡,整个人松弛下来,很快就犯困了。在接连打了几个哈欠后,她结束了和李珂的线上聊天,不再和她争论"旅途艳遇"的可行性,准备睡觉。

花桥上的人约莫是散了,外边再没有交谈声传进来。袁双关上窗户,要关灯时发现床头没有开关,她叹了口气,认命地走到门边。

关了灯,房间顿时被黑暗吞没,是实打实的伸手不见五指。袁双觉得自己像是掉进了某个黑洞,她心里毛毛的,又把灯打开了。

房间的灯虽然瓦数不是特别高,但怎么说也是白炽灯,晃眼,整夜开着,她肯定睡不着,可关上灯她心里又没安全感,晚上睡不踏实。

袁双分外纠结,她思索了一会儿,走到墙边,抬手敲了敲,又贴上去听隔壁的动静。

"睡了?"袁双嘟嚷了句,正要再敲一敲,自己的房门却响了。她冷不丁被吓一跳,捂住心脏问:"谁呀?"

"我。"

是杨平西的声音。

袁双开了门,瞪他:"你要吓死我呀。"

"不是你找我吗?"杨平西说着从外边敲了敲墙壁。

袁双顺了口气,看着他说正事:"这里有夜灯吗?"

"怕黑?"

袁双没承认,含糊应道:"我晚上习惯留盏小灯,不然睡不着。"

杨平西低头:"一定要吗?"

"最好是有。"

这里不是正儿八经的民宿,杨平西估摸着是没有夜灯这种东西的,但他没有一口回绝袁双的请求,只说:"我去找找。"

老妇已经睡了,杨平西不好把她喊起来。他在三楼开着的房间里看了看,没找着台灯,正要下楼找时余光瞥到了挑廊另一头的一座神龛。

袁双坐在床边整理自己包里的东西,听到人踩木板的声音,立刻抬起头,问:"有吗?"

"嗯。"

杨平西走进房间,直奔床头,把手上的灯放在床头桌上。

袁双看到杨平西放在桌上的灯,脑门一紧,耳边响起了一阵梵音,顿时无语凝噎。

"这就是你找到的夜灯?"

"嗯。"

杨平西把那灯插上电,回头示意袁双把白炽灯关了。

白炽灯一灭,房内唯一的光源就只有杨平西拿来的那只电香炉,黑暗中,两支电子蜡烛红光四溢,中间的香炉还插着三根香,顶端幽幽发亮,要多诡异有多诡异。

房间里静了三秒，杨平西咳了下，说："挺适合的，也不是特别亮，不晃眼。"

这灯是不亮，像《大话西游》里唐僧唱"only you"时的灯光，简直像阴间配色。

"你认真的？"

"……嗯。"

袁双借着这暗沉沉的红光看着杨平西，有些崩溃地说："杨平西，我和你有仇吗？你这就想直接把我送走？"

杨平西也觉得滑稽，忍着笑，说道："这灯是拜观音的，很吉利。"

"这么说你是想把我供起来？观音娘娘答应了吗？"

"我拿灯之前和她说了，娘娘普度众生，不会不答应的。"

袁双抬起手，颤巍巍地指着香炉上的三根电子香，心惊胆战地说："这灯亮着，我还敢躺下闭眼吗？"

杨平西见袁双满面红光，表情异彩纷呈，嘴角忍不住上扬。他别过头，压下了笑意才说："没有别的灯了，这个是最合适的，你将就下，就当是普通的夜灯。"

他话音刚落，电子蜡烛忽地闪了下，一时间竟像真的烛火。

袁双觉得毛骨悚然，生怕这光把什么东西招来。她心里发毛，搓着自己起了鸡皮疙瘩的胳膊说："还是把这灯给娘娘送回去吧，不劳烦她了。"

杨平西看向她："不怕黑了？"

"……我突然觉得可以克服一下。"

杨平西暗笑，转身打开白炽灯，拿了电香炉离开。

袁双关了门，目光犹疑地在房间里打量了一番，最后还是决定开着灯睡。她在包里翻了翻，找到了一个未拆的口罩，打算用来当眼罩凑合一晚。

口罩的遮光性到底差，袁双紧闭双眼还是能感知到屋顶白炽灯的光线，她在床上直愣愣地躺了会儿，就是觉得刺眼，睡不着。

就在这时，杨平西又来敲门了。

袁双坐起身，把口罩往头顶上一推，没好气地问："又干吗？"

"给你送夜灯。"

袁双想到杨平西刚才找来的电香炉，心里打鼓，不知道他这回又拿来什么夜灯。她起身去开门，眼神狐疑地盯着门外的人。

杨平西看到袁双头顶的口罩，眼里闪过一抹笑意，递过一只手电筒，说："在楼下找到的。"

袁双接过，按了下手电筒的开关，见灯光颜色正常，嘟囔了句："这还靠点儿谱。"

"能撑过一晚吗？"她问。

"不确定。"杨平西眉毛一挑，说，"不然我还是把那只电香炉拿回来放你房间里？半夜手电筒要是没电了，还能有个备用灯。"

"不必。"袁双毫不犹豫地回绝，"还是让它好好侍奉观音娘娘吧。"

杨平西轻笑。

袁双把手电筒拿回房间，关上灯试了试。手电筒的灯光虽然是直射的，但怎么也比电香炉强些。她把手电筒放在床头桌上，让灯光射向门的方向，房内有了光，她心里踏实许多，总算能安心地躺在床上睡觉了。

深夜的寨子十分静谧，只有窗外小溪潺潺流淌的声音，让人心静。袁双以前因为工作的缘故，有失眠症，每天晚上都翻来覆去很难入睡，就算睡着了也睡不踏实，夜里常常惊醒。但这天晚上，兴许真是体力透支了，她难得一夜好眠，一觉睡到了天亮。

清晨，窗外传来人声，袁双翻了个身，迷瞪了会儿才睁开眼，缓缓坐起身。她拿过手机看了眼，时间尚早。床头桌上的手电筒彻底没电了，幸而她昨晚睡得沉，半夜都没醒来。

睡了一宿，她的精神是养回来了，但身体就跟被碾过一样，嘎吱作响。

袁双往墙边挪去，敲了敲墙面，等了会儿没得到回应，不由得嘀咕了句："还没醒？"

她穿上鞋走出房间，往隔壁房间看了眼，门开着，被子叠得整整齐齐的，不见人影。

袁双没在房间里看到杨平西，倒是听到了他的声音，她趴在木头栏杆上往楼底下看，杨平西正在门口和老妇说话。

似是有所感应，杨平西蓦地抬头，看到袁双时很自然地说了句："醒了就下来吃早饭。"

袁双洗漱后回房间拿上包下楼，见杨平西坐在小餐桌旁朝她招了下手，便走了过去。

她坐下没多久，老妇端上两碗粉，杨平西拿了双筷子递给袁双。

袁双接过筷子吃粉。这碗牛肉粉和她以前吃过的不太一样，粉条扁扁的，像粿条，味道不错。

杨平西进食速度快，先袁双一步吃完了粉，他怕她着急，便说："你慢慢吃,我去买包烟。"

"好。"

一碗粉下肚,杨平西还没回来,袁双去找老妇,想把房费和早餐费付了,却被告知杨平西已经付过了。这的确是他的作风,心眼儿大得很,也不怕她到时候赖账。

袁双又等了会儿,始终不见杨平西的人影,她坐等不住就自行出了门,打算到停车的地方等他。

侗寨周围山林环绕,清晨山间雾气未散,还有点儿凉意。袁双边走边打量寨子里的房子。昨晚夜色深沉,她只看了个大概,现在仔细一瞧,不得不为房子的细节所倾倒。尤其是寨子中心的鼓楼,即使远远看着也觉得精致。

花桥上有几个老奶奶坐在小板凳上摆摊子,袁双好奇,走近了才知道她们卖的是自己手工编织的发带。

刚才一路走来,袁双见到的老人居多,她猜寨子里的年轻人都出去务工了,而留在寨子里的老人只能种种田、做做手工艺品赚点儿小钱。

袁双动了恻隐之心,就挑了一条发带,正要拿钱包付款时,边上来了几个年轻人——三女两男,衣着时尚,看着就不是本地人。

袁双想到杨平西昨天说的话,猜测这几个人大概就是包车自由行的游客。

见来了人,几个奶奶忙用不太标准的普通话推销自己的发带。

"多少钱一条啊?"一姑娘问。

一个老奶奶比了个"六"的手势。

"六十啊,有点儿贵。"

"是有点儿,关键是用不上。"

"算了吧。"

袁双在一旁看到几个老奶奶想劝说他们买一条却又碍于语言不通而着急的模样,心下不忍,便开口说:"六十不算贵。"

几个年轻人齐齐转过头来。

袁双指着一个坐在一旁低着头专心编织发带的奶奶,清清嗓,说:"这些发带都是手工编织的,织好一条需要花不少时间呢,六十是良心价了。"

"你们看,这上面的花纹多漂亮,每一条都不一样。"袁双把自己手上这条递过去给三个姑娘看,一边说,"这比外面千篇一律的纹样好看多了。"

"好看是好看,就是不太实用。"一个姑娘说。

"怎么会呢?你看——"袁双随手把自己的长发绾起来,用发带绑了个简单的发髻,然后转过脑袋给他们看。

"这发带日常也能用,能弄各种发型,不同的颜色与花纹还能搭配不同的衣服,绝对是独一无二的时尚单品。而且你们出来玩肯定拍照吧,到时候可以租一套民族服装,再搭配这发带就是点睛之笔,肯定出片。"

袁双的脑袋圆,是属于头包脸的类型,把头发绑起来后露出一张小脸,显得整个人妍丽非常,发带用在她身上,一点儿也不违和,反而相映生辉。

"是挺好看的。"一个小伙儿看着袁双,眼神惊艳,对同行的三个姑娘说,"要不你们就带一条呗。"

袁双见有戏,忙乘胜追击:"这编织发带的手艺只有侗族的老人家会,过了这村就没这店了,你们现在不买,回头想买可就买不着了。"她笑了笑,搬出旅行的四字箴言,说,"来都来了,六十块钱买个纪念,还实用,多值啊。"

三个姑娘彻底被说服,低头挑起了发带款式。

杨平西买烟时碰到了做自由行的朋友就聊了几句,再回到老妇那儿,听说袁双一个人走了,忙追了出来。到了花桥,他正好看到袁双在巧舌劝人买发带,他觉得有趣,就站在一旁看着。

袁双向人推销发带时一点儿都不露怯,明明自己也是外地人,介绍起侗族的手工艺品却头头是道,把人忽悠得一愣一愣的。

杨平西想,她是不是真是做推销的,不然技术怎么这么熟练?

三个姑娘各挑了一条发带,要付钱时却碰到难题了,他们一行人都没带现金,几个老奶奶也没收款码。

袁双出门习惯在钱包里放张一百块的现金,现在也不够付。她左右张望了下,看到了不知何时站在桥头的杨平西,眼睛一亮。

"你身上有现金吗?"她问。

"嗯。"杨平西走了过去。

"你先帮她们付了,再让她们转给你。"

杨平西从兜里掏出皮夹,瞥了眼袁双脑袋上的发带,点了二百四十元给老奶奶。

袁双看着几个年轻人,眼珠子一转,笑着问他们:"你们之后要去藜东南吗?"

"有这个打算,还没定呢。"

"来藜州不去藜东南就可惜了,那里很好玩的。"

"是吗?"

几个年轻人交头说话，商量着下一站去藜东南。

袁双笑得更灿烂了，她拍了拍杨平西的肩，说："这个帅哥在藜东南有家旅店，离古桥很近，去千户寨也不远，你们要是去那儿玩，可以找他，绝对不亏！"

一个小伙儿听了袁双的话，主动加了杨平西的微信，说到了藜东南就去他的旅店住。

杨平西低头看袁双，她冲他眨了下眼，表情得意又狡黠。

几个年轻人走后，杨平西看向袁双，说："你都没去过藜东南，怎么知道那里好玩？"

"我不这么说，他们怎么会想过去？"袁双耸了下肩，抬眼又说，"我没去过，你去过啊，你怎么不撺掇下他们给你的旅店拉拉客？"

"想去的人自然会去，再说……不是还有你吗？"

袁双被他这一句话整失语了，她噎了下，说："我又不会一直跟着你。"

杨平西笑："不然你跟我回藜东南？"

这话有点儿暧昧，但袁双压根儿没往别处想，她乜斜了杨平西一眼，哼了声，说："想让我给你打工？"

"愿意吗？"

"你觉得呢？"袁双的答案就写在脸上，显而易见。

杨平西不过是随口说说，也不指望袁双答应，因此并没放在心上。他看了看天，说："太阳出来了，走吧。"

✦　✦　✦　✦

昨晚一场山雨来势汹汹，今晨云散雨霁，太阳一出就把剩余的几分料峭凉意给驱散了，暑气重新笼罩人间。

从寨子里出来，袁双随杨平西上了车，自成习惯地坐到副驾驶座上。

杨平西上车后看了袁双一眼，她正扒拉着领口对着后视镜往脖子上抹防晒霜，倒是一点儿都不把他当外人。

车起步离开寨子，驶上山路。昨晚黑灯瞎火的，袁双都没能看清周边环境，现在往窗外一瞧，她才发现这个侗寨当真是地处深山老林，从半山腰往下看，整个寨子一点儿现代文明的痕迹都没有，会让人误以为穿越回了古代。

袁双忙掏出手机，降下车窗，对着外面拍照。杨平西见了，不由得放慢车速。

"看到前面那棵树没有？"杨平西忽然出声。

袁双随着他的视线往前看,看到一棵苍天古树,不解地问:"这树怎么了?"

"金丝楠。"

"这是金丝楠?"

"嗯。"杨平西挂了一挡缓缓上坡,一边给袁双看树的时间,一边介绍说,"寨子周围有四十几棵金丝楠。"

袁双的眼睛立刻放了光,她拿起手机对着那棵树"咔咔"就是两张照片,同时欣然道:"那不是发财了?"

杨平西看她一脸财迷样,微挑眉头,问:"你觉得这些树这么值钱,为什么到现在还没被砍走?"

袁双迟疑了下,不确定地说:"金丝楠是国家保护植物?"

"三年起步。"

袁双听后立刻收起了"邪念",老老实实地远观树木,嘀咕了句:"还挺有'判头'。"

杨平西扬唇一笑。

袁双心满意足地拍了几张照片,收起手机,回头问:"今天高速能走了吧?"

"嗯。"

"从这儿到藜阳市内还要多久?"

"两个小时左右。"

袁双看了眼时间,估摸着到藜阳得中午了。她叹口气,瞥了杨平西一眼,说:"你要真是'至尊宝'就好了,一个筋斗就把我送回去。"

"什么意思?"杨平西没听明白。

袁双指指自己的颈侧,说:"你脖子上文的不是七彩祥云吗?"

杨平西下意识摸了下脖子,了然道:"嗯,是云。"

"老板娘是'紫霞仙子'?"

"不是,"杨平西接道,"店里没老板娘。"

袁双纳罕,随即又想到昨晚寨子里的老妇误会他们的关系,想来杨平西是真单身。

"那你这是要当谁的'盖世英雄'?"她打趣道。

杨平西脖子上的云纹本就不是袁双以为的那个寓意,但她说的是玩笑话,他也就不较真,看她一眼,谑道:"你?"

袁双顿时起了一层鸡皮疙瘩,乜斜他:"撩妹呢?"

杨平西笑:"被撩到了吗?"

"雕虫小技。"袁双轻嗤一声，说，"我什么套路没见过，怎么可能被你一句话撩到？"

杨平西作势点了点头，一副恍然大悟的模样，衔着笑意说："铜墙铁壁，难怪很久没沾'荤腥'了。"

"你在说什——"袁双反应过来他话里的意思，不由得心口一慌，气势顿时矮了半截。她就知道昨晚他都听见了。

袁双面色微窘，余光见杨平西笑得灿烂，一口恶气直冲胸口，忍不住瞪他一眼，说："你就不能装作没听见吗？"

杨平西见袁双一副窘样，更乐了，反过来安慰她："这又不是什么见不得人的事。"

袁双这会儿看他可恨，磨磨牙说："你别误会啊，我是眼光高，不是没人要，追我的人可是从北京一环排到七环的。"

"嗯。"杨平西居然很赞同袁双的话，郑重地点了下头，说，"算我一个，这样追你的人就从北京排到藜州了。"他说完又笑了，显然是忍不住乐。

袁双没想到自己在耍嘴皮子这事上居然输给了杨平西，气得牙痒痒。她双手抱胸，睇着他冷哼一声，说："这会儿对着我倒是能说会道的，拉客的时候怎么不见你多说两句？"

杨平西仍是一副老神在在的模样，开着车不紧不慢地说："做生意看缘分。"

"什么也不干，坐着等生意上门？"袁双嘲讽他。

"也不是不行。"杨平西淡然一笑，说，"你不就是自己送上门来的生意？"

袁双梗住，半晌才气不过地回道："我是意外，你要是靠守株待兔的方法做生意，你的旅店迟早关门。"

袁双这话说得晦气，但杨平西一点儿也不生气，反而笑了笑，说："你不是第一个说我的旅店会关门的人。"

"那你还不积极点儿？"

"这不是还没关门吗？"

袁双眉头一皱，阴阳怪气地说了句："你还挺乐观。"

杨平西笑了笑，说："还饿不死。"

袁双算是看出来了，杨平西修的是道家，信奉的是"无为"，怕是天上掉馅饼他也不屑去接。他不是嘴笨、脑子笨才赚不到钱，是不爱钱才赚不到钱。这种超凡脱俗的人做生意，还没饿死的确是可喜可贺了。

从山里出来后，杨平西开着车沿着国道往前开了段路，从最近的高速入口进去，一路驶向藜阳。

路上，袁双和杨平西有一搭没一搭地聊着。一晚过去，他们熟稔了许多，相处起来没了司机和乘客间的生疏，倒像是相伴出行的好友。杨平西虽然话不多，但句句不落下风，袁双回回都没能在他那儿占到便宜，最后索性把墨镜一戴，靠在椅背上假寐，这么眯着眯着竟真的睡了过去。

杨平西顺利地把车开回藜阳，到了袁双入住的酒店门口。他停好车，见袁双还睡着，便伸手轻轻推了她一下。

袁双迷迷糊糊地睁开眼，缓了会儿，摘下墨镜问："到了？"

"嗯。"杨平西见她脸上睡意未散，不自觉地笑了下，说，"不是告诉过你别再在陌生男人的车上睡着了吗？"

"你不算陌生男人。"袁双想也不想就说。

杨平西愣了下。

袁双没想太多，解开安全带，抬头看着杨平西，一脸认真地说："杨老板，我们来算一下账吧。"

"嗯？"

袁双无语，然后问："你不会打算就这样放我走吧？"

杨平西说："回来的车费，你昨天付过了。"

"那昨晚的房费、今早的牛肉粉，还有……"袁双抬手指了下头上的发带，"这个呢？"

"房费和牛肉粉没多少钱，发带……"杨平西往袁双头顶看了一眼，说，"你帮我拉了笔生意，发带就当是报酬，送你了。"

听到杨平西说不收钱，袁双反而不乐意了，她拿出手机，说："没多少钱也要给，还有，那几个人去不去藜东南都不一定，我不能白拿你的，这发带我自己买。"

杨平西挑了下眉，他发现袁双虽然是个小财迷，但不占人便宜。他见她坚持，也就没再推脱，拿出手机点了几下，递到她面前。

袁双扫了码才发现杨平西设置了收款金额，看到手机上显示的数字，她愕然。

"一百？"

"嗯。"

"你没算错吧？"

"没有。"杨平西挑眉一笑，说："一分钱都不多赚你的。"

一条发带就要六十，杨平西收一百，别说赚了，根本是亏到家了，而且昨晚要不是为了送她回藜阳，他压根儿不会被困在国道上，也不需要在侗寨过夜。

"杨老板，你这么照顾我，我真的会以为你对我有意思。"

"不是说了，追你的男人算我一个？"杨平西笑得轻佻，故意说，"回去后要是沾不上北京男人的'荤腥'，可以来藜州找我。"

袁双气绝，她发现杨平西这人的一张嘴除了不会讲生意经，其他什么鬼话都说得出来。她干脆地把一百块钱转给他，恶狠狠地道了句："亏死你活该！"

把账结清，袁双挎上包，提上在景区买的伴手礼下了车。

杨平西从驾驶座上下来，隔着车身，视线越过车顶看着她。

袁双站在车旁，问他："你一会儿还去大瀑布拉客？"

"不了。"杨平西应道，"要回旅店。"

这就是要回藜东南了。袁双颔首，咳了下，说了句客套话："那你开车小心点儿。"

"嗯。"杨平西一手搭在车门上，想了下，提醒道，"在火车上别吃陌生人的东西，也别随便相信人，尤其是男人。"他说着笑了，"毕竟你长得不错，很容易让人见色起意。"

袁双咬了下牙，心想，这人真是可恨，都要走了还不忘拿她说过的话揶揄她。

"走了。"杨平西随意地挥了下手，坐进驾驶座。

袁双在原地看着杨平西开车掉头，心里不知道怎的，无端有些惆怅。

这几年她在酒店，和各色人等打交道，时刻谨言慎行，硬生生把脾气磨没了，变得圆滑世故起来。但这两天和杨平西相处，她备感轻松自在，虽然他有时候不太着调，但人其实不错，她在他面前没什么包袱，倒是做了回自己。袁双对杨平西莫名有种一见如故的感觉，她想，要不是一南一北相距太远，他们兴许还能交个朋友。

"杨老板。"眼看着杨平西要开车远去，袁双没忍住，喊了他一声。

"嗯？"杨平西才准备提速，听到袁双喊他，立刻踩下刹车，转头看她。

袁双朝他走了一步，弯下腰说："我下回来藜州，一定去藜东南，照顾你的生意。"她顿了下，顽劣地补充了句，"如果你的旅店没倒闭的话。"

杨平西听她说不吉利的话反而扬唇笑了，微微颔首道："我一定把店撑到你来为止。"

Chapter 3 耕云

> 这名字应景,旅店在这么高的地方,可不就是"耕云"。

袁双回到酒店,第一件事就是畅快地冲了个澡,换了身干净的衣裳。热水冲净她的身体,也濯去了疲惫感,她躺在床上舒适地翻了个身,躺了会儿才拿过手机,琢磨回北京的事。

今天又是没抢到票的一天,袁双怀疑购票软件的加速包压根儿就是骗人的。她不打算再这么无望地等下去了,考虑过后,决定搭车中转回去。

从藜阳到北京,中间倒是有很多个可中转的车站,但并不是每一个车站的车次都合适。购票软件上提供了几个中转方案,有些方案前半程要坐硬座,有些则是后半程坐硬座,还有的车次换乘时间是半夜,有些则要在中转站等上个大半天才能坐上下一趟车,甚至要辗转去另一个车站乘车。

考虑到换乘的时间以及方便程度,袁双最后决定先坐一辆过夜的火车到河南,再换乘高铁回京,这样她就能在火车上睡一晚,不必半夜起来换乘,也不用去第三个城市过夜。打定主意,袁双就买了张傍晚从藜阳出发的火车票,之后又去前台续了几个小时的房间。下午她就待在酒店里休息,等时间差不多了才收拾好行李,退了房,打车去了火车站。

站在火车站外,袁双抬头看了眼藜阳站的标志,不知怎的,突然想起了杨平西。不知道他现在是不是已经回到了藜东南,她这一走,下回再来藜州也不知会是何年何月、因何机缘,也不知道他的旅店能不能撑到她再来的时候。以杨平西做生意的风格,袁双想,悬。这次来藜州是意外,认识杨平西也是机缘巧合,不管怎么样,他们之后应该都不会再有什么交集了。

火车发车时间近了,袁双不再多作他想,拖着行李箱往车站里走。过闸机要验身份证,她在包里掏了掏,没在小口袋里摸到身份证,不由得愣了下,立即把包放在行李箱上翻找。她把包翻了个底朝天都没能找到身份证,又拿出钱包打开看了看,还是没有。

袁双蒙了,脑子里飞快地回想最后一次见到身份证是什么时候。

昨天进大瀑布景区要用身份证,刷完进去后她就把身份证放在挎包的小口袋里,之后就没再拿出来过。

电光石火间，袁双记起昨晚在侗寨，自己把包里的东西都倒出来整理，还没收拾完，杨平西就拿了电香炉进来。后来她就一股脑地把东西塞进了包里，身份证有可能就是在那个时候掉的。

想到这儿，袁双赶紧把行李箱拉到一旁，给杨平西打去电话。

铃声才响两声，电话就接通了。

接到袁双的电话，杨平西很意外，他第一反应就是她可能遇到麻烦了，所以接通电话后一句废话也没有，开口就问："怎么了？"

"我的身份证丢了。"袁双直接说，"可能掉在侗寨的房间里了。"

杨平西闻言反倒松了口气，安抚似的说了句："你别急，我帮你问问。"

"好。"

袁双挂断电话，等了几分钟，杨平西打来电话，说："找到了，掉在床底下了。"

"我一猜就是。"袁双的声音有些懊恼。

杨平西听她那边传来的广播声，问道："你在车站？"

"嗯。"

"几点的车？"

"六点。"

现在还不到五点半，杨平西思忖了下，说："还有时间，你现在去车站外面的制证窗口办张临时身份证明还来得及。"

袁双早不是"社会小白"，发现身份证丢失那一刻她就想到了补办临时身份证明的办法。她倒不是担心没身份证会影响她乘车，只是觉得从离职开始自己走的都是霉运，一时才郁郁不乐。

"看来我这阵子'水逆'，所以才诸事不顺。"袁双不自觉叹了口气。

杨平西听出了袁双话里的沮丧，缄默片刻，忽然出声喊道："袁双。"

袁双愣了下，这是杨平西第一回喊她的名字。

"嗯？"

沉默了一秒，杨平西问："你要不要来黎东南？"

袁双怔住。

"你看老天爷都不太想让你离开黎州，你要是执意走，可能还得倒霉。"

袁双额角一跳，心里那股抑郁之气顿时没了，取而代之的是一股腾腾的怒气。她咬牙切齿，拔高声调，恶狠狠道："杨平西，你会不会说话？"

杨平西听到她的声音又恢复了生气，低声笑了，说："来黎州不去黎东南可惜了，这里很好玩的。我在这儿有家旅店，离古桥很近，去千户寨也不远，你要是来了，可以找我。"他顿了下，笑道，"绝对不亏。"

袁双听这话耳熟，几秒后才反应过来这就是她早上劝导那几个年轻人去藜东南时说的话。杨平西这是以彼之矛攻彼之盾，用她的招数来对付她。袁双嗤笑一声，阴阳怪气地说："杨老板，半天不见，有长进了，都会拉客了啊。"

"你的功劳。"杨平西半真半假道。

袁双冷哼一声，道："你不会是想骗我去给你打工吧？"

"你上当吗？"

说实话，袁双有一瞬间心动了。

杨平西像是察觉到了她的犹豫，最后说了句重量级的话："来都来了。"

这四字箴言就像魔咒一样，袁双抬头看着车站电子屏上的车次信息，脑子里想的不是制证窗口在哪儿，而是退票窗口在哪儿。

✦　✦　✦　✦

坐上前往藜东南的动车，袁双才后知后觉地回过味来，复盘自己刚才在火车站的心路历程，疑惑自己怎么会被杨平西的三言两语蛊惑了。思来想去，她把这事归结为一时冲动，就和她冲动离职、冲动飞往云南是一个性质。以前工作的时候违心事做多了，现在走向了另一个极端——只要心里有想做什么事的苗头，就会不管不顾地去实施。所谓"物极必反"，人也是如此，压抑久了就想胡来。好在袁双向来是守法公民，即使触底反弹也不会去做违法乱纪的事，这么一来她就想开了，坦然接受接下来的藜东南之行。她想，大不了在那儿待几天，等哪天抢到了直达车的车票再走也不是不行。

藜东南山清水秀，聚居着多个民族，地域特色十分浓厚。

袁双照着杨平西的指示，从藜阳坐动车去了藜江市。动车速度快，一个半小时左右就到了目的地，她在车内广播的提醒下拖着行李箱下车，身边还跟着一对小情侣。

藜江是藜东南一个较大的城市，藜江站是进出藜东南的一个大站，车站虽不如省会藜阳修建得那么气派，但也不寒碜，还很有民族特色。站内搭车的乘客人来人往，倒是热闹。

袁双拖着行李箱，拿着临时身份证明出了站，还转过身等了等那对小情侣。时间不早，站外广场灯火通明，熙来攘往的都是人。私家车司机一见乘客出站，就和见了羊群的饿狼一样扑了过来。

袁双很快就看到了杨平西，不是因为她眼尖，而是他太独特了——在一众动态的人里，就他一个人动也不动地站在围栏边。

袁双想，他果真是没生意头脑，来接她也不知道顺道拉两个客人回去。

"杨平西。"袁双喊了声。

杨平西转过头，看到袁双后把烟掐了，走过去自然地去接她的行李箱，先道了句"来了"，后又说"走吧"。他们不过才相识一天，却十分熟稔，打起招呼来像是旧友，而非新交，丝毫不见外。

"等下。"袁双说，"还有人。"

杨平西这才注意到站在袁双身后的俩人，他知道她是一个人来藜州的，所以稍感疑惑。

"你朋友？"

"算是吧。"袁双冲那对情侣招了下手，和他们介绍了下杨平西，又说，"在动车上认识的，他们明天要去古桥景区。你的旅店不是在景区边上吗？我就让他们跟我一起走了。"

"你的店还能住人吧？"她问。

杨平西这下算是明白了，一个半小时的动车，袁双也没闲着，还帮他拉了客。他失笑，应道："能。"

"那就好。"袁双当下拍了板，说，"带他们一起走吧。"

"听你的。"

杨平西带着袁双和那对情侣去了自己停车的地方，袁双自觉地坐上了副驾驶座。杨平西放好行李上车，递了瓶水给她，又拿了两瓶给后座的人。

袁双拧开瓶盖喝了口水，转头问："从市里到你那儿要多久？"

"一个小时。"

"这么久？"

"景区在郊外。"

袁双没来过藜东南，也没做过攻略，不知道这个古桥景区到底是什么样的。不过，她想，大概和大瀑布景区差不多，在深山老林里，不然也没有山水可看。

"晚上吃了吗？"杨平西系上安全带后问袁双。

"离开酒店的时候吃了点儿。"

杨平西估算了下她进食的时间，离现在应该有五个小时了，便说："先带你去吃点儿东西。"

"不用了。"袁双摇了下头，"先去你那儿吧。"

杨平西看向她："走高速，一会儿要是饿了，路上没有能吃饭的地方。"

"没事儿。"袁双不以为然,见杨平西还看着自己,啧了一声,说,"我减肥,晚上不吃夜宵。"

杨平西挑了挑眉,说:"昨天晚上我看你吃得挺香的。"

袁双像是被踩了尾巴,瞪了眼杨平西:"那是奶奶辛苦做的饭,我不想浪费才勉强吃完的。"

袁双刻意加重了"勉强"两个字的读音,杨平西含着笑点头,不再拆穿她。

他们在前头互呛,看在外人眼里就是打情骂俏。后座的姑娘迟疑了下,问:"我们会不会影响到你们啊?"

"啊?"袁双回过头,见他们看着自己和杨平西的眼神十分暧昧,顿时明白是被误会了,忙解释说,"没影响,我们不是你们这种关系。"

"是吗?"那姑娘还有些不信。

"是啊。"袁双指指杨平西,说,"你没看到我俩多不对付。"

那姑娘笑了,不好意思道:"我还以为袁双姐你拉我们去住杨老板的旅店,是因为你是老板娘呢。"

"没有,不是,别误会。"袁双否认三连,递了个眼神给杨平西:"说话呀。"

杨平西被点,嗯了一声,轻飘飘地说:"她不是店里的老板娘,是'紫霞仙子'。"

杨平西和袁双一来一回拌了两句嘴,他看她的确是不想吃东西,便打消了带她去饭馆的念头。时间不早,他不再耽搁,直接出发回旅店。

◆　　◆　　◆

藜江市区拥有属于城市的夜景,灯火辉煌,五光十色。等汽车离开市里,上了高速,窗外的风景就变成了若隐若现的山峰。西南山多,但海拔不高,有些山远远看着就是个小山丘,道路就在这些山丘之间蜿蜒。

路上,后座的情侣和杨平西熟络了些,便和他打听藜东南好玩的地方。这种问题,杨平西作为旅店老板回答过很多遍,因此驾轻就熟地就给出了几条旅游路线,有热门景点的,也有小众景点的。

杨平西介绍得很详细,袁双在一旁听着暗暗称奇。她以前对藜州也就有个大概的印象,从来没有具体了解过,所以不知道这里能玩的地方那么多,能观山水、看梯田,还能去各种寨子里体验少数民族风情。

"这些地方都离得远吗?"后座的姑娘问。

"远倒是不远,就是分散。"杨平西说,"你们要是想去玩,我可以在店里问问有没有一起拼车的,几个人包一辆车会比较方便。"

"谢谢你了，杨老板。"

杨平西笑着道了句"不客气"，他余光瞥见袁双在深思，不禁说道："你要是也想玩，可以在店里多住段时间，有空我带你走走。"

袁双回神，扭头看向杨平西，抱胸说："你没空我就不能去了？"

杨平西见袁双有意和自己对着干，想来是刚才那句"紫霞仙子"的调笑话把她惹着了。他哼笑了下，说："可以，不过你一个人不安全，毕竟你……"

杨平西欲说还休，袁双立刻明白他要说什么，无非还是拿她说过的话打趣她，这一茬在他那儿是过不去了。

"我——谢——谢——你——啊。"碍于有别人在场，袁双忍了忍，一个字一个字地往外蹦。

杨平西笑意更盛。

就这么说着聊着，汽车下了高速，之后又往深山里开。窗外的景色不再全是群山，道路两旁出现了民居，山上偶有零星的灯火闪过，最后汇成一小片星海。

"山上有寨子。"后座的姑娘说了声。

袁双也看到了，她降下车窗，仰头往山里看，借着朦胧的月色，看清了那一栋栋错落的房子。那些房子和她在侗寨看到的很像，都是木质吊脚楼，结构相似，但细节上还是不同。

没多久，杨平西把车开进了一个小镇，在山脚下的停车场停好车。

"到了。"他说，"前面就是古桥景区。"

袁双看到了游客服务中心的大楼，想来这个景区效益不错，楼建得还挺气派。

和大瀑布景区一样，古桥景区外边也不荒凉，新楼林立，夜色里家家户户灯光绚烂，道路两旁摆了很多摊子，此时烟火缭绕，人声鼎沸，俨然就是夜市。

袁双下了车，听到不知从何方传来的音乐声，讶然道："这里还挺热闹。"

"最近游客多。"杨平西说。他走到车尾，打开后备厢，把两个行李箱拿下来。

那对小情侣自觉地接过自己的箱子，那姑娘问："杨老板，你的旅店在哪儿？"

"山上。"

"啊？"小情侣对视了一眼，不解。

杨平西指了指山上的寨子，说："在苗寨里。"

袁双听到后也很吃惊："不在镇上？"

"嗯。"

袁双抬头，从山脚往上看，那些房子更清晰了。

杨平西看向那对小情侣，说："旅店在寨子最高的地方，车开不上去，只能走路,你们要是累了,可以在镇上找家酒店住。"他抬手指了个方向,说,"沿着这条路往前走,那几排房子都能住。"

小情侣对视一眼,看上去有点儿犹豫。

杨平西大概能猜出他们是不好意思走,便看了眼袁双,说:"我去藜江是接她的,带你们是顺便。"

别人开旅店都是把人往自己店里招揽,杨平西倒与众不同,把人往别的旅店推。

袁双转过头,问:"你怎么不问我累不累?"

杨平西和她对上眼,挑眉说:"你没的选。"

"到我这儿就强买强卖了?"

"不是你说来藜东南一定来照顾我的生意吗?"

这话的确是袁双说的,她也没想耍赖,清了清嗓就说:"那我的朋友跟我住一个地方。"

杨平西这才回过味来,敢情她故意这么问还是为了给他拉客。

袁双看向那对小情侣,问:"你们以前在苗寨住过吗?"

"没有。"

"山顶视野好,空气也新鲜,不想住一晚体验下吗?"袁双露出职业的笑容,说,"你们不是还想找人拼车吗?住在上面,找人的事就交给杨老板。"

那对小情侣低声交谈了会儿,很快就说:"我们上去。"

袁双莞尔一笑,把目光投向杨平西,眼神里带点儿威慑的意味,好像在说——他要是再敢把她带来的生意往外推,她就要他好看。

杨平西低笑,拿出手机说:"我打个电话。"

杨平西给大雷打了个电话,让他下来帮忙搬行李。没多久,袁双就看到一个微胖的男人朝他们走过来。

"哥。"大雷小跑过来,见杨平西身边站了三个人,不由得问,"不是说去接个人,怎么带回了仨?"

"一起的。"杨平西没多作解释。

"现在是要回旅店?"

"嗯。"

大雷听了,伸手要去拿杨平西手上的行李箱,杨平西没给,而是说:"你帮他们。"

"你这个重,是吧?"大雷没多想,转过身去提小情侣的行李箱。

杨平西提起行李箱,看向袁双,示意道:"走吧。"

进寨子的路就在停车场对面，路口有牛角灯，很显眼，两盏灯中间有个牌子，上面写着"黎山寨"三个大字。

山路是由石子铺就的，阶梯则是青石板铺的，袁双本以为上山的路会很难走，但走起来才发现路的坡度很缓，而且不窄，两三个人并排走都行。大雷走在最前头，小情侣跟在他后边，杨平西和袁双殿后，他们一起穿过寨子的芦笙场，往更高的地方去。

袁双边走边打量两旁的房子，这里每栋房子的檐角下都挂着一盏灯，夜里小昆虫正围着灯光打转。

"你怎么没告诉我你的旅店在山头？"袁双看向杨平西。

"你没问。"杨平西回视她，又说，"我以为你不会来。"

袁双之前斩钉截铁地说自己不来黎东南，现在却和杨平西一起走在去他旅店的路上，这算是自己打了自己的脸。她咳了下，说："你别想多了啊，我不是奔着你来的。"怕杨平西不信，袁双又补了句狠话，"我是怕今天不来，明天你的旅店就撑不住，关门了。"

"所以你就给我带了两个客人？"

"空手来总不太好。"

杨平西笑。

山脚下的音乐声袅袅传来，越来越轻，越往山上走，四周越安静。

寨子里悄无人声，袁双偶尔才能在吊脚楼前看到一两个老人和小孩儿，便问："寨子里的人都睡了？"

"没有。"杨平西说，"很多人在山下。"

袁双一想就明白了："做生意？"

"嗯。"杨平西伸手把一根旁逸斜出的树枝举高，等袁双走过后才松开手说，"晚上山下很热闹，你要是不累，晚点儿我带你下去看看。"

袁双乜斜他："现在知道问我累不累了？"

杨平西微微一笑。

说话间，他们路过山间的一块稻田，袁双被田里"咕咚"的一声吓到，不自觉地往杨平西身边靠了靠。

"是鱼。"杨平西说。

"田里有鱼？"

"稻田鱼。"杨平西解释，"寨子里的人会把鱼苗放进稻田里养，等割稻子的时候再捞起来。"

袁双以前听说过稻鱼共生系统，水稻能为鱼提供荫蔽和食物，鱼能松土增肥，吞食害虫，两者互利互助。

"这样养的鱼一定很好吃。"虽然晚上看不见，袁双还是往田里瞅了瞅，评价了一句。

杨平西看她犯馋，笑了，说："到时候捞一条给你尝尝。"

到时候？袁双数了数日子，她虽然不务农，但也知道水稻要到秋季才收割，她怕是等不到那时候。

"到了。"最前头的大雷喊了一声。

袁双闻言抬头，就看到斜坡上伫立着一座吊脚楼，比她刚才看到的所有楼房都大。从低处往上看，那座吊脚楼显得奇伟无比，在苍茫的夜色中像一座府邸。

"杨老板回来了。"

"又来客人了啊。"

"上来喝酒啊。"

袁双听到有人喊杨平西，循声看过去，才发现二楼有人凭栏而坐。她刚才就发现苗寨和侗寨的吊脚楼的不同之处，其一就在于楼上的构造。侗寨的房子多为挑廊，而苗寨则是开放式的围栏。

袁双跟着杨平西往旅店走，进去之前，她站在门口看了眼大门上的牌匾，默念了下上面的字——耕云。这名字应景，旅店在这么高的地方，可不就是"耕云"。

袁双咂摸了下这个店名，这才有点儿相信杨平西是个文艺青年，他车上的那本泰戈尔诗集不是装样子用的，他脖子上的云彩原来是这个寓意。

杨平西把行李箱提到前台，回头没看到人，不由得喊了声："袁双。"

"来了。"

袁双迈过门槛，才进门就有一只毛茸茸的大狗朝她飞扑过来，她一怵，往后退了一步。

"宝贝。"

袁双愣了下。

"坐下！"

袁双看到那只阿拉斯加牵拉着耳朵不情不愿地坐下，这才反应过来杨平西喊的是它。

"你别怕，它不咬人，"杨平西见袁双警惕地站在门边，开口说，"就是想和你玩。"

袁双不怕狗，见那只阿拉斯加不再扑过来，就走到杨平西身边，低头看着它，问："它怎么不找别人玩？"

"宝贝喜欢漂亮的单身小姐姐。"说话的是大雷，他刚帮那对小情侣办好入住，转过头就和袁双搭话，说，"小姐姐，身份证出示一下。"

杨平西知道袁双的身份证丢了，便开了口："她不用身份证，直接给她安排个房间。"

大雷的目光在杨平西和袁双之间转了一圈。他不是没眼力见儿的人，自家老板今天下午才回到旅店，傍晚又急匆匆地开车去了市里，说要接个人。看他和身边的美女这么亲密，想来他接的一定是她，现在他又打破规矩给这位"特权"，这很难不让人多想。大雷自以为察觉到了"奸情"，眼珠子一转，抬手指着前台正对着的那间房，问："安排小姐姐住这间房，行吗？"

袁双顺着大雷的手回头看，穿过大厅，是有间房。

"那间是什么房，标间？"袁双习惯性地问了句。

大雷嘿嘿一笑，看了杨平西一眼，回道："老板房。"

大雷这话要是换作别的姑娘听了，这会儿指定恼羞成怒，但袁双仍是神色淡定，眼神里反倒多了几分谑意。她抬眼看向大雷，竟然笑了，问："是不是每一个单身来住店的姑娘，你都安排到杨老板的房间里？"

袁双转过头，又上下打量了下杨平西，意味深长地说："看不出来啊，你还卖色，吃得消吗？"

杨平西见袁双不生气，还能开玩笑，松了一口气，说话语气也肆意了些："耕云做的是正经生意。当然，如果是你，做一回不正经的生意也可以，毕竟我答应过你——"

"行了行了。"袁双知道杨平西接下来又要提"沾荤腥"的事了。她未卜先知，果断截住他的话，愤愤地瞟他一眼，咬牙切齿地说："还做不正经生意，营业执照不要了？"

大雷看着自家老板和那位美女你一句我一句地打着哑谜，一时云里雾里的，看不出他们到底是什么关系。

"哥，这位美女到底怎么安排啊？"大雷问。

杨平西回过头，说："让她住楼上。"

"行。"大雷在电脑上点了两下，问，"201？"

201是个大床房，杨平西点了下头。

"住几个晚上？"

"随她。"

这意思就是袁双想住多久住多久，大雷算是明白杨平西是什么想法了，也就不多嘴问房费的事。他低头从抽屉里拿出钥匙，很有眼色地递给杨平西，说："房间都是收拾好的，哥，你带人上去？"

杨平西接过钥匙，提起行李箱，示意袁双跟他走。

"你们店，办入住不需要交钱？"袁双问。

大雷看了眼杨平西，回道："你是杨哥的朋友，就不收钱了，这是店里的规矩。"

袁双嗤然，却一点儿不觉得意外，这种赔本规矩也就只有杨平西定得出来。

"我算你朋友？"袁双回头问杨平西。

杨平西没怎么犹豫，点了下头，说："你都因为我来藜东南了，还给旅店介绍了生意，你这个朋友，我认。"

"谁因为你——"袁双余光瞥到一旁看好戏的大雷，清清嗓子，缓了口气才接着说，"我是听老天爷的劝，不是因为你来的。"

"交朋友可以，但免单不行。"袁双很有原则地说，"你有你的规矩，我也有我的规矩，我的规矩就是从来不占朋友便宜。"

杨平西闻言眉间一动，觉得袁双这会儿颇有侠女风范。他失笑，也不和她掰扯，随意地点了下头，说："先住着，等你要走了再结账。"

袁双真是头一次碰到杨平西这样赚钱不积极的人，简直是思想有问题。后头还有人要办入住，袁双就不再在前台戳着了，反正老板都不怕她逃单，她急什么？

"走吧。"袁双下巴一抬，示意杨平西带路。

杨平西拎着行李箱，带着袁双穿过一道小门，来到了后堂。袁双借着走廊的灯扫了眼，后堂有四个房间。

上了楼，袁双发现楼上的布局和楼下完全不同，没有了开放式的大厅，从楼梯上去就是走廊，廊道两边是房间。她数了下，右手边四间房，左手边三间房，三楼一共有七间房。

杨平西领着袁双到了走廊尽头，拿钥匙开了左边的房门。

袁双这才注意到这里的房间用的还是老式的门锁扣，用锁头锁门，这当真十分复古。

推开门，杨平西打开灯，侧身示意袁双进去看看，随后才帮她把行李箱提进去，放在门边。

49

袁双走进房间，意外地发现里面很大，顶灯也足够亮堂。这栋吊脚楼应该是改造过的，房间里有独立的浴室，她随手一模，指尖并未沾上灰尘。

杨平西看到袁双的小动作，想到了昨晚在侗寨她也有过这样的举动，便合理地推测出她可能有洁癖。

"房间每天都有人打扫，床单被褥也是新的。"他说。

房间正中央摆着一张宽一米八的大床，床边摆着一台落地扇，房里没安装空调，想来黎东南气温不高，也用不上。室内靠门处摆着木质沙发椅和一张方桌，桌上还摆着几瓶矿泉水，房内靠窗处有两把木质的高脚椅和一张小圆桌，一看就是给人观景用的。

袁双把身上的包放在床尾，走到窗边，拉开双层窗帘，推开木棱窗往外看。

星临万户动，月傍九霄多。

窗外俯视是一小片灯海，仰头就是一轮皎皎明月，天上星云和人间烟火相得益彰。

袁双不自觉地点头，面上露出满意的神色，由衷地说："你这旅店的位置不错。"

杨平西刚才看袁双四处打量，还以为她对房间不太满意，现在听她褒奖，莫名心口一松。

"夏天山里蚊子多，这里有电蚊香液，你晚上可用。"杨平西指了指床头桌，又说："桌上的矿泉水是能喝的，房间里没放热水壶，放了估计也没人敢用，你要想喝热水，楼下有。"

"噢，对了，"杨平西想到什么要紧的，接着说道，"Wi-Fi 密码是八个 8。"

袁双神色一动，总算是在杨平西身上看到了点儿世俗商人的影子。她转过身背靠着窗沿儿，看着杨平西谑道："没想到杨老板也这么迷信。"

"讨个彩头。"杨平西无所谓地说。他转过身把门上的钥匙和锁头一起摘下，放在桌上，叮嘱道，"你出门记得把钥匙带上。"

"我要是弄丢了怎么办？"

"我那儿有备用钥匙。"

袁双想想也是，一般酒店都有万能房卡，他这儿不用磁卡，自然是要备一份钥匙的。

杨平西一时想不到还有什么要交代的，便说："有事就下楼找我。"

袁双想换套衣服，就点了下头。

杨平西转身出门，临走前又想起了什么，回过头说："对了，木头房子的隔音不是很好,你晚上要是和朋友聊天,记得小点儿声。"

袁双额角一跳,又想起了前一晚的糗事。她觉得杨平西就是故意给她找不痛快,看她吃瘪,他就高兴。

"不用你提醒我也知道,赶紧走!"

袁双大踏步往门的方向走,毫不犹豫地关上门,然后低头一看,嚯,三个插销。她气笑了,心想,杨平西这是靠插销数量来给住客安全感的吗?装这么多他不嫌累,她一个个插好都觉得累得慌。

关上门,袁双再次细细地打量了下房间。从木头的颜色上看,这栋吊脚楼应该有些年头了,但意外的是并没有给人一种陈旧灰败的感觉。她走进盥洗室看了看,发现里面的墙壁,包括地板和天花板,都用了隔水材料,将室内与木墙完全隔开。

袁双以一个酒店人的眼光来看,杨平西的旅店自然比不上市里的星级酒店,毕竟硬件设施的差距摆在那儿,但作为一家特色旅店,这里其实还是不错的,至少比她设想的要好。

她换了套衣服,重新一个个打开插销,开门后左右看了看,只见她住的房间边上有道小门,推门进去是个不大不小的阳台,阳台一侧连接着室外楼梯。

袁双在阳台上站了一会儿,听到了潺潺的水流声。夜里她看不清山里的情况,但凭借耳朵听到的声音,可以确定,吊脚楼的另一侧有条溪涧。

有山有水,杨平西的旅店可谓占尽了天时地利。

袁双拾级而下,到了二楼走廊发现还能往下,她犹豫片刻,接着往下走,不过只走了几级台阶就到了底下。

楼梯连通的房间里放着一台洗衣机,边上的洗手台上还放着搓衣板、洗衣液和几个脸盆,显然这是个洗衣间。洗衣间左右两边各有一道门,一道门锁着,另一道只挂着布帘,此时开着门的那个房间里传来了"轰轰"的抽油烟机声,那里应该是厨房。

袁双抬起头看了下,发觉底下这层的挑高只有二、三楼的一半,她抬起手就能碰到顶上的木板。往前走几步,她又看到了一道楼梯,楼梯顶上也用布帘挡着,帘子后头有人在说说笑笑——这道楼梯是通往大厅的。

这栋吊脚楼是半干栏式建筑。袁双以前在书上看到过,一般老式吊脚楼的底层是蓄养家禽或放置杂物用的,杨平西显然没有这个需求,就将底层进行了改造,将四壁围起,隔出了厨房和洗衣间。

那大厅底下的空间又是做什么用的?

袁双正打算走楼梯去大厅，从另一侧楼梯下到底层一探究竟，才抬脚，厨房的帘子就被撩开了。

杨平西一手端着盘子，一手撩着布帘，看到袁双时有些意外。

"闻着味下来的？"杨平西走出厨房，说，"下来了正好，去大厅坐着吃吧。"

袁双没想到厨房里的人是杨平西，惊讶之余指着他手里的一盘炒面，问："给我的？"

"嗯。"

"我不是说我不吃夜宵？"

杨平西挑眉："真不吃？"

袁双今天白天在酒店没吃什么正经饭，傍晚也就啃了个面包，现在确实有点儿饿了。她在打脸和打肿脸充胖子之间摇摆，最后看了眼杨平西，理不直气也壮地说："算了，你做都做了，别浪费。"

杨平西一笑，也不拿她说不吃夜宵的事调侃，怕一不小心让她下不来台，她就真不吃了。

袁双跟着杨平西上楼去了大厅。厅里摆着几张桌子，此时有些住客正聚在一起喝酒聊天，他们看到杨平西，立刻开起了玩笑。

"杨老板，只给美女炒面呢，我们没有？"

"就是，偏心啊。"

"我们也饿了。"

杨平西找了张空桌把盘子放下，回过头说："锅里还有一点儿，你们要吃，抢去吧。"

话音刚落，只见两个年轻点儿的小伙子歘地从座位上起身，飞快地往厨房奔去。

袁双拿起筷子，卷起一筷子炒面尝了一口，真香啊。她没想到杨平西的厨艺居然还不错，至少比她好太多了。袁双一边吃着面，一边环顾四周。厅里灯光幽幽，三三两两的人坐在一起喝酒唠嗑。大厅的天花板上安装了投影仪，此时幕布上正投映着电影《加勒比海盗》，几个姑娘坐在围栏靠背椅上或看电影，或玩手机，边上有人在逗狗，角落里的足球桌也有人在玩。这家旅店在杨平西的经营下，好像也不是那么凄凉，甚至入住率还挺高。

旅店的客人不少，这一点倒是出乎袁双的意料。她觉得自己之前可能看走眼了，说不定杨平西是个商业奇才。

"杨老板，炒面没有，酒总能调一杯吧？"有人喊道。

"喝什么？"杨平西问。

"来杯金菲士吧。"

"等着。"

袁双抬头，纳罕地问："你还会调酒？"

杨平西没否认，反问她："来一杯？"

袁双是真好奇杨平西调酒的功夫，便从善如流地点了下头，她也不说要喝什么，只让他看着办。

旅店前台和吧台是连在一起的，袁双坐在位置上，看着杨平西熟练地晃动着摇酒器，一时竟出了神。

没多久，杨平西端来一杯酒放在袁双面前，自己则倒了杯啤酒坐在她对面。

"莫吉托？"袁双虽说不常泡吧，但以前在北京，工作压力大了也会去放松一下，因此很轻易就认出了杨平西给她调的酒。

"嗯。"

"我以为你会给我调一杯烈的，"袁双说，"比如长岛冰茶。"

杨平西抬眼，笑道："我怕你又以为我不怀好意，要走上'犯罪道路'。"

"你怎么还记得这事？我那是单身姑娘出门在外正常的警惕心。"

杨平西颔首："嗯，一个人出门在外是要多个心眼儿。"

"不过我现在知道你人不坏。"

"这么快就下结论，不再多观察一阵儿？"

袁双支着下巴，看着杨平西说："我看人很准的，你这个人，顶多嘴坏了点儿，心眼儿倒是不错。"

杨平西听袁双损一句褒一句，摇头失笑，举起酒杯朝她示意了下。

袁双见了，毫不犹豫地举起那杯"莫吉托"，直视着杨平西的眼睛，豪气道："杨平西，你这个朋友，我也认。"

杨平西看袁双一副义薄云天，像是要和他拜把子的模样，不由得失笑。他抬起酒杯和她轻碰了下，扬了扬唇，衔着笑说："袁双，欢迎来到耕云。"

✦ ✦ ✦ ✦

夜静深山空。

月胐星堕时分，寨子里万籁俱寂，只有不知名的鸟儿时不时地鸣叫一声，反衬得山林更加幽静。

袁双上楼回到房间里，洗了澡换了睡衣就坐在窗边欣赏寨子的夜景。辞了工作，不需要再二十四小时绷紧神经，也不需要时刻准备处理突发事件，这难得的闲暇时光让她感到久违的轻松。她拿出手机拍下今晚的月亮，正要发到朋友圈装下文艺青年，还没想好措辞，房门就被敲响了。

"是我。"杨平西的声音从门外传来。

袁双放下手机，起身拿了件外套披上，这才走过去开门。

"怎么了，杨老板？我没叫夜床服务啊。"

"我这儿没有夜床服务，只有夜灯服务。"杨平西没让袁双的玩笑话落地，递过手上的夜灯，说，"刚才忘了把这个给你。"

袁双没想到杨平西还挺贴心的，还记得她睡觉时要点盏灯。她接过夜灯，想到昨晚闹的笑话，忍不住说："今天倒是没给我送电香炉。"

杨平西笑道："我这儿没有观音娘娘，但是厨房里供着灶神，你要是想要电香炉，我可以帮你向他老人家借一晚。"

"别，还是留给灶神吧，免得他晚上吃供品没灯。"袁双举起夜灯示意了下，爽快地道了声，"谢了啊。"

杨平西微微颔首，想到什么又说："我住楼下，晚上有什么事就找我。"

"怎么找，打电话？"

杨平西低下头，轻轻跺了两下地板："像这样。"

201下边就是杨平西的房间。

"你是土地公吗？"袁双被他示范的特殊联络方式逗笑了，轻嗤一声说，"深更半夜的，我还能有什么事找你？"

杨平西不说话，看着袁双的眼神倒是意味深长起来。

他一个眼神，袁双就知道他是什么意思，一时是气也气不过，笑也笑不出，便抬手把门关上，边插插销边放狠话："小心我晚上跺你一脸灰。"

门外传来一声轻笑，很快响起一阵脚步声，杨平西下了楼。

袁双盯着房门，过了会儿不知怎的，兀自笑了，同时还嘀咕了一句："没个正形。"

时间不早，整个寨子的人似乎都睡下了，旅店也静悄悄的。

袁双把窗户关了，又把小夜灯插上，关了房灯，躺在床上。黎州是避暑胜地，深山里更是凉爽，到了夜晚，气温降低，房间内不需要空调就十分舒适。她听着隐约的虫鸣，看着床头的夜灯，忽地觉得在这儿待一阵儿其实也不错。

袁双是做酒店工作的，经常出差，所以不怎么认床，加上晚上喝了酒，她没像之前在北京时那样失眠，沾了床很快就睡了过去，还做起了梦。

梦里，袁双在房间里跺了跺脚，杨平西就像土地神一样从地板里钻出来。他问她有什么事，她咽了咽口水说自己饿了，他反问"不是才吃了炒面"，她说，不是肚子饿，是身体饿。杨平西听了就用睡前那般意味深长的眼神看着她，问她是不是想"沾荤腥"了。她盯着他，点了下头。他听后立刻朝她逼近，一边走一边脱衣服，嘴里还说着"算了，就和你做一笔'不正经生意'吧，谁让我答应你了"。接下来的梦境就十分旖旎，不可描述了。

袁双是被一声嘹亮的鸡鸣惊醒的，她猝然睁开眼，表情很是茫然。明明藜东南空气湿度大，她却睡得口干舌燥的。她舔了舔干巴巴的唇瓣，缓了片刻才清醒过来，意识到自己昨晚做了春梦，对象竟然是杨平西！

"见鬼了。"袁双坐起身，拿起桌上的一瓶水，拧开盖一口气喝下大半瓶，这才解了渴。

弗洛伊德说梦是欲望的满足，袁双简直不敢去回想昨晚的梦境。她呆坐在床上，心想，看来真被李珂说中了，她内分泌失调，真的需要个男人。但是，怎么会是杨平西呢？他们才认识多久，她怎么就梦见他了呢？袁双懊恼了一阵儿，重新摔回床上，扯起被子把自己埋了。

木头房子不隔音，走廊楼梯只要有人走动就会有声音。袁双在床上躺了会儿，听到外面不时传来的脚步声，没了睡意，掀被起床。她走到窗边，推开窗户，呼吸了下山里新鲜的空气，醒了醒脑。

耕云位置高，袁双低头就能看到寨子里的情形。

清晨，山里雾气还未消散，朦朦胧胧的，像是轻纱。这个点，寨民已经开始忙活了，山里的小道上时不时能看到他们进出寨子的身影，有些人挑着扁担去山底，有些人扛着锄头进山里。

昨晚袁双就觉得黎山寨的夜景很美，没承想白天的风光也不遑多让，远离城市的喧哗，这里的一切都有涤荡心灵的功效。

在窗边站了会儿，袁双听到二楼大厅有人在说话，她想了下，转身去盥洗室洗漱。刷了牙洗了脸，她还花心思化了妆。前两天在藜州，她心理一直处于迫降的状态，只想着回京，也就没心情捯饬自己。现在来藜东南是她自愿的，既然出来玩，当然是要美美的。

化好全妆，袁双换下睡衣，出门。她从自己房间这侧的楼梯下去，到了大厅，只见两三个住客正坐着吃早饭。她环视一周，没看到杨平西，不由得朝他的房间看去。

"姐，你找杨哥吗？"大雷从通往洗衣间的楼梯上来。

袁双昨晚问了，大雷不过二十出头的年纪，喊自己一声"姐"，她还是担得起的。

"他还没起？"

"早起来了。"大雷说，"一早送客人去千户寨了。"

现在还不到八点，袁双惊讶："出门了？"

"嗯。"

"他当老板还当司机？"

大雷点点头，说："这里离千户寨不太远，也就半小时的车程，很多客人逛完古桥都会去大寨子里看看。早上这个点到千户寨的大巴还没开始走，杨哥见几个客人想去，就开车送他们过去了。"

"又是免费？"

"噢。"大雷又点点头，"杨哥说，也就走一趟，费不了多少油。"

这倒是杨平西的作风，袁双低声嘀咕了句："这个冤大头。"

袁双和大雷说话时，楼梯底下走上来一个人，穿着黑布衣裳，头上缠着发包，发包前还插着一朵花，显然是个苗族妇人。她上来就问大雷："还要不要下面？"

"万婶，再下一碗吧。"大雷回道。

万婶应了声"好"又转身下楼，去了厨房。

"她是？"袁双忍不住问。

"店里打扫卫生、做饭的婶婶。"大雷回答完又说，"姐，你先吃早饭，哥应该很快就回来了。早上出门前他让我等你起了和你说一声，等他回来带你去古桥景区里逛逛。"

"他不回来我还不能自己去了？"

"哥说了，你没身份证进不去。"

"……"

没有身份证，袁双吃完饭只能老老实实地待在旅店里。大清早的，店里没什么人，她坐不住就起身转了转。昨晚有人看电影，投影仪电动幕布遮住了背后的墙，现在幕布收起，她才发现那边摆着一个书架。

袁双踱步走到书架前，目光一掠。架上的书和她想的差不多，都是些文艺青年爱看的书，诗歌、散文还有游记占了大部分，角落里还放着本地特色的明信片。

"姐，你看书呢？"大雷从前台走过来。

56

袁双颔首,问:"这些书都是杨老板挑的?"

"有些是,有些是来店里住的客人摆上去的。"大雷走近后,低声神秘兮兮地说,"书架上还有杨哥写的诗呢。"

袁双吃惊:"他还出过书?"

"不是出版社出的,是哥的一个朋友,觉得他写的诗有意思,就自费帮他做了几本诗集。"

"是哪一本?"袁双闻言饶有兴趣地看向书架,仔细地端详起那些书来。

"喏。"大雷用手指了下,颇为嘚瑟地说,"我早上刚摆上去的。"

袁双一看,嚯,正中央。她取下诗集,先扫了眼封面,一眼就看到了作者名——逍遥诗人。袁双被这个名逗笑了,她拿着诗集走到围栏的靠背椅那儿坐下,兴致勃勃地翻开扉页,打算拜读下杨平西的大作。她想,他出门载客都会在车上放一本"泰戈尔",那他的文学水平应该不会太差,说不定真是民间隐藏着的现代诗人。这么想着,她往后翻了翻书页,看起诗来。

第一首诗——《月亮》:

　　天上的月亮,
　　圆的时候是一块月饼,
　　缺的时候是一块烧饼。
　　这是因为,
　　我爱吃烧饼,不爱吃月饼。

袁双:"……"杨平西是天狗吗?月亮是被他吃了的?

第二首诗——《星星》:

　　夜晚,我抬起头,
　　想写一首关于星星的诗,
　　夸一夸它身处黑暗
　　却仍尽力闪耀着微弱的光芒。
　　可是,
　　今晚多云。

袁双:"……"这确定是诗歌,不是笑话?

袁双开始怀疑这本诗集的文学含量,她不再一篇篇地往下翻,而是随手翻到一页,打算看看后边的诗会不会像诗一些。

这页标题——《宝贝》:

> 耕云的宝贝是一只阿拉斯加,
> 前天它咬了姑娘的裙摆,
> 昨天它舔了姑娘的手,
> 今天它趴在姑娘的腿上,
> 赶都赶不走,
> 真狗。

袁双:"……"

这都是什么狗屁不通的诗,袁双看笑了,她现在可以肯定,杨平西这辈子的才华都用在给旅店起名上了。什么逍遥诗人,废话诗人还差不多!

杨平西回到旅店,进门就看到袁双倚在"美人靠"上,手里捧着一本书在读。她今天化了妆,穿了条红色长裙,晨风时不时拂动她披肩的长发,朝晖落在她颊侧,衬得她明艳动人。

黎东南有句话说:"美人靠上坐美人,不美也有七分俏。"袁双坐在美人靠上,却是有十二分俏。

杨平西还是第一次看到袁双娴静自然的模样,不由得恍了下神。他举步朝她走去,想看看她到底在看什么书,这么开心。

他走近,还没出声,袁双就先行抬起了头。

看到杨平西,袁双嘴角的笑意更加灿烂,简直可比初升的太阳。

杨平西心神一荡,下一秒就听到她谑笑着说:"回来了呀,逍遥诗人。"

杨平西:"……"

原来她看的是他的诗集。

Chapter 4 合作愉快

怎么打从认识他开始,她就一直被牵着鼻子走?

杨平西才开旅店那会儿,一群好友从五湖四海来藜东南给他捧场。耕云才开业时没什么生意,他们就献策似的给他支着儿。有个在新疆开旅店的朋友告诉他,得有文艺范儿,不仅店要布置得文艺,人也得文艺,要常常四十五度角仰望天空。

杨平西虽然不是特别糙的人,但也不是心思敏感的人,学不来文艺青年的姿态。那朋友就给他想了个法子,让他读诗写诗。好友说了,"读诗使人灵秀",读的多了就会写了,等诗写得多了,他的身上就会自然而然由内而外地散发出一股淡淡的忧伤,这就是文艺范儿了。

杨平西当时信了,现在再看,是信了邪了。

"杨老板,你这笔名挺'中二'啊。"袁双笑得不能自抑,单薄的双肩颤动。

杨平西记得自己之前就把书架上的诗集收起来了,袁双不可能翻得出来,他一想就知道是大雷干的好事。

"随便取的。"诗的确是杨平西写的,他没什么不好承认的。

袁双合上书,问杨平西:"你现在还写诗吗?"

"不写了。"

"为什么?"

杨平西半开玩笑地说:"江郎才尽了。"

袁双捧腹大笑:"你这水平还有才尽的下限?"

杨平西看她笑得欢,忍不住摇了下头,绷不住,也笑了。

"吃早饭了吗?"杨平西问。

"吃了。"

"那走吧,带你去景区里转转。"

"我的身份证呢?"

"我托人给你带过来。"

袁双问:"没身份证我能进景区?"

"可以。"杨平西说,"你跟着我就行。"

袁双点头,起身说:"你等着,我上楼拿包。"

59

"嗯。"

袁双上了楼,刚从兜里掏出钥匙要开锁,就听到这一侧另一头的房间里传来"砰"的一声闷响,像是有什么重物掉落在地,整栋楼都晃了下。袁双被吓了一跳,回过神后立刻走过去,趴在门上听了下,房间里传来人的呻吟声。她眉头一紧,立刻走到楼梯边冲底下喊:"杨平西,杨平西!"

杨平西早在听到动静时就上了楼,袁双喊他时他就像闪现一样出现在走廊上。

"里面的人好像出事了。"袁双语气短促道。

杨平西神色严峻,敲了敲门,喊道:"李先生?"

里面的人没有回应。

袁双说:"会不会晕过去了?"

杨平西沉下眼,没有片刻犹豫,侧过身用力往门上撞去。他倾尽全力撞了几次,总算是把门撞开了。

袁双探身往房里看,只见李先生瘫倒在地,口吐白沫,浑身正在不住地抽搐,看上去已经不清醒了。

"是癫痫。"袁双当机立断,立刻进了屋,蹲下身观察了下李先生的情况。

她把李先生的两只手一上一下地搭在他胸前,又屈起他的腿,同时对杨平西说:"让他侧卧。"

杨平西没有质疑袁双的话,立刻蹲下,从背后推了李先生一把,让他侧躺着。

楼上的动静吸引了很多住客上来围观,有客人见着房间里的情况,骇了一跳,说:"'羊痫风'?"

外边很多人吸了口冷气,又有人说:"听说'羊痫风'犯病时掐人中有用。"

"姐,要不要试试?"大雷问。

"不行。"袁双斩钉截铁地拒绝了这个法子,她把李先生衬衫的扣子解了,转过头对着门外的人喊道:"都散开,让房间里通气。"

杨平西给大雷使了个眼色,大雷立刻转身把围观的人劝退,又回过头问:"是不是要叫救护车来?"

杨平西刚要点头,就听袁双说:"暂时不用。"

他转过头,袁双抬眼很冷静地说:"先观察一下。"

她抬头看了眼房间里的挂钟,问杨平西:"带手机了吗?"

"嗯。"

"你给他录个视频。"

杨平西不解，但没有质疑她的话，而是照做。

癫痫发作有自限性，一般几分钟就会自行终止，但要是超过了五分钟，那就是大发作，必须要人为干预了。

袁双抽了几张纸帮李先生把嘴边的白沫擦了，她掐着时间观察着，心里发紧。约莫过了两分钟，李先生不再抽搐，渐渐地平静下来，她这才长松一口气。

"是癫痫小发作，现在没事了。"袁双抬头对杨平西说。

杨平西低头看着袁双，眸光深深。

没多久，躺在地上的李先生恢复了意识，慢慢睁开眼。他见自己躺在地上，房间里还有别人，开口就问："我是不是犯病了？"

袁双点了下头，又问了他名字、年龄和职业，李先生都一一回答了，她这才确定他是真的清醒了。

李先生坐起来，杨平西伸手把他扶到床上休息。没过一会儿，房间里急匆匆走进来一个女人，是李先生的太太。她一进门就走到床边，焦急地询问李先生："你没事吧？"

李先生疲惫地摇了摇头。

李太太和李先生说了两句话，这才转过身看向杨平西和袁双，歉然道："我早上出门去寨子里逛了下，没想到我老公会犯病，给你们添麻烦了。"

袁双给了李太太一个安抚的笑，轻声道："您先生这次发病时间是三分多钟，我们拍了视频，您到时候可以拿给医生做诊断用。"

李太太又道了谢，看着袁双说："你很专业啊，一般人碰到我先生犯病，早被吓住了，你居然还知道要怎么急救。"

袁双淡然一笑，只说："以前工作需要，学习过。"

之后，袁双又把李先生发病的情况和李太太说了一遍，杨平西也说再有什么事可以找他，李太太听了后又是千谢万谢。

人没事了，杨平西和袁双就离开了。出门前，袁双特意看了眼门上的插销，若有所思。

走出房间，袁双喊住杨平西："我有事和你说。"

杨平西点了下头，回道："正好，我也有事找你。"

他们一起下了楼，到了大厅，袁双找了张空桌坐下。杨平西倒了杯水给她，然后坐在对面。

"你先说。"杨平西抬眼示意。

袁双喝了口水润了润嗓子，放下杯子，看着他说："你得把旅店的门锁都换了。"

接着，她正色道："今天还好李先生只插了一个插销，如果他全都插上，你是撞不开门的，就是只有一个插销，你也不能保证每次都能及时地撞开，以后要是再遇到客人有突发情况，你进不去，会出事的。"

这栋房子当初改造的时候，杨平西就和设计师好友商量过要把房间门锁换掉，但好友觉得老式门锁有特色，留下一些"过时"的老物件反而能让住客有入住吊脚楼的体验感。当时杨平西就没有坚持换锁，只是让人在门后多安了两个插销，觉得这样住的人能更有安全感。旅店之前没出过今天这样紧急的情况，杨平西也就忽视了插销的风险，现在袁双这么一提，他觉得的确有必要把店里的门锁全换了。

杨平西看着袁双，眼神又深沉了一分，他问："你以前是做什么的？"

"干吗突然问我这个？"

"医生？"

"我像吗？"

杨平西轻点了下头，说："你刚才很专业，也很冷静。"

袁双笑了："就凭这你就猜我是医生？"

"我不确定，所以问你。"

袁双见他问得诚心，也就不卖关子了，坦诚道："我们算是同行。"

杨平西讶然："你也开旅店？"

"没有，不过也差不多。"袁双说，"我之前在酒店工作，急救是入职培训必修的课程。"

杨平西豁然明白，又抓住关键词问："之前？"

"嗯。"袁双耸了下肩，讪讪地说，"前不久辞了，这次出门就是辞职旅行来的。"

杨平西闻言如释重负般，扬起唇角笑了。

袁双见他幸灾乐祸，不满道："怎么，我没工作，你很高兴？"

"嗯。"

"杨平西！"

杨平西微敛起笑意，目光定定地看了袁双几秒，忽地问："袁双，你要不要留在我这儿？"

"啊？"

"留在耕云。"

袁双着实愣住了，反应了几秒才明白杨平西的意思。

"你让我来藜东南，是真的想骗我来给你打工啊？"

杨平西没否认，虽然之前他只是有这个想法，但今天这个念头非常强烈——他想留下袁双。

袁双不为所动，摇了下头，缓缓道："我堂堂一个大堂副理……"

"不就是职位？你来耕云，就是总经理。"

袁双无语，然后直白道："你店里就几个人啊，有部门吗？还总经理，光有个名头有什么用？"

"我给你分成。"杨平西直接说福利。

袁双虽然没被打动，但还是好奇地问："多少？"

"三成。"

"三成？！"

"不然……四成？"

杨平西说三成的时候，袁双就已经很惊讶了，他说"四成"的时候，她可以说是震惊了。她一个没入股的人，他要把旅店赚的钱分给她四成？

"大雷呢？"袁双稳住心神，问，"你给他多少分成？"

"他拿固定工资。"

"万婶也没有？"

"嗯。"

也就是说，分成就只是针对她的？袁双狐疑，问："为什么单单给我分成？"

"舍不得孩子套不住狼。"杨平西坦诚说，"我觉得你很有能力，又是做酒店的，有你加入耕云，旅店会更好。"

袁双被夸得有些飘飘然，但还没失去理智。杨平西的为人，她还是相信的，他既然说了给她分成，那就是作数的。因为职业病，袁双昨天晚上就大致算过了，按照前台标注的房间价格，如果旅店每天都能满房的话，那营业额还是很可观的。杨平西是真舍得"孩子"，袁双要说一点儿都不动心，那是骗人的，除了金钱的吸引力，她内心深处有一个地方隐隐地被触动了。但是，留在藜东南，留在耕云，她下不了决心。

杨平西像是看出袁双还有顾虑，也不紧逼，他看了眼时间，起身说："走吧？"

"嗯？"袁双还有些蒙。

"说了要带你去景区转转,再不去今天就逛不完了。"杨平西说完一笑,垂眼道,"先玩要紧,我不急着要你的答案,只要你在藜东南,我的邀约就一直有效。"

✦ ✦ ✦ ✦

下了山,杨平西带着袁双去了北门售票大厅,买了两张观光车的车票。在黎山镇定居的人免票,景区的检票员认识杨平西,看到他也不拦,袁双跟着他一路畅通无阻地进了景区。

古桥景区和大瀑布景区一样,里头有好几个景点,彼此之间都隔得远,需要乘坐观光车才能到,否则走上一天都逛不完。

杨平西领着袁双去了乘车点,上了旅游大巴。那司机认识他,见了他就打招呼,说:"嚯,小杨啊,好几天没见着你了,上哪儿去了?"

"黎阳。"

"难怪去店里喝酒也没见着你。"司机说完看向袁双,饶有兴趣地问,"这姑娘是谁啊?"

"朋友。"杨平西简单地应了话,回头让袁双找个位置坐下。

袁双就坐在司机后边靠窗的位置,杨平西在她身边坐下,又和司机攀谈了两句。

车满员后就发车了,大巴沿着山脚下蜿蜒的山路缓缓行驶。袁双转头看向窗外,一条绿汪汪的大江映入眼帘,像一条绿丝带。她想,这就是藜江。

大巴走了大概十五分钟就到了古桥。袁双跟着杨平西下了车,走两步就看到了横亘在碧江上的一座七孔桥。

此时太阳已高升,阳光倾洒在江面上,映射出粼粼的波光。古桥上站满了游客,江水两岸的人也不少,旅游团的导游站在岸上,挥舞着小旗子,用喇叭点名。

袁双低头去看江里的鲤鱼,嘀咕了句:"喂得真肥。"

"要不要帮你拍张照?"杨平西见边上的姑娘都在摆姿势拍照,便问了句。

袁双抬眼,兴致缺缺:"都是人,拍了也不好看。"

旅游季到了,最近游客越来越多了,杨平西说:"本来想带你夜游的,晚上景区里没人,很安静,但是光线不好,看不到什么景色。"

"晚上还能进来?"

"本地的可以。"杨平西看她,"有兴趣?"

袁双点点头,她还没晚上逛过这种地方,自然想体验一回。

"以后会有机会的。"

杨平西说得漫不经心,袁双却觉得他这话一语双关,一时又想起了刚才在旅店他说要她留下的话。袁双走了神,还是边上导游的一喇叭把她吓回了神。

既然都来了,还是得拍几张打卡照,袁双拿出手机对着古桥随意拍了两张,余光见杨平西走到一旁接电话,她听他喊了声"大雷",就知道是旅店有事找他。

等杨平西挂断电话,袁双走过去问:"旅店有事?"

"嗯,出了点儿小状况。"

"那你回去忙吧。"

"你自己……"

"我多大人了,再说,之前去大瀑布我不也是一个人走下来了吗?"袁双很干脆,朝杨平西摆摆手,说,"你赶紧回去吧,别耽误挣钱。"

杨平西失笑,也不和袁双假客套,交代了几句:"古桥有六个景点,每个景点都有观光车,这次不用错峰,按路线走就行。"

袁双点头。

"走栈道的时候别离水太近,容易掉下去。"

"嗯。"

"去水上森林就按景区规划的路线走,别往山里面跑。"

"嗯。"

"如果要坐船,一定记得穿救生衣。"

袁双听杨平西事无巨细地叮嘱她,好像她是第一次出门的小孩儿,忍不住开口说:"杨平西,你早上才说我有能力,现在就质疑我了吗?"

杨平西愣了下,随即笑了,说:"我是怕你人生地不熟会出事。"

"我这么大个人了,能出什么事?"袁双做出一副不耐烦的模样,嫌弃道,"我要开始玩了,你赶紧走吧。"

杨平西笑了一声,说:"小心点儿。"

袁双朝他挥挥手,敷衍地道别,见他转过身走了两步,又回过头来,啧了一声,问:"又怎么了?"

杨平西从兜里掏出手机,低头点了两下,走回去说:"加个好友,有事好联系。"

袁双这才意识到,自己和杨平西都半熟了,却连对方的微信都没有。她从包里拿出手机,扫了码加他。

杨平西的微信名就是"耕云",头像是店里那只阿拉斯加犬的照片,袁双扫了一眼,点击添加。

加上好友,杨平西就走了。袁双等他走远,才找出他的微信,翻看起他的朋友圈。

杨平西发朋友圈不怎么勤快,半年仅有几条动态,每一条都和他养的那条狗有关。

3月22日,他发了张阿拉斯加犬的照片,问:"狗丢了,有没有人看到?"

4月18日,他又发了张狗的照片,问:"狗又丢了,有没有人看到?"

5月28日,他还是发了一张狗的照片,问:"有没有人看到我的狗?"

6月15日,他仍然发了一张狗的照片,说:"狗丢了,看到的人麻烦联系我。"

袁双看笑了,敢情杨平西的朋友圈就是发寻狗启事的地方,这要是不知道的人,还以为他开的是叫"耕云"的宠物店。明明是个旅店老板,朋友圈里却没有一条宣传旅店的动态,简直不务正业。

"这人。"袁双摇了摇头。

此前,她一直觉得杨平西不够精明、市侩,不是做生意的料,可这两天她看旅店的住客还是挺多的,难道是因为旅店风水好?

想到这儿,袁双不由得又想到了早上他邀她入伙的事。之前,她觉得和杨平西搭伙肯定亏死,现在看来好像不会,但即使没了这个顾虑,她还有别的顾虑。

袁双虽说不是什么顶级院校的高才生,但毕业院校并不差,毕业后她凭自己的本事当上了大堂副理,自认能力也不差。虽说现在辞职了,但凭她的履历,只要她想,回北京再在好点儿的酒店找份工作还是很容易的。以前在酒店受了气或是工作累的时候,袁双也想过要开家民宿,自己当老板,但不过是想想罢了,她知道这不现实。如果她现在答应杨平西,就意味着要放弃这些年在北京费尽心力打下的根基,一切将从头开始。

袁双仔细考虑了一下,还是理智地认为留在藜东南不是靠谱的选择,杨平西赏识她,算他有眼光,但她只能对他说声"抱歉"。

边上的旅游团集结完毕,在导游的一声令下,一齐出发了。袁双也不再站在原地,快步走到了他们前面,打算好好逛一逛景点。

藜江两岸都能走,一边是宽阔的公路,一边是狭窄的栈道。上午太阳斜照,公路上没什么遮挡物,她直接被曝晒在阳光之下。

袁双怕晒，就从古桥走到了对岸，借着树荫沿着栈道往前走。栈道没有扶栏，难怪杨平西让她别靠江边走。不过藜江的水淌得缓慢，江水也不是很深，倒不那么危险，她甚至看到有游客蹲在江边的礁石上玩水。

藜江水绿中带蓝，与大瀑布景区湍急的江流相比，别有一番意趣。袁双打开游客模式，一路上走走停停，时不时地拍几张照发到家族群里，向父母汇报自己的情况。

走了半个多小时，袁双找个石头坐下休息。她从包里拿出早上出门前杨平西给她的水，才喝了两口，就见一个身材高挑的姑娘笑着朝她走来。

"小姐姐，你能不能帮我拍几张照片？"高个儿姑娘问。

袁双想着也就一会儿的工夫，便盖上瓶盖，接过了她手中的相机。

高个儿姑娘摆姿势很专业，都不带重样的，袁双帮她拍了十几张照片，看得出来她很满意，道了谢又殷切地问她能不能结伴一起走。

袁双一眼就看穿了她的心思，这姑娘不是真心想找人做伴，而是想找人给她拍照。所幸袁双今天不赶时间，寻思着一个人走也是无趣，不如就和她做个伴。

"我叫梦茹，小姐姐，你呢？"高个儿姑娘搭话。

"袁双。"

"那我叫你'小双'？"

袁双挑眉，说："我可比你大。"

"我今年大学刚毕业，你不是吗？"梦茹问。

袁双摇头："你看我像学生吗？"

"像啊，又年轻又漂亮，"梦茹眨巴眨巴眼睛说，"看着不比我大。"

袁双心想，这姑娘嘴还挺甜，知道找人帮忙要先把人哄高兴了。

袁双和梦茹结伴走完了古桥景点，因为聊得还不错，又一起乘车去了水上森林景点。

"水上森林"，顾名思义就是水上的森林，森林里种的都是水杉，高大的树木挺拔冲天，根部却浸在水中。

袁双刚进景点就感到一阵凉爽。森林里修了小道，走在其中能听到周边细微的水流声，有些游客还会脱了鞋袜下到水潭里戏水。

到了新景点，梦茹的拍照瘾又发作了。她兴冲冲地把相机递给袁双，袁双就找好角度帮她拍了几张。

"小双姐，你拍得真好。"梦茹翻看照片，忍不住夸了一句。

袁双不居功，只说："是你上镜。"

"你觉得我上镜？"

"嗯。"

"那你说我去当模特儿怎么样？"

袁双思忖了下，反问："工作还没定？"

梦茹嘴角的笑意霎时没了，垮着肩说："我想当模特儿，但是我爸妈想让我回老家找份安稳的工作。"

袁双愣了下，总觉得梦茹这情况似曾相识。

"我才不回去，安稳有什么好的？"梦茹赌气道。

袁双垂眼说："你爸妈也是关心你，怕你在外面吃苦头。"

"我知道，但是……"梦茹双手叉腰，意气风发地说，"我才二十一岁啊，人生还长着呢，现在不去尝试不去挑战，以后我一定会后悔的。"

袁双一时怔忪。她想到了自己。二十出头的时候，袁双也做了和梦茹一样的选择，不顾父母的劝阻和反对，执意要去北京，想在大城市里生活。那时她还很有激情，有着一股初生牛犊不怕虎的莽劲儿，做事从不瞻前顾后，说去北京就去北京，才不管它是龙潭还是虎穴。但现在，她的热情好像已经被消磨殆尽了。袁双蓦然发现，自己学会了权衡利弊，计较得失。这当然是件好事，说明她这些年成长了，但也丢失了一部分自我，她现在连尝试另一种生活的勇气都没有了。对现在的她来说，北京和藜东南相比，未尝不是另一个意义上的舒适区。她不过比梦茹大五岁，就已经是上了年纪的人了？

袁双察觉到自己内心的天平已有了倾斜。她从前在书上看到西南地区有的民族会蛊术，她怀疑杨平西是不是对她下了蛊，不然怎么打从认识他开始，她就一直被牵着鼻子走？

◆　◆　◆　◆

正午，日头正高，气温也升至了最高点。

景区虽四面环山，树荫良多，又有藜江从中贯穿，但不管如何凉爽，夏季白日里，人在户外徒步总归是件不那么舒适的事。

袁双靠着自己的两条腿走了一个上午，累不说，身上热得已经出过好几轮汗了。梦茹也不复一开始时的活泼，到了水上森林的后半程，连摆拍的力气都没了。她们好不容易走完全程，才从出口出来，就瘫在了长凳上。

袁双把瓶子里的最后一口水喝尽，正寻思着要去休息站买水，杨平西的电话就适时地进来了。她把空瓶往垃圾桶里一丢，接通电话，有气无力地问："什么事？"

杨平西听袁双语气恹恹的，低声笑了，问她："从水上森林出来了？"

"你怎么知道？"

"我估计，以你的体力，上午也就能逛完两个景点。"

袁双不满，还想和杨平西顶上两句，但事实摆在面前，她只能作罢。

"人出来了，在哪儿？"杨平西问。

袁双故意说："你这么能猜，还问我？"

杨平西哼笑了一声，一点儿也不介意袁双耍小性子，而是说："我在水上森林出口的休息站，你休息好了就过来。"

袁双"喊"了声挂断电话，人倒是老老实实地站了起来。她看了眼指示牌，招呼梦茹一起往休息站走。

杨平西就在休息站前等着，抬头看见袁双，他随意地向她招了招手。

还未走近，袁双就看出杨平西和之前有点儿不一样，她隔着一段距离仔细打量了他两眼，这才发现他把下巴的青楂刮干净了。没了胡楂，他整个人清爽了许多，但身上那股落拓不羁的浪子气质一分未减，大概骨子里的东西和外表无关。

"哇，好帅。"梦茹看到杨平西，不自觉地感叹了句，"身材也好好，像男模。"

杨平西本来就长得不错，现在捯饬一下更是有模有样的。袁双看着他，忽地想起了昨晚做的梦，表情瞬间垮了，冷飕飕地回一句："也就那样吧。"

说罢，她几步走过去，站在杨平西面前，问："忙完了？"

"还没有。"

"那你进景区来干吗？"

"怕你找不到吃饭的地方。"

"这么好心？"

杨平西勾了下唇："怎么说，你也是我请来的客人。"

"我看你是别有所图。"袁双睨着他，不客气地说。

杨平西和袁双心照不宣，但这话听在梦茹耳朵里就变了味。她忽觉自己在大白天里锃光瓦亮的，忍不住开口问："我是不是打扰到你们了？"

"没有。"袁双瞥了杨平西一眼，说，"我俩不是情侣，是……"

袁双卡了下，梦茹立刻接话道："欢喜冤家，我懂的。"

袁双没想到自己和杨平西的关系在别人看来是这样的，但论起来，用"欢喜冤家"来形容他们俩还挺恰当的,只不过梦茹欲说还休的眼神总让她觉得这个词好像没那么简单。

袁双没有深究,看着梦茹,大方地说:"我们要去吃饭,你一起吧。"

"不了不了。"梦茹摆摆手,不想再当电灯泡,她很识趣地说,"听说前面可以划船,我要去体验一下。"

袁双说:"吃了饭再去也不迟啊。"

"吃饱了,我怕晕船会吐出来,那不就白吃了?"梦茹说完,迈着轻快的步子走了,边走还回过头冲袁双挥手,说,"小双姐,今天谢谢你了,晚上我会去你说的旅店住的,到时候再见。"

"你自己小心点儿。"袁双抬手回应她。

杨平西拧开手上的一瓶水递给袁双,问:"你又给耕云拉客了?"

"我就随口和她提了一嘴,说你调的酒不错,她就心动了。"

杨平西挑眉:"随口?"

袁双接过水,刚要放到嘴边,见杨平西露出看破一切的表情,忍了忍,还是回了嘴:"我是知道她喜欢去酒吧,猜她应该喜欢喝酒,故意提的,行了吧?"

杨平西失笑,谑道:"你还挺关心旅店的生意。"

"毕竟这关系到我之后的收入。"

杨平西一愣,低下头问:"什么意思?"

袁双仰头慢慢地啜饮着水,解了渴也没回答杨平西的问题,反而岔开话说:"不是说带我去吃饭,还不走?"

杨平西盯着袁双看了几秒,见她顾左右而言他,便知道她是有意吊着自己。他挑了下眉,明白急也急不来,便极轻地笑了下,转过身说:"走吧……冤家。"

袁双愣了下,反应过来,嘴角露出微妙的笑意,举步跟了上去。

景区的休息站就有餐馆,但时下正值饭点,游客又多,得等位。杨平西没等在原地,而是带着袁双直接去了乘车点,搭了一个老师傅的便车,去了员工中心。

袁双本以为杨平西要带她去别的休息站吃饭,下了车才明白,他是带她来蹭景区员工食堂。

员工中心位于景区中央,食堂就在一楼侧厅,用的是自助取餐的方式,吃多少拿多少。

看得出来杨平西和景区的工作人员熟得很,他一进食堂,就一直有人朝他打招呼,左一句"杨老板"右一句"小杨",景区的人对他来食堂吃饭见怪不怪,好似他和他们是同事。

有好奇的人问袁双是谁,杨平西便回以"朋友"二字,对方就不再多问,不仅不反感杨平西带人来蹭饭的行为,反而热情地让袁双多吃点儿。

"你和景区的员工怎么这么熟?经常带朋友免票进景区吃白食?"袁双跟着杨平西去了取餐区,忍不住发问。

杨平西失笑,说:"你当景区是我开的,这么大权力?"

"不然……"

"景区这个月在引流,这几天凡是在镇上酒店、旅馆住的人,凭借订单信息就可以免票进入景区。"杨平西低头看袁双,说,"你赶巧了,明天开始景区就要恢复收费了。"

袁双恍然。

6月份还不算真正的旅游高峰期,景区办免票活动,不仅可以扩大宣传,在接下来的旅游旺季吸引更多的游客来藜东南,而且让旅客住在镇上还可以拉动消费,这对当地的经济发展也是有益的。

"我没有订单信息啊。"袁双突然想到。

杨平西笑着指了下自己,说:"我不就是?"

袁双想想也是,杨平西一个旅店的老板,他带着的人十有八九是店里的住客。

"那这个月景区的员工食堂也对外免费开放?"袁双又问。

"这倒没有,员工食堂不对外开放。"杨平西给袁双拿了一个餐盘,解释道,"之前景区缺人手,我来帮忙,偶尔会留在这儿吃一顿饭。"

"所以……"袁双指着自己的鼻子,眼睛圆瞪,说,"吃白食的只有我一个?"

杨平西忍不住笑,见袁双当真不好意思,便说:"员工食堂虽然不开放,但有游客来吃饭,景区的人也不会拒绝,还会好好招待。"

"真的?"

"嗯。"杨平西看她一眼,"藜东南的人都很热情,你待久了就知道了。"

袁双听出了杨平西的话外之音,故意不接茬,装作没听见似的低头去看餐台上的菜式,准备觍着脸蹭一顿饭。

她拿了两碟菜,一荤一素,又挑了一份炖罐,端着餐盘跟着杨平西找了张空桌落座。

"要试试吗?"杨平西指着自己餐盘里的一小碟凉拌鱼腥草问袁双。

袁双赶忙摇头。

杨平西笑了下，才说："你吃不来折耳根，我就让万婶以后做菜别放。"

"嗯……嗯？"袁双抬眼，看着杨平西眯了下眼，拿腔拿调地说，"我答应你要留下来了吗？"

"所以你不打算留下来？"

"我……"

好一招以退为进，袁双磨了下牙，也不再绕弯子，直接摊开了说："我上午想了下，答应你留在耕云也不是不行，但是——"她举起手做了个"三"的手势，同时说，"试用期三个月。"

杨平西闻言挑眉："你是我直聘的，就不需要试用期了。"

"杨老板，你别搞错了，这个试用期不是给我设置的，是给你设置的。"

"嗯？"

袁双敲敲桌子，一本正经地说："听好了杨平西，是我'试用'你，不是你'试用'我，明白了吗？"

杨平西眉间一动。

"你这店的情况我不了解，我们也才认识没几天，所以我需要三个月的考察时间。"袁双全然一副人力资源总监的口气，高高在上地说，"你要是通过了试用期的考验，我就留下；要是没有通过，我就回北京。"

三个月试用期的方案是袁双花了一个上午想出来的，她觉得自己现在想留在藜东南是上头时才会有的想法，杨平西的提议激活了她体内的冒险因子，她感性上愿意一试，但理性层面又始终清醒地知道自己不可能在这儿长久地待下去。袁双想，三个月的时间足够自己体验、尝试新的生活，继而打破幻想，认清现实，到时候只要她想走，就能脱身离开，既是有约在先，杨平西也不能说她不义。

"你'试用'我？"杨平西听明白了袁双的话，眉峰一挑，饶有兴味地问。

"嗯。"袁双下巴一抬，保持着自己的优越感。

"三个月？"

"接受吗？"

杨平西只听说过老板考察员工，没听说过员工明目张胆地要考察老板。袁双上来就反客为主，一点儿都不委婉，他的权威被挑战，但他还是忍不住笑了。

"我接受你的要求，但是有个条件。"杨平西开口。

袁双示意:"你说。"

"三个月,不能提前走人。"

袁双眼波微动,思索片刻,觉得他这个条件对自己没什么不利的地方。不就三个月嘛,这段时间她就当是离职后的缓冲期,好吃好玩,顺便为自己退休后开民宿积累经验,还有钱拿,简直快哉!

"行,我答应你。"袁双爽快地一锤定音,还主动伸出手,笑道,"合作愉快。"

杨平西抬了下眉头,放下筷子,伸手握住袁双的手,回道:"合作愉快。"

◆　　◆　　◆

吃完饭,杨平西问袁双累不累,并说累的话可以随他回旅店休息,不必赶在一天内把所有景点逛完,反正等她入职耕云,以后可以凭借黎山镇务工人员的身份免票进景区。

袁双前天才走完大瀑布,元气还没完全恢复,今天上午又走了几公里,确实是有点儿累,但她并没有随杨平西回去。她这个人还是相当有职业道德的,既然答应了杨平西要在耕云干三个月,她自然是要做做功课的。来黎山镇住宿的人十有八九是外地来逛古桥景区的游客,她作为旅店员工,如果连自己都不了解景区,那怎么能给住客做介绍?是以虽然身体疲惫,袁双下午还是撑着去了景区里的其他景点。

除了古桥、水上森林,古桥景区里还有瀑布、大水潭、湖泊、溶洞、湿地公园等景点,每个景点都各有特色,逛遍一个景区能饱览不同的风景。

袁双走了一个下午,用手机拍了上百张照片,总算是逛完了所有景点。傍晚,她坐在湿地公园的亭子里,看着在水中嬉戏打闹的男女老少,眼睛炯然发亮。

经过近一天的观察,她发现古桥景区的游客量还是不错的。在景区附近开旅店等于站在风口,这就算是只猪也能起飞,难怪杨平西没点儿生意头脑,旅店的入住率却还不错。袁双愉快地想,这三个月她总算不需要再累死累活了,可以享受下躺平的滋味了。

景区晚上并不对公众开放,六点过后就有景区工作人员提醒游客尽快离开,以免入夜后滞留在山里,容易出事。

袁双在湿地公园的乘车点上车,直接到北门出口站下车。北门的上车点和下车点不在一个位置,景区毕竟做的是游客生意,所以下车点设置在离景区大门一公里处,游客要想离开景区,必须要穿过一条商业街。这条商业街上卖的都是一些本地特色商品，比如民族服饰、手工艺品、景区周边等，还有些小店一店两卖，店里卖产品，店外摆张桌子或是放着大冰柜，卖些小吃和饮料。逛完景区的游客自然会想买点儿纪念品带回去，送人也好，自留做纪念也罢，总之，旅游商业街还是很热闹的。

袁双没有去凑这个热闹，倒不是不想买纪念品，只是她还要在藜东南待一段时间，现在买为时过早，等她要走了再来逛也不迟。她在一家小店买了根烤肠，边吃边优哉地往大门方向走，时不时地站在街道上瞅一眼店里的东西。路过一家银饰店时，她随意瞟了一眼，走了两步发觉不对劲，又倒回来，盯着门口冰柜后边坐着的人瞧了又瞧。

此时，杨平西正捧着一本诗集看，察觉到落在自己身上的视线后，还以为是有顾客上门，开口就问："要买酒——"看清站在冰柜前的人是袁双后，杨平西顿了下，很快换了话问，"出来了怎么没给我发消息？"

"我又不是不认路，自己能回旅店，倒是你——"袁双打量着他，问，"在这儿干吗？"

杨平西把诗集放在一边，垂眼示意了下，说："摆摊儿。"

袁双低头看着冰柜上摆着的瓶瓶罐罐，不可思议道："摆摊儿？"

"嗯。"

袁双吃惊："你不仅开旅店，还当摊主？"

"有时间会过来摆一摆。"

"卖的是什么？"

"自酿的啤酒。"

袁双拿起一只易拉罐瞅了瞅，罐身印着"耕云"俩大字，边上还有"精酿啤酒"四个小字，底下生产日期、保质日期还有配料表都有。

"你酿的？"袁双问。

杨平西挑眉，算是默认。

"你到底是开旅店的还是开酒馆的啊，怎么又会调酒又会酿酒？"袁双有些佩服杨平西了，她盯着手中的啤酒罐，问，"你卖酒，手续齐全吗？"

杨平西扬眉一笑："合法的。"

"自己酿的，好喝吗？"

"你想喝，开一罐。"

袁双故意找碴儿："就给一罐？"

"店里也有，你想喝随时都能喝。"杨平西从冰柜里挑了一罐度数低的苹果酒，单手熟练地拉开易拉罐，把拉环按下后递给袁双，说，"好不好喝，尝尝就知道了。"

袁双不客气地接过，仰头豪迈地灌了一口酒，冰凉的液体从口腔一路滑到胃里，一下子消去了几分暑气。苹果酒的口感酸酸的，回味微甘，像饮料，又有酒精独有的刺激。

"好喝！"她满足地喟叹一声，不吝赞道。

杨平西微微勾了下唇，高兴却不自得。

袁双又尝了一口酒，见周围游客往来不绝，却没人光顾杨平西的生意，游客都被别的摊主吆喝过去了。她微蹙眉头，忍不住说："你就这么干坐着，怎么会有人来买酒？"

"想喝的人自然会过来买。"

又来了，杨平西的"无为而治"生意法。袁双翻了个白眼儿，恨铁不成钢地说："你得学人家吆喝。"

"你怎么知道我没有？"

袁双"呵"了声，扬了下下巴示意杨平西："那你吆喝两声我看看。"

杨平西没有推脱，转开眼对着路过的游客问："喝酒吗？自酿的啤酒。"

路过的俩游客看他一眼，不感兴趣地走了。

杨平西的语气干巴巴的，没有一点儿起伏，丝毫不带感情，再配上他这散漫的表情，和那天他在车站拉客时一样，看起来就像在敷衍了事。吆喝最要紧的就是有煽动性，他这个死样，谁会被他激起购买欲望？袁双气结，忍不住绕到冰柜后边，放下包，把杨平西挤到一旁，摩拳擦掌道："我来。"

她清了清嗓子，放声喊道："喝啤酒吗？自酿的啤酒，好喝的啤酒，只有黎山镇才有的啤酒，走过路过不要错过，来瞧一瞧看一看啊——"

杨平西低头去看袁双，她卖力地朝过往的游客挥着手，态度落落大方，好似做惯了这种事。之前在侗寨也是，她帮几个老太太卖发带，舌灿莲花，推销起产品信手拈来，一点儿都不胆怯，哪有一点儿大堂副理的姿态？杨平西摇头失笑，只道袁双适应力强，干什么事都如鱼得水。

袁双的声音清亮，盖过了其他摊主的吆喝声，没多久，真有游客被她吸引过来了。

"几位帅哥美女，喝酒吗？"袁双看着结伴走过来的俩男俩女，带着笑问。

"自酿的啤酒？和外面卖的啤酒有啥不一样吗？"

"当然不一样啦，我们酿的啤酒求质不求量，每次只酿一些，卖完就没了。"

而且我们的酒口味很多，你看有菠萝、苹果、猕猴桃、刺……刺梨？"

杨平西正要开口，下一秒就见袁双拿起那罐刺梨酒，故弄玄虚般问："'刺梨酒'，你们以前没听说过吧？"

四个游客齐齐摇头。

"这是黎山镇的特色酒，只有我们这儿才喝得到，外边是买不着的。"袁双言之凿凿地说，"就是在镇上，也只有我们家有，好喝着呢，买了不会后悔的。"

杨平西听她介绍起刺梨酒时有鼻子有眼儿的，一时讶然，又听她一口一个"我们这儿""我们家"说得十分顺溜，浑然把自己当成了耕云的人，嘴角不由得挂上笑。

那四个游客被袁双这么一推销，萌生了好奇心，就买了几罐酒。

杨平西拿袋子把酒装好，说了个价钱让他们扫码付款。袁双在心里把总价除以数量就得出了每罐酒的单价，一罐十来块。

袁双虽然不是酒蒙子，但平时也喝酒。在酒吧，这样的精酿酒一小杯就要小几十块，虽然北京和藜州的物价不一样，但也不至于差这么多。她心里一合计就猜杨平西指定只卖了个成本价，根本没算人工费，完全就是在打白工。

等游客付款走了，杨平西转头问："你知道刺梨？"

"不知道。"袁双虚心问，"这是什么？"

"是藜州这边的一种果子。"杨平西看着她，眉头一抬，说，"你不知道就和人介绍？"

"就是不知道才和人介绍的。"袁双耸了下肩，说，"我没听说过，他们应该也没有，所以我猜刺梨应该是本地水果，游客最喜欢的不就是这种有地域特色的东西吗？"

短短两秒钟，袁双的脑筋就转过来了，杨平西夸了她一句："你倒是机灵。"

袁双得意地一哼，又问："这镇上，除了你，还有人卖自酿酒吗？"

"卖自酿米酒的多，卖自酿啤酒的只有耕云。"杨平西说，"酿啤酒的工序比较烦琐，一般人嫌麻烦，不会去酿。"

"那你还卖这么便宜？"

"便宜吗？"杨平西不太有所谓地说，"反正也是酿着喝的，卖个高兴。"

袁双一梗，忍不住乜斜他一眼，凉声道："你的境界倒是挺高。"

杨平西听出她是在嘲讽自己，不以为意，反是一笑。

"晚了，回旅店吧，万婶做了晚饭。"

袁双指指冰柜上的酒说："还没卖完呢，你要把这些酒再带回去？"

76

杨平西摇了下头："可以寄存在店里。"

袁双刚才就猜到杨平西和这家银饰店的老板是熟人，不然人家怎么会乐意把冰柜借给他用。但即使酒能寄存，她还是不想走。

"我做事不喜欢半途而废，既然插手了，我今天就一定要把所有的啤酒卖出去。"

袁双说出豪言壮语，态度也十分坚决。杨平西拿她没辙，并不劝阻，就站在一旁，陪她卖到底。

许是有了开门红，接下来买啤酒的游客就多了。袁双还是以刺梨酒为推销重点，但刺梨酒数量有限，她就想了个办法，提高其他口味的啤酒的单价，推出买两罐别的口味的啤酒送一罐刺梨酒的销售方案，这样不仅酒卖出去了，销售额还没减少。

袁双和杨平西分工合作，一个负责吆喝推销，另一个负责装袋收钱，就这样相互配合，没多久，冰柜上摆着的、冰柜里冷藏着的啤酒全都卖了出去。

啤酒销售一空，袁双颇有成就感。杨平西看她满足的样子，不由得一哂，揶揄道："卖完了，高兴了？"

袁双抬眼看他："我卖的可是你的酒，帮你赚钱你不乐意呀？"

"乐意，乐意至极。"杨平西像是陪玩的家长哄玩性大发的小孩儿似的，轻声问，"现在能回去了吧？"

袁双满意地拍了下手，头一甩，说："走吧。"

杨平西把袁双的包拿上，和银饰店的老板打了声招呼，追上前边红裙飘飘的女人，和她并肩往景区大门走。

夕阳已坠，天色入暝，星子隐约闪现，山上的寨子也亮起了零星的灯光。

袁双手上拿着刚才那罐未喝完的啤酒，边走边抿上一口，就这么吹着晚风，喝着小酒，觉得潇洒又惬意。

"杨老板。"袁双出声喊道。

"嗯？"

"下午给你转的钱，怎么没收？"

杨平西转过头："没记错的话，我们的账之前就结清了。"

"之前是之前，昨晚的房费和景区的车费不是没给吗？"

杨平西笑道："不用了，你现在都是耕云的人了，房费就免了，至于车费，就当是我这个当老板的给新员工的福利。"

袁双瞥他一眼："我今天才答应你，要免房费、给福利也是从今天中午开始。"

"我说了,不占朋友便宜,那钱,你就收了吧。"袁双仰头喝了一口酒,干脆道。

杨平西挑眉,见她说得利落,他也没磨叽,痛快道:"行。"

"对了……"袁双想起什么,又说,"我现在既然是旅店的员工了,不好一直在大床房睡,你找个小房间给我,大床房给客人住。"

"你就睡着吧。"杨平西不当回事。

"不行,我住赚不了钱。"

袁双这才入职,就一心想着为旅店创收。杨平西笑了声,随性道:"耕云的房间不紧张,不差你那一间,等有人预订了,你再换房间也不迟。"

袁双敏锐地从他这话里捕捉到了不一样的信息,顿时有种不祥的预感,她皱眉说:"我看昨晚大厅里坐着不少人,旅店的房间应该差不多住满了啊。"

"住床位房的人多,住单间的少。"杨平西看她一眼,淡然道。

"什么?"袁双顿住,盯着杨平西问,"耕云还有床位房?"

"嗯,在底层。"杨平西见袁双反应这么大,稍微一想便明白了,"我说呢,你怎么都不问我耕云的经营状况就答应留下来。"

袁双咬牙道:"我不问你就不说?"

"你之前不是说我的旅店迟早会关门?我还以为你清楚店里的情况。"杨平西慢条斯理地回道。

袁双噎住。是啊,耕云的老板可是杨平西啊!要是生意好,他何必再拉一个人进来分钱?明沟里翻了船,袁双痛心疾首,只道自己是被蒙蔽了双眼才会没想通这么简单的道理,相信杨平西这只"猪"能在风口起飞。她真是聪明一世糊涂一时!

"耕云底层有四个房间,两个六人间,两个八人间。"杨平西介绍完问袁双,"你早上没下去看看?"

袁双昨晚就对大厅底下的空间很好奇,本想下去一探究竟的,结果被杨平西一杯酒一盘面绊住了。今早她也是想仔细逛逛旅店的,结果又沉迷于杨平西的诗集了。之后就是李先生出事,然后杨平西就提出让她留下。她当时也是蒙住了,就忘了底层的事,现在回想起来真是肠子都悔青了。谁能想到,耕云还是个青年旅舍!

Chapter 5 试用期

杨平西的这家店到底还有多少惊喜是她不知道的？

回到耕云，袁双第一时间下到底层去看了眼。大厅楼下果然有四个房间，两个男生房，两个女生房。女生房靠里，六人间的房门没关，里边有俩姑娘正坐在下铺玩手机。袁双轻敲了下门，询问她们自己能不能进去看看。得到应允后，她才进了屋。袁双在屋里转了一圈，粗粗地扫了眼。房间条件还行，面积虽不算大，但摆着三张双层床和一个铁皮柜倒也不显拥挤。里边有独立卫生间，墙上有窗户，推开就能看到寨子，采光也还可以。

同样是在底层，厨房和洗衣房那头挑高不够，但床位房这边不是。袁双稍稍一想就知道了，吊脚楼依山而建，底层的干栏长度取决于山体的高度。厨房和洗衣房那边的山势较高，干栏是短柱，围起来的屋子地面自然高些，因此挑高不够。而床位房这边用的是长柱，所以房间挑高足够。

袁双在脑子里粗略地画出耕云的建筑图，发现这座吊脚楼还是个不规则图形。杨平西把底层置物和蓄畜的空间围起来改成房间，其实是个不错的想法，她亲自下来看了后，也很赞成他把底层的房间弄成床位房。

虽然底层房间各方面条件都还过得去，但有一个比较大的缺点——不安静。房间在大厅底下，楼上只要有人走动，底下就能听得到，这是木头房子的通病。如果把这几个房间弄成单间，大厅走动的人多，住客难免会有怨言，但床位房价格低，愿意住的客人多是背包出行的年轻人，容忍度相对高一些。袁双看到几张床上均放着东西，明显是有人睡的，便知道杨平西说得没错，住床位房的人果然比较多，她的心情因此更是郁闷。在旅店设置床位房可以，但床位房住满了而楼上的单间住不满，这不可以！

袁双在楼底下溜达了一圈，满腹心事地回到楼上。她看到大厅里每张桌子都坐了人，有喝酒聊天的，有打牌游戏的，有撩妹聊骚的，热闹得她直磨牙。

虚假的繁荣！全都是泡沫！袁双看着闹哄哄的住客，在心里暗讥。

"看完了？看完了过来吃饭。"杨平西从厨房那头走上来，手里还捧着几个碗，见着袁双，便出声喊她过来。

大雷把大厅里的两张长桌拼在一起，万婶把做好的菜端上桌。袁双走过去，往桌上扫了一眼。嚯，大鱼大肉，极其丰盛，她家也就是年夜饭才有这个规格。

"做这么多菜？"袁双本以为这是杨平西为了招待她，特意让万婶做的，正想说"不用这么客气"，下一秒就看到大厅里的客人自觉地上了桌。

袁双愣住，转头问杨平西："住你这儿还管饭？"

"拼餐。"杨平西把碗筷分出去，回答她，"有些人不想去山下的饭馆吃，就在店里和我们一起吃。"

袁双盯着他，问了个紧要的问题："交钱吗？"

"交。"

袁双松了一口气，庆幸杨平西还没傻到家。

"你坐这儿。"杨平西给袁双添了一碗饭，放在手边的桌上，示意她坐下。

袁双坐下后，又抬起头说："那个刺梨酒，冰镇的给我一罐，我尝尝。"

"行。"杨平西爽快应道。

"老杨，给我也来一杯。"

"杨老板，我也要。"

袁双说要喝酒，桌上几人也跟风说要喝，杨平西不和他们见外，睨一眼，不客气道："想喝自己来拿。"

"啧，杨老板，你怎么还区别对待呢？"

"就是。"

几人虽然嘴上抱怨着，却老老实实地站起来，跟着杨平西去吧台拿酒。

其中一个花臂大哥到了吧台旁，冲杨平西使了个眼色，问："老杨，你是不是对那个姑娘有意思啊？"

杨平西挑眉看他："'有意思'是什么意思？"

"装，你就装。"花臂大哥说，"男女之间不就那点儿意思？"

杨平西只是笑笑，说："她现在是耕云的人。"

"新招的？"

"新请的。"

"店里缺人手？忙的话我可以搭把手啊。"花臂大哥拍拍胸脯说。

"我也行啊，反正也不急着走。"另一小伙儿说。

杨平西推了两杯酒过去，说："暂时不缺。"

"不缺人手，那是……缺老板娘？"

"喔——"几个住客一起起哄。

杨平西笑着轻摇了下头，什么话也没说，只是低头倒酒，也不知道是不以为意还是对他们说的话不置可否。

倒完酒，杨平西抬头看到袁双坐在桌边托着脑袋，一脸若有所思的模样。他思忖了片刻，对几个住客说："她今晚心情不太好，你们要是能把她逗乐了，晚上的酒，我请。"

"真的？"

"嗯。"

花臂大哥的表情又变得意味深长起来，他抬手指着杨平西点了点，揶揄道："我就说你对人家有意思，还不承认？"

杨平西最后倒了一杯刺梨酒，拿在手中半真半假地说："她现在是我的'招财猫'，你说我要不要哄着点儿？"

"啧，成，我逗你的'猫'去了。"花臂大哥谑道。

杨平西走回餐桌旁，把刺梨酒放在袁双手边，招呼她："菜不合胃口？"

袁双回神，抬眼见万婶盯着自己瞧，忙说道："不是，刚才吃了根烤肠，现在不是太饿。"

杨平西知道袁双心里在想什么，也不点破，坐下后说："你现在不吃，晚点儿肚子饿，可没有炒面吃了。"

袁双乜斜他："怎么，我的待遇还降级了？"

杨平西哼笑，说："你之前不是说不吃夜宵？我不好一直和你对着干。"

袁双一听杨平西又开始怪腔怪调，心里知道他是存心激自己，所以并不生气，拿起筷子冷哼一声，说："桌上这么多好吃的，我才不稀罕你的炒面。"

"就是，炒面哪有肉好吃。"花臂大哥坐在对面，恰时开口说，"妹儿啊，快动筷子，不然一会儿可抢不过我们。"他说着看了眼杨平西，眼珠子一转又说，"可惜老杨这阵子忙，不然他做的酸汤鱼堪称一绝。"

"酸汤鱼？"

"苗家的特色菜，老杨做鱼的功夫了得，我就是冲着他这一手来的。"

袁双闻言不由得眸光微动，问："你们以前就认识？"

"老熟人了，我每年只要有时间就会来他这儿待一阵儿。"花臂大哥抿了口酒，说，"这里住着舒服，气候好，又安静，适合放空。那句话怎么说来着，清洗心灵？"

"哥，是洗涤心灵。"花臂大哥边上的一个小弟啃着鸡腿纠正道。

"差不多，就是这么个意思。"

袁双见花臂大哥人高马大的，留着寸头，穿着件黑色背心，露在外面的两只臂膀文着青龙白虎，看上去就跟黑社会大佬似的，嘴里却说着文艺青年的话，忍不住翘起了唇角。

"妹儿啊，我听你口音，北方人吧？"

袁双点了下头。

"哎哟，巧了，我也是。"花臂大哥举杯，豪爽道，"咱是老乡，碰一个。"

北方范围那么大，占大半个中国，花臂大哥这么随便就认了老乡。袁双也不较真，举起杯子和他碰了下，随后一口气把酒一杯都喝了。

"爽快！"花臂大哥朝袁双竖起拇指，又问，"妹儿，你酒量怎么样？"

"还行。"在酒店工作，有时要应酬，袁双的酒量就是工作后练出来的。

"说还行，就是很行。"花臂大哥一拍桌子，乐道，"太好了，这下我有酒友了，不然我总自己一个人喝，没意思。"

袁双放下杯子，朝又去吧台拿酒的杨平西看了一眼，问："杨老板不陪你喝吗？"

"老杨这个人啥都好，就是酒量不太行。"

袁双诧异道："他自己会酿酒、调酒，酒量怎么会不行？"

"会酿酒、调酒不代表酒量就好。"花臂大哥见杨平西不在，揭他老底，"我第一回和老杨喝酒是在千户寨，那时候我也和你一样，以为他既会酿酒又会调酒的，酒量应该不差，就多灌了他几杯，结果你猜怎么着？"

"嗯？"袁双好奇地身子往前倾。

"他喝醉了，半夜跑出门，在风雨桥上睡了一宿。第二天我找到他的时候，他脑袋旁还放着几张零钱，也不知道是哪些好心人施舍的。"

袁双想象着杨平西露宿街头的画面，忍不住扑哧一声笑了出来。

杨平西身上是有些流浪汉气质的，倒不是说他邋遢或是可怜，而是他给人一种从骨子里散发出的睥睨世俗、自由放荡的感觉。虽然他的诗写得不怎么样，但袁双总觉得他的灵魂很接近行吟诗人。

杨平西拿着两瓶酒回来时，见袁双咧着嘴笑得灿烂，不由得挑眉，问："聊什么呢？这么开心。"

"聊什么你就别管了。"花臂大哥接过杨平西手中的酒，掂了掂说，"记得酒管够就行。"

杨平西把另一瓶酒也递过去，低头见袁双一脸兴味地看着自己，就知道他们刚才聊的指定不是什么好事。

"虎哥的话你别信。"杨平西说。

袁双这才知道花臂大哥名里带"虎",果然是人如其名,虎得很。

"你都不知道我们在说什么,就让我别信?"袁双唇角上扬,眸光带笑,说,"虎哥夸你呢。"

"夸我什么?"

"夸你……长得帅。"

杨平西轻笑道:"这已经不是你第一回说我帅了,这么说,很满意我的长相?"

袁双心里蓦地打鼓,下意识就否认道:"这话不是——"

话说到一半,她又觉得否认了反倒显得此地无银三百两,杨平西早看出来了,虎哥压根儿没夸他帅。

"场面话,懂不懂?再说了,之前我不夸你帅,怎么拉客?"袁双别开眼,避开杨平西的视线。

"和你朋友聊天也说场面话?"杨平西语带笑意,轻喊了声,"又又。"

袁双脑袋一嗡,差点儿忘了这一茬。

"我那是……"袁双居然找不出辩解的借口,她气急窘迫之下,把枪口掉转过来,对准杨平西,质问道,"杨平西,你不会是想用'美男计'把我留下来吧?"

杨平西愣了下,随即失笑:"你这人……"

袁双越想越觉得有可能,杨平西之所以撩拨她,指定是看出她动摇了,利诱不成,又来色诱,简直阴险可恶。她磨磨牙,压低声说:"我告诉你啊,美男计不管用,你死了这条心吧!"

杨平西很快敛了笑,垂眼看着袁双,目光深不可测。

就在袁双心里发毛的时候,杨平西又松快地一笑,抬手把一盘菜推到她面前,若无其事地说:"藜东南本地的黄牛肉,尝尝。"

话题转得太快,袁双一时跟不上,她愣了几秒,以为杨平西真的是在向她推荐本地菜肴,便拿起筷子,搛了一块尝了尝。

"怎么样?"

袁双点头,如实说:"好吃。"

"比起北京的牛肉怎么样?"

"比北京的好——"袁双忽然反应过来,差点儿闪了舌头。

杨平西的嘴角挂着一抹高深的笑,他看着袁双的眼神别有意味:"藜州的'荤腥'尝起来也不差,是吧?"

袁双顿时一口肉梗在喉间，咽也不是，吐也不是。

别人听了杨平西的话，只会当他说的是那盘红烧黄牛肉，但袁双对他的言外之意再清楚不过了。他说的哪是肉啊，是他自己！

◆　　◆　　◆　　◆

几杯酒下肚，桌上一起吃饭的人都放开了。

袁双不知道是不是自己看上去好相与的缘故，晚上饭桌上的人都爱找她谈天，一个个争先恐后地向她叙说在旅途中遇到的趣事与囧事，逗得她哈哈大乐，眼泪花都笑出来了。

袁双在酒精的作用下松弛了很多，聊了一阵儿她发现，住在耕云的人都很有意思，像武侠小说里的各路江湖人士，机缘巧合地会聚在一家客栈里，每个人身上都带着故事。而杨平西作为客栈老板，不仅为大家提供一个落脚的地方，还会献上一壶酒，给客官们洗尘。

袁双观察到杨平西和店里住客的关系都不错，他们能插科打诨也能互褒互损，他没有放低姿态讨好奉承这些住客，那些住客也没有高高在上地端着架子。

袁双以前在酒店工作时，总是秉持着"顾客是上帝""花钱的是大爷"的宗旨，小心翼翼、无微不至地照顾客人，就算他们故意找碴儿也要赔着笑脸，这种做派用客房部同事的话说就是伺候"祖宗"。他们战战兢兢，如履薄冰，就怕"祖宗"一个不乐意给个投诉，到时候他们这些职员不仅要挨批，还要被扣钱。

袁双恍恍惚惚地想，其实像杨平西这样做生意也挺好，和住客打成一片，混得跟朋友一样。想到"朋友"，她倏地又回到了现实，忽然记起，来耕云第一天，大雷就说过，店里的规矩是，杨平西的朋友住店不收钱。袁双瞬间清醒过来，抬手拍拍自己的脑袋，直道自己和杨平西待久了也变得不精明了，险些要成为"冤大头二号"。做生意最怕沾惹感情，很容易牵扯不清，老板就是老板，住客就是住客，当什么朋友，影响赚钱。袁双劝自己要冷静，千万别上头。

等酒阑歌罢，夜已经深了，寨子里十点过后不让大声喧闹，旅店里的临时局就自发地散了。

袁双已经许久没像今晚这样发自内心地开怀大笑了。上了楼回到房间，她余兴未了，洗澡的时候还哼着歌。以前她工作之余偶尔也会和三五好友聚聚，但回回总有一根神经是绷着的，没办法全然松懈下来，因此难以尽兴，而今晚却很畅快。

笑了一晚上，胸口里积郁的浊气都排了出去，袁双内心的天平又开始摇摆起来。她趴在床上，拿过手机，点开预订酒店的软件，搜索耕云。

耕云的综合评分很低，可以说是在黎山镇所有酒店、旅馆中垫底的存在。袁双点进订房页面看了眼——床位房紧张，标间和大床房还有房。虽然已经预想到了情况，但亲眼看到时，她的心还是梗了下。

软件上有之前住店的客人留下的评价，评论数不多，袁双点进去翻看，发现评价的内容重合度很高，几乎都在夸老板长得帅、人好、酒调得好喝、饭做得好吃……偶尔有几条夸完老板会顺带提一嘴说环境好、狗很可爱。要不是袁双知道杨平西的为人，她真要怀疑他买评论了。

袁双往下翻，又翻到了一条评价，说本来订的是八人间的床位房，帅哥老板超级无敌好，直接给她升房，安排她住进了楼上的大床房。

很多酒店都有升房服务，为的是空出低价房来引流，吸引更多人入住。但升房也是有原则的，酒店是在能保证营收的情况下才会给宾客升房，而且升房也是逐级升的，像杨平西这样从床位房直接给客人升为大床房的，袁双还是第一回碰到。大床房的价格是床位房的好几倍，这样升房就相当于在酒店里把小单间直接升到了套房，而且以袁双对杨平西的了解，他不可能只对一个住客搞特殊的。杨平西这哪是做生意，是做慈善啊。

袁双叹口气，把手机往边上一丢，将脑袋埋进被子里。之前她还是太理想化了，旅游旺季耕云的入住率尚且这么低，更别提淡季了。杨平西说要给她分成，她一开始还觉得四成有点儿多，现在看来，旅店一个月都进不了多少账，四成也多不到哪里去。何况杨平西还这么"败家"，不赔钱就不错了。拿了分成，一荣俱荣，一损俱损，虽然福利共享，但同时风险也要共担。杨平西，好阴险的男人！

袁双本以为要过段时间自己才会发现，不管在哪儿，生活的本质都是一样的，但她怎么也不会想到，自己向往的田园牧歌生活还没开始就幻灭了。这下都不需要三个月的时间来打破幻想了，她现在就已经认清了现实。袁双捶了捶床，心里敲起了退堂鼓。她想，反正也没签合同，想走随时都能走，谁也不能拿她怎么样。

就在她万分纠结的时候，房门被敲响了，她翻过身坐起来，问："谁啊？"

"我。"

会这么回答的只有杨平西。袁双披上外套，趿拉上拖鞋，走过去开了门。

"有事？"袁双问。

杨平西反问她："你没有崴脚？"

"没有啊。"

杨平西说："我听到楼上有动静，以为你有事找我。"

袁双想，可能是自己刚才捶床的动静大了些，让杨平西误会了。她见他真随叫随到，笑了下，说："你还真是土地公啊……手上拿的是什么？"

杨平西把手中的杯子递过来："蜂蜜水，解酒的。"

软件上那些评论夸杨平西不是没有道理的，他确实是妥帖、周到，对他人太好，对自己反而随随便便。袁双接过杯子，抬头看着杨平西，欲言又止。

"有话说？"杨平西低头问。

"也没什么……"袁双嗫嚅了下，手摩挲着杯子，最后只是说，"蜂蜜水，我会喝的，谢啦。"

"嗯。"杨平西端详着袁双的表情，再问一遍，"真没话要说？"

袁双被问得心虚，反而逞起凶来，瞪他："我说没有就没有，你怎么这么啰唆？赶紧下去吧，别耽误我睡美容觉。"

杨平西轻笑一声，看了袁双一眼，也像是有话要说，犹豫再三，最后只是丢下一句："有事跺脚。"

"知道了。"

等杨平西下了楼，袁双关上门，背靠在房门后，长长地叹一口气。她想好了，离开黎东南是一定的，她不能在这里蹉跎光阴，但这事她还没想好要怎么和杨平西说。袁双举起杯子，把蜂蜜水喝了，明明水是甜的，她嘴里却发苦。

心里挂着事，袁双一晚上都没睡踏实，第二天一大早，寨子里的公鸡刚叫第一声，她就睁开了眼睛。

袁双怕杨平西像昨天一样早早地出了门，所以简单洗漱后，她换了身衣裳就下了楼。她才到大厅，"宝贝"就奔过来，吐着舌头在她脚边转悠。

杨平西正叼着烟在清点酒柜上的酒，回头看到袁双，也不是很意外。

"这么早就起来了。"

"哦，睡不着了。"

袁双走过去，在吧台前的高脚凳上坐下，盯着杨平西看。

杨平西放下手中的酒瓶，问："有事？"

"你先忙你的，忙完了再说。"袁双打了一晚上的腹稿，看见杨平西，辞别的话还是很难说出口。

杨平西把一瓶酒放在酒柜上，转过身把还剩一大截的烟碾灭在烟灰缸里，头也不抬地说："袁双，你想走，我不会拦你。"

袁双没想到杨平西开口就把话挑明了,她一怔,见他说得这么干脆,心里反倒有点儿不是滋味。

"我走,你没意见?"袁双问。

"嗯。"

"三个月试用期的事……"

"口头说说的,不作数。"杨平西抬头,很是淡然地说,"你心里不乐意,勉强留下也没意思,我们好聚好散,以后还是朋友。"

袁双缄默。

杨平西似乎真不介意袁双出尔反尔,语气还是和和气气的,甚至带着笑。他问:"回北京的车票抢到了吗?打算什么时候走?我送你去动车站。"

事情的进展顺利得出乎袁双的意料,她甚至连一句腹稿都没说,杨平西就顺水推舟,给她铺好了台阶。他越是这样,袁双心里反倒越是堵得慌。她知道,虽然说以后还能跟杨平西做朋友,但自己真走了,他们之间就隔着一道沟了。她相信杨平西的为人,他不会记恨她,甚至下回她来,他还是会好好地招待她,但仅限于此。不知怎的,袁双心里头有些不甘。

"谁说我要走的?"袁双说。

杨平西抬眼:"你找我不是要说回北京的事?"

"当然不是,我说过,我做事不喜欢半途而废,既然答应你至少要留在耕云三个月,那我就不会提前一分一秒离开。"

杨平西眉头一抬,问:"你确定?"

"嗯。"袁双倒打一耙,眯着眼语气森森地质问道,"杨平西,不会是你反悔了,不想留我了吧?"

杨平西老神在在地一笑,有股释然的意味,说:"我不会反悔,只要你愿意留,留多久都行。"

袁双这才满意地哼了一声。

"看来美男计还挺管用。"杨平西衔着笑说。

袁双瞪眼道:"欸,你别误会啊,我留下来可不是因为你,是因为我言而有信,讲江湖道义!"

"嗯。"杨平西低头,眼底蕴着笑意,过了会儿又抬起头问,"既然你不是来辞行的,那一大早起来找我什么事?"

"呃……"袁双卡了下,随机应变编了个理由,说,"肚子饿了,找你给我做份炒面。"

杨平西挑眉:"昨天不是说不稀罕我炒的面?"

袁双敲敲桌子,一副大姐大的派头,趾高气扬道:"杨平西,你想好了,你的试用期从今天正式开始,你的表现可关系到考核结果。"

杨平西双手撑在吧台上,闻言垂首笑了,认栽般点点头说:"行,这就给你做,等着。"

袁双见杨平西真听使唤去厨房给她弄吃的,乐得坐在高脚凳上转了一圈。从昨晚到刚才,想到要和杨平西辞别,她的心情一直很沉重,好像背信弃义似的,现在决定要留下来,她反而格外轻松。算了,既来之则安之,她很快说服了自己。

清晨,山里空气清新,深林里不时传来早起的鸟儿的啁啾声,一阵风过,万叶留声。

袁双站在店门口伸了个懒腰,做了几次深呼吸,活动肩颈时正好看到一个姑娘背着个背篓走过来。

袁双本以为这姑娘是要进山里,结果她也不往上走,就站在耕云门口,冲着自个儿友善地笑。

"你是来……找人的?"袁双打量了那姑娘一眼,看她的穿着,显然是本地人,住店的可能性很低,所以猜她是来找人的。

那姑娘盯着袁双的脸看,半晌没接话,只是指了指店里。

"快进来,快进来。"袁双只当她是默认了,很快就进入了角色,露出亲切的笑,店小二一样把人迎进店里,"你来找杨平西的吧,先坐着,我去喊他出来。"

那姑娘还是没说话,只是看着袁双的眼神变为了惊奇,还带着些许探究的意味。

袁双走到另一侧的楼梯口,冲底下喊:"杨平西!"

没一会儿,杨平西端着一盘炒面出来,语意懒散道:"有这么饿?"

"有人找你。"

袁双等杨平西上楼,接过他手里的盘子,朝那姑娘的方向示意了一下。

杨平西顺着袁双的目光看过去,见到人,很自然地走过去打了个招呼:"阿莎。"

被叫阿莎的姑娘点了下头,杨平西放慢语速问:"你妈妈的身体怎么样,好点儿了吗?"

阿莎又点了下头。

"店里最近没什么事，你不用急着赶回来。"

阿莎摇头，取下背上的背篓，递给杨平西。

"不是说了，不用带菜过来。"

阿莎抬起手一阵儿比画，袁双这才知道自己刚才为什么觉得这姑娘有些古怪，一声不吭的，原来她是个语言障碍者。

袁双走过去，问杨平西："这位是？"

"哦，忘了介绍了。"杨平西回过头说，"阿莎，耕云的前台。"

杨平西说完又向阿莎介绍袁双，说她是店里新请来的"总经理"。

袁双听他说玩笑话，却怎么也笑不出来。她怔怔地看着阿莎，心里头只有一个想法——杨平西的这家店到底还有多少惊喜是她不知道的。

✦ ✦ ✦ ✦

袁双坐在大厅里，看着前台，有一口没一口地吃着杨平西给她炒的面。

阿莎正和刚到的大雷在前台聊天，一个说，一个比画，看上去还挺和谐的。

袁双知道阿莎是聋哑人那一刻很是惊讶，因为她能"听懂"别人在说什么，后来才明白原来她会读唇语，也难怪她总盯着别人的嘴看。

天光大亮，陆续有住客从楼上楼下来到大厅。袁双看到虎哥从楼上下来，熟稔地和阿莎打了声招呼，对她说了几句话。阿莎读完唇就拿出手机打字回复。

袁双这下算是知道阿莎平时都是怎么和住客交流的了——靠打字。

袁双不歧视任何障碍者，也主张社会要给这个群体多设置一些工作岗位，但那些岗位是要避开他们身上的缺陷的。前台是旅店迎来送往的地方，要经常和住客打交道，如果不能说话，那沟通成本就会增加，工作效率也会大打折扣。袁双不明白，杨平西怎么会把前台的工作分配给阿莎。她心里觉得旅店的人员配置不妥当，但也没提出异议。如果说昨天她还有一腔的热情，想在这三个月内大展身手，好好体验一把开旅店的感觉，那么今天在看到耕云的诸多问题之后，她的雄心壮志已经荡然无存。袁双决定，这三个月，她要"摆烂"。

摆烂第一步：不问不说不管，当只鹌鹑。

"袁双。"杨平西走过来。

袁双回头看他。

"我送几个人去藜江，你有东西要带吗？"

袁双从北京出发时做好了在云南待一段时间的准备，所以携带的行李很齐全，没缺什么东西，她就摇了摇头，回道："没有。"

"也没有想吃的？"

"什么吃的镇上没有?"

"美式快餐。"

袁双工作的时候已经吃够了快餐,现在出门在外她可不想再吃了,遂再次摇头:"早吃腻了。"

杨平西一笑,揣上钥匙说:"我走了,有事你找大雷。"

袁双抬头,想问杨平西送人去藜江市收不收钱,嘴才一张就想起自己要摆烂,要当鹌鹑,便又闭上嘴,随意地朝他挥了下手。

摆烂第二步:摸鱼混日子。

杨平西走后,袁双在大厅的书架上随手拿了本书,坐在美人靠上翻看。虽然她的眼睛是盯着书本的,但心思不在书页上,只要门口有人出入,她的注意力就会被吸引过去。

从早上到现在,入住耕云的人寥寥无几,退房的人倒是挺多。袁双昨天在景区里问过工作人员,他们说一般上午九点过后就会陆续有从各地出发的旅游大巴到达古桥景区,按理说上午游客量不会少,可旅店的入住率很低。

袁双在一旁干着急,抬眼见大雷、阿莎还有万婶都很是淡定,似乎对店里生意惨淡的情况见惯不怪。她本来想拉上大雷一起去山下了解下情况,顺便拉拉客,可书刚合上,她忽然记起自己要摆烂要摸鱼,便又打开书,无心地看了起来。

摆烂第三步:享受。

以前工作忙的时候,袁双就想过上吃饱睡、睡饱吃优哉游哉的日子,现在在耕云就差不多是这样的状态。大雷他们各干各的,也不叫她干活儿,她就放平心态,纯当自己是来度假的。

上午,袁双无事可做,生生把一本游记看完了。中午,万婶做好了饭,大雷喊她吃饭,她放好书后走过去,看到桌上摆着的丰盛的菜肴时忍不住倒吸一口气。

"杨哥刚才给我打电话,说有事耽搁了,现在在路上,让我们先吃。"大雷说。

"那中午就我们几个吃?"袁双问。

"还有两个拼餐的客人。"

"两个?"

袁双点了点人头,店里的人加上拼餐的俩人也就六个人,这么点儿人做这么一大桌子菜,能吃得完吗?她张了张嘴,刚想说这么多菜是不是有点儿铺张浪费，转念想到自己要摆烂要享受，就又把话咽进了肚子里。

一顿饭下来，袁双吃得无滋无味，也不知道为什么就是心里憋得慌，没胃口。她一开始以为自己是炷夏，可黎东南的夏天根本不算热。

六个人，一大桌菜，自然吃不完。袁双看着那些剩菜，实在是忍不了了，把大雷拉到一边，问："店里每顿饭都做这么多菜？"

大雷不明所以，挠了挠头说："差不多吧。"

"拼餐的人数不是事先就订好的吗？按人头来做饭不行吗？"

"以前是这样的，但后来杨哥说每个人的饭量不一样，有的人吃得多，做少了怕客人吃不饱。而且有时候到了饭点还会有新的客人想拼餐，杨哥就让万姊多做一点儿，说做多了总比不够吃强。"

袁双深吸一口气，再问："拼餐一个人收多少钱？"

"二十。"

"二十？"袁双拔高音调，语气里透着难以置信。

这样规格的一桌菜，有鱼有肉有汤，基本上都是硬菜，才收二十？这比在饭馆吃便宜太多了，撇开人工费，就是食材费都不一定能回本。袁双相信杨平西不会亏待万姊，那这钱就是他自个儿垫的，她想到自己的分成，顿时一阵肉疼。杨平西这个败家爷们！

袁双做了个深呼吸，平缓了下情绪，问大雷："你老实告诉我，杨平西是不是富二代？"

"啊？"

"他是不是不答应家族安排的联姻才跑出来开旅店的？"袁双上上下下来回地打量着大雷，若有所思地问，"你是他家里派来的眼线，就等着合适的时机告诉他'少爷，老爷已经气消了，你快回去继承家业吧'，对吧？"

大雷捂着肚子哈哈大笑，话不成句地说："姐……哈哈……你狗血电视剧看太多了。"

袁双皱眉："所以杨平西家里不是开公司的？"他家里没矿还敢这么做生意？这不是亏得底儿掉吗？

大雷止了笑，说："其实说起来，杨哥的爸爸以前算是个企业家。"

"以前？"

"嗯，他爸的公司去年破产了。"

袁双心头一紧，突然有点儿同情杨平西："杨老板还挺惨的。"

"嘁，没什么，杨哥早就习惯了。"大雷豁达道，"这也不是杨叔第一回破产，前几回他投资酒庄、茶庄、饭店通通失败了。"

袁双："……"

敢情杨平西不会做生意是有家学渊源的，他和他爸可真是一对"卧龙凤雏"。杨平西用做慈善的方法来做生意，做最多的事赚最少的钱，有时候还是做白工，他这样越勤快反而亏得越多，别人勤劳致富，他勤劳致穷。他的店能坚持到现在还没关门，算得上是一个奇迹，但再这么折腾下去，倒闭也是迟早的事。

袁双想起自己的分成，觉得再不做点儿什么，耕云的收入怕是要负增长，那这三个月下来她指不定还得贴钱给杨平西！在其位谋其职，袁双担了个"总经理"的虚名，为了自己的钱包着想，看来是不能继续摆烂了。

"大雷，把旅店以前的账本拿给我看看。"袁双缓了一口气才说。

"姐，店里没有记账的习惯。"

"什么？"袁双皱眉，"不记账？"

"嗯，店里就一个账户，是杨哥的。"

"那店里的流水你都不清楚？"

大雷摇头，说："姐，这事你得问杨哥，平时店里的收入和支出都走他的账，我们买东西都是直接找他报销的，每个月工资也是他准时打给我们的。"

袁双算是明白耕云的盈利模式了——该赚的不赚，不该赚的一定不赚；该花的花，不该花的也花。旅店每个月不管赚多赚少，杨平西都给兜底，绝不亏待员工，这也难怪大雷他们对店里的经营状况一点儿都不着急。杨平西可真是感动中国的好老板。袁双头疼地拍拍脑门，不知道自己现在不要分成，也和大雷一样拿死工资行不行。

耕云积弊已久，旅店的营业状况要想彻底好转，就势必进行一场大改革，而现在店里最大的弊端就是杨平西这个老板。袁双想，这样下去不行，她得"造反"，得"谋权篡位"。

"哥，回来啦。"大雷忽朝门口方向喊道。

说曹操曹操到。袁双转身，气势汹汹地盯着杨平西，朝他勾勾手，说："杨平西，我们聊聊。"

杨平西感觉到袁双眼底有火花在刺啦作响，愣了下，看向大雷。

大雷朝他耸了下肩，露出一个自求多福的表情。

杨平西跟着袁双走到角落的位置坐下，抬眼见她一脸肃然，不由得问："谁招你惹你了？"

"你。"

"我？"杨平西笑，"我出门还惹着你了？"

袁双正襟危坐，一本正经地问杨平西："听大雷说，店里从来不记账？"

"嗯，没必要。"

"以前你一个人当家是没必要，但是以后很有必要。"袁双敲敲桌子，问，"你之前说给我四成分成，作数吗？"

杨平西挑眉："当然。"

"那我是不是有权过问店里的收支情况？"

袁双说得还算委婉，杨平西却听明白了，他笑着点了点头："你想怎么过问？"

"以后店里每天的收入情况，你得和我说，一个款项都不能漏！"

"行。"

"支出得申请，不能随便花钱！"

"……好。"

袁双很满意杨平西配合的态度，便不再那么强势，语气放柔和了些，说："我觉得耕云的经营模式存在一些不足，我想整改一下。"

"可以，你看着办。"杨平西说得随意。

袁双本来做好了和杨平西据理力争的准备，却没想到他这么轻易就答应了她的提议，把大权让渡给了她，好像这店不是他的一样。

"你都不问我要整改哪些地方？"

杨平西说："你觉得哪些要改，你就改，不用问我的意见。"

"真的？"

"嗯。"

袁双仍觉惊讶，问："你这么相信我，不怕我把你的店折腾关门了？"

杨平西笑了，反问："会吗？"

"当然不会！"袁双心里又说："你这店再怎么折腾，难道还能更糟不成？"

"那你就放手去做。"杨平西一副甩手掌柜的模样，看着袁双说，"你之前不是说我的旅店迟早会关门，我请你，就是想让你来帮耕云起死回生的。"

袁双被捧得高高的，心一下子舒坦了，脸上也露出了笑意。

杨平西见她总算是笑了，嘴角也不由得上扬。他身子微微往前倾，注视着袁双的眼睛，问："事情说完了？"

袁双思忖了下，回道："差不多了。"

"那我现在能去吃饭了？"

袁双这才想起杨平西从市里赶回来，连饭都还没吃。刚才他也不说，她喊他聊聊，他就真的饿着肚子陪她聊。

袁双心头一动，笑意便蔓延到了眼底。她对着杨平西大手一挥，豪气道："去吧，多吃点儿，今天中午的剩饭剩菜没吃完不许下桌！"

杨平西："……"

◆　◆　◆　◆

下午，杨平西叫了朋友来旅店，把店里所有房间的老式锁头都改成了内外串通的通芯锁，还把门后的插销都拆下，换成了防盗链。

安装了通芯锁，就算房门从里面被反锁了，但只要有钥匙，外边的人就能打开门，这就避免了昨天那样的突发事件。

换了锁，袁双安心了许多，但看到账单那一刻还是免不了肉疼。她想，要是在答应杨平西留下来之前就先让他把锁换了多好，这事先后顺序一变，这换锁的钱就不是他们共同承担的了。失算！

了结了旅店的一个隐患，袁双又开始琢磨别的事。

耕云到底是一个旅店，要有人住才赚钱，虽然现在底层床位房住的人多，但楼上的单间基本空着。袁双刚入行的时候，酒店行业的老前辈就告诉过她——房间空着就等于亏钱。当务之急，她得想方设法地把耕云的入住率提高。

歇了口气，袁双喊来杨平西，说："走，跟我下山'拐'些游客上来。"

"现在？"杨平西看了眼时间，快四点了，他说，"这个点，景区里的游客都还没出来。"

"那就去车站等。"

"下午到镇上的旅游车很少。"

"少又不是没有。"

杨平西还想说什么，见袁双很坚持，便点了头道："走吧。"

黎山镇汽车站的停车场是露天的，售票厅虽然能坐能乘凉，但袁双担心坐里面不能及时看到从外地来的旅游车，会错过拉客的最佳时机，便拉着杨平西在室外的阴影处等着。

正是酷暑时节，即使是黎东南，户外也是热的。

杨平西见袁双出了汗，轻推了下她，说："外面太热，你去售票厅坐着，车来了我喊你。"

"太远了，等你喊我，游客都被别的旅店拉走了。"

"不会。"

"怎么不会？"袁双拿手扇了扇风，说，"你以为所有人都像你一样'佛'啊，我告诉你，现在所有行业都'卷'得很，躺平是躺不赢的。"

杨平西失笑，看了眼袁双一直扇动的手，道了句"等着"。他离开停车场，没一会儿就拿着个手持小风扇回来。

"拿着。"杨平西把小风扇递过去。

袁双接过，对着自己的脸和脖子吹了吹，顿觉一阵舒爽。

"这个你从哪儿拿的？"

杨平西回道："售票厅。"

"你有朋友在这儿工作？"

"算是。"

袁双看了眼粉色的小风扇，轻飘飘地说："是姑娘吧？"

杨平西刚从兜里掏出烟盒，正打算走到一旁点一支烟抽，听袁双这么说，又把烟塞了回去，回过头来，谑笑着说："你还吃这个醋？"

"我没有。"袁双立刻否认，说急了还觉得说服力不够，就把风扇对着杨平西的脸一阵吹，愤愤道，"杨平西，我警告你啊，把你的那点儿小心思收一收。"

杨平西被风吹眯了眼，问："我有什么小心思？"

袁双哼一声，用一副了然于胸的口吻说："还不就是男人那一套，让一个女人动感情，然后让她放弃一切，心甘情愿地留下来。"

杨平西"呵"了一声。

"我告诉你，我从来不会感情用事，要不要留下来，这三个月我自己会有判断，你别妄想干扰我。"

杨平西又打开烟盒，拿出最后一支烟，在烟盒上磕了磕。默了几秒，他抬头问："你的意思是……三个月之后就可以对你有小心思了？"

袁双心头咯噔了下，正要说什么，余光看到一辆旅游车缓缓驶进停车场。她一时顾不上去反驳杨平西的话，深究自己心脏骤紧的原因，迈开腿就往大巴车的方向走。

这辆车是从藜阳来的，车上坐满了游客。袁双等大巴车门一开，立刻迎上去问从车上下来的游客要不要住店，结果问十个，有九个回答说已经订好了酒店，还有一个在知道耕云在山上时就婉拒了她的邀请，说，还是想住在镇上，方便。

袁双不死心，又等了一辆车，结果还是差不多。

杨平西去售票厅要了一瓶水，回来见袁双沮丧地蹲在阴影里，快快不乐的，就走过去，在她身边蹲下，拧开水递给她。

袁双接过水喝了两口，分析道："古桥景区那么大，没有一天是逛不完的，很少有游客会在午后进景区，值不回票价。"

"嗯。"

"下午来黎山镇的游客都是提前做好了准备，订好了酒店，要在镇上住一晚，明天再进景区里玩的。"

"嗯。"

"所以下午很难拉到客。"

"嗯。"

"难怪别的旅店没来抢人。"

"嗯。"

袁双听杨平西"嗯嗯嗯"的，倏地转过头问："你早知道会这样？"

杨平西颔首："嗯。"

"那你怎么不早和我说？"袁双质问道。

"我说了，你肯听？"杨平西看她。

袁双张了张嘴，最后又闭上了。确实，以她的性子，不撞一回南墙是不知道回头的，就算之前杨平西和她说了下午难拉客，她也不会相信，只会当他又在"佛系"做生意。袁双瞥一眼杨平西，他明知道下午大概率拉不到客，还一句怨言都没有，陪她在山下等那么久，果然是感动中国的好老板。

"我早应该想到的。"袁双嘟囔了句，"看来还是要早上来拉客。"

"早上虽然来的游客多，但是一大半都是当天走。"杨平西说。

"那不是还有一小半？"袁双拧上瓶盖，站起身，低头对杨平西说，"走吧，明早再来。"

杨平西本来还担心袁双受了挫，心情会被影响，此时见她毫不气馁，仍是斗志满满，不由得低头一笑，不再泼她冷水。

他们正打算鸣金收兵，打道回府时，又一辆旅游大巴驶进了停车场。

袁双本着"绝不错过一个潜在住客"的原则，又迎了上去，这回她倒是没扑空，可也不算百分百有收获，因为扑到的人是她和杨平西都见过的。

"杨老板，我们正想找你呢，你怎么就出现了……还有双姐，你也在呢，好巧啊。"大巴车上下来三个姑娘，她们一见着杨平西就格外激动。

袁双看到之前一起拼车去大瀑布的三个姑娘也有点儿意外，但转念一想又

96

觉得在情理之中,毕竟她们上回就说过之后要来藜东南玩。

短发姑娘还是那么活泼,看着杨平西,热情道:"我还想下车之后给你发消息的,结果就碰到了你……们。"

"双姐,你之前不是说不来藜东南吗?怎么也来了?"短发姑娘的目光在袁双和杨平西之间打量了一番,狐疑地问,"你们不会是一起的吧?"

袁双:"不是。"

杨平西:"是。"

三个姑娘:"……"

袁双见她们的眼神充满了怀疑,好像之前拼车是被骗了一样,赶忙解释道:"我和你们是同一天认识杨老板的,后来出了点儿意外,我阴错阳差地就来到了藜东南,又阴错阳差地留在他店里帮忙。"

"所以你们……不是开'夫妻店'?"

"不是!"袁双马上否认。

短发姑娘一听,像是松了口气,立马笑着问杨平西:"杨老板,你的旅店还有房间吗?"

"有。"杨平西答道。

他话音刚落,袁双就接着说:"你们来得正是时候,这两天店里人少,大床房、标间都有。"

"还有床位房。"杨平西补了句。

"……"袁双就没见过杨平西这么耿直的商人!

"床位房就算了,我们不习惯和陌生人一起住。"短发姑娘说。

袁双一听,正中下怀,便说:"店里有单间,走,带你们上去看看。"

"上去?"

袁双遥指黎山寨,说:"杨老板的店在苗寨里。"

袁双说完端详了下三个姑娘的表情,担心她们和别的游客一样,嫌旅店位置高,不愿意走。

"哇,酷。"短发姑娘赞叹一声。

袁双心口一松,准备好的说辞也不说了,转过头给杨平西使了个眼色,说:"你打个电话给大雷,让他下来帮忙提行李。"

杨平西颔首,走到一旁掏出手机打电话。

明明杨平西才是老板,可袁双指挥起他来一点儿都不带犹豫的。短发姑娘见了,若有所思地看了眼袁双,说:"双姐,杨老板怎么这么听你的话,好像你才是老板。"

袁双噎了下,回想起来,自己对杨平西是有点儿"以下犯上",不像员工对待老板的态度。

"啊,是因为杨老板人很好,不会和我计较。"袁双打着哈哈,说完就回头去看杨平西。

杨平西打完电话走回来,对袁双说:"大雷马上下来。"

"行。"

露天的地方太晒,袁双张望了下,指着停车场外的树荫说:"我们去那儿等着,凉快。"

"你们先过去。"杨平西说。

袁双下意识问:"你干吗去?"

杨平西低头看着袁双,忽然记起什么,嘖了一声,问:"我买包烟,可以吗?"

袁双立刻觉得有三道目光落在自己身上,一时如芒刺在背。她盯着杨平西,咬着牙沉着声说:"你买烟问我干什么?"

"不是你让我支出要申请?"

袁双顿时觉得那三道目光更犀利了。她挺直背,凑近杨平西,话几乎是从牙缝里挤出来的:"私人支出就不用问了!"

杨平西笑:"你没说清楚。"

袁双气结,嫌弃地催道:"你赶紧走吧。"

袁双把杨平西赶走后,平复了下情绪,这才转过身,露出营业性的笑,打着马虎眼说:"杨老板就是这样,爱开玩笑,幽默,呵呵。"

三个姑娘相视一眼,也回以干巴巴的一笑:"呵呵。"

Chapter 6 老板娘

"想让我一直听你的，除非你留下。"

大雷到了，杨平西也买好烟回来了，袁双领着三个姑娘打前，让俩男人提着三个行李箱殿后。

袁双她们没有负重，脚步轻快些，所以早一步到达耕云。到了店，"宝贝"就扑了过来，它围着三个姑娘转了一圈，在收获一片"好可爱""好萌"的赞誉之后，大刺刺地在袁双脚边坐下。

袁双忍俊不禁，心想，这狗还分得清亲疏，知道她现在是店里的人，就和她套近乎。

"走，我带你们去看看房间。"

袁双向阿莎要了房间钥匙，领着三个姑娘去后堂和三楼看了看房间，让她们挑选心仪的空房入住。她们三个要住一间房，出于对空间和视野的考虑，最后定了一间大床房。

选好房间，袁双和她们一起下楼，正好杨平西和大雷也到了。

"阿莎，你帮她们办下入住。"袁双看着阿莎一字一句说。

阿莎点了点头，抬手冲三个姑娘比了个"方框"的手势。

短发姑娘好奇地瞧着阿莎，心直口快道："你是哑——"

"阿莎是让你们出示下身份证。"袁双打断短发姑娘的话，笑着转圜道，"阿莎会读唇语，你们说慢点儿，她看得懂。"

杨平西不经意地看了眼袁双，眼底闪过一丝笑意。

"啊？哦。"短发姑娘似乎也反应过来自己刚才失言了，忙招呼两个姐妹拿身份证。

袁双看了身份证，才知道短发姑娘名叫赵子涵。

"大床房住一晚多少钱啊？"赵子涵问。

阿莎用手指比了个数字。

"两百？"

阿莎点头。

赵子涵的眼珠骨碌碌一转，看向杨平西，眉眼一弯，捏着嗓门儿笑着说：

"杨老板，我们也算是半个熟人了，没有优惠吗？"

杨平西想她们也算是回头客，便说："那就打——"

"九五折！"袁双迅速截断杨平西的话。

"才九五折啊。"赵子涵显然不是很满意这个折扣。

袁双露出职业性的微笑，不慌不忙地说："妹子，大床房的房费已经很优惠了，你可以上网搜搜，景区周边的酒店、旅馆这样规格的房间，就数耕云最便宜了。"

袁双这话可不是忽悠人的，昨晚她就比对过了，耕云的房费在黎山镇的酒店、旅馆中是最低的，而且在房费上与其他家差的不是一星半点儿。虽然吊脚楼隔音差了点儿，但设施和卫生条件各方面都不错，视野绝佳，在景区，这样的房费已经是良心价了。

"大床房就剩最后一间了，也就是你们和杨老板有缘，所以他才给你们优惠价，不然平时都不会打折的。"袁双晓之以理、动之以情，赵子涵打感情牌，她也打。

大雷听这话觉着有点儿不对劲，就想了下现在睡在另外两间大床房的人，一个是虎哥，另一个就是袁双。这俩人入住的确没有打折，因为压根儿就没交钱，这么一想，他又觉得袁双没说假话。

"你们住这儿早上能看日出，晚上能看寨子的夜景，大厅里还能喝酒、聊天、玩游戏、看电影……"袁双说得口干舌燥，余光瞥到杨平西好整以暇地站在边上，像个局外人一样，事不关己、心安理得地看着她唾沫横飞，最可恶的是他还笑！

她气不过，也不循循善诱了，直接伸手把杨平西往跟前一拉，对着赵子涵她们说："住这儿还能喝到杨老板调的酒。"

"杨老板还会调酒？"

袁双从杨平西身后探出脑袋，接上话："何止呢，杨老板还会炒面。"

赵子涵的眼睛顿时亮了，她问："那我们有机会尝尝杨老板的手艺吗？"

"可以。"袁双拍拍杨平西的肩，像推销商品一样说，"付点儿小钱，杨老板就会竭诚为你们服务。"

杨平西："……"

"这敢情好。"赵子涵瞅了眼杨平西，转过头乐呵呵地扫码付了房费。

搞定三个姑娘，袁双让大雷帮她们把行李提上楼。等人走后，她倚在前台，示意阿莎给她倒杯水。

一杯水下肚，袁双解了渴，这才看着杨平西说："早知道你这么管用，我就不费半天劲了。"

"你就这么把我卖了？"杨平西垂眼看着袁双。

"这怎么能叫卖？这叫……营销。"

杨平西面无表情地笑了一声。

袁双点点桌子，问杨平西："你刚才是想给她们打几折？"

"八折。"

袁双心算了下，八折打完，大床房就和标间一个价了，这比她们仨住床位房多赚不了多少钱。

"你以前都这样，别人说打折你就给打折？"袁双问。

"看情况。"杨平西说。

"什么情况？"

"我在不在店里。"

"……"

袁双这回没忍住，直接仰头望天花板，半晌后说："你以后没事别待在店里了。"

杨平西嘴角一牵，说："袁双，这是我的店。"

"你还知道这是你的店？"袁双转过头盯视着他，恨铁不成钢道，"是你的店你就应该多想想怎么增加店里的收入，而不是随随便便就给人打折！

"还有，不要随随便便就给人升房！

"再有，不要随随便便就免费给人当司机，现在油费很贵的！"

杨平西饶有兴味地听着袁双吐槽似的"命令"，末了还平心静气地问："没了？"

袁双长吐一口气，无力道："你先做到这几点。"

袁双说完，杨平西还没表态，阿莎就先笑了。她出不了声，但脸上的笑意是挡不住的。

"阿莎，你笑什么？"袁双不觉得自己说的话很好笑，她明明在说事关耕云生存的大事。

阿莎对上袁双的眼睛，费力地憋住笑，抬手比画了几下。

"她在'说'什么？"袁双找杨平西翻译。

杨平西语气淡淡道："她说，你提出的这几点，我都做不到。"

袁双被一口气梗住，牙齿咬得咯咯作响，她看着杨平西，压下声说："你答应过的，我想怎么整改都行。"

杨平西弯腰正要去摸"宝贝"的脑袋，闻言动作一顿，抬眼问："你想整改我？"

"嗯。"袁双下巴一挑，坦白说，"我觉得你对耕云的经营策略很有问题。"

"哪儿有问题？"杨平西慢条斯理地问。

"哪儿都是问题。"

杨平西闻言眉头微皱，脸上这才变了表情。

就在袁双以为杨平西会觉得自己作为老板的权威被挑战而生气时，下一秒就听见他说："行。"

"嗯？"

"这三个月我听你的。"

袁双轻吐一口气，心情松泛了些，就又给了他一条忠告："你要想把耕云开下去，最好三个月之后也照我说的办。"

"你留下。"杨平西直起身说。

"什么？"

"想让我一直听你的，除非你留下。"杨平西的语气里带了些谑意，又恢复了平时散漫的状态。

袁双的心口又是一紧，杨平西这话掐头去尾的，即使落在具体语境中，也很容易让人误会。从始至终，袁双一直认为长久地留在耕云是不可能的事，该去该留她心里早已有了决断，但她并不想现在就把话说得那么直白，毕竟之前她和杨平西说过，要在三个月考察期后再做决定。

"看你的表现。"袁双四两拨千斤，避开了正面回答。

大雷已经把三个行李箱搬上楼，赵子涵她们安置好后很快就下楼了，迫不及待地要喝杨平西调的酒。

袁双一边把杨平西推进吧台里营业，一边回头笑着让赵子涵她们扫码付款。

就在这时，万婶围着围裙从厨房上来，喊了一声："饭好了，小杨，大雷，可以把桌子拼一拼吃饭了。"

袁双听到万婶的话才想起拼餐这一回事，她中午就觉得店里顿顿做大餐太铺张了，这样下去实在不行。她本来想提醒万婶晚上少做点儿菜的，结果下午一忙，把这事忘了。

"你们要吃饭了呀？"赵子涵回头见大厅里很多住客都坐上了桌，便问，"杨老板，我们能一起吃吗？"

"可以。"杨平西习惯性地回答，说完记起耕云现在不是他做主了，就转头

102

看向袁双。

袁双接收到杨平西投来的眼神,心想,万婶做都做了,与其浪费,不如多收几个人一起拼餐,好歹还能挽回一些损失。所以她没发表什么意见,只是指了指收款码,告诉赵子涵她们,拼餐费每人二十元。

杨平西调了三杯酒,赵子涵她们一人拿着一杯,开开心心地去了餐桌那儿,对着一大桌子菜惊叹。

"走,吃饭。"杨平西擦了擦手,对袁双说。

袁双还在懊恼忘了提醒万婶这事,想到那一桌子回不了本的菜,她心里就来气,不由得瞪了眼罪魁祸首,无情道:"晚上的菜没吃完,你不能下桌。"

杨平西中午就是在袁双的监视下吃撑了,现在听她这么说,只觉胃部一抽,还没吃就饱了。

晚上这顿饭,杨平西不让饭桌上的人喝酒,只让他们多吃菜,因此惹来了虎哥他们的抱怨。杨平西只作不理,等桌上的菜都扫光了才拿了两瓶酒过来,这时候所有人都已经撑得喝不下了,那两瓶酒最后又原封不动地放了回去。

饭后,大厅里的人玩的玩,闹的闹,看电影的看电影。袁双等杨平西收拾好餐桌,朝他勾了勾手,然后杨老板就在众人惊讶又好奇的目光中,听话地跟着袁双去了前台。

虎哥坐在美人靠上消食,见状抚着下巴问大雷:"你觉不觉得,老杨越来越像他养的那只狗了?"

大雷"大逆不道"地点了点头,说:"是有点儿。"

"都说狗随主人,怎么你们老板还反过来?"

大雷也纳闷儿:"杨哥以前不这样啊。"

"英雄难过美人关,我看哪,耕云就要有老板娘了。"

…………

袁双不知道大厅里的人在讨论自己和杨平西的关系,她喊杨平西,不是为了谈情说爱,只是为了对账。

店里的收款码是杨平西个人的,袁双要对账,就要用他的手机。手机是非常私人的物品,袁双本来是让杨平西把今天的收付款页面截图发给她,但他嫌麻烦,直接把手机解了锁丢给她。

"你不怕我看到不该看的?"袁双拿起杨平西的手机晃了下。

"比如?"

"和美女的聊天记录?"

杨平西不以为意，看向袁双，漫不经心地说："这样的聊天记录用你的手机就能看。"

袁双先是不解，慢了半拍才反应过来杨平西这话的意思，心里头登时像是被蜜蜂蜇了一口，麻麻的，却又挠不到。她嘴角不自觉地牵起，愣是摆出一副"我不吃这套"的模样，瞥了眼杨平西，不屑道："小把戏。"

杨平西看着袁双带笑的双眸，心情愉悦，不由得垂首低笑，说："管用就行。"

◆　◆　◆　◆

耕云线上平台的订单很少，而且基本上都是订床位房，袁双在网站后台浏览一遍就大致了解了情况。线下的订房订单，阿莎都做了记录，袁双只须稍微过目也就清楚了。

袁双本以为耕云的收支结构简单，对账会很容易，但在看到杨平西手机上长长的账单明细后，她不由得瞠目结舌。

"这是一天的账单？"袁双难以置信地问。

"嗯。"

"这么多？"袁双滑动屏幕，看着上面零零碎碎的金额，大的几百块，小的几块，什么数都有。她看不出规律，忍不住问："这些都是什么收入？"

杨平西探过脑袋："你问哪一单？"

"这个，怎么会有五块钱的进账？"袁双随便指了一单问。

杨平西居然也有些疑惑，他看了眼入账时间，思忖了下，说："应该是哪个客人付的早饭钱。"

"下面这单八块钱的呢？"

"和上面那单的交易时间差不多，应该也是早饭钱。"

袁双皱眉，问："店里的早餐费定价是多少？"

"免费。"

"……"

杨平西解释说："耕云不卖早餐，但有的客人起得早，我会让万婶多做点儿，一起吃。"

"那这早饭钱是怎么回事？"

"客人自己付的。"

袁双再次露出惊讶的表情："他们自己付的钱？"

"嗯。"杨平西看了眼手机，同一时段进账的数额五块、八块、十块不等，他觉着有意思，笑着道了句，"还是看饭量付的。"

袁双只碰到过想尽办法要优惠要折扣要免单的顾客，还是头一回见着免费的早餐不"吃"，上赶着花钱的客人，居然还不止一个，不由得觉得稀奇。她又往下滑动了下屏幕，看到有个两百块的进账，问杨平西："这是虎哥付的房费？"

"不是。"杨平西对这笔钱有印象，很快就回道，"早上几个客人要赶动车，镇上去市里的大巴没这么早发车，我就送他们去了动车站，这是车费。"

袁双点了下头，说："我还以为你又免费给人当司机了。"

杨平西没接话。

袁双盯着他，眯了下眼，试探地问："这钱……又是客人自己付的？"

"嗯。"

袁双再次讶然，不可思议地问："他们有便宜不占，主动给你钱？"

杨平西见袁双浑然不相信，笑了下，说："你不也是这样的人？"

袁双抿唇不语，看着账单若有所思。然后，她拿出备好的本子，把一笔一笔的账核对好记下来。

杨平西见了，问："有必要每一笔都记得这么详细吗？"

"当然了。"袁双边记边说，"只有把账本做实了，才能知道店里哪些方面亏了，之后才能想办法补救。"

店里有两个软件的收款码，袁双对完这个软件的账单又去对那个软件的，她试图把每一笔收入都弄清楚，到最后发现，不行。杨平西手机上的账单零散，数额不一，很多钱他自己都不知道是怎么来的，只能给出一个含糊的答案。

比如今天下午有个九十五元的进账，杨平西说是酒费，但耕云的酒类价格只有三个档次——十元、二十元、三十元，都是整数，没有零头。再比如傍晚的时候店里有一连串的散钱进账，袁双通过时间点估摸出这些大概是拼餐费，但费用金额并不全是二十元，几个二十中间夹着二十五、三十甚至五十，杨平西都不知道是什么钱，从账单上也看不出是谁转的。

袁双把今天的账单从头到尾捋了一遍，最后做出来的是本糊涂账，账面很不清晰，上面有很多"来路不明"的收入。收入明细含糊，但进账总额是很直观的。袁双惊讶地发现耕云单日的营收竟然还可以，虽然不是很高，但比她预想的要好，没到亏得底儿掉的地步。

杨平西见袁双看着自己记的账一脸严肃，抬手在她眼前晃了下，问："嫌赚少了？"

袁双回神，说："比我想的要好一点儿。"

杨平西挑了下眉，袁双怕他得意，立刻又说："只是好一点儿，暂时饿不死

105

就是了。"

"饿不死就够了。"杨平西说得随性,颇有一种活在当下的洒脱。

"你就这么点儿追求。"袁双埋汰了他一句。她低头盯着账本,眼珠子忽地一转,抬起头喊杨平西:"杨老板。"

杨平西一听袁双喊自己"老板",就知道她有事。他牵了下嘴角,下巴微抬,示意道:"你说。"

袁双往杨平西身边靠过去,问:"之前你说给我分成,是只给我房费的分成还是其他零零碎碎的钱也分成给我?"

她举例:"比如你卖酒的钱,我有份吗?"

"有。"杨平西一点儿都没犹豫。

"载客的钱?"

"有。"

"拼餐的钱?"

"有。"杨平西垂下视线,对上袁双在昏暗的光线下发亮的眼睛,轻笑一声,说,"耕云所有的收入,你都有份。"

袁双心里一喜,面上却还是做出一副不好意思的模样,做作道:"这不好吧?我没入股,你酿酒、调酒、开车,我既没出钱也没出力……"

杨平西一眼就看穿了袁双的假客套,却颇为赞同地点了点头,悟道:"有道理,那不分你了。"

"你敢!"袁双立刻变脸,态度强硬起来,声音也不复温柔。她磨了下牙,说:"杨平西,你能把酒卖出去,我是有功劳的,要不是我帮你拉客,店里也不能有这么多人来消费。"

前后不过几秒,袁双就"原形毕露"。杨平西听她直呼自己的名字,觉得顺耳多了。他低头失笑道:"是,多亏了你。"

他拿捏好分寸,也不再逗弄袁双,噙着笑说:"我既然拉你入伙,你就是耕云的人,一家人没必要算得这么清楚。"

"谁跟你是一家人。"袁双虽然这么说,脸上却浮现出了笑意。

她见杨平西盯着自己的脸,眼神玩味,不由得别开头去,敛起外露的情绪,再回过头时以一种公事公办的语气说:"还有件事,店里弄两个付款码不太方便,个人码每天的收款额度也有限,我觉得还是要申请一个商家聚合码,这样不管客人用什么软件都能扫码付钱,我们对账也轻松些。"

"嗯。"杨平西懒散地点了下头,全凭袁双拿主意的样子。

"那我用你的手机下个软件。"

杨平西想了下，说："用你的下吧。"

"嗯？"

"这样你对账方便。"

申请商家聚合码需要用到法人的个人信息，还要绑定法人的银行卡，袁双见杨平西说得这么轻巧，不由得道了句："你把金融软件装我手机上，就不怕我把钱卷走？"

杨平西不以为意，拿回自己的手机，笃定道："你不会。"

"万一呢？你才认识我几天，怎么知道我不是个丧尽天良、见利忘义的人？"

"直觉。"

袁双听到这个烂俗的答案，忍不住翻了个大白眼儿，说："我看你只有被骗一次吃个大亏才能长记性。"

杨平西和很多人打过交道，自有识人的本事，一个人是不是丧尽天良、见利忘义，不需要经年日久的考验，有时候从一些细节就能判断出来。当然，他也明白袁双这么说是为了他好，因此并不反驳她的话，只是看着她勾唇一笑，说："你要是看上了耕云的钱，不用铤而走险，只做一揽子买卖，我给你支个更好的着儿，一劳永逸。"

袁双两手抱胸，洗耳恭听。

"当耕云的老板娘，这样不只接下来三个月，以后店里的钱都是你的。"

杨平西说得一本正经，袁双听得额角直跳，瞪着他说："你这是想让我卖身给你？"

杨平西还笑着，浑不论地说："我卖给你也行，以后你是老板，我是……老板郎？"

袁双被气笑了，嘴角不可遏制地上扬，啐了杨平西一句："美得你！"

杨平西就看着袁双笑，末了对她说："下吧，我信你。"

袁双在职场摸爬滚打了几年，被别人算计过也学会了算计人，知道人与人之间只要扯上利益，那就毫无信任可言。她已经习惯了人与人相处时有所保留，突然碰上杨平西这样对自己毫不设防、赤诚相待的，心下不免动容。

"冤大头。"袁双轻声说了句。她拿出手机，下了个软件，要来了杨平西的各种信息注册，又拍了几张旅店的照片上传，最后提交资料，等待审核。

"你的信息，我现在可都掌握了，我要是起了坏心思，只需要点儿小手段，就能把钱转走。"袁双把杨平西的身份证和银行卡推还给他，拿起自己的手机晃了下，说，"审核还没通过，你现在还有后悔的机会，我可以立刻把软件卸载了。"

"我的手机没内存了，就装你那儿。"杨平西收起自己的身份证和银行卡，袁双的话，他根本没放在心上。

袁双的唇角微微上扬，她又问："审核通过后，银联会发来账号和初始密码，账户登上去后可以修改密码，改成什么？"

"八个8？"

"……"

大厅那头有人喊"杨老板"，像是有什么事，杨平西应了声就要过去，走之前，他低头对袁双说了串数字。

袁双觉得杨平西说的几个数字很熟悉，忍不住提笔写了下来，她定睛一看，顿时发现这串数字就是她的生日日期。她怔然，下意识去摸口袋，那里放着杨平西托人从侗寨给她捎过来的身份证。

袁双蒙了片刻，拿起笔去涂那几个数字，涂着涂着，突然笑了一声，说："小把戏还挺多。"

✦ ✦ ✦ ✦

阿莎的家不在黎山寨，而是在另一山头的苗寨里，吃完晚饭，她就离店了。

前台无人，袁双对完账就在那儿坐着。入了夜，在山下玩的住客陆陆续续地回来了，大厅里人多了，喝酒的需求就上来了。

杨平西一个人忙不过来，袁双就给他搭把手，递递杯子送送酒水，也会和客人开开玩笑，一点儿都不怯场。

袁双观察了一晚上，总算是知道店里为什么会有那么多不明收入。杨平西只顾着调酒送酒，也不惦记着收钱，住客喝完酒都是自己扫码付款，他们也记不清自己到底喝了多少，就估摸着付了钱，这钱就变成了耕云的一笔糊涂账。袁双看在眼里，不由得叹一口气，在本子上多记了一条耕云的待改事项。

深夜，大厅人散后，杨平西不让袁双帮忙收拾桌子，招呼她早点儿休息。袁双也不和他客气，上楼回了房间。

洗完澡出来，袁双看到李珂给自己打了个视频电话，她没接到，便找出耳机戴上，回拨了个视频电话过去。

"袁又又，你真打算留在黎州不回来了啊？"视频一接通，李珂就劈头盖脸地问了一句。

袁双庆幸自己戴了耳机，虽然睡隔壁的虎哥还在楼下，但她还是压低了声

108

音,回道:"不是不回去,是这三个月不回去。"

袁双把和杨平西的约定告诉李珂,之后又叹了口气,悔道:"我就不该轻易答应他。"

"这不是挺好的嘛,你以前总说想要开一家旅店,现在正好试试手,而且藜东南山好水好,还有个帅哥老板作陪,就当度假了。"

"度什么假啊,渡劫还差不多。"

袁双忍不住把这两天的所见所闻所感说给李珂听,她细数耕云经营上的种种弊端以及杨平西花样百出的赔本行为,最后长长地叹息一声,说:"唉,我是上了贼船了。"

视频里,李珂盯着袁双的脸看了半晌,忽然开口说:"你很兴奋。"

"嗯?有吗?"

"你的眼睛里闪烁着跃跃欲试的光芒。"李珂说,"虽然你嘴上嫌弃这家旅店事儿多,但其实你很期待在那里大展拳脚。"

袁双张了张嘴想要否认,最后还是作罢,她略有些别扭地承认道:"我是有那么一点儿亢奋,只是一点儿啊。"

"看来在酒店工作的这几年并没有把你的性子磨平,你这人啊,骨子里就喜欢刺激、挑战。"李珂感慨了一句,"我看藜东南那地儿适合你,都把你的本性激出来了,你干脆就留在那儿,别回来了。"

袁双摇头,说:"我就是觉得这里新鲜,兴许三个月过后我就待腻了。"

"也有可能三个月后你就彻底留那儿了。"李珂笑着凑近屏幕,贼兮兮地说,"我觉得你的杨老板是个妙人儿。"

袁双立刻纠正道:"他不是我的。"

"以后指不定就是了。"

袁双想到上次做的春梦,就是因为李珂不正经的暗示,不由得瞪着手机说:"你别扯一些有的没的,我和他性格不合。"

"哪方面不合啊?"

"我爱钱。"

李珂扑哧一声笑了,说:"我倒是觉得你们挺合得来的,就几天工夫,处得跟认识了很多年的老友似的。"

袁双没否认这一点,她和杨平西相处时的确自在,就跟老熟人一样,今晚还有住客调侃他俩像老夫老妻。

李珂又说:"听你的描述,杨老板还挺有意思的,像隐姓埋名的江湖侠客,讲义气，热心肠，性子洒脱，还不爱钱。"

"哪个侠客像他这么落魄？他是生意人，又不是慈善家，不爱钱算怎么回事？"袁双呵呵一笑，损起杨平西来，嘴下是一点儿也不留情。

"那我问你，如果杨老板是个见钱眼开、见利忘义的人，你还会交他这个朋友吗？"李珂一针见血地问。

袁双噎住。李珂的这个问题，她不是不知道怎么回答，而是她很清楚自己的答案。

李珂看穿了袁双内心所想，不由得眯起眼睛，促狭道："袁又又，你就承认吧，其实你很欣赏不爱钱的杨老板。"

◆　◆　◆　◆

袁双又是一觉睡到自然醒。不知道是不是藜州的山水养人，来的这些天，除去头一天因为飞机事故心有余悸，之后她都睡得不错，再没有像以前在北京时那样——睡前辗转反侧，睡后时时惊醒，睡醒精神不足。

她没赖床，醒后立刻起来洗漱换衣，利索地给自己化了个简妆，又拿出从伺寨买的发带把头发绑起来，让自己看上去利落些。

捯饬好后，袁双从房间出来，推开走廊尽头的小门，站在阳台上伸了个懒腰，做了几次深呼吸，这才下楼。

杨平西也起来了，正在倒狗粮喂狗，袁双笑着朝他打了个招呼："早。"

杨平西看她表情明媚，心情不错的样子，牵了下嘴角，说："店里没有固定的上班时间，你可以起晚点儿。"

"不起也行？"袁双故意问。

杨平西颔首："只要你能睡。"

"我不起来干活儿，你不是白雇我了？"

"没休息好，干活儿也没劲儿。"杨平西摸了摸"宝贝"的脑袋，抬头看向袁双说，"店里没那么多活儿。"

好多老板都恨不得把员工二十四小时钉在岗位上，榨干剩余价值，杨平西倒没有周扒皮的做派，很遵守劳动法，还主动怂恿底下的人偷懒，简直是老板界的楷模。

袁双轻摇了下头，说："没活儿那是之前，今天可有得忙。"她往门口方向张望了下，问，"万婶还没来吗？"

"没那么早。"杨平西起身，问，"饿了？我给你炒份面？"

袁双看到杨平西手上的狗粮，觉得自己好像是他养的另一只宠物，他喂完

"宝贝"又要来喂她。

"不用,我还不饿。"袁双解释说,"我是有事找万婶。"

"拼餐的事?"

袁双点头。

杨平西说:"我昨天晚上和万婶提过了,她今天不会再做那么多菜了。"

袁双眉头一动,心想,杨平西吃撑了两顿,总算是开窍了。

七点半左右,万婶来店里做早饭。袁双再次叮嘱她,以后按照人头来做饭,也别大鱼大肉的,尽量做些经济实惠的菜。

早饭后,袁双歇了会儿就问大雷要了店里闲置的木质小黑板,她把上头已经斑驳的"欢迎光临"四个字擦掉,然后一笔一画地把自己拟好的店规写上去。

她昨天晚上仔细想了下,虽然杨平西运气好,碰到的客人大多都是好人,能体谅他辛苦的劳动,主动给予报酬,但做生意不能全靠运气,收入全依仗客户的良心,那样未免过于被动。袁双从来都是把主动权掌握在自己手中,无规矩不成方圆,要想提高耕云的营业额,她觉得有必要制定一些店规,把一些事情摊在桌面上讲明白。

袁双一板一眼地在小黑板上写了几条店规。写好后,她把小黑板立在旅店进门处,确认只要进店的人就能看到后才满意地去楼下洗手。

杨平西送离店的客人下山回来,进门就看到了那块小黑板,他站在门口逐条地把店规看了一遍。

大雷跟在杨平西身后,低声读出了店规:"旅店房费不含早。

"店内午、晚餐可拼餐,餐位费20/人,午饭、晚饭拼餐须在上午10点、下午4点前到前台报名,逾时不能加入拼餐。

"旅店可包车、拼车,车费视路程而定。"

后面还有几条是店内消费守则、住房注意事项和损失赔偿条款。

杨平西看完袁双写的店规,不置一词,倒是大雷看了眉头微微皱起,问道:"哥,这样……好吗?"

杨平西没回答好与不好,只是说:"这段时间,店里的事都听袁双的。"

大雷张嘴想说什么,见杨平西偏护着袁双,只得作罢。

袁双洗了手上楼,看到杨平西在吧台喝水,就招呼他去看她刚写的店规。

"进门就看到了。"杨平西放下杯子说。

"怎么样?"袁双双手交叠在吧台上,往前一凑。

杨平西稍做思索,道了句"字不错"。

袁双喷了一声，不满道："我问的是内容，你看过了，觉得怎么样？"

杨平西的手指无意识地在桌面上点了点，片刻后，他看着袁双说："像公告。"

袁双皱眉，问："你的意思是，店规看着太公式化了，没有感情？"

"嗯。"

"这好办。"

袁双又找来了粉笔和粉笔擦，走到落地的小黑板前，蹲下身擦擦写写。

杨平西从吧台出来，走到袁双身边，低头去看黑板，在看到她做出的改动后，忍不住挑眉一笑。

"这就是你的办法？"

袁双把每条店规末尾的"。"都改成了"～"。改好后，她站起来，冲杨平西使了个眼色，问："你还有什么意见？"

杨平西想，袁双这么聪明，未必不知道他刚才的话是什么意思，但她既然只做浅层理解，就说明她有自己的坚持。他遂摇了下头，说："照你的意思来。"

袁双把粉笔和粉笔擦放在一旁，拍了拍手，说："既然你没意见，那这些店规就从今天开始执行。"

杨平西没异议。

这时，赵子涵迈着小碎步跑过来，到了杨平西跟前，笑嘻嘻地问："杨老板，听店里的人说，你之前有时间都会开车带客人到黎山镇周边逛逛，今天能带我们出去兜兜风吗？"

杨平西刚要回答，就听袁双在边上重重地咳了一声，十分刻意。他笑了笑，回答赵子涵："今天店里有事。"

赵子涵不死心，又问："那明天呢？"

袁双见状，笑问："你们是想包车出游啊？"

"包车……要花钱吗？"

"当然。"

"……可是在店里住了好几天的小哥说，杨老板之前带人出门玩是不收钱的啊。"

又是一个历史遗留问题。袁双头疼地轻叹口气，露出无奈的表情，语气为难地解释道："之前是之前，现在油价涨了，一直不收钱的话，店里的生意就做不下去了。"

"好吧。"赵子涵听后撇嘴，不情不愿地走了。

免费的午餐吃久了，人们就会觉得理所当然，有一天午餐要收钱了，他们还会不高兴，倒忘了天下本就没有白吃的午餐，花钱买服务是天经地义的事。

袁双等人走远，瞥向杨平西，凉飕飕地问："杨老板，你可真能干，身兼多职，还给人免费当导游。"

杨平西轻咳了声，说："偶尔没事的时候会带人出去转转。"

既往不咎，袁双不想评判杨平西以前做生意的方式，她指了指小黑板，强调道："以前你怎么样我不管，但是以后得按我的规矩来，你不能再接免费的私活儿了。"

袁双语气霸道，杨平西听了不恼也不怒，面上仍是云淡风轻，颔首笑着附和道："行，我听你调遣。"

袁双对杨平西服从的态度很满意，他说放权就放权，完全不去干涉、质疑她的任何决定，这让她更能放得开手脚。

"那走吧。"袁双大手一挥，冲杨平西示意道。

"嗯？"

"下山抢人去。"

◆　◆　◆　◆

上午九点过后，从各地来古桥景区的旅游车很多。袁双领着杨平西气势汹汹地下了山，那架势就像山上的土匪要去山下抢媳妇一样。

到了停车场，袁双看到有几个人手上拿着显眼的牌子，牌子上写着某某酒店、某某旅馆，一看就知道是别的酒店、旅馆来抢人。她的眼神一下子犀利起来，懊恼地对杨平西说："我们也要弄个耕云的招牌，不能输在起跑线上。"

"拉条横幅？"

杨平西本是开玩笑的，袁双却积极地考虑起了拉横幅的可行性，她略带敌意地瞟了眼那些拿着牌子的人，发狠道："一会儿回去就找人做，我们得把他们'艳压'下去才行。"

杨平西见她燃起了胜负欲，低头失笑。

"老杨。"

杨平西听到有人喊，抬手随意地挥了下，聊做应答。

袁双循声望去，只见一个拿着牌子的平头小哥走过来。到了跟前，他问杨平西："你怎么来车站了？"

"拉客。"杨平西淡然回道。

"你来拉客？"平头小哥很是惊讶，调侃道，"嘿，你之前不是说做生意看缘分，今天是怎么的，太阳打西边出来了？"

袁双一听，心想，杨平西这"无为而治"的生意经都让竞争对手知道了，对方知己知彼，这可是生意场上的大忌。她打量了下平头小哥，又抬眼看向杨平西，用眼神向他询问。

杨平西领会她的意思，介绍道："李让，安居酒店的老板。"

"这位美女是？"李让见杨平西和袁双举止亲密，看着她的眼神一时探究起来。

"耕云的新老板，袁双。"杨平西语气谑然，让人分不清真假。

李让吃惊，说了句很欠揍的话："你的店终于撑不下去了，要盘出去了啊？"

杨平西和李让是熟人，他听出李让是在开玩笑，但袁双当了真，当下只觉得李让是在冷嘲热讽。同行相轻，虽然杨平西的生意的确做得不怎么样，但这事她说说就够了，还轮不到外人对他指手画脚。输人不输阵，袁双昂起头睨着李让，扯起嘴角要笑不笑地说："不好意思，李老板，要让你失望了，有我在，耕云暂时还倒不了。"

李让见袁双摆出一副护犊子的姿态，愣了下，随即笑开了，问："你不会是耕云的老板娘吧？"

"我——"袁双刚要否定李让的猜想，余光瞥到一辆到站的旅游车，便顾不上解释，一个箭步冲过去，在所有人都没反应过来时占据有利位置，守在车门前。

李让转过身，看着正热情地朝车上的游客推销耕云的袁双，诧异地问杨平西："以前没见过你身边有这号人物啊，店里新招的？"

"新请的。"

"这姑娘有点儿意思，哪儿请的啊？"

"路上。"

"捡的？"

杨平西笑了下，说："算是。"

"你运气倒好，路上都能捡到个大美女。"李让一手搭上杨平西的肩，贱兮兮地说，"就耕云那点儿生意，有大雷、阿莎和万婶不就够了，还需要专门再请一个人？"

杨平西听出了他话里的揶揄，不以为意，反而老神在在地说："谁规定不缺人就不能请人了？"

"是没这规定，这种不划算的事一般人都不会做，也就你干得出来。"

李让抬眼，只见袁双正积极努力地拉拢游客，她脸上笑靥如花，态度不卑不亢的，不由得说："不过你这回倒不亏，这姑娘看上去有做生意的天赋。"他拍了下杨平西的肩，嘿嘿一笑，说，"我看这姑娘和耕云不太合，不如你让她去我店里，我不会亏待她的。"

杨平西乜斜了李让一眼，问："她怎么和耕云不合了？"

"这还用问？"李让说，"这姑娘浑身透着机灵劲儿，一看就不是闲得住的主，你做生意随缘，她可不像是有一单生意就赚一单钱的人，你俩行事风格差别太大，不合适。"

杨平西闻言，若有所思地沉默了。

李让见袁双举手投足之间落落大方，实在是难得的人才，便真动了挖人的心思。他勾着杨平西的肩，说道："我是认真的，你考虑看看。"

杨平西斜眼看着他，轻声慢气地说："不如我把'宝贝'送到你店里？"

李让忍不住打了个哆嗦，要知道上回杨平西把他那只爱狗寄养在他那儿，他的酒店差点儿被拆了。

"不是吧，老杨，我不就是和你要个人嘛，你有必要做得这么绝吗？"李让琢磨了下杨平西的态度，回过味来了。他狐疑地盯着杨平西，说："之前问你要万婶，你都没拒绝，还让我自己去问万婶的意思，今天问你要个新人，怎么一点儿商量的余地都不给？"

"不会真被我说中了吧？你看上这姑娘了，想留下当老板娘？"李让问。

杨平西挑了下眉，闲散道："是又怎么样？"

李让没想到杨平西承认得这么爽快，着实怔住了，反应了几秒才接道："你要是真对她有意思，那我肯定不会撬兄弟的墙角啊。"

杨平西闻言点了下头，而后漫不经心地说："记住你说的话，以后别打她的主意。"

✦　✦　✦　✦

袁双一开始拉客的时候还是情绪饱满、信心十足的，到了后来，她就跟霜打过的茄子似的，垂头丧气地蔫儿了。

在又一次铩羽而归后，袁双陷入了沉思。她发觉自己之前过于乐观了，以为只要积极主动一些就能提高耕云的入住率，但现实情况远比她想象的严峻。

上午到达古桥景区的车是多，拖着行李箱来的游客也多，但没有几个人是"自由身"。现在是互联网时代，年轻人出行都会提前在网上物色好酒店、旅馆，而年长点儿的游客要么由年轻人带着出行，要么跟团游，两者也都会事先在网上订好住处，真正到了地方才找落脚处的人几乎没有。

李让他们拿着招牌在镇上的停车场里等，并不是为了抢夺客源，而是为了迎接已经在网上下了订单的客人，今天真正守株待兔的只有袁双和杨平西。

袁双碰了几回壁才恍觉，真正的战场不在线下，而在线上。认清现实后，她叹了一口气，说："走吧，回店里。"

杨平西正调整着站位帮袁双挡太阳，听到她说要走，有点儿意外，问："不等了？"

"再等下去也是做无用功。"袁双看向杨平西，清了清嗓，问，"你应该早就知道下山是拉不到客的吧？"

"我也是今天才知道。"杨平西看了袁双一眼，咳了声，说。

袁双见杨平西眸光微闪，就知道他没说实话。他好歹也是一个旅店的老板，在黎山镇待了这么久，再怎么闭目塞听也不至于连这一点都不知道。

"你不用维护我的自尊心，我还没这么脆弱，这回是我没想周全。"

袁双以前在酒店工作时基本上都待在前厅部，只负责接待客人、处理投诉意见，酒店开拓客源的工作自有销售部的人去做，她鲜少参与，因此这方面经验不足。今天下山拉客是她思虑不周，没提前了解情况，平白浪费了时间，这一点她不惮于承认。

"现在没多少人会线下订房，看来还是要提高耕云的知名度，让人主动来入住。"袁双自我反省了下，抬眼问，"镇上有多少家酒店、旅馆？"

杨平西回道："四五十家吧。"

"四五十家？"袁双咂舌，"这么多？"

"这两年古桥景区评了级，来的游客多了，镇上开店的也就多了。"

"这么多酒店旅馆，耕云的评分还能垫底？"

"……"

"你就不着急？"

杨平西轻声一笑，说："评分说明不了什么。"

"在各方面条件都未知的情况下，网上平台的评分是很重要的参考标准，评分越高，被选择的概率就越高。"

黎山镇僧少庙多，住宿行业竞争激烈，耕云本身就因地处山间，出行不便，在线下不占优势，如果网上平台这一阵地再失守，那日后避免不了被淘汰的命运。想到耕云那惨不忍睹的网上评分，袁双惊觉时不我待。她也不花时间和杨平西解释网上评分的重要性了，他要是能懂，耕云的评分也不至于这么低。

"走走走。"袁双一把抓过杨平西的胳膊，拉着他往停车场外走，边走边说，"赶紧转移战场。"

杨平西垂眼看着袁双拉着自己的手，眼中闪过一丝笑意，也没挣脱，就这么让她拉着往前走。

到了山脚下,袁双仰头,从底下能看到耕云坐落在山林之间,古朴、自然、美轮美奂。不知道是不是因为王婆卖瓜的心理,袁双越看耕云越顺眼,她觉得这栋建筑比寨子里的任何一栋吊脚楼都好看,比镇上随便一家酒店、旅馆都有特色。这么一颗明珠,若是蒙了尘,她当真是心痛。

"山上不能修一条路,让车能开上去吗?"袁双回头问杨平西。

杨平西微微摇头,说:"黎山寨是古建筑保护单位,不能随意修建道路,破坏寨子的构造和布局。"

"搞个缆车?"

杨平西笑了:"不现实。"

袁双也知道自己异想天开了,忍不住叹一口气。

✦ ✦ ✦ ✦

白天寨子里热闹些,一些老媪坐在家门口择菜、纳鞋底,她们见到杨平西,熟稔地和他打招呼,用苗话与他说上几句。

芦笙场入口旁的吊脚楼前,两人遇到一位用印着大红花的毛巾包着头发的奶奶,她和杨平西说了两句话,目光便转到了袁双身上,笑吟吟地看着她。

袁双直觉老奶奶说的话与自己有关,但她听不懂,就问杨平西:"奶奶说了什么?"

杨平西说:"你笑着点头就行。"

老奶奶慈眉善目,和蔼可亲,袁双想,她老人家肯定是说了什么好话,便听杨平西的,对着奶奶微微颔首,露出灿烂的笑。

等过了那栋吊脚楼,到了芦笙场,袁双还是好奇,再问了一遍:"奶奶说什么了?"

"夸你漂亮。"

老人家果然有眼光,袁双听了心里美滋滋的。她抬手摸了摸自己的脸蛋,余光看到杨平西嘴角噙着淡淡的笑,不由得蹙了下眉,问:"奶奶夸我,你笑什么?"她瞪着杨平西,质问道,"你是不是没说实话?奶奶到底说了什么?"

杨平西回头看袁双,嘴角上扬的幅度变大,他吊了她一会儿,才说:"奶奶夸耕云的老板娘长得很漂亮。"

"这夸的是我?"

"你刚才不是点头了?"

袁双额角一抽,抬手攥着拳头就要打人:"杨平西,你算计我,占我便宜!"

杨平西敏捷地闪开,转过身,一边倒着走一边说:"你不是急着回店里?我们的事解释起来很麻烦，不如就让她老人家误会，也没什么损失。"

"我的清白不是损失吗？"

"那我把我的清白赔给你？"

"我不稀罕！"袁双追了两步，一拳往杨平西身上招呼过去。

杨平西又一躲，袁双气不过，提起裙角就去追。

芦笙场上有几个学龄前儿童，他们见袁双和杨平西一个追、一个躲，以为他俩是在玩游戏，就自发地跑过来，一个个站到杨平西身后，依次揪着前面人的衣服后摆，躲来躲去。

袁双一看，得，杨平西成"母鸡"，自己成"老鹰"了。她气笑了，索性做出一副凶神恶煞的模样，叫嚣着说："都躲好了，老鹰要来抓小鸡了。"袁双往杨平西身后跑，几个小孩咯咯笑着躲开，一边喊着："小杨哥哥，'老鹰'要来吃我们啦，你快拦下她。"杨平西就配合地摊开双臂，拦着袁双。袁双一会儿往左跑，一会儿往右跑。杨平西就左右防守，见她加快速度意欲"袭击"，横跨一步挡着她，袁双因惯性停不下来，就这么撞进了杨平西怀里。

"抓住'老鹰'啦，抓住'老鹰'啦！"几个小孩儿高兴地在原地又蹦又跳。

袁双见几个小萝卜头笑得欢实，也跟着笑开了，觉得自己这只"老鹰"也算是"死得其所"了。她仰头看杨平西："抱上瘾了，还不松开？"

"这回我可没占你便宜，是你自己撞进来的。"杨平西松了手劲儿，低笑道，"这下我的清白没了，我们扯平了。"

"你——"

"老杨？"

袁双正要回撑，忽听有人喊杨平西，立刻挣开他的手，低头扯了扯衣服，掩饰性地理了理跑乱的头发。

杨平西低咳了声，表情稳重了些，转过身见到老朋友，抬手挥了下。他俯身和几个小孩儿说了几句话。没一会儿，他们就散开玩去了。

袁双的耳朵捕捉到行李箱的轱辘在粗糙的地面上滚动的声音，从杨平西身后探出头，就看到一行人结伴到了芦笙场。

除了要入住耕云的人，谁还会拖着行李箱进寨子？

"认识的？"袁双问。

"嗯。"杨平西介绍道，"周石，以前做导游的，现在做自由行。"

袁双一听，马上猜出周石身后跟着的三男两女是包车的客人，不由得精神一振，推着杨平西迎了上去。

"真是你，大老远看到你抱着个姑娘，我还以为认错人了。"周石领着人走到芦笙场中央，熟稔地和杨平西打招呼。他看向袁双，目中有几分好奇，侃了一句："你抱着的这个姑娘，我怎么没见过？"

袁双稍稍一窘，还是大方地接上话："我是耕云的新人，才来几天，你没见过我，正常。"

"新员工？"周石显然不太相信，杨平西向来是最注重避嫌的人，怎么会和员工抱在一起？

杨平西无视周石意味深长的眼神，看了眼他身后的人，问："到了怎么没给我电话？"

"我和大雷说了，他就要下来了。我寻思着山下热，就先带人来了芦笙场，还能有个地方坐坐。"

袁双听到他俩的对话，确认周石真是带人来耕云投宿的，便扯出笑来，招呼后边的客人把行李箱放一旁，先跟着她往上走。

他们一行人有三个大行李箱，杨平西提上一个先走，让周石等在原处，等大雷下来后再一起上去。

袁双领着客人走得快，杨平西虽然提着个大行李箱，但步子很稳当，脚程也快，跟着袁双他们前后脚到了旅店。

进了店，袁双招呼阿莎给客人倒水，过后又热情地给他们介绍房间。

"大床房还有吗？"一个姑娘问。

三间大床房都住了人，阿莎正要摇头，袁双就出声说："有，还有一间，不过客人才退房，收拾要花点儿时间。"

"那我们就要一间大床房、两间标间吧。"

几个人说着就要扫码付款，袁双眸光一闪，抬手制止他们，笑着说："你们在网上下单就行。"

"网上下单更划算吗？"

袁双沉吟片刻，笑道："最近店里在做活动，网上下单送自酿的啤酒。"

"那敢情好。"

"离店的时候记得给我们一个好评哦。"

袁双笑盈盈地说完，让阿莎帮他们办理入住，然后喊杨平西去拿一套干净的床单被套上楼。她上了楼，打开自己的房间，进去后快速地把东西收拾了下，准备腾屋。

杨平西进门，看到袁双在拆被套，就走过去搭了把手，并说："房间可以不换,让他们住标间就行。"

"那不就少赚了?"袁双利索地扯下旧被套塞给杨平西,拿过新的,一边套被芯,一边说,"这房间我住着不赚钱,给客人住才值当。"

杨平西抱着换下来的床单被套,问袁双:"你想住标间?"

袁双摇头:"标间,我住着也亏。"

"店里的房间住不满的。"

袁双回过头瞪了杨平西一眼:"你总这么想,耕云就永远住不满。"

杨平西失笑,问:"大床房和标间都不住,那你想换到哪间房?"

袁双套好被芯,甩了下被子,说:"底层不是还有个空着的小房间?我睡那儿。"

她之前打听过了,底层洗衣房旁边有个小房间,是阿莎偶尔留宿的地方,现在空着也是空着,她住进去正好。

杨平西一听袁双要去底层的小房间睡,不由得微皱眉头,说:"那个房间太小,挑高也不够。"

袁双刚想说"三个月而已,将就下就过去了",话到嘴边又转了个弯。她抿了下唇,说:"没关系,睡觉而已,有张床就行。"

杨平西不语,思忖片刻才开口说:"你去楼下睡。"

"你房间?"

"嗯。"

袁双正在套枕套,闻言动作一顿,把枕头往床上一丢,转过身盯着杨平西,冷森森地说:"明目张胆地耍流氓呢?"

杨平西轻笑:"你睡楼下,我睡底层那间房。"

"这还差不多。"袁双一点儿也不客气,欣然接受了杨平西的安排,末了不忘夸他一句,"算你有点儿绅士风度。"

杨平西勾着唇:"换了房间,晚上有事你还是能跺脚找我。"

"大晚上的我能有——"袁双说着忽觉现在的对话有点儿耳熟,转头见杨平西笑得轻浮,一些回忆便涌现在脑海中。她脑门一紧,忍无可忍地咬牙切齿道:"杨平西,我以后吃素!"

Chapter 7 逍遥诗人

"除了你，我没有别的红颜知己。"

袁双铺好床，搞好卫生后就让大雷把几个客人带上楼，安排他们住进了各自的房间。

杨平西提着袁双的行李箱下楼，拿钥匙打开了自己的房间，走了进去。

袁双跟在杨平西身后进了他的房间，这才发现二楼的房间是个房中房。第一道门进去还有一道门，里面那个房间面积大，是卧室，外边的小屋放着各种储物柜，主要用来存放干净的床单被套，还有旅店的一次性用品。

杨平西进屋收拾东西，袁双就站在门边往里打量了一圈。二楼这间房和楼上那间大床房的布局很像，不过相对窄一些，里边有床有桌椅，还有衣柜。

袁双以前去过酒店男员工的宿舍，那叫一个脏、乱、差，她本以为男人住的地方多少会有点儿凌乱，但杨平西的房间很整洁。他的东西少，而且放得规整，屋子里也没有异味，干净得让她有点儿自愧不如。

杨平西快速收拾了下房间，把自己睡的被褥抱下楼，又换了套新的上去。他的东西不多，就一些衣物，他用一个储物箱装好后搬到了底层的房间。

"怎么样？"杨平西询问袁双。

窗明几净，袁双满意地点点头。想到杨平西从这么一个敞亮的房间搬走，住到楼下那间逼仄的房间里去，她良心上稍微有些过意不去，忍不住道了句："杨老板，委屈你了。"

杨平西微挑眉头："你要是过意不去，我们再换一下？"

"你走吧，我要开始收拾房间了。"袁双拉过行李箱，一副送客的模样。

杨平西笑了笑，走之前说："收拾好了出来吃饭。"

袁双打开行李箱，拿出化妆包和护肤包放在桌上，又拿出随身带着的平板电脑，打算放进床头桌的抽屉里。没承想一拉开，她就看到了杨平西的私人物品。她扫了眼，立刻关上抽屉，把平板电脑扔在床上，合上行李箱，离开房间。

袁双把两道房门都关严实了，揣好钥匙去了大厅。此时，杨平西正在摆碗筷，袁双走到他身旁，左右看了眼，跟特务接头一样，压低声说："你床头抽屉里的东西，忘记拿走了。"

杨平西想了下，床头桌的抽屉里放着耕云的房本和各种证件、材料。他了然，很淡定地说："没事，就放着吧。"

袁双瞪目："那么重要的东西，你不拿走？"

"底下的房间没有柜子，没地方放。"

"你就放心放在我那儿？"

"嗯。"杨平西应得很淡然，"放你那儿妥当。"

袁双真的是想晃一晃杨平西的脑袋，听听里边是不是有水声。她急道："你怎么能随随便便把这么重要的东西交给别人保管呢？就不怕我拿去干坏事啊？"

杨平西看了袁双一眼，不以为意："你能拿去干什么坏事？"

"比如拿去抵押，借高利贷！"

"你不会。"

又是这句，袁双叉着腰，做出一副势利小人的模样，说："你别道德绑架我啊，指不定我哪天就拿去当了。"

杨平西思忖了下，仍用波澜不起的口吻说："你要是做了这样的事，就说明是走投无路了，那当了也就当了。"

袁双怔住。她以前就没碰到过杨平西这样笃信她的能力和品格的人，一时动容。失语片刻，她埋怨了句："别咒我，我才不会到走投无路的地步。"

杨平西低笑一声，招呼她："吃饭。"

袁双早上交代过万婶，菜做得少些，但此时一看，并没有少多少，样式也还是很多。她找到万婶，问道："婶婶，不是让你按人头来做饭吗？"

万婶把手在围裙上擦了擦，坦然应道："是按人头做的啊。"

袁双狐疑，回头就见三三两两的住客坐上了桌，她又找到大雷问："这些人……都报名了？"

大雷点头："我亲自问的。"

"啊？"

"杨哥下山前交代我，问一圈店里的人中午要不要拼餐。"

"难怪。"袁双本以为实行店规的第一天应该会有些老客人不能马上适应，杨平西倒是周到，主动询问，通知到位。他这么做虽然费事，但也体贴，袁双对此没什么意见。本来她设定店规只是为了和住客之间达成一些共识，并不是为了和他们对着干。

午饭的时候发生了段小插曲，周石带着他的几个包车的客人下了楼，见店里在吃饭，便想一起拼餐。周石是杨平西的朋友，又带了客人来投宿，袁双知道拒绝他实在是不讲情面，但没报名不能临时拼餐的店规上午才立下，中午便被打破，就形同虚设，她便委婉地让他们晚上再来一起拼。

袁双知道，像虎哥这样的老主顾，心里铁定对她新设的店规颇有微词，但耕云沉疴已久，她不下点儿猛药不行。

改革总是激进的，杨平西唱惯了红脸，而袁双并不介意唱白脸，在旅店里充当强硬、不讲情面的角色，反正以前在酒店她也不是没这样干过。

饭后，袁双回房间继续收拾行李，杨平西出门点了支烟。不一会儿，大雷走了出来，站在他边上，一脸"有话不知当讲不当讲"的表情。

杨平西瞥到大雷神色纠结，哧的一声笑了。他叼着烟微抬下巴，示意道："有话就说。"

大雷踟蹰了下，忍不住开了口，问："哥，店里以后真的都听双姐的吗？"

三个月之约只有杨平西和袁双知道，大雷、阿莎和万婶全都不知情，他们以为袁双以后会一直留在耕云。

杨平西没打算和大雷说约定的事，只点了下头，应道："嗯。"

"可是……"大雷眉头一皱，说，"我觉得双姐不是很了解耕云的情况，她今天制定的店规，店里很多客人都觉得……"

"觉得怎么样？"

"没人情味。"

杨平西闻言只轻呵了一声，大雷见他态度不明，便直接说出了自己的顾虑："哥，我知道双姐的出发点肯定是为了耕云好，但是她这样会不会适得其反啊？就像刚才……我看石哥之后都不会再往店里带人了。"

大雷说着都有些急了。

"不会。"杨平西了解周石，淡然道了句。

站在耕云的门口可以看到寨子的芦笙场，此时几个小孩儿正聚在广场上玩"老鹰捉小鸡"。杨平西垂眼看了会儿，莫名扬了下唇角，之后缓声开口说："再给袁双一点儿时间，她会摸到耕云的脉的。"

◆　◆　◆　◆

袁双在生活和工作中是截然不同的两种状态，生活中她随性、大方、很好相与，工作中她强势、严谨、雷厉风行。

既然决定要在耕云待三个月，袁双就打算好好干。她给自己立了个目标，要在这段时间内革除旅店的种种弊端，提高单间的入住率和网上平台的评分。

7月份是旅游旺季，每天来古桥景区的游客眼见着变多了，黎山镇白天生意兴隆，晚上笙歌不歇，就是黎山寨，也多了很多上山观光的游客。

袁双每天都会出门好几回，碰上来逛寨子的游客，她便会热情地邀请人家进店喝杯水，之后再凭借自己的口才争取让人入住旅店，实在不行，能让人消费几杯酒水也是不错的。

这天傍晚，袁双出门溜达，顺利地在寨子里拉到了一位落单的客人。她把人带回店里办入住，在大厅里没见着杨平西，便问了阿莎一句。

"你们杨老板呢？"

阿莎拿手机打字，递给袁双看："去尧山古寨卖酒去了。"

尧山古寨也是一个景区，离黎山镇有小半个钟头的车程。袁双见杨平西时而在古桥景区里摆摊儿，时而去别的景点摆摊儿，忍不住嘀咕了句："听过'流窜犯罪'的，没听过'流窜摆摊儿'的。"

时间不早了，袁双估摸着这个点下山也很难再拉到客了，便拿了账本，坐在大厅里对账。这半个月来，她对耕云进行了大刀阔斧的改革，立了规矩，店里的"乱象"算是少了。本来这是个好现象，但袁双对账的时候发现旅店的营业额并没有增加多少，这两天甚至有所下降。袁双盯着账本，眉头紧锁，反思自己是不是还有什么地方没有做到位。

就在她一脑门官司的时候，忽然听到前台那儿有人拔高音调在说话，她回神看过去，只见阿莎皱着一张脸，正手忙脚乱地对着今天下午才入住的客人比画着。

袁双立刻起身走过去，温声询问客人："您好，请问有什么需要帮忙的吗？"

那客人是个中年大叔，见着袁双，就皱眉不满道："哎哟，我就是想问问从黎山镇怎么去千户寨，你们店的前台愣是听不懂啊！"

大雷不在，前台只有阿莎一个人。大叔说话有很重的地方口音，也难怪阿莎读不懂，大叔又是个急性子，不愿意打字，也不愿意等阿莎打字，这才起了点儿摩擦。

袁双明白情况后，马上道了歉，详细地回答了大叔的问题，又送了瓶酒作为赔礼，这才勉强安抚好他。

"好好一个旅店，怎么让一个又聋又哑的人当前台，这不是赶客吗？"大叔拿了酒，又发了句牢骚。

袁双客客气气地把人送走，再回头时，见阿莎表情愧疚、自责，一副泫然欲泣的可怜模样，心里不由得有了思量。

晚上，杨平西从古寨回来，见袁双呆坐在美人靠上，不禁觉得稀奇。往常，她就跟个陀螺似的，店里店外跑，忙起来没个消停，今天却是反常。他走过去，抬手在她面前晃了下，问："发什么呆呢？"

袁双倏地回神，抬眼看到杨平西，也没像往常一样盘问他出门在外有没有背着她接免费的私活儿，只是轻点了下头，说："回来了啊。"

杨平西看她神色消沉，像是有心事，思忖了下，开口问："今天一个客人都没拉着？"

"呸呸呸，乌鸦嘴。"袁双这才有了反应，抬头瞪着杨平西，恢复了几分生气，"你以为我是你啊。"

杨平西被嘲讽，反而笑了，说："我看你这表情，好像耕云明天就要倒闭了。"

袁双闻言，默了会儿，随后站起身，朝杨平西勾了下手，说："你跟我来，我有事和你说。"

杨平西挑眉，当下什么也没问，跟着袁双出了门。

耕云是黎山寨最高的房子，再往上就是密林和梯田，袁双领着杨平西往山里走，在离旅店有段距离的一棵参天大树下站定。

"我们之间有什么事要避开人说？"杨平西本来还想说句玩笑话逗逗袁双，低头见她神色严肃，便正经了些，下巴一挑，示意道，"说吧。"

袁双犹豫片刻，才开口说："我认为阿莎并不适合当旅店的前台。"

杨平西的眼神微微一变。

"前台是旅店的门面和喉舌，阿莎的情况有点儿特殊……"

"你想开除她？"杨平西问。

袁双其实考虑过给阿莎换岗，但耕云是个小旅店，体力活儿有大雷，打扫、做饭有万婶，还真就只差个接待人的前台服务员。她抿了下唇，试探地说："我们可以帮她找一份轻松点儿、可以胜任的工作？"

"不行！"

袁双话音刚落，杨平西还未开口表态，两人就听到了第三人的声音。

袁双被吓了一跳，下意识地前后左右看了看，愣是半个人影也没瞅着。

杨平西直接抬起头，看着树上的人，问："你什么时候上去的？"

袁双顺着杨平西的视线看去，就见大雷麻溜地从树上下来，手上还拿着个喷雾壶，看样子像是给树喷药除虫。

才下地，大雷就火急火燎地走过来，杨平西往前挪了一步，挡在袁双身前。

125

"双姐，阿莎做错了什么？"大雷拔声问袁双。

袁双解释道："她没做错什么，只是不适合干前台。"

"怎么不适合？"

"前台需要经常和人打交道，她和人交流有困难，我是担心她干久了，心理会受挫。"袁双耐着性子说。

"可是阿莎已经在店里干了半年多了……"大雷看着袁双，语气不太好，"你是不是和别人一样，觉得阿莎是聋哑人，看不起她，所以才找了个冠冕堂皇的理由想开除她？"

"大雷。"杨平西制止他。

"哥，你知道阿莎不能没有这份工作。"

"阿莎的事，我们还在商量。"

"商量？哥，你不会是被迷住了，忘了自己才是耕云的老板了吧？"大雷急了，口不择言道，"她是个外人啊。"

"大雷。"杨平西沉下脸，看着大雷的眼神带着警告的意味。

大雷把话说出口的瞬间，马上意识到自己说错话了，耕云本来就不是一个固定集团，人员都是慢慢加入的，他说这话就是排挤人。大雷沉默了几秒，他气兴正大，这会儿也拉不下脸来道歉。

"反正阿莎不能走。"大雷不甘地握了下拳，赌气般说了句。

"这事我会看着办。"杨平西说。

大雷听杨平西的话，心里稳当了些，便不再多说，转身就走。可能是心里的火没泄干净，他一路走，一路撒气似的对着路边的野草狂按喷雾壶，弄得空气里都是药水味。

杨平西皱眉，转过身看着袁双，思忖了下，说："大雷的脾气比较急。"

"我知道。"袁双轻飘飘地应了声，面上没什么表情，"他和阿莎关系好，生我的气也是应该的。"

杨平西再要开口，袁双抬手制止他，她深吸一口气，冷静道："先去哄小的，让我自己一个人待一会儿。"

袁双说完见杨平西戳着不动，眉头一皱，说："赶紧去，不然俩小的都跑了。"

"你——"杨平西不放心袁双。

"放心吧，我不跑。"袁双这时候还有心情调侃一句，"就是要走，我也会先让你把分成按天算给我。"

杨平西听袁双这么说，算是安了心，知道她就是再生气，理智还是在的。

"山上蚊子多，别待太久。"

"嗯。"

"被咬三个包就回来。"

"……"

"五个包？"

杨平西这时候倒是展现了他讨价还价的能力，袁双一时也不知道该气还是该笑，只能叹口气，抚额道："……知道了。"

✦ ✦ ✦ ✦

山里的蚊子毒，被叮一口能肿一片，袁双没等挨到挠出第五个包就下山回了旅店。

阿莎回家了，杨平西和大雷都不在，也不知道是去哪里谈心了。

袁双情绪低沉，还撑着去找了今天入住的客人，把杨平西口述、自己做成图文的古桥景区最省时省力的游玩攻略发给了他们。把活儿干完，她就回了房间，闭门冷静。

晚上，杨平西去敲过几次袁双的门。第一次是她刚回房，他来敲门，她说想静静，他就走了；第二次是饭点，他来喊她吃饭，她说不饿；第三次是他给她送晚饭，敲了门，说把炒面放门口的凳子上了，让她记得吃。

袁双知道，如果自己不把那盘炒面吃了，接下来杨平西还会再来敲门。为了避免他频频敲门，惹店里的客人误会，她就把炒面拿进了屋里，吃完又把空盘放在门外，这才得了一晚的清净。

袁双一个人在房间里待了一阵儿就冷静下来了，但她还是不想走出房门，无他，就是暂时不想见人，尤其是杨平西。晚上她和大雷闹了不愉快，杨平西指定是要聊这事的，她还没想好怎么说。

大雷的话一直萦绕在袁双耳边，一开始她很生气，气的是被人看作那种会歧视人的小人，后来她又开始反思。虽然她今天和杨平西提出阿莎不适合当前台服务员，起因是傍晚客人的刁难，她担心阿莎在这个岗位上待久了会感到挫败，但难道她就没有一丝利益上的考量吗？觉得换个人当前台服务员，旅店的生意会更好？袁双不敢说自己毫无私念，或许大雷说得对，她就是个冠冕堂皇的人，嘴上说是为了阿莎好，其实心里头全是生意。

这一晚，袁双没睡好，这次失眠倒不是因为压力大，纯粹是愁的。晚上没睡好，隔天又早早地醒了，往常几天她一大早就会起来忙活，今天却意兴阑珊。

袁双想到大雷昨天说她是外人，更是不想出门，她把被子一拉，索性一不做二不休，直接旷工。躺了会儿，她又睡不着，满脑子想的都是店里的事：昨天店里的账还没对完；万婶今天不知道做什么早饭，没她盯着，杨平西怕是又会请人吃白食；还有今天退房的客人，如果没人提醒，他们就会忘了离店的时候给旅店一个好评……

袁双躺着也是难受，就坐起身拿过自己的平板电脑，想找点儿事打发下时间，结果点开屏幕就看到自己没写完的"耕云百日营业计划书"。她看着那份计划书，幽幽地叹一口气，最后认命地下了床。

袁双洗漱完毕，换了套衣服，打开房门要出去时险些撞到一个人。她冷不丁地被吓一跳，捂着心口，瞪着门前的杨平西，问："你站这儿干什么？"

杨平西举着手正要敲门，下一秒门就开了，看到袁双，他收回手，垂眼说："确认下你在不在。"

"我不在房间里还能在哪儿？"

杨平西思忖了下："回北京的飞机上？"

袁双轻嗤道："我还没那么脆弱。"

听到熟悉的语气，看到熟悉的表情，杨平西松了口气。

"还不让开？"袁双挑起下巴，示意道。

杨平西闻言，侧过身，让开道。

袁双走出房间，到了大厅，左右看了眼。她今天起得迟，往常这个点，大雷和阿莎都来了，今天却没见着人。阿莎的家远，迟点儿来倒是正常，但大雷就住在黎山寨里，没道理他会迟到。

袁双轻咳了声，回头问杨平西："大雷和阿莎……罢工了？"

"没有。"杨平西走近后说，"他们去南山寨赶集了。"

袁双知道大雷和阿莎没罢工，心口一松，又问："赶集为什么要去南山寨？黎山寨没有吗？"

"每个苗寨的集日都不一样。"杨平西解释道，"南山寨的寨子更大，集市会更热闹。"

袁双似懂非懂地点了下头，又觉得奇怪，大雷和阿莎都是苗家人，对集市见惯不怪了才是，除非有东西要买，不然怎么会去凑这个热闹？

杨平西见袁双盯着自己看，问了句："怎么了？"

"他们真的去赶集了？"袁双狐疑问。

杨平西失笑，往吧台边上的角落指了指。袁双看过去，阿莎的小背篓就放在那儿。

"放心吧，他们没罢工。"杨平西知道袁双在担心什么，宽慰了句。

阿莎来了，大雷应该也来了，那没道理他们一大早来了店里又跑去赶集，除非有人授意。袁双看了眼杨平西，也不去问他为什么要支开大雷和阿莎，理由是可以想见的。

万婶下山买菜去了，杨平西就亲自去厨房下了碗牛肉粉，端上楼后让袁双趁热吃。

袁双拿过筷子，夹了一筷子粉条，同时抬眼看向对面一直盯着自己的杨平西，说："杨平西，有什么话，你就说吧。"

杨平西看着袁双，沉吟片刻，直接开口道："袁双，我没把你当外人。"

袁双一口粉刚进嘴里，听到杨平西的话，动作一顿，几秒后才咬断粉条，含糊道："你想说的就是这个？"

"嗯。"

袁双心头一动，她本以为自己和大雷闹不愉快，杨平西会当和事佬，先讲几句和稀泥的话，没承想关于昨晚的事，他开口讲的第一句话就是没把她当外人。本来因为大雷的话，袁双心里头一直堵得慌，现在却熨帖了许多，尤其看到杨平西郑重其事的模样，她甚至有点儿想笑。大雷把她当外人，而杨平西是太不把她当外人了。

"这话要是让大雷听到了，又该说你被我迷住了。"袁双谑道。

杨平西见袁双的眼里总算是有了笑意，心里头松泛了些，轻笑道："他昨天说的那些话，你就把这句放心上就行。"

"少来。"袁双不领情，不过心情倒是因为杨平西的话愉悦了不少。她思忖了下，主动开了口，真挚地说："我没有看不起阿莎。"

杨平西颔首："我知道。"

袁双垂下眼睑，沉默片刻后接着说："这几天我观察过阿莎，她工作的时候很认真，对待客人也很热情，人还勤快……我很乐意把她留在店里，只是前台这个岗位的职责对她来说难度比较大，我担心她承受不住这样的压力。"

"这话听起来是有点儿冠冕堂皇，也不怪大雷会那么说我。"袁双说着沉重地叹了一口气，自嘲道。

杨平西见她竟把自己说丧气了，不由得轻笑，说："我相信你对阿莎没有恶意。"

"但是我一开始知道阿莎负责前台时，的确认为你这个安排很不合理，增加了沟通成本，降低了工作效率，会影响旅店的生意。"

"我知道你是对事不对人，本意是为了耕云好。"杨平西说。

袁双闻言，心口一宽，得到杨平西的理解，她还有点儿感动。她抬头看向对面，由衷道："杨平西，虽然你不会做生意，但你是个好老板。"

杨平西一哂，抬手点了点桌面，开口说："你先把粉吃了，吃完跟我出门。"

"去哪儿？"袁双问。

"千户寨。"

"啊？"

"之前不是说过有空带你到处逛逛？"

袁双本以为杨平西刻意支开大雷和阿莎，是要和她好好聊聊，不承想没聊两句，还没聊出个所以然，他就要带她出门闲逛。

"这么突然？"袁双讶异道。

"今天正好要去送酒。"

"阿莎的事……"

"等我们去了千户寨再聊。"

袁双不明白阿莎和千户寨有什么联系、为什么去了那儿才能聊。她迟疑道："我们走了，旅店怎么办？"

"'宝贝'在呢。"

袁双低头看向在自己脚边不住摇尾巴的"宝贝"，失语片刻还是觉得让一只狗看店不可行。

"店里的客人要退房怎么办？"

"退房的客人会把钥匙放在前台。"

耕云不收押金，退房只需要还房间钥匙，也没别的手续。

袁双皱眉："不行，没人提醒，退房的客人会忘了在网上给个好评……再说，万一有客人要入住，店里都没人招待。"

杨平西见袁双有操不完的心，有些无奈，正好看见这时才睡起的虎哥打着哈欠从楼上下来，他就随手一指，说："还有虎哥。"

袁双："……"

虎哥："嗯？"

"旅店有虎哥看着，你放心吧。"杨平西说。

袁双觉得杨平西也忒不靠谱了，这么大一个旅店，就轻易地交给了住店的客人。

"你们玩儿去吧，店里有我呢。"虎哥像是搞明白了状况，附和了句。

"万婶很快就回来了，这么一会儿工夫，店里出不了什么事。"杨平西看着袁双，挑眉笑着问，"千户寨里有很多酒店、民宿，你不想去看看？"

袁双立刻被拿捏，她快速吃完一碗粉，回房间穿上防晒衣，拿上包出来。

杨平西拿上车钥匙，袁双跟着他往店外走。到了门口，她本想叮嘱下虎哥，让他记得提醒退房的客人给好评，结果转头就看到虎哥露在外面的胳膊——左青龙右白虎，她担心他这副模样去要好评会适得其反，遂作罢。

时近九点，正是太阳高升的时候，日光明亮。

袁双跟着杨平西下了山，到了停车场，坐上车后，她摘下墨镜问："你的酒呢？"

"后备厢里。"杨平西边说边倒车，"早上搬下来了。"

"没想到你的分销点还挺多。"

"都是朋友的店。"

"整个黎东南，不，是整个黎州就没有哪块地方你是没有朋友的。"袁双问，"你从哪儿认识的这么多人？"

杨平西笑笑，说："以前做自由行，路上认识的。"

袁双转头看他："你以前做自由行的，那后来怎么就开了耕云？"

杨平西的手指轻轻敲了下方向盘，说："没什么特别的理由，想开就开了。"

这个理由很随便、很荒谬、很不可思议，但从杨平西嘴里说出来又十分合理，甚至有点儿诗意。

袁双喷然摇头，却是很自然地就接受了他的这个理由。

✦　　✦　　✦　　✦

黎山镇离千户寨说远不远，就是山路弯多险峻，车不好走，这种深林公路，不是老司机都不敢上路。中间有一段路程，袁双的手机一度搜不到信号，从车内望出去，周边环绕的都是高山，一点儿人烟都见不着。

在山路上弯弯绕绕了半个多小时，袁双这才看到吊脚楼和人影，还有进进出出的旅游大巴。

过了安检口，杨平西把车停在景区外的停车位上，拿出手机给朋友打了个电话。他下车，从后备厢里搬出一箱酒，示意袁双跟上他。

千户寨景区大门前有个巨大的广场，此时广场上摆着一张张桌子，每张桌子后都有苗族的姑娘穿着蓝色的苗服、戴着银冠、捧着牛角杯在和歌跳舞，见到上前的游客，她们就会给人敬酒。

袁双稀奇："这是？"

"拦门酒。"杨平西抱着个箱子，示意袁双，"去喝一口？"

广场上气氛热烈，袁双见游客们纷纷参与到活动中，心底跃跃欲试，便走上前去。苗女们看到她，唱着歌跳着舞，热情地送上手中的牛角杯。她仰着脑袋，就势喝上了一口酒。米酒醇厚，入口即甘，袁双喝了一桌，往前走，又喝了一桌。

苗家酒后劲儿大，杨平西担心袁双喝多了，十二道拦门酒只让她喝了三四道就招呼她回来。

袁双看着后边的几桌酒，有些不甘心："聪明酒和美丽酒还没喝。"

"喝不喝无所谓，你已经有了。"

袁双的嘴角忍不住上扬："能更聪明、更美丽，谁会拒绝？"

杨平西笑："你想喝，有的是机会，下次我再带你过来，把剩下的全喝了。"

袁双不是贪杯的人，她的酒量虽然不错，但现在不清楚苗家酒的威力，要是在门前就喝多了，今天就没办法好好逛寨子了，遂听从了杨平西的话。

广场两旁是售票大厅和游客服务中心，两栋建筑都是吊脚楼样式，极有苗寨特色。

杨平西带着袁双从广场边缘绕过敬酒的人群，到了景区大门口。

袁双看到很多游客在排队，问了句："我要不要去买张门票？"

"不用。"杨平西说，"跟着我就行。"

"你的脸在这儿还能刷？"

杨平西失笑："嗯，我经常来送酒。"

袁双本来还不太相信杨平西的话，她半信半疑地跟在他身后，只见他和门口的苗家小哥说了几句苗话，人家就放行了。

"会苗话就能进去？"袁双好奇地问。

"嗯。"

"那我不会，怎么他也放我进？"

袁双看到杨平西的嘴角又噙着笑，这笑她太熟悉了，他憋着坏的时候就会露出这样若有似无的笑意。她眉头一皱，狐疑地问："杨平西，你是不是又占我便宜了？"

"占了一点儿。"

"你又胡说！"袁双抬起手作势要捶他。

"不那样说他怎么让你进来？"杨平西抱着箱子躲了一下，回头笑着提醒道,"小心点儿,有酒。"

他见袁双追过来,也不逗她了,澄清道:"我和他说你是店里的新人。"

"真的?"

"嗯。"杨平西解释,"除了苗族人,来寨子做生意的人也能免票进出。"

"不用出示身份证明或证件之类的?"

"要,不过脸熟的人可以省去这道程序。"杨平西看向袁双,"你不是说我分销点多?所以跟着我,你可以去很多地方。"

袁双瞥他:"你还挺得意。"

杨平西挑眉。

袁双想到杨平西打白工的精酿酒,叹口气,恨铁不成钢道:"到处赔钱!"

杨平西:"……"

◆　◆　◆　◆

进了景区,游客们搭乘观光车大巴前往寨子,袁双则跟着杨平西搭乘只给寨民们和务工人员坐的小巴车。

袁双坐在车上,眼看着两旁的吊脚楼越来越多,最后汇成一整个大寨子。她在黎山寨住的这段时间,已经对苗寨有所熟悉了,但到了千户寨,看到河水两岸的山上层层叠叠的吊脚楼鳞次栉比,还是叹为观止。

黎山寨只有百来户,比起来,千户寨真是大太多了,这里的吊脚楼看上去也更精致,一栋累一栋,一层叠一层,在蓝天白云的映照下,令人恍然间就觉得此地应是动漫里才有的地方。

"这么大啊。"袁双赞叹了声,又回头问,"真的有一千户人家住这儿?"

杨平西颔首,说:"附近很多小寨子都迁过来了。"

寨子里人烟密集,主街道上更是熙来攘往,游客如织。

袁双跟着杨平西在三号风雨桥下了车,又跟着他过了桥,随后进了河对岸的一家酒吧。上午酒吧不营业,此时店里空荡荡的,和外边热闹的街道对比鲜明。

"黑子。"杨平西喊了一声。

袁双在吧台里看到一个高个儿、留着中长发、颇有艺术家气质的男人。

"啧,说了几遍了,别叫我'黑子',叫'Black'。"黑子一撩头发,做出风流的姿态。他熟稔地朝杨平西打了个招呼,看到袁双,笑着说:"我就说你今天怎么把车开到北门去了,敢情是带人来的啊。"

千户寨北门游客多,杨平西以前送酒都会从寨子的另一个门进去,今天他是想带袁双感受下拦门酒的活动,这才把车停到北门。

"这回就带了一个姑娘？"黑子问。

袁双在吧台前站定，闻言挑起眉头，故意问："杨老板以前还带过很多姑娘来？"

"那可不，有时候带三四个呢。"

"都是店里的客人。"杨平西把一箱酒放在吧台上，自证清白般说，"我也只是把她们送到景区门口。"

"那今天这个怎么带进来了？"

"她不是游客。"

"不是游客，那是……"黑子问得意味深长。

"我是杨老板新聘的职业经理。"为防止杨平西扯出个不着调的答案，袁双自己先胡诌了一个，走他的路，让他无路可走。何况她这么说也没错，她现在在耕云做的也就是职业经理会做的事。

袁双说完，非常商务地朝黑子伸出一只手："你好，Black，我是……Double。"

袁双的职业范儿太足了，黑子一时被唬住了，不由自主地和她握了下手。回过神来，他又不太相信地问杨平西："她真是你请的职业经理？"

杨平西绷着脸，配合着袁双，点了下头。

"耕云已经到这个地步了？"

"嗯。"杨平西随口说，"就等着她来拯救了。"

黑子看杨平西不苟言笑的模样，眼睛一眯，嗤道："我信你个鬼。"

"我真是职业经理。"袁双强调道。

"得了，Double美女，我和老杨好几年的朋友了，他压根儿就不是会积极做生意赚钱的人，不然早发了。"黑子单手撑在吧台上，一脸早已看破的表情，对着袁双说，"你要真是职业经理，那老杨请你，绝对不是想让你帮他赚钱。"

"那是？"袁双顺着问。

"他看上你了！"黑子笃定道。

黑子的话像是一根小棒槌，在袁双心头敲了一下，她恍惚了片刻，而后大方地笑着说："你猜得对，我的确不是职业经理。"

没了前提，结论自然站不住脚，本以为这事就算是揭过去了，没想到黑子听了袁双的话，反而一拍手，语气铿锵地说："你要不是职业经理，那老杨铁定是看上你了。"

袁双一听，心里头那点儿慌乱顿时没了，她只当黑子是在胡侃，不当真。

"怎么我不是职业经理，杨老板还是看上我了？"袁双也不是开不起玩笑的人，平复内心的小情绪后就顺着话茬问黑子。

"你不是职业经理，老杨为什么还把你带在身边？"黑子瞥一眼杨平西，幽幽地说，"他以前可从来不单独带异性出行。"

"我包了他的车。"袁双信口道一句。

"你要是包车的客人，他只会把你送到景区大门口，不会带你进来。"

袁双不以为意，说了实话："我是耕云的新员工。"

黑子这才有点儿惊讶，扭头问杨平西："新来的？"

"嗯。"杨平西淡然应了声。

"义工？"

"带'编制'的。"

黑子纳罕，耕云的情况，他是大致了解的，活儿就那么点儿，人招得越多越亏。

"老板带员工出门，很正常吧？"有了杨平西的证言，袁双像是赢了一场辩论，看着黑子，狡黠一笑，颇有些得意。

黑子的目光在吧台前的俩人身上游弋，他发现 Double 小姐说话时，杨平西的视线始终落在她身上，眼里还带着笑，像是在放纵她胡闹。

"耕云的待遇就是好啊，老板还会亲自开车带员工出来玩。"黑子咂摸出了点儿味道，眼神变得别有深意。他看向杨平西，语气促狭道："你的店还招人吗？我酒吧不干了，去给你打工算了。"

"义工？"

"啧，你这人，怎么还区别对待？"

杨平西毫不掩饰自己有双标，他没理会黑子不满的眼神，随意地指了下那箱酒，说："酒给你送到了，走了。"

"啊？这就走了，不坐下喝两杯？"

"开车。"

"那中午一起吃个饭啊，和 Double。"

"再说吧。"

袁双见杨平西转过身要走，立刻跟上，走之前不忘回头挥一下手，笑道："再见……黑子。"

酒吧门掩上之前，黑子戏谑地喊了句"好好约会"，袁双显然听到了，抬起头看向杨平西，说："你这朋友是月老啊，这么喜欢牵红线。"

小道上有一群游客结队走来，杨平西轻拉了下袁双，避开迎面的人群，半开玩笑般说:"黑子分析得也不是没有道理。"

袁双想到刚才黑子的那一通推论,瞥向杨平西:"真看上我了啊?"

杨平西挑眉。

袁双早就习惯了杨平西时不时的撩拨,此时也不放在心上。她拿出挂在领口的墨镜戴上,脑袋一昂,做出一副都市女郎的冷酷模样,用潇洒的语气说:"那你就在藜州分赛区排着吧。"

杨平西没忍住,笑了声,问:"总共有几个赛区?"

"四五个吧。"袁双不假思索,信口就说道,"北京赛区追我的从一环排到了七环,老家也有几个从读书的时候就喜欢我的老同学,大学还有好几个学长学弟对我念念不忘……"

杨平西听袁双像煞有介事地瞎扯,眼底笑意更盛,还配合地附和了句:"听起来竞争挺激烈。"

"所以你趁早死心吧。"袁双说得率意,墨镜下的眼睛却忍不住看向杨平西。

"为什么要死心?我赢面很大。"杨平西用极其平静的语气说出极其傲慢的话。

袁双听完失语片刻,又觉好笑,问:"杨平西,你哪儿来的自信?"

"你给的。"杨平西嘴角微扬,不疾不徐地说,"追你的人这么多,你都能很久没沾上'荤腥',看来那些人都不顶用。"他低下头看向袁双,沉声缓缓问道,"你说我赢面大不大?"

杨平西的目光直接又张扬,像此刻闪耀的阳光,袁双即使戴着墨镜,眼睛也被灼了下。她心底蓦地一悸,莫名有些慌张,遂迅速别开眼,快言快语道:"我是以前工作太忙了,没时间,所以才——"

袁双说到一半,忽然反应过来,自己和杨平西解释什么?想到这儿,她就用逞凶来掩饰自己的失态之举,恶声恶气地说:"杨平西,你有这自信,不如用在做生意上。"

"做生意不需要自信。"

"那需要什么?"

杨平西看着袁双,若有所指地说:"用人的眼光。"

一句话,袁双立刻被哄顺毛了。她抿了下唇,又想起了店里的事,遂开口道:"不是说来了千户寨就聊一聊阿莎的事,现在可以聊了吧?"

"还不到时候。"杨平西说,"先逛寨子。"

杨平西不徐不疾的,像是有什么安排,袁双便也不追问,跟上他的脚步,逛起了寨子。

✦ ✦ ✦ ✦

千户寨被贯穿其中的河水分为两半，两岸的山上都有吊脚楼，右岸多的是酒店、民宿，左岸是老寨子，住的本地人多，蜡染馆、游方场、苗族文化博物馆等特色场所都在左岸。

杨平西本想先带袁双去白日里相对热闹的左岸逛逛，但袁双对寨子里的酒店、民宿更感兴趣，他便依了她，陪她在右岸走动。

千户寨里有很多酒店、民宿，寨子的右岸基本上每栋吊脚楼做的都是住宿生意。袁双拉着杨平西扮作在找落脚处的普通游客，进吊脚楼里参观内部环境，如果老板恰好是杨平西认识的人，他们就大大方方地进去坐一坐。

千户寨到底是景区，接待的游客多，这里的酒店、民宿条件都还不错，从山脚到山顶，酒店的价格基本上也是呈上升趋势。

袁双和杨平西走了两个小时，参观了寨子里大半的酒店、民宿。不知是不是出于护短的心理，逛了一圈下来，袁双还是觉得耕云最好。千户寨的酒店、民宿已经形成产业了，各方面都很成熟，但袁双总觉得少了些什么。

右岸山顶有个大观景台，可以纵览全寨，晚上更是可以看到寨子里的绝美夜景。袁双和杨平西到时，观景台上挤挤嚷嚷的全是人，观光车把山下的游客一车车地送上来，又把山顶的游客一车车地送下去。

人太多，太阳又晒，袁双就没去观景台上挤，她在山顶附近走了走，嫌天太热，就拉上杨平西下了山。

山脚下的主街道上人也不少，街道两旁除了一些饮料店、小吃店，最多的就是摄影工作室。苗服写真是很多人来千户寨必体验的项目，寨子的大街小巷，几乎处处可见穿着苗服、头戴银冠、妆容精致的美女在摆造型，赏心悦目。

杨平西买了水回来，见袁双在打量那些拍写真的人，便说："你要是想拍，吃完饭可以去拍一套。"

袁双摇了摇头："摄影工作室一般都是要提前预约的。"

"不用。"

袁双回头："你还有当摄影师的朋友？"

"嗯。"杨平西拧开瓶盖，把水递给袁双，说，"你想拍，我和他说一声。"

"算了，今天太热了。"袁双一口气喝下小半瓶水，这才觉得舒爽了许多。她拧上瓶盖，问杨平西："你在这儿有没有开餐馆的朋友？"

杨平西失笑，朝袁双勾了下手："走吧，带你去吃饭。"

千户寨的左岸餐馆多，基本上都是做苗家菜，这个点，寨子的空气里飘的都是饭菜的香味，勾得人食指大动。

杨平西带着袁双择一条小巷进入，往坡上走了一小段，进入一家私房菜馆。

老板显然和杨平西相熟，没怎么客套，直接让他们点菜。袁双对苗家菜不了解，就让杨平西点。杨平西知道袁双不太能吃辣，点完菜还特意叮嘱老板少放辣椒。

饭馆一楼坐满了人，杨平西带着袁双上二楼，找了个空桌落座。

袁双上午走了大半个寨子，现在是饥肠辘辘。她正饿得放空时，余光看到有人朝他们这桌走来。她抬头去看，就见一个身着苗服简装的妙龄姑娘和杨平西打了个招呼。

"平西。"

袁双听过别人喊杨平西"杨老板""老杨""小杨""杨哥"，这还是头一回听到有人直接喊他的名字，听起来格外亲昵。她不动声色地打量了那姑娘一眼，而后把目光投向对面，观察杨平西的反应。

杨平西和那姑娘寒暄了两句。袁双在一旁听了，才知道姑娘的名字叫万雯，是千户寨歌舞剧团的演员。万雯问杨平西今天怎么会来千户寨，杨平西回说带朋友来寨子玩，顺便给黑子送酒。陪玩为主，送酒是顺便。

万雯听完，就顺着杨平西的话，自然地把目光投向袁双，笑盈盈地问："这位就是你的朋友？"

杨平西颔首。

"我以前怎么没见过，不是藜东南的？"

"嗯。"杨平西简单介绍道，"袁双。"

袁双仰头，朝万雯露出一个友好的笑，主动说："你好啊。"

"你好。"万雯回以一笑，说，"我还是第一次见平西带个姑娘来寨子里玩，你们……认识很久了？"

这话带有试探的意味，袁双瞥了眼杨平西，从容地回道："不久，刚认识，还不是很熟。"

杨平西闻言，抬头看了袁双一眼，从口袋里掏出车钥匙放在桌上，推给她。

袁双纳罕："车钥匙给我干吗？"

"口袋浅容易丢，放你包里。"

"你怎么不把自己丢了？"袁双嘴上嫌弃着，手上却接过了车钥匙，从善如流地放进包里。

万雯看到他们之间的互动，怎么看也不像是才认识不久，还不熟的样子。她默了一瞬，问袁双："你是外地来藜东南旅游的？"

"算是吧。"袁双打了个马虎眼。

"难怪平西会带你来千户寨，他这个人，心肠最热，对朋友向来很好的。"

袁双玲珑心思，怎么会听不出万雯的话外之音。她看向杨平西，心下哂然，暗道他真是招姑娘喜欢。

万雯有朋友等，不好多待，但又不甘心就这么离开。她想了想，看向杨平西，问："晚上表演场有演出，平西，你来看吗？"

杨平西没有立刻表态，而是问袁双："想看吗？"

杨平西询问袁双的意愿，这举动在万雯眼中是迁就。

袁双想着今天反正都"旷工"了，也不在乎回去得晚一些，而且万雯这么热情，虽然她想邀的不是自己，但也不好直接拒绝，便笑着应了句："看呗。"

杨平西点头："行。"

万雯听他们搭腔，心里不是滋味，但面上还是过得去。她冲杨平西迤迤然一笑，语气带着娇俏，说："那平西，晚上开演前你记得给我发消息，我送内部票给你……们。"

杨平西没接话，倒是袁双没心没肺地应了个"好"。

万雯离开后，袁双托着下巴看着杨平西，嚼着笑揶揄道："红颜知己？"

店里服务员送上一盆热水，杨平西一边把桌上的碗筷放进盆里烫了烫，一边头也不抬，像说寻常话一样，语气自如地道了句："除了你，我没有别的红颜知己。"

"我可不敢当。"袁双顿了下，生硬地喊，"平——西。"

杨平西答应了声，抬起头说："你当得起……又又。"

他们对视了几秒，随后不约而同地笑了。

杨平西把烫好的碗筷放到袁双面前，解释似的说："万雯是我朋友的女儿。"

"啊？"袁双讶然，"忘年交？"

"嗯。"

"没想到啊，你交友不仅地域广，年龄范围也挺广啊。"袁双啧啧称奇，又说，"那朋友的女儿也是朋友喽？"

"关系又不能继承。"杨平西闲散道，"合得来的人才能当朋友。"

袁双觉得有道理，她瞥向杨平西，故意板着一张脸问："咱俩算合得来吗？"

杨平西没有回答，而是指了指天花板，问了袁双一个风马牛不相及的问题：

"你知道吊脚楼的主要结构是什么吗？"

"嗯？"袁双觉得杨平西这话题转得太生硬了，但还是思考了下他的问题，虚心求教问，"是什么？"

"榫卯结构。"

袁双听完，当即起了一身鸡皮疙瘩。她搓了搓自己的胳膊，嫌弃道："杨平西，你怎么这么肉麻。"

袁双埋汰完，想想又觉得很可乐，眼睛一弯，忍不住笑了。

杨平西见她高兴，也勾着唇，随着她的笑而笑。

◆　◆　◆　◆

吃完饭，杨平西去结账。他和饭馆老板聊了两句才走出店，追上在巷子口看银饰的袁双，及时拉住了要买银手镯的她。

"你想要银镯，我找人给你打一个，不用买。"离开了银饰店，杨平西说。

"打银饰的手艺人你也认识？"

"嗯。"杨平西说，"苗族人喜欢银，很多寨子里都有会打银饰的手工艺人。"

"黎山寨里也有？"

杨平西点头应道："宝山叔会打银饰，他这段时间去城里省亲了，等他回寨子，可以找他给你打一只镯子。"

袁双还不熟悉黎山寨里居住的人家，所以也不知道杨平西口中的"宝山叔"是寨子里的哪一户，但这不妨碍她乐呵呵地应道："好啊。"

从小巷里出来，袁双走在房屋的阴影下，揉了揉吃圆的肚子，问杨平西："我们现在去哪儿？"

"芦笙场中午有免费的表演，去看看？"

袁双扭头，似笑非笑地说："晚上表演场有收费的演出可以看，现在还去看免费的？"

"你这话怎么听起来有点儿酸？"杨平西垂眼，直勾勾地看着袁双。

袁双戴着墨镜，却仍觉得杨平西的目光能透过镜片，望进她的心底。她别开眼，飞快否认道："我没有。"说完，她像是为了证明自己不酸，大踏步地朝芦笙场走去。

每个苗寨都有一个芦笙场，这是寨民们议事、集会、表演的地方。千户寨寨子大，芦笙场相应地也更宽广，广场四周环绕着吊脚楼和亭子，阶梯下的地面由零零碎碎五颜六色的石子铺就，花纹繁复，很有民族特色。

芦笙场白天很是热闹，没有表演的时候，几乎每个角落都有人在拍摄写真。

下午临近演出前，广场上的人会被清空，而四周的阶梯会被看演出的游客占领。

杨平西找了个位置，抬手示意袁双过来，他们并排站着，就像普通游客一样。

演出时间将近，广场周围陆陆续续来了很多游客，表演者已经在入口处准备就绪。参与演出的姑娘统一着蓝色上衣，下穿百褶裙，头戴银冠，做盛装打扮；小伙儿都着蓝黑色苗服，头戴黑色包头帽，显得干练。

袁双看到场边有人搬上了大鼓，又看到几个穿着黑色长衫、稍年长些的男子分别抱着个像木枪一样长长高高的东西站在一旁，不由得偏过头问："他们抱着的是什么？"

人声嘈杂，杨平西微弯下腰，在袁双耳边介绍道："芦笙，苗族的一种传统乐器。"

袁双点头，又看向已经在芦笙场的四个角落里排好队手拿牛角杯准备登场的女表演者。她的目光轻盈地掠过四个队伍，忽然定在一个方向上，微微皱起眉头。

"你觉不觉得……"袁双眼神疑惑，就问边上的杨平西，"右边队伍打头的那个姑娘有点儿像阿莎？"

杨平西只看了一眼，便点了头，说："就是她。"

"真是阿莎？"袁双目露惊讶，"她怎么会在这儿？"

"芦笙场每天中午都会有一场免费的演出，参演者都是普通的苗族民众，他们凭借参演的次数能领到相应的演出费。"杨平西平静道。

"难怪。"袁双看着阿莎，喃喃道了句，"难怪每天中午吃完饭，她就急着离开旅店。"

阿莎每天中午都会有一段时间不在店里，袁双注意到后一度以为她是大老远的回家休息去了，却没想到她是来千户寨参加演出。

"阿莎妈妈的病很严重吗？"袁双皱紧眉头问。

"心脏病，干不了重活儿，身体还需要吃药养着。"

"她爸爸……"

"在她很小的时候就出意外，去世了。"

袁双心口一堵，顿时明白为什么大雷昨天说阿莎不能没有旅店这份工作。

千户寨这种免费的演出不像剧团展演那般正式，劳务费肯定也不高。袁双想到阿莎每天来回奔波打两份工，就是为了多赚一点儿钱养家，心里头很不是滋味。

杨平西和袁双说话的时候，场边上的演出者吹奏起了芦笙，随着音乐响起，四队女表演者齐齐起舞，她们手捧着牛角杯迈着舞步款款地向芦笙场中央走去。

她们表演的第一个节目是敬酒歌，节目需要表演者又唱又跳。袁双看着站在前头虽然唱不出声音但脸上仍挂着粲笑努力舞动着四肢的阿莎，眼眶蓦地湿热了。

旁人或许不清楚，但袁双知道，阿莎听不到音乐，她要比别人付出更多的时间和精力才能跳好一支舞。她不知道，阿莎到底克服了多大的恐惧，才敢在众人面前登场表演。

笙乐阵阵，场上的表演者们随着鼓点跳着舞，慢慢地散成了一个大圆。一首敬酒歌结束，表演者们就热情地捧着酒，去敬自己面前的观众。

笙乐一歇，袁双看着站在自己面前的阿莎，突然就明白杨平西为什么会选择站在这个位置。

阿莎抬头，看到杨平西和袁双那一刻，表情难掩意外。但很快，她便捧着酒杯朝他们走去。

袁双低头见阿莎走过来，立刻走下台阶，主动去喝阿莎敬的酒。同样的米酒，这一回她却尝出了苦涩的滋味。喝完酒，袁双低头看着比自己矮上一个脑袋的阿莎，心里五味杂陈。她想道一声"对不起"，可话哽在喉中，她羞愧得怎么也说不出口。

"阿莎，你跳得很好。"半晌，袁双开口说道。

阿莎咧开嘴，双眼弯成两道月牙，无声地笑开了。

袁双的心在这一刻又酸又涨。她想自己之前实在过于傲慢，居然敢去同情一朵在石缝中竭力绽放的花朵。

芦笙场免费表演的最后一个节目是芦笙舞，所有的表演者包括芦笙演奏者都会上场跳舞。一曲舞毕，主持人上场致辞后，这场演出就算是圆满落幕了。

演出结束，场边的观众纷纷离场，表演者也脱下盛装，回归各自的生活。阿莎脱下演出服，还回去后，朝杨平西和袁双所在的位置跑过去。到了他们跟前，她抬手冲着杨平西比画了几下，问他们怎么会来千户寨。

"来送酒，顺道逛一逛。"杨平西说。

阿莎又看向袁双，犹豫着比画了几个手势，杨平西替她翻译道："阿莎说，大雷的脾气不好，希望你不要和他一般见识。"

阿莎又比画了几下，杨平西咳了下，说："她以后会让大雷少吃一点儿的。"

袁双听完傻眼了："啊？"

杨平西见袁双呆住，嘴角露出一丝笑意。

阿莎要搭别人的顺风车回黎山寨，不好在千户寨多逗留，她向杨平西和袁双打了个招呼，很快就转身同她的小姐妹一起走了。

袁双看着阿莎离开的背影，眉心挤出一个"川"字，问："阿莎刚才……是什么意思？"

"大雷告诉阿莎，你和他吵架是因为他太能吃了，把店都吃穷了。"杨平西说。

袁双愣了下，随后松了口气，好笑道："他这个理由也太蹩脚了。"

"是不高明，但是管用。"杨平西笑笑说，"阿莎之前就经常让大雷少吃点儿，减减肥。"

袁双能想到大雷为什么不把他们发生口角的真实原因告诉阿莎，他是不想阿莎伤心难过。她轻叹一口气，陈述似的问："你早就知道阿莎每天中午都会来千户寨参演，对吧？"

"嗯。"

"我就说，你怎么突然带我来这儿。"袁双唧叹道，"我还以为你真是带我来看风景的，没想到是带我来看良心的。"

杨平西禁不住笑了："我可没那个意思。"

"但是我的良心的确在痛。"袁双说，"我现在就像电视剧里的冷血反派。"

"那我是？"

"主角团的老大，正义的代表。"

杨平西低笑了两声，随后解释道："我带你来看阿莎的演出，不是为了刺痛你的良心，只是觉得既然你加入了耕云，就有必要了解一下阿莎的情况。"他停了下，说，"阿莎是今年年初才来耕云的，她需要一份工作养家糊口，正好店里缺一个前台，我就让她来了。"

"一直以来，入住耕云的人都不多……"杨平西说到这儿，察觉到袁双的眼神倏地犀利起来，他扬了下唇角，接着说，"加上有大雷和万婶帮忙，阿莎也没出过什么大的岔子，我就一直让她在前台干着。不过你昨天的话提醒了我，我当初只想着给阿莎安排一份工作，倒是没想过干前台会不会给她带来额外的压力。"

袁双听杨平西似乎赞同自己的想法，心里反而有些摇摆。她的脑海中浮现出阿莎在芦笙场上翩然起舞的身姿，这样一个坚韧的姑娘，她的心理承受能力会差吗？

"其实……关于阿莎适不适合当前台这件事，我也欠考虑了。"袁双沉吟片刻，自我反省道，"我先入为主，太想当然了。"

杨平西挑眉："所以……"

"你给我点儿时间，我再想想。"袁双现在脑子有些混乱，一边是理性，一边是感性,两边交杂着,她一时很难做出准确的判断。

"不急。"杨平西目的已达,便轻快道,"先逛寨子。"

上午杨平西和袁双逛了千户寨右岸,下午他们就专门逛左岸。左岸商业气息较浓,街道上各色店铺一应俱全,往寨子深处走,又是另一番景象。爬得越高,游客越少,寨子就越显露出原生态的底色。

袁双跟着杨平西一路往寨子高处爬,到了鼓藏头的家,又绕去了观景台看梯田。这时节的稻田是青翠的,从高处往下看,像是一块块不规则的抹茶蛋糕。他们在观景台上待了一段时间才下山,之后就随走随停。袁双在寨子里还碰到了之前在侗寨见到的几个年轻人,她没有放过这个拉客的机会,再次诱惑他们去古桥景区游玩,顺便把耕云推荐给了他们。

一下午,袁双和杨平西走走停停,勉强把千户寨左岸逛了个遍。傍晚,袁双实在是走不动道了,杨平西便带她回到黑子的酒吧,歇了歇。

酒吧午后开张,傍晚已经有客人在里边小酌了。袁双进去后找了张空桌,径自坐下,整个人脱力般瘫在座位上。

杨平西去了吧台,让黑子榨了一杯橙汁,他端着送到袁双面前。见她一副累脱了的模样,他轻笑道:"我说了,寨子又不会跑,不用急着一天逛完,以后想来随时能来。"

袁双接过橙汁,一口气喝下半杯,解了渴才回道:"来都来了,逛一半就走不是我的风格。"

杨平西在对面坐下,问:"饿吗?"

大概是累过头了,袁双没什么胃口,遂摇了下头。

酒吧里有个小表演台,此时有个驻唱歌手抱着把吉他在自弹自唱,袁双坐着听了会儿,开口赞了句:"唱得还挺好听的。"

这时,黑子端着一盘小食走过来,听到袁双的话,嘿然一笑,说:"老杨也会弹唱。"

袁双诧异道:"真的?"

"那还有假?他以前在地下通道唱歌,可迷住了不少姑娘。"

迷住不少姑娘,袁双信,唱歌……她存疑。

黑子见袁双不相信自己的话,转头朝杨平西挤了下眼睛,笑道:"上去露一手啊。"

杨平西抬眼,问袁双:"想听?"

袁双狐疑道:"你会吗?"

杨平西眉头一挑，正好表演台上的歌手一曲唱毕，他就起了身，上台和人借了吉他。

袁双想到了"逍遥诗人"的诗集，遂对杨平西会弹唱这事持怀疑态度。虽然他会的手艺很多，但在文艺这件事上，他似乎不太行。袁双降低了心理预期，却在杨平西弹出第一个音时惊讶得瞪圆了眼睛。

杨平西试了试音，信手弹了段前奏，随后对着麦克风缓缓唱出声。他唱的是一首民谣，歌词里有吊脚楼，有风雨桥，有仰阿莎，有多情的苗家阿郎阿妹……他的声音微微沙哑，却很有味道，瞬间就把人拉进了歌曲的意境。

"真会啊。"袁双听呆了。

黑子坐下，吹捧起杨平西来："老杨不只会弹吉他，还会吹芦笙呢。"

袁双想到中午看到的笙管乐器，吹起来似乎挺难的，不由得感叹一句："他去街头卖艺，指不定都比开旅店挣钱。"

黑子听了，忍不住哈哈大笑，说："Double，你也知道老杨不会做生意啊。"

袁双不仅知道，还深有体会。

"老杨这人啊，游云野鹤一样，没什么名利心。当初他说要开旅店，我们这些朋友没有一个不惊讶的。"黑子轻摇了下头，无奈地笑着说，"别人做生意，汲汲营营，一分一毫都要算计，他倒好，随心所欲，抹零当凑整使。做生意做到他这份儿上，不把家底赔进去算是好的了！"

袁双深以为然。

"耕云开业的时候，我觉得不到三个月就得关门，可是没想到，它撑到了现在。"黑子啧然道，"老杨还是有些本事的。"

"你别看耕云生意不是很好，店里的房间基本住不满，但一年四季都有人来住。"黑子看着袁双，说，"枯水期的时候，古桥景区没什么游客，黎山镇很多酒店、旅馆都没有生意，倒是耕云，不管什么时候总有人住。我一直认为旅店和人一样，都有性格，耕云的性格随老杨，自由、散漫。别的酒店、旅馆是落脚过夜的地方，游客基本上住一个晚上就走，老杨那里却是可以放松、休息的好去处，住上十天半个月的大有人在。"

黑子说着侃了一句："耕云吃不到景点的红利，没有旺季、淡季之分，一年到头都冷清得很稳定。"

袁双听完黑子的一番话，好一阵恍神。她抬眼望着杨平西，他抱着吉他弹唱的模样随性、自如，像一位真正的流浪歌手。或许他就像这千户寨一样，无论时代如何演变，他灵魂的底色永远是最纯粹、原始的。

Chapter 8 她的心海

他们的相交、相知、相别并不需要轰轰烈烈，极尽煽情。

晚上，黑子留杨平西和袁双吃饭。杨平西要开车，不能喝酒，袁双倒是自斟自酌喝了几杯，要不是杨平西拦着，她估计能把自己灌醉。

两人吃完饭从酒吧出来，寨子里已是灯光璀璨，人行其中，恍惚间像坠入了星河。

天色入暝，寨子里却更热闹了，随处可以看到租借苗服穿在身上的游客，他们身上银饰相碰的声音格外清脆。街道上的酒吧传出袅袅的音乐声，河道旁的饭馆还有助兴的歌舞表演，风雨桥上阿哥阿妹在对唱情歌，引得游人一阵喝彩。

杨平西见袁双面色酡红，显出了醉态，思忖了下，说："晚上的演出要不不看了，我们先回店里，下次再来看？"

袁双现在也没有看表演的兴致，想了下便点了头，说："那你记得和万雯说一声。"

杨平西今天本来就没打算找万雯拿内部票，听袁双这么说，只是简单地应了声算是作答。

街道上人来人往，杨平西拦了最晚的一班小巴车，拉着袁双一起坐上车，到了景区大门口。大门外的广场和白日里的热闹全然不同，此时人影寥寥，和寨子里人声鼎沸的景象形成鲜明的对比。

到了停车的地方，杨平西转过身朝袁双伸出手。袁双喝了酒，反应有些迟钝，半晌没转过弯来，问一句："干什么？"

"车钥匙。"

袁双这才想起来，杨平西中午把车钥匙给自己了。她低头掏了掏包，拿出车钥匙递过去。

杨平西解开车锁，袁双径自坐上副驾驶座，系上安全带后就靠在椅背上，透过窗玻璃看着寨子里如星般的灯光。

杨平西觉得袁双有点儿奇怪，过于安静了。刚才在酒吧他就发觉她不在状态，吃饭的时候不怎么讲话，一个劲儿地喝酒，像有什么心事。

"累了？"杨平西询问。

袁双轻点了下头:"嗯。"

"身体没别的不舒服?"

袁双转过头,杨平西说:"之前你在古桥里走了一天也没这么累。"

"寨子大,坎儿多。"袁双平静地解释了句。

"晚上酒喝多了,难受吗?"

袁双轻轻摇了下头。

杨平西还要说什么,就见袁双又别过头看向窗外,道了句:"走吧,再晚山路更不好走了。"

杨平西看着袁双,眼神中带着疑惑,过了会儿才插上车钥匙,把车从停车位里倒出去。

夜间,山里一片漆黑,四下无光,周围的山岚就像黑色的巨物,朝着路上唯一的光源扑来。

山里晚上气温低,盛夏时节,车里没开空调都觉得寒凉。杨平西看了眼副驾,问:"冷吗?"

"还好。"袁双应道。

杨平西看她穿着防晒衣,多少能抵挡些寒意,倒也放了心。

一路上,袁双一声不吭,安静得仿佛灵魂出窍。杨平西时不时从后视镜中看她一眼,见她合着眼似在睡觉,便不去吵她,专注地开着车,想尽快回到黎山寨。

山路崎岖,幸而杨平西常来往于千户寨和黎山寨,对路况很熟。他开得稳当,约莫半个小时就把车开回了黎山镇。

杨平西在山脚下停好车,袁双就睁开了眼,解开安全带下了车。

镇上的夜生活才开始,正是热闹的时候,烧烤的烟味、不绝如缕的音乐声还有让人缭乱的灯光不住地攻击着人的嗅觉、听觉和视觉。

酒劲儿上来了,袁双忍不住揉了下太阳穴。杨平西看到了,眉头一紧,立刻问道:"头痛?"

袁双是有些不适,但还没到撑不住的程度。她干咽了下,朝杨平西摆了下手,说:"没事,走吧。"

"还爬得动吗?"杨平西问,"我背你?"

袁双看着他,恢复了一缕生气,说:"我是累了,不是废了。"

杨平西轻笑,见袁双往山里走,转身就跟了上去。

黎山寨的路灯洒下暖黄的光亮,山风拂起,树林里万叶簌簌有声,间杂着不知名的昆虫的叫声,还有稻田里鱼儿的唼喋声。寨子里万物有声,倒显得人声稀薄,好似天上仙苑,远离人间。

到了芦笙场,杨平西看到一个老婆婆佝偻着腰扛着一麻袋玉米缓慢地往山上走,他几步追上去,和老婆婆说了两句话,接过她背上的麻袋,扛在自己肩上。

"我们走另一条道回店里。"杨平西转过身对袁双说。

耕云是黎山寨最高的一座吊脚楼,寨子的每一条小道拐一拐都能到达顶点。袁双这阵子天天在寨子里溜达拉客,早把不大的黎山寨逛熟了。杨平西说换条道回去,她也就不带犹豫地跟了上去。

黎州很多苗寨里都有"水上粮仓",相传是以前的苗民担心房子着火,粮食会被烧没了,就在寨子的低洼积水处建了粮仓,用以储存粮食。

老婆婆的家就在水上粮仓后边,杨平西帮她把麻袋扛进屋子里,要走时,老人家拉着他,往他手里塞了好几根玉米。

杨平西和老婆婆道了别,出门就看到袁双蹲在"三眼井"旁掬水洗脸。

黎山寨水上粮仓旁有三口井,共用一个泉眼。上井口径最小,位置最高,井水最干净,是饮用水;中井口径居中,里头的水是从上井淌下来的,寨民们用来清洗果蔬;下井口径最大,就像一个小水潭,寨民们平时都在井边洗衣服。

杨平西抱着玉米走到袁双身旁,低头笑着说:"怎么在下井洗脸?"

井水冰凉,袁双洗了脸,清醒了许多。她站起身,手指掸了掸水,应道:"脸不干净,在上井、中井洗会被罚钱。"

杨平西听袁双这么说,就知道她已经对黎山寨有所了解。

"下井的水没那么干净。"杨平西说着抬头往上井示意了眼,说:"那里挂着水瓢,可以拿来打水洗脸。"

袁双揩了下被水糊着的眼睛,浑不在意道:"井水是活的,脏不到哪儿去,我那天还看到有小孩儿在下井洗澡呢。"

"他们洗习惯了。"

袁双抹了把脸:"我也没那么娇贵。"

今晚月朏星堕,此时月到中空,一轮皎洁的明月倒映在井水中,像一盏明灯,把水底照得透亮。

杨平西和袁双在井水旁站了会儿才往上走。路过老婆婆的家时,袁双看到她就坐在门口专注地剥着玉米粒。

偌大的吊脚楼安安静静的,袁双不由得问:"婆婆一个人住?"

148

"嗯。"杨平西颔首。

"她的家人……"

"老伴前两年去世了，儿女都在城里打工。"

袁双凝眉，回头再看了眼。幽暗的灯光下，老太太一个人坐着，形影相吊，伶仃，可怜。

今天才逛完千户寨，再回到黎山寨时，袁双就觉得，寨子小，但小也有小的好处。比起千户寨，黎山寨的吊脚楼没那么拥挤，芦笙场周围的吊脚楼相对集中，越往上，越稀疏、错落，到了耕云，就没有邻居了。

黎山寨的吊脚楼只有百来栋，却占据了小半屏山，山上的房子周围还有几亩薄田，更显开阔。

袁双埋头往上走，听到虎哥喊杨平西就知道旅店要到了。她抬起头，看到二楼大厅透出的灯光，心里头莫名就定了下来，这种浮船靠岸的感觉是今天去了那么多家酒店、旅馆都不能带给她的。

回到旅店，袁双往前台看了眼，大雷和阿莎都不在，想来同早上一样，杨平西怕她见着他们会尴尬，提前支开了。

袁双在美人靠上坐下，环顾一周。大厅里人影寥寥，只有几个人分散着坐着玩手机。

袁双不是迟钝的人，她其实早就察觉到了，自她管理耕云后，店里的氛围就变得不太一样了，很多住了一阵儿的客人在这半个月内陆陆续续地离开了。她初始不以为意，觉得这是改革必经的一个过程。旅店的主要业务不是卖酒，也不是卖饭，喝酒拼餐的人少了并不是多大的损失。她一心只想着把入住率提高，但后来发现，尽管自己每天都费力地帮店里拉客，但这段时间入住旅店的人并没有变多。

之前耕云每天都会有主动来入住的客人，有的是听了别的旅店老板的推荐，有的是听了之前入住过的客人的分享，有些是杨平西做自由行的朋友带来的客人，还有些是回头客，一回头、二回头、三回头的都有。

袁双想到自己，她会认识杨平西，就是因为当时在藜阳的酒店那位大姐把他的联系方式推给了她。大姐去年搭杨平西的车，一年过去，她还能记得他，还愿意给他介绍生意，就说明杨平西给她的印象非常深刻。

其实就算没有黑子的那番话，袁双也意识到了，耕云的内核是杨平西。她之前一直以为杨平西是凭运气做生意，却忽略了一个事实——他的生意运并不是凭空来的。他之所以总能碰上有良心的客人，是因为他自己就是这样的一个人。黑子说得对,杨平西的性格就是耕云的风格,什么样的老板就会吸引什么样的客人,而她却用冰冷的都市法则剔除了耕云的特质,让它泯然成了一间普通的商业化旅店。

◆ ◆ ◆ ◆

杨平西在厨房里冲了一杯蜂蜜水,回到大厅时没看到袁双,就去敲了她的房门,等了会儿没得到回应。他低头看了眼,门缝里一缕光亮也没有。

这时"宝贝"跟过来,杨平西出声询问它:"人在里边吗?"

"宝贝"低下脑袋嗅了嗅,不一会儿摇了摇尾巴。

"不在里面,在哪儿?"

"宝贝"掉转方向,跑到大厅里,来回转悠了下,之后就进了后堂,攀着楼梯上了楼。

杨平西平时都不让"宝贝"去楼上活动,这会儿也没阻止它,跟着它上了楼。他看到它停在走廊尽头的小门前,不住地摇着尾巴,沉吟片刻便走过去,把阳台的门推开。

门一开,杨平西就看到了坐在台阶上正捧着一本书看的袁双。

袁双听到动静,回头就看到"宝贝"在她身后兴奋地摇着尾巴,再抬头,就看到了杨平西。

"怎么在这儿坐着?"杨平西走到阳台上,随手掩上门。

"凉快。"

杨平西走下台阶,在袁双身旁坐下,把手中的杯子递过去,示意道:"蜂蜜水。"

袁双合上书放在腿上,接过杯子。

杨平西扫了眼她膝上的书,没想到是自己的诗集。他就说之前在书架上怎么找不到这本书了,敢情是被袁双拿走了。

"不是说我的诗写得不三不四的,怎么还看?"杨平西笑问。

袁双喝了口蜂蜜水,看了杨平西一眼,淡淡道:"当诗集看不行,当笑话看还不错。"

杨平西看着袁双,思忖了下,问道:"黑子和你说了什么?"

"没什么。"

"从酒吧出来,你的心情就不太好。"

"有吗?"

"嗯。"杨平西说,"不咋呼了。"

袁双额角一跳，忍不住乜斜了杨平西一眼，一个字一个字地往外蹦："挺厉害啊，杨平西，还会说北京话。"

杨平西低笑："虎哥教的。"

"还学了什么？"

"尖果儿？"杨平西看着袁双说。

"尖果儿"是老北京话里"漂亮女人"的意思。袁双听杨平西那不标准的儿话音，忍不住翘了下嘴角，埋汰了句："不学点儿好的，尽学这种没溜儿的话。"

"没溜儿——"杨平西现学现卖，故意将儿话音咬得特别明显。

袁双听了，嘴角上扬的幅度变大。杨平西见了，无声地勾了下唇。笑一笑，袁双心里涨着的情绪就像碰着了个气孔，渐渐地散了。

"杨平西。"

"嗯。"

袁双转了转手中的杯子，缄默几秒后，垂眼问："我是不是挺势利的，浑身散发着铜臭味？"

杨平西没应答，袁双余光去看，就见他往自己这儿凑过来。她心里一紧，转过头问他："你干吗？"

杨平西装模作样地嗅了嗅，抬眼说："我闻了下，铜臭味没有，倒是一股酒味。"

一直趴在后边的"宝贝"看到杨平西的动作，爬了起来，也凑到袁双身边闻了闻。

"真是狗随主人。"袁双抬手，伸出一根指头抵住杨平西的额头，将他的脑袋推开，笑骂道，"我和你说正经的。"

"我说的就是正经的。"杨平西坐回原位，看着袁双，"说说，怎么了？"

袁双沉默片刻，开口叹也似的说："我不适合留在耕云。"

杨平西闻言眸光一沉："三个月还没到。"

"不用三个月，我现在就能知道我不适合这里。"

"我没通过考核？"

"是我的问题。"袁双摇头，轻叹一声，说，"我好像有点儿水土不服。"

杨平西挑了下眉："都住了半个月，现在才水土不服？"

袁双指了指脑袋，解释道："是观念上，我之前学习的酒店管理理念和耕云有冲突。"

151

"怎么说？"杨平西大概猜到了袁双的困扰，但他知道有些话得让她说出来，不然她会憋得慌，便顺着问了句。

"黑子今天和我说，耕云的性子随你，自由、散漫，我觉得有道理。"袁双仰起头，看着从檐角露出来的月亮，慢声道，"很多人到这里来是为了放松身心，他们需要的是一个像你这样能像朋友一样相处的老板，而不是像我这样总盯着他们钱包看的商人。"

"我觉得我像个入侵者，破坏了耕云的生态。"袁双眉头微蹙，语气讪讪的。

她大学毕业去北京，刚进酒店时处处碰壁都没这回栽的一跤来得痛。初到黎东南时，她还自信满满，以为自己是来扶耕云于将倾的，结果险些就把它赖以支撑的房梁拆了。

杨平西听到袁双一番走心的剖析，忍不住笑了两声。

袁双回过头，瞪他："你笑什么？"

"你想太多了，又是'反派'又是'入侵者'的。"杨平西止住笑，仍是一派云淡风轻的模样，好像所有的问题到了他那儿就会自然地变得不值一提。

"耕云开门就是做生意的，和镇上其他的酒店、旅馆没什么不一样，都是要赚钱的。"

袁双很怀疑杨平西的话，他怎么看都不像想赚钱的样子，但转念一想又觉合理。杨平西并不是故意开店"做慈善"，只是他这个人就是这样的，他遵照本心经营旅店，耕云就成了她刚开始见到的样子。

杨平西之前对耕云的经营方式与其说是一种策略，不如说是他的处世方式。

"所以，你把我留下来，真是为了帮你多赚钱？"袁双试探问。

"是，也不是。"

袁双不知道杨平西打的是什么机锋，此时也不和他拐弯抹角，直接不客气地说："别给我在这儿打哑谜。"

杨平西双手往后一撑，看着袁双笑也似的说："对你'见色起意'？"

袁双当下就想把手中的蜂蜜水泼到杨平西脸上，都这时候了，他还有心情拿她之前说的话调侃。她转过头，不打算再搭理他。

杨平西一哂："既然真的理由你不信，那我就说个假的。没什么特别的原因，和当初开耕云一样，想开就开了，想留下你就留下你了。"

杨平西这话说了跟没说一样，但袁双觉得很有说服力，因为他就是这么一个人，随心所欲，超然自得。

"耕云开店快两年了，情况一直不好不坏，一眼可以望到头。"杨平西看向袁双,缓缓说,"当初在侗寨看到你帮几个婆婆卖发带,我就在想,如果你是耕云的人,旅店会不会不一样。我留你,是觉得你会给店里带来一些变化。"

"坏的变化?"袁双自嘲道。

杨平西笑道:"耕云的评分涨了0.1。"

"但是店里入住的人并没有变多,还不热闹了。"袁双的表情有些沮丧,"本来耕云的生意勉强能让你饿不死,现在被我这么一折腾,你可能要喝西北风了。"

杨平西失笑:"才过半个月,说这话太早了。"

"才半个月就这样了,你还敢把旅店交给我打理?"

"嗯。"杨平西笃定道,"我知道你不会甘心。"

袁双垂眼缄默。她一开始来耕云时,还自大地觉得经营一家小小的旅店不是什么难事,但事实证明,她大意了。耕云不是寻常旅店,它自有一套运行模式,而杨平西是这套模式的核心。杨平西说她不甘心,而她的确是不甘心。

袁双转动着手中的杯子,很快思绪定住,开口冷静道:"杨平西,你做的是人心的生意,我很佩服你,但要我像你这样,我做不到。人心是最难把握的东西,真心有时候并不一定能换来真心,我能做的就是把握住我能把握的。"

"比如?"

"钱。"

杨平西牵了下嘴角,一点儿也不意外袁双会这么说。

"我就是个俗气的人,这一点你刚认识我的时候就应该知道了。"袁双转过头看着杨平西,郑重其事地说,"你如果还把店交给我,我还是不会按照你的方式去经营……至少,不会百分百照做。"

杨平西见袁双眼神坚定,就知道她已经厘清了思绪,不再摇摆。

"我要是想让耕云一成不变,就不会留下你。"杨平西轻浮地一笑,极其随意地说,"就按你的想法来。"

袁双虽然话说得凛然,但心里其实没底,她握紧手中的杯子,说:"要是折腾关门了……"

"那就把你自己赔给我。"杨平西笑道。

"你想都别想。"袁双回头,又恢复了战斗力。她把下巴一昂,决然道:"等着吧,杨平西,我一定能把耕云盘活。"

"嗯,我信你。"杨平西看着袁双,语气极轻,话却极重。

袁双和杨平西对视着,他的目光就如天上的月亮,明亮、皎洁,她的心海在引潮力的作用下翻出了波浪。她想，这男人，怕是真的会下蛊。

◆ ◆ ◆ ◆

袁双列举了自己管理旅店可能会产生的一些不良后果，让杨平西考虑清楚还要不要将耕云交给她打理。杨平西浑然不在意，直说当初开店的时候都没想这么多，现在也一样。他只让袁双放开手去干，至于不良后果，等出现了再解决就行。

袁双看杨平西一点儿都不未雨绸缪，完全不做预案，好像耕云不是他的店一样，拱手就让她试手，只道他真是"冤大头"人设不倒，心里一时有些无奈，又有些动容。这人虽然时常不着调，但在她需要的时候，又极其靠得住。

杨平西平时"小把戏"不断，没想到开解起人来还很有一套，袁双和他聊完之后，心里的疙瘩就被抚平了，人也豁达起来。她想，杨平西作为老板都不怕耕云被她搞砸了，她又何必瞻前顾后？

袁双不是那种优柔寡断、拖泥带水的人，她只允许自己脆弱一晚上，隔天天一亮，她就收拾好了情绪，满血复活了。

黎山寨的公鸡才叫第一声，袁双就起来了。洗漱完毕，她从房间里出来，见杨平西还没起，就主动去把店门打开。

天色蒙蒙亮，山野偶有早起的鸟儿啁啾，越发显得山林寂静。袁双在店门外伸了个懒腰，做了几个深呼吸，转过身要进店时看到了自己之前写满店规的小黑板。她盯着黑板思忖片刻，进店里找来了黑板擦和粉笔，把上面的店规全都擦了，又拿笔重新写了几个字上去。

杨平西从底下上来时就看到袁双在给"宝贝"倒狗粮，他有些意外，走过去问："今天怎么这么早就起来了？"

"'一日之计在于晨'，早点儿起来能多干好多事。"袁双摸了摸"宝贝"的脑袋，招呼它吃饭，之后抬起头，看着杨平西说，"今天就不用支开大雷和阿莎了，我有事找他们。"

杨平西眉头微挑，端详了下袁双的表情。

袁双察觉到他在打量自己，不由得轻嗔，站起身说："怎么，怕我为难他们啊？"

"不是。"杨平西轻笑了下，说，"你今天心情不错。"

"托某人的福，昨晚睡得还可以。"

袁双抬头，和杨平西相视了一眼。眼神对上那一刻，他们莫名其妙地一起笑了，像心有灵犀一样，有些事不用说，彼此都能明白。

喂完狗，时间还早，店里的客人都没起床，杨平西照常去吧台清点酒水。袁双无事，就牵着"宝贝"出了门，到寨子里溜了溜。

寨子里的寨民都起得很早，天色将将亮起来，就已经有人在下井边洗衣服了。袁双牵着"宝贝"经过水上粮仓后边的婆婆家时被喊住了，然后手里就被塞了一袋新鲜蔬菜。

袁双遛完狗，提着一袋蔬菜回到店里，才把遛狗绳拆下，"宝贝"就奔向大厅里的杨平西。

店里来了人，是一个头发花白的老爷爷。袁双走过去时，老爷爷正起身要走，回头看到她，慈祥地笑了笑。

杨平西把老爷爷送出门，转过身要进店时看到了入口处小黑板上的内容变了。之前黑板上写得满满当当的店规全被擦了，取而代之的只有四个大字——欢迎光临，以及仍被保存着的"～"。杨平西看着黑板上的大字，垂首一笑，进了店。

"爷爷来店里有什么事吗？"袁双问。

"没什么，托我帮他带点儿药。"

"药？"

杨平西解释："镇上没有大药店，有些药只有在市里才买得到。"

袁双神色一凛，问："爷爷着急用药吗？不然你上午进一趟城。"

"不急，就是老人家的一些常备药。"杨平西看着袁双，忽地轻笑道，"之前不是交代我车不走空，现在允许了？"

"具体情况具体分析，有急事当然不能等凑满了人再走。"

杨平西笑笑，垂眼看到袁双手上提着的袋子，问道："去逛市场了？"

"没有。"袁双提起袋子，说，"昨天晚上那个婆婆给的。"

杨平西稍稍一想，了然道："孙婆婆。"

"她送了好多种菜……"袁双说着，看到万婶进了店，就把手中的袋子递给她。

万婶去了厨房，她动作利索，很快就拌了两份面送上来，让杨平西和袁双先吃。

时间尚早，旅店早起的人不多，有两个昨天入住的客人从楼上下来，到大厅看日出。袁双见着他们，就热情地招呼他们一起吃早饭。

两位客人走过来，看了眼他们的拌面，觉得还不错，就问一份多少钱。

"杨老板请客，不要钱。"袁双说着起身，走到楼梯口，朝底下喊了万婶一声,辛苦她再拌两份面。

"我请客?"杨平西等袁双坐下后,挑眉问她。

"你是老板,不是你请,谁请?"

杨平西笑:"早饭不收钱了?"

"收。"袁双说,"八点之后要在店里吃早饭就得交钱了。"

"八点前免费?"

"嗯。"

"不怕亏钱了?"

袁双夹了一筷子面,抬起头说:"这半个月我观察过了,店里能在八点前起的客人就没多少,不收也亏不了几个钱。"

杨平西失笑,点了下头赞同道:"这条店规不错,'早起的鸟儿有虫吃'。"他说完,抬手指了指自己的嘴角,提醒袁双,"沾上了。"

袁双抽了张纸随意一擦。

杨平西见她脸颊还沾着点儿酱,也不好说具体是哪个位置,就自然地伸手过去,帮她擦了。

就在这时,大雷和阿莎一起到了店里。袁双余光看到了,抬手轻轻打了下杨平西的手背,低声抱怨道:"让你动手动脚,这下大雷更觉得我是靠美色上位的了。"

"他这么想也不算全错。"杨平西笑道。

"你别火上浇油了!"袁双瞪了一眼。

因为那天的不愉快,大雷看到袁双时还有些别扭。袁双倒是很自如地打了声招呼,让他们吃早饭。袁双吃完,把自己的盘子拿去了厨房,顺手洗了。再回到大厅时,她看到阿莎在前台擦桌子,就走了过去。

"不吃饭?"袁双问。

阿莎拿出手机,敲了几个字给袁双看:"今天在家里吃了饭过来的。"

袁双颔首,又问:"你妈妈的身体还好吗?"

阿莎似乎有些意外袁双会问这个问题,愣了下又嗒嗒打字回道:"最近都挺好的。"

"那就好。"袁双说,"有什么需要帮忙的记得说哦,别自己扛着。"

阿莎感激地看着袁双,重重地点了下头。

袁双抿了下唇,再次开口问:"阿莎,你喜欢耕云吗?"

阿莎毫不犹豫地点头。

"也喜欢前台这份工作?"

阿莎的表情有些迟疑,她蹙眉想了下,拿起手机写道:"有时候喜欢,有时候不喜欢。"

袁双看完抬眼,阿莎又拿回手机,快速地打下一段话:"当前台,要和客人交流,每次我靠自己的能力帮了客人的忙,就会很开心,觉得就算自己听不到、不能说话,也还是可以做好这份工作!"

阿莎把这段话给袁双看完又低头删掉,重新打上一行字:"但是有时候我读不懂客人的话,帮不上忙,还要麻烦小杨哥和大雷,就会不喜欢自己,觉得自己没有用。"

阿莎的话平白、朴实,完全出自拳拳之心。她喜欢的是前台这份工作,不喜欢的是帮不上忙的自己。袁双心头若有所触,抬起手轻轻掐了下阿莎的脸蛋,安慰道:"阿莎,你这么厉害,为什么要不喜欢你自己?"

"很多听得到、能说话的人都不一定能听懂所有人的话、帮上所有人的忙,你已经很厉害了。"袁双放慢语速,由衷地称赞道,"你会读唇语,这在以前,可是能当特工的。"

袁双怕阿莎读不懂自己的话,拿出手机,把"特工"两个字打出来给她看,又笑着说:"007。"

阿莎被逗笑了,忙谦虚地摆摆手。

阿莎纯粹干净的笑靥就像"三眼泉"上井的水,袁双看着,忽然就释然了。她想,比起交流能力,一张这样的笑脸对前台这个岗位来说,显然是更重要的。

袁双朝阿莎招了下手,示意她看电脑。袁双点开自己今早安装在电脑上的一个软件,点击了下麦克风按钮,说:"我把网上语音转换文字的软件试了个遍,这个是准确率最高的,里面有很多语音包,方言、外语都有,下次你再碰上读不懂的客人,可以用这个软件转换试试。"

袁双说完按了下转换键,她说的话很快就转成了文字显示出来。阿莎看完,点了点头,表示明白。

"这个软件也支持文字转语音,要是碰上不愿意看字或者有阅读障碍的客人,你也可以用这个软件进行转换,音量之类的,我都调好了,你放心用就行。"

袁双等阿莎看完,又看着她慢声说:"当然啦,软件只是辅助,替代不了你的,店里的客人还需要你多招待。"

"你之前一直都做得不错,我相信你以后也会做得很好的。"袁双顿了下,又说,"要是碰到什么解决不了的事,可以说出来,我们一起商量,没什么大不了的,别有压力。"

阿莎眨巴眨巴眼睛,露出了感动的表情,她抬起一只手,握起四指,大拇指弯曲了两下。

袁双和阿莎相处了一段时间,能看懂简单的手语,知道她在说"谢谢"。她想了下,便抬起双手,掌心朝上,左右摆动了几下,回了个"不用谢"。

袁双和阿莎谈心的时候,大雷一直在前台附近徘徊,竖着耳朵听。袁双装作没发现,和阿莎聊完就从前台出来,去书架上随便抽了一本书,往大厅的空座上一坐,一副两耳不闻窗外事的模样。

不一会儿,袁双的手边就多了一杯水,她瞥了一眼,不作反应。

大雷有点儿局促,抬头看向坐在美人靠上的杨平西。杨平西微抬下巴,用眼神示意。大丈夫能屈能伸,大雷一咬牙,在袁双对面落座,直接低头说:"双姐,我错了。"

袁双这才把视线从书面上挪开,抬眼故作高冷地问:"你错哪儿了?"

"我不应该说你是外人。"

袁双合起书:"我来耕云没多久,的确是外人,你没说错。"

"不是的。"大雷一个头快要摇成两个,很是真诚地说,"我现在知道你不是来拆散我们的,是来加入我们的。"

袁双一噎,顿时失语。

"上回是我不对,不应该那样说你,那天杨哥已经骂过我了,你今天再骂一回也行,我决不还嘴!"

袁双见大雷引颈就义一般,好像自己是无情的刽子手,不禁觉得好笑。她心里早就不气了,此时也不再摆架子,放软语气说:"那天我也有错,你不怪我就行。"

"不怪不怪。"

"那我们以后有事说事,友好相处?"

大雷猛点头。

"我现在有事找你帮忙,你帮吗?"袁双问。

"帮!姐,你有事尽管吩咐,我肯定照办。"大雷见袁双态度软化,又恢复了以前嘻嘻哈哈的状态,铿锵道,"杨哥看上了你,我就认你这个老板娘!"

袁双再次失语,倒是在她后边坐着的杨平西忍不住笑了。

"你别跟着他学坏不学好啊。"袁双点点桌子,朝大雷勾了勾手指,示意他凑近,"你去帮我把……"

她压低声音说了几句话,大雷听完,朝袁双做了个"OK"的手势,像得令的小兵,站起身就去执行任务了。

杨平西等大雷走了,从美人靠上起来,坐到大雷刚刚的位置上,看着袁双问:"你让大雷干什么去了?"

袁双重新拿起书,打开来看:"到时候你就知道了。"

"你们都背着我有秘密了?"

"那是。"袁双抬起眼,挑衅一笑说,"你的两个小弟小妹已经被我收买了。杨老板,你被架空了。"

杨平西乐于看到袁双和店里的人关系好,此时只是轻松地一笑,说:"都收了两个了,不如再收一个?你看我——"

杨平西自荐的话还没说完,袁双就唰地站起来,放下书,说:"差点儿忘了正事。"

袁双说完就走,杨平西看她风风火火的,追问了句:"干吗去啊?"

"找万婶。"袁双头也不回地说道,"彻底把你架空。"

❖　❖　❖　❖

袁双之前为了控制成本,将耕云的餐食标准压得很低,只让万婶做一些经济实惠的家常菜。她一开始觉得杨平西定的拼餐费过低,还动过提高费用的心思,住了段时间她才发现,店里经常有免费的食材可用。

杨平西人缘好,寨子里的寨民常常会送来自己种的果蔬,谁家宰了牲畜也会送一部分来,还有他的各路朋友,没事就给他寄一些吃的。这么一算,杨平西收那么低的餐费,倒也不算亏本,但也不是特别合理。免费的食材是随机的,不是天天有,但拼餐费是固定的。袁双想了下,决定店里以后的拼餐费就不定死了,灵活一些,按这一餐的食材费用和人数来定。

袁双去厨房找到了万婶,把自己的想法一说,让万婶以后每顿饭都给她一个食材费用的清单,她再根据拼餐的人数,定出一个合理的拼餐费。万婶也觉得袁双这个想法可行,不亏钱,就应下了。

中午,袁双让万婶做了一桌子菜,杨平西看到午餐这么丰盛,有些惊讶,问:"今天拼餐的人很多?"

"没有。"袁双回道,"就两个。"

"那你让万婶做这么多菜,不怕吃不完了?"

"不是还有你吗?"

杨平西胃部一抽。

袁双见杨平西表情微变，憋不住，笑了，说："你去看看还有哪些客人在店里，都喊来吃饭吧，今天老板做东，免餐费。"

"又是我请？"

袁双下巴一抬："不然呢？"

杨平西极轻地笑了声，也不问袁双怎么突然想起要请客人吃饭，乖乖地去喊人了。

今天天热，店里一小半客人下山去了景区，还留下一大半没出门。杨平西把楼下床位房和楼上单间的客人都喊到了大厅，耕云的饭桌上算是又热闹了。

虎哥是老客，这阵子一直在店里吃饭，看到拼着的桌子上摆着的各式菜品时，他不掩意外道："嗬，今天什么日子啊，怎么办起长桌宴了，还免费？"

他问杨平西："是苗族的节日？"

杨平西摇头。

"那怎么请客了？"

杨平西朝袁双的方向示意了一下。

虎哥诧异问："妹儿啊，这是你的主意啊？"

袁双一边分发碗筷，一边说："虎哥，前段时间委屈你的胃了，今天好好补偿你，你就敞开了吃。"

虎哥纳罕，过了会儿看着袁双，语重心长地劝道："妹儿啊，你不能走极端啊。"

袁双失笑："以后店里拼餐还是收钱的。"

有今天上午入住的客人不了解，问了句："拼餐费多少啊？"

"0到30，"袁双转头回道，"看食材和吃饭的人数来定。"

"0是不要钱？"

袁双嚼着笑，点头："杨老板心情好的时候就免费，像今天这样。"

又有客人问："那杨老板怎样才能心情好啊？"

杨平西嘴角嚼着笑，看向袁双，说："她说了算。"

"哦……"所有人立刻起哄。

袁双不是开不起玩笑的人，此时也没败兴。她把碗筷分给每个客人后，瞟了杨平西一眼，见他又憋着坏笑，便拿手肘杵了他一下，吩咐他去拿两瓶啤酒来。

"酒也是免费的？"虎哥问。

杨平西拿了酒回来，袁双接过一瓶，熟练地用筷子撬开瓶盖，回道："店里以后每顿饭都会送两瓶酒，喝完想再喝就要收费了。"

两瓶酒，很多人估计才尝了味，过不了瘾。袁双看似送酒，其实是用免费酒来刺激店里的酒水消费，还能博个好名声。杨平西思及此，看了袁双一眼，算是明白她昨晚说的不会百分百按照他的方式做生意是什么意思了。他微微一笑，垂眼帮着把另一瓶酒开了。

一顿饭下来，宾主皆欢，饭桌上你来我往，觥筹交错，十分热闹。很多本来下午要走的客人都续住了一晚，袁双就趁机让他们多帮着宣传耕云，推荐朋友来玩。

杨平西白天不喝酒，怕有事要开车，有客人来敬酒，都是袁双帮着喝了。现在在外人眼里，他们就是一体的，是耕云的代表。

吃完饭，有些客人还坐在大厅里聊闲天，杨平西洗了些寨民送的蜂蜜李放在桌上，算是饭后水果。他拿上几颗李子，朝着坐在美人靠上吹风的袁双走去。

"蜂蜜李，尝尝。"杨平西在袁双面前摊开手。

"酸不酸？"

"熟了的，不会。"

袁双拿了一颗李子，咬了一口。李子入口微酸，但不涩，她咬下果肉嚼了嚼，真尝出了蜂蜜的滋味。杨平西在袁双边上坐下，把手上的李子摊开给她。

万婶这时候走来，递了张账单，上面是今天中午的食材费。袁双接过来扫了一眼，顿时一阵肉疼。

"这得拉多少个客人才能回本啊。"袁双低叹道。

"后悔了？"

袁双把账单一折，转身趴在栏杆上，望着日头下静谧的寨子，说："没什么好后悔的，就当是店庆活动好了，热闹一下。"

"庆祝什么？"杨平西侧过身，一手搭在栏杆上，看着袁双问。

"庆祝……我来店里？"

袁双听到杨平西的低笑声，回头质问："笑什么，我来你这儿不值得庆祝啊？"

"值得。"杨平西带着笑意说，"你来耕云可是件大事，请一顿饭庆祝远远不够。"

"意思下得了。"袁双又趴回去，眯了下眼睛，懒散道，"你可别再给我败家了。"

杨平西低头一哂。

这时，有个大姐过来问镇上去藜江市的大巴的发车时间，说是家里突然有急事，要赶去藜江搭动车回去。袁双告诉她是整点发车。现在刚过一点，那大姐知道错过车后很是焦急。

袁双了解情况后，看向杨平西，说："你送大姐去动车站吧。"

那大姐听了，问车费是多少。袁双也没跟她要包车的钱，说是顺道，只按大巴车的票价收了她一点儿油钱。大姐千谢万谢，立刻就回房间收拾行李去了。

"顺道？"杨平西问，"你有东西要买？"

袁双摇头，说："早上爷爷不是托你给他带药，你去了市里，别忘了。"

杨平西了然。

"还有，你把大姐送到动车站后别急着回来，把车开到出口等一等。"袁双叮嘱了句。

杨平西挑眉："要我拉客？"

袁双嗤一声："指望不上你。"

"那你的意思是……"

袁双狡黠一笑，拐着弯地说："等你下山就知道了。"

杨平西不知道袁双葫芦里卖的是什么药，还没等问明白，大姐就提着行李箱下楼了。杨平西知道她赶时间，也不耽搁，拿上车钥匙，帮大姐提上行李箱下了山。

到了山脚停车场，杨平西险些没认出自己的车。他诧异地看着车身的贴纸，好一会儿才反应过来，猜到了这就是早上袁双让大雷干的事——在他的车上贴广告。

车身两边都贴了东西，一边是古桥景区的风景图，一边是耕云的照片，此外还有宣传语，什么"藜东南世外桃源""古寨风情""有景可观，有酒可饮，有帅哥可看"……

杨平西哑然失笑，这才算是明白袁双刚才的话是什么意思。她说指望不上他，敢情是已经有后招……不，是有先手了。

✦ ✦ ✦ ✦

袁双刚到耕云不久就在网上定制了车身贴纸，正巧今天快递到了镇上，她就让大雷帮着把贴纸贴在杨平西车上。

杨平西做生意这么随性，袁双只好小施手段，想办法从别处下手了。她想，车上贴了耕云的广告，就算拉不到客，能起到宣传作用也好。

袁双中午喝了酒,酒精起了作用,她有些犯困。午后店里也没什么事,太阳这么晒,也没什么游客来逛寨子,她就心安理得地去睡了个午觉。

打从大学毕业进酒店工作以来,袁双睡午觉的次数屈指可数,说睡觉,其实也就是闭眼休息十分钟。今天在耕云,她算是时隔已久地睡了个踏实的午觉,一觉醒来,已过三点。这一觉睡得比她想得要久、要沉,醒来后看到时间,她也没有睡过头的紧迫感和罪恶感,还懒洋洋地伸了伸懒腰,迷瞪了会儿才起床。

袁双洗了把脸从房间里出来。大厅里只有两个客人在坐着看书、玩手机,阿莎已经从千户寨回来了,大雷正在陪"宝贝"玩球。阳光斜照进厅堂,微风不燥,风铃轻轻摇响,一切都很平和。

袁双走到前台,问阿莎:"你们杨老板还没回来吗?"

阿莎轻轻摇头。

"也不知道他能不能拉到客。"袁双嘀咕了句。

她走到吧台后,给自己倒了一杯水,正喝着,转眼看到虎哥背着个行李包从楼上下来了。

袁双立刻放下杯子,错愕道:"虎哥,你这是……要走?"

"对啊。"

袁双十分惊讶,中午虎哥还和她一起把酒言欢侃大山来着,完全没说过要走的事。她询问:"怎么这么突然,家里有事?"

"没有。"虎哥豪爽地一笑,说,"在老杨这儿待了有段时间了,心灵也清洗干净了,我寻思着该挪地儿了。"

袁双完全没有心理准备,虎哥却潇洒得多,他拿出手机扫了前台的付款码,一边低头点着屏幕,一边说:"结账。"

"杨平西的规矩,你是他朋友——"

"亲兄弟明算账,我不能白吃白喝。"

虎哥说完,袁双的手机里就弹出了一笔进账信息。她点开看了眼,发现虎哥转了好几千块过来。她一惊,立刻开口说:"虎哥,转多了。"

"不多,我在店里都住了小半个月了。"

"是多了——"

"不多的,我心里有数。"虎哥说,"真转多了,老杨下回就不让我来了。"

袁双抿唇:"杨平西下午送人去藜江市了,应该快回来了,你要不要等等他,或者明天再走,晚上再一起吃顿饭喝杯酒?"

"不了。"虎哥摆了下手,说,"饭中午已经吃了,没一起喝杯酒是有点儿

163

遗憾，但是没关系，我以后还来，要喝酒有的是机会。"

袁双张张嘴还想说什么，虎哥抬手制止她，说："妹儿啊，天下没有不散的宴席，这次来能认识你，我们也算是有缘。"

袁双有些难过，开口说："虎哥，之前……对不住了。"

"说的什么话。"虎哥嗔一声，大方道，"都知道你是为耕云好，老杨看人准的，他信你，我信他。"

"之前我还担心老杨这旅店会撑不下去，现在有了你，是他的福气。"虎哥看着袁双，走心道，"希望下次来耕云还能见着你。"

袁双想起这阵子和虎哥相处的点滴，心中慨然。她走出吧台，要送虎哥一程。

到了店门口，虎哥转过身拦住袁双，说："妹儿，送到这儿就行了，替我和老杨说一声……我走了。"

虎哥背着包往山下走，边走边朝身后挥了挥手，洒脱又恣意。

袁双以前在酒店职业性地送别过很多客人，她以为自己足够理性，可此时眼看着虎哥的身影慢慢变小，她的眼眶莫名有些湿热，就如同告别了一位挚友。

虎哥走后一小时，杨平西才从藜江市回来，还带回了两个客人。

袁双顾不上迎接两位新客，便喊来阿莎帮客人办入住手续，然后就把杨平西拉到一旁，说："虎哥下午走了。"

杨平西听完只是微微点了下头，表示知道了。

袁双见他反应平淡，蹙了下眉，问："他之前和你说过今天要走？"

"没有。"

"那你怎么一点儿都不意外？"

"虎哥要来也不会提前说。"杨平西说，"耕云就在这儿，以后还有机会见面。"

杨平西说得云淡风轻，袁双却被触动了。

显然，杨平西与他的朋友之间自有一种无形的默契，他们的相交、相知、相别并不需要轰轰烈烈，极尽煽情。对他来说，朋友来，耕云永远有一间房住，朋友走，他也不会强行挽留。他们之间并不需要特别郑重的道别，因为彼此都明白，就如天上的浮云一样，散了，总会有再聚的一天。①

✦　✦　✦　✦

---

① 你瞧这些白云聚了又散，散了又聚，人生离合，亦复如斯。——金庸

7月底,藜东南的天气正当热,即使是山上,白天里也是热气腾腾,连山风都是烫人的。

　　午后,袁双一觉起来就指使杨平西下山去帮她把快递取回来。

　　这几天,袁双天天都有快递到,杨平西早就习以为常了。他接连几天帮她跑腿,山下快递站的小哥看到他还会笑着打趣一句:"杨哥,又来帮老板娘拿快递啊。"

　　杨平西空手下山,满载而归。回到旅店,他把好几个包裹放在大厅里,问袁双:"又买了什么?"

　　"楼梯毯。"袁双找了把剪刀,蹲下来拆快递,一边拆一边说,"把地毯铺在楼梯上,这样上下楼的动静就不会那么大了。"

　　杨平西了然,蹲下身帮袁双一起拆东西,又帮着她把地毯铺在每一阶楼梯上。

　　这阵子,袁双为店里添置了不少东西,大多是装饰品,她嫌杨平西的审美"直男"化,店里的内饰不够漂亮,就自己动手稍微装扮了下。

　　铺好地毯,袁双试着踩了踩,脚步声果然小了不少。

　　"怎么样?"袁双站在楼梯上,得意地看向站在楼下的杨平西。

　　"不错。"杨平西夸了她一句,又说,"下来吧,万婶做了冰粉,吃一碗。"

　　袁双从楼上下来,到了大厅,杨平西把一份已经加好配料的冰粉递给她。

　　冰粉才从冰箱里拿出来,冰冰凉凉的,倒入糖水,撒上山楂、葡萄干、红绿丝等配料,简直就是夏季消暑必备甜品。

　　袁双尝了一口,顿觉通体舒爽。她拌了拌碗里的冰粉,对大雷说:"去把店里的客人都喊过来吃一碗,消消暑。"

　　"得嘞。"大雷捧着碗就走。

　　天热,万婶今早冻了一大盆的冰粉,很快就被一扫而光了。袁双等所有人都吃完,把碗收拾了,送去厨房。她找万婶有事,见她不在,等她的时候就顺手把碗洗了。

　　万婶从外边进来,看到袁双在洗碗,立刻走过来说:"哎哟,你怎么动手了,放着一会儿我来洗就行。"

　　"没事,"袁双说,"也没几个碗。"她说着把最后一个碗洗好,放进消毒柜。

　　万婶见她勤快,笑着道上一句:"你这么能干,难怪小杨对你这么上心。"

　　"他对谁都上心。"袁双说。

　　"不一样。"万婶摆手,"耕云开张的时候我就在了,小杨虽然对客人、对朋友都很好，但我还没见过他对哪一个姑娘像对你一样上心。冰粉还是他让我做的，说你想吃，店里的人都是沾了你的光，才有这口福。"

袁双略感意外，早上她说天热，让杨平西倒了杯冰镇的啤酒给她，没想到他还让万婶做了冰粉。万婶的话让袁双微微愣神，等要离开厨房时，她才回过神来，想起自己还有正事没有说，便又转过身来。

"婶婶，"袁双对万婶说，"以后店里要买什么食材，你和我说就行，我让人送到店里来。"

万婶明显愣住，追问："送到店里？"

袁双点点头，解释道："我早上去镇上的市场逛了下，认识了个老板，他家可以送菜上门，还能开收据，这样我对账也方便。"

"……别人挑的菜可能不新鲜，还是我亲自去买吧。"

"我看那个老板人不错，可以先合作看看，这样你也不用再这么辛苦，每天下山买菜。"

"……好吧。"

袁双有一半的脑子还在想杨平西，也没注意到万婶黯淡的神情。把事情交代完，她就离开了厨房，回到大厅里。

杨平西正在逗狗，袁双站在一旁盯着他看，脑子里又在想万婶的话。

说实话，袁双是能感受到杨平西对自己的好的，但他对所有的朋友都上心都信任，只不过因为她是异性，所以在别人眼里就捎带着暧昧的色彩。杨平西平日里虽然总爱说些不着调的话，但是袁双从不当真，他们之间一开始就是这样的相处模式，他侃她撑，彼此不计较，相处得很和谐。袁双想，还是别自作多情的好，不然反倒让杨平西看了笑话。

"有事？"杨平西察觉到袁双的视线落在自己身上，抬起头问。

袁双冷不丁对上杨平西的眼睛，心脏一跳，她立刻心虚地别开眼，支吾着说："没什么事。"

"那就是单纯在看我？"杨平西话里带笑。

袁双立刻光明正大地看过去，清了清嗓，理不直气也壮地说："我看的不是你，是……"她视线一低，说，"我看的是'宝贝'。"

袁双说着还真打量了"宝贝"两眼，随后眉头一皱，说："你不觉得它该洗澡了吗？"

黎山镇上没有宠物店，杨平西以前都是带着"宝贝"去市里洗澡。夏天天热，洗澡的频次就要增加。杨平西上一回带"宝贝"进城还是一周前，此时听袁双这么说，也觉得是该给它洗个澡了。

"我明天带它去市里。"杨平西说。

"一定要去宠物店吗？我们自己不能给它洗吗？"

"可以，但是很费事。"

袁双想着下午闲着也是没事，就说："我不怕事。"

杨平西眉头微抬，问："你会？"

"我以前帮我朋友的金毛洗过，有经验。"

杨平西闻言，点了头，说："等着。"

杨平西拿上给狗洗澡的家伙，和袁双一起牵着"宝贝"去了"三眼泉"。经过太阳小半天的暴晒，下井的水微微温热，正适合给狗洗澡。

杨平西向附近的人家借了两把小木凳，他和袁双一人一把坐着，一个搓泡沫，另一个拿水瓢冲水。

"宝贝"体形大，洗起来是有点儿费劲。袁双搓着它的皮毛，问了句："'宝贝'几岁了？"

"三岁？"杨平西也不确定。

袁双抬眼："你养的狗，你不清楚它多大了？"

"'宝贝'不是我养大的。"杨平西从下井里舀起一勺水，说，"是一个在云南开店的朋友养的，他把店关了去环球旅游，不方便带着狗，交给宠物店又不放心，我就开车去把它接了过来。"

"所以……它不是你的狗？"

"现在是了。"杨平西说，"那个朋友在法国结婚了。"

袁双了然，低下头捧着"宝贝"的脑袋，看着它说："原来你和我一样，是从云南意外来到了藜东南，被杨老板收留的。"

"宝贝"叫了一声，算是应答。

袁双搓了下它的脸："不能去云南是有点儿可惜，不过藜东南也不错，你就好生待着吧。"

杨平西轻笑一声，问："你呢？"

"嗯？"袁双不解。

"你让'宝贝'好生待着，你呢？"杨平西直勾勾地看着袁双，目光明亮。

袁双想到了和杨平西的三个月之约，现在一个月过去了，她虽然适应了藜东南的生活，但还没下定决心留在这儿。

"杨平西，你收留我还上瘾啊。"袁双说了句玩笑话，企图将这个话题糊弄过去。

"嗯。"杨平西低头帮"宝贝"冲洗身上的泡沫，一边挟着笑说，"收留时间长了，就成我的了。"

袁双心口一跳，眼底闪过一丝慌张。她担心杨平西看出自己的不从容，便往他那儿泼了点儿水，故作不满道："说谁是狗呢？"

杨平西被泼了水也不恼，低笑着说："你不是狗，是猫……耕云的招财猫。"

袁双听杨平西这么形容自己，忍不住笑道："那你不得把我供着？"

"以后过年不迎财神，就迎你。"

"满嘴胡话。"袁双往杨平西脸上掸了点儿水。

"宝贝"看到袁双的动作，以为她和杨平西是在玩水，兴奋地叫了两声，用力地甩了甩身上的水，将边上的人身上打湿了。

"'宝贝'别甩了，乖，别动……"袁双边喊边躲。

杨平西亲手按住"宝贝"，费了好大工夫才将它安抚住，他身上的衣裳基本湿透，再抬眼去看袁双，她脸上沾了水，头发也湿湿的，打着绺儿。

路过的小孩儿见状哈哈大笑，袁双和杨平西对视了一眼，各觉对方狼狈，不由得相视笑出了声。

杨平西和袁双通力合作，好不容易才帮"宝贝"洗好澡。他们牵着狗回了旅店，一人一个电吹风，小心地帮它把毛吹干。

夏天气温高，阿拉斯加犬更是惧热，电吹风只能开冷风。"宝贝"毛发旺盛，杨平西和袁双两个人愣是花了将近两个小时才帮它把毛吹干。

狗是舒服了，人却要累死了。

袁双以前只帮狗洗过澡，没帮狗吹过毛，不知道这竟是个耗时耗力的工程。两个小时坐下来，她出了一身的汗，只觉得自己胳膊不是胳膊，腿不是腿。

"下回还帮它洗吗？"杨平西笑问。

"……专业的事还是交给专业的机构吧。"袁双把吹风机塞进杨平西怀里，起身抡了下胳膊，说，"我也去洗个澡，你去问一圈有谁晚上要拼餐，和万婶说一声。"

"嗯。"

袁双回房间冲了个凉，换了身衣服，再出来时正巧碰上李让带着一对男女来店里投宿。李让说他的酒店住满了，就推荐这对情侣来耕云入住。

李让是好意，袁双听了他的话，顿时变成了柠檬精，酸得不行。

这段时间耕云入住的人稍微多了些，但只是背包客多了，床位房住满了。

168

而同一时间，李让的酒店却住不下了，耕云楼上的单间却还是鲜有人住，真是名副其实的一个在"天"，一个在"地"。

袁双打量了那对情侣一眼。老少配，女方是个绰约美妇，男方是个"小鲜肉"。她很有分寸，目光点到为止，没有泄露分毫的好奇。

把客人送到后，李让不急着走，和杨平西聊了几句，直夸耕云变化大，看着就像有女主人的样子。袁双倒不在意他的调侃，询问他山下酒店的入住情况。在知道旅游旺季镇上基本上每家酒店都生意兴隆时，她沉默了。

杨平西把李让送走后，回到店里就看到袁双坐在美人靠上，望着山脚的方向，双眼有火花在刺啦作响。他知道，李让的话激起了她的好胜心，这会儿她心里肯定又在筹谋着拉客的策略。

晚上吃完饭，杨平西开车去市里接朋友介绍来的客人，袁双就留在店里坐镇。她把自己的平板电脑拿出来，在前台坐着，写了一个晚上的策划书，想了好几个推广耕云的策略，恨不得把毕生所学都用上。

现在是互联网时代，想要曝光，最好的方式就是网络营销。袁双在各大社交平台都注册了账号，专门用来推广耕云。时不我待，账号开通成功之后，她立刻就在各平台发布了内容。

新号开通没流量，袁双就发朋友圈做宣传，线上分享还不够，她又号召店里的客人帮忙增加人气。

杨平西领着客人回来时，袁双正坐在大厅里和客人们把酒言欢，笑得格外开心。

有一个客人看到了杨平西，立刻举起手中的杯子朝他示意，笑着喊道："谢谢杨老板的款待。"

他一出声，大厅里的所有人都齐刷刷地看向杨平西，不约而同地跟着喊一句："谢谢杨老板的款待。"

在众多目光中，杨平西只看到了袁双的。她捧着杯子，笑盈盈地看着他，眼神微亮，闪烁着碎光。

杨平西粲然一笑，知道今天又到了他该心情好的日子。

Chapter 9 不可或缺

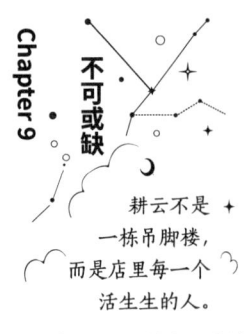

耕云不是一栋吊脚楼，而是店里每一个活生生的人。

袁双回到前台，帮杨平西带回的两名新客办了入住手续。

"今天怎么请喝酒了？"杨平西把客人领到房间后，返回大厅，看到袁双在吧台倒酒，走过去问。

袁双把一杯酒递给一位客人，才答道："请他们帮了个小忙。"

"什么忙？"

袁双朝杨平西伸出手，示意道："手机给我。"

杨平西想也不想就从兜里掏出手机，解了锁递过去。

袁双发了几个链接给杨平西，用他的微信把这些链接又分享到了朋友圈。动态发布不到半分钟，她眼见着每条分享下面迅速地有了好几排的点赞，留言数量也是噌噌地往上涨。

袁双瞠目："你有这么多好友呢？"

"很多是客人。"

"那你怎么不在朋友圈里宣传下旅店？"

杨平西笑："他们都知道耕云。"

袁双想也是，既然添加了杨平西，那基本上就是来过耕云的人，老客需要维护，新客才需要开发。

杨平西接过袁双递回来的手机，点开朋友圈，扫了眼她刚才分享的链接，这才知道她所谓的"小忙"是什么。他点进其中一个链接，看了看内容，发现是袁双分享的耕云的照片。

"拍得还不错。"杨平西点评道。

"那当然，也不看看是谁拍的。"袁双毫不谦虚，又说，"酒香也怕巷子深，耕云再好，没有宣传也不行，以后我每天都会分享一些店里的日常到网上，提高下旅店的曝光率。"

袁双要做耕云的账号，杨平西没有异议。他想的倒不是推广旅店吸引顾客，而是觉得袁双可以用账号记录在店里生活的点滴。他想知道，她眼中的耕云是什么样的、她在这儿又有什么样的感受。

"杨老板。"

袁双突然喊了一声，杨平西一听，就知道她有事了。

"你是耕云的老板，我给你拍两张照片发平台上，很合理吧？"袁双谄笑着说。

杨平西立刻就知袁双打的是什么主意，她是又打算把他"营销"出去。

"一起拍。"杨平西说。

"啊？"

"你和我一起拍，我就答应你把照片发出去。"

"……"

袁双本来就是打算用杨平西的男色圈一拨粉丝，如果是拍自己和他的合照，那发出去不得起反效果啊？她张嘴想再劝劝，抬眼就看到杨平西一脸谑意，便知道自己肚子里的这点儿坏水都被他掂量清楚了。

这两个人太了解彼此了也不是什么好事，袁双气闷，眼不见心不烦地朝杨平西挥了下手，说："去陪你的狗玩吧。"

杨平西牵了下嘴角，谑问道："猫不用陪了？"

袁双作势要挠人，杨平西一躲，笑着转身往大厅走，逗狗去了。

"没溜儿。"袁双嘀咕了句。

她拿过自己的手机，打开刚才注册的其中一个账号看了一眼，短短几分钟，居然涨了好几百个关注者，今晚发布的第一条内容下也有了好多的点赞和评论。

袁双咂舌，又去了另一个平台看了一眼，情况也是一样。不过是拿杨平西的手机分享了下链接，就一下子有了这么多人关注，他的人脉圈到底有多广啊。袁双摇头啧然，有这么多的人脉资源他竟然不利用，简直是浪费！

袁双离职的消息只有少数几个好友知道，因为晚上发了朋友圈，很多朋友来询问她的近况，她都模棱两可地说自己目前在黎东南散心，顺便帮朋友宣传旅店，没有明说自己现在在耕云工作的事。

袁双的这话术糊弄得了别人，糊弄不了李珂。当晚她回到房间，李珂就打来了视频电话。

"最近怎么样啊，袁掌柜？"李珂打趣道，"我看你过得挺滋润啊。"

袁双敷着面膜，往床上一躺，说："还行，吃好睡好，就是发愁店里的事，想着怎样才能有更多的客源。"

"我看你越来越上道了，真有老板娘当家做主的样子了。"

"别瞎说啊，我这是受人之托忠人之事。"

"为杨老板尽心尽力呗。"

"我这叫讲义气!"

"你和杨老板处了一段时间,说话都带着江湖气了。"李珂凑近屏幕,笑嘻嘻地问,"你们进展到哪一步了?"

"什么进展到哪一步?"

"别跟我在这儿装傻,你越掩饰就是越心虚。"李珂眼睛一眯,直白道,"睡了没啊?"

袁双立刻捂住手机坐起身,仔细听了下楼下的动静,然后才压低声紧张兮兮地对李珂说:"我和他清清白白,什么事都没有。"

"不行啊你,袁又又,这么久了,还没吃着?"李珂调侃道。

"我就没想要吃!"袁双压着声音,语气却很强烈。

"真的想都没想过?"李珂微微偏了下脑袋,拿眼尾瞅着袁双,引诱似的问道,"你对杨老板一点儿感觉都没有?"

"我……"袁双无意识地咽了下口水,梗着脖子说,"我没有。"

袁双不知道杨平西这会儿有没有回房间,她担心再聊下去李珂又会说出什么露骨的话,到时候又让他听到了,那可就糟了。一个"荤腥"梗,杨平西都能时时拿出来打趣她,再被他听到什么不该听的,那她可真是被他吃死了。

"好了,到点该睡了,我不和你说了。"袁双撕掉面膜,说。

李珂纳罕:"这才几点啊,你就要睡了?"

"最近睡得早,就这样,晚安。"袁双说完,不给李珂说话的机会,麻溜地挂断了视频。

下了床,袁双蹲在地上,细细地听了下,楼下没什么声音,杨平西好像还没回去。她松了口气,起身去浴室把脸洗了,之后又做了精简的护肤。

当初因为是出门旅游,袁双只带了几件基础的护肤品小样,她现在护肤的流程少了很多,但皮肤状态比以前更好了。藜东南的山水养人,加上这阵子她每天早睡早起,中午还会小憩一会儿,睡得够够的,精神头足,自己也能感觉到身体比以前轻盈了许多。

护完肤,袁双回到床上,也不刷手机,打开小夜灯,关上房灯,躺下就准备睡了。她合上眼,躺了会儿,睡意刚袭来,蒙眬中忽然感觉到整座吊脚楼在轻微晃动。

袁双一惊,以为是地震了,马上坐起身,掀被要下床时又觉得不对,地震来时都是纵波先到的,怎么藜东南是横波先到?正疑惑时,她就听到了楼上销魂的呻吟声,此起彼伏,春意盎然。

原来不是地震，是床震。

楼上的大床房住的是李让带来的那对情侣，袁双一听这动静，立刻就明白他们在干什么，一时哭笑不得。

楼上楼下就隔着一层木板，袁双觉得自己待在房间里像在听春宫戏，就趿拉上鞋子，披上外套，离开了房间。才出门到了大厅，她就看到杨平西光着膀子从另一头走上来。

底层小房间的小浴室里没有装热水器，杨平西搬下去后每天都是去男生房那里洗澡，今天也是如此。

袁双扫了眼杨平西，他平日里帮客人搬行李上山下山的，没少干体力活儿。平时透过衣服，她就感觉到他的身材练得很好，可没想到会这么好，要什么有什么。袁双的目光掠过杨平西块垒分明的腹肌，忽地想到了李珂刚才的话，加之楼上又在上演限制级戏码，刺激接二连三地来，她不由自主地想入非非了。

"你洗完澡怎么不穿衣服，这要是大厅里有客人，多不雅观！"袁双耳朵一热，忙别开眼，恶人先告状。

杨平西走过来，说："上衣忘拿了……这么晚了，你怎么还没睡？"

袁双瞄了眼杨平西，指了指楼上。

杨平西从底下上来时就感受到了整座楼轻微的晃动，加之楼上隐隐约约传来的暧昧声，立刻就知道是怎么回事了。

他先回了房间，拿了件衣服套上，再回到大厅时，袁双正坐在美人靠上仰头看着天花板。

这会儿"横波"变"纵波"了，且动静越来越大了，楼上的人似乎已经到了忘我的境界。

"这情况……你以前碰到过吗？"袁双问。

杨平西轻咳了声，说："偶尔。"

"有客人投诉吗？"

"店里住的人少，所以……"

入住率低这时候倒是个优点了，袁双失语片刻，又想到今天大床房虽然只有那对情侣入住，但楼上的标间是住了人的。

"我们要不要去干预下？"袁双迟疑道。

杨平西在袁双边上坐下，闻言失笑问："你打算怎么干预？"

袁双也是犯难。耕云虽然和一般的行政酒店不一样，但说到底还是为顾客提供住宿的地方，情侣到店里住，想办点儿事也是人之常情，她也没理由让人家别搞。再说了，楼上俩人正在兴头上，她去扫兴，到时候旅店指定要吃一个差评。

"要不要去给标间的客人道个歉？"袁双想了个曲线救国的方法。

"隔着走廊，影响不大。"

袁双想想也是，现在都这么晚了，说不定标间的人都睡了。她瞥了眼杨平西，咳了下，问："房间里好像没有那什么吧？"

"那什么？"

"避孕套啊。"

杨平西见袁双绷着脸故作淡定，眼神却十分不自然，心里不由得发笑。

"嗯，没放。"杨平西说。

"那他们不会搞出'人命'吧？"

袁双犯愁，觉得这事对耕云来说还真有点儿麻烦。

吊脚楼隔音差，要是放了避孕套，就是默认店里可以"妖精打架"，到时候来一对情侣就打一次架，实在尴尬。但要是不放，万一出现今晚这样的情况，楼上的激情男女如果自己没备着，那搞出"人命"，旅店还是有一定责任的。

"以后还是在每个房间里放一盒吧。"袁双凝眉思索片刻后说，"这样对旅店也好，比较卫生。"

杨平西没有意见，点了下头就说："我明天让大雷去办。"

两个成年男女坐在一起讨论避孕套的事，实在是有点儿奇怪。

袁双回头，猝不及防地对上了杨平西投来的目光，她心里一紧，立刻挪开视线，抬起手不自在地摸摸自己的头发。

袁双不说话，杨平西也不说话，气氛一时有些微妙。

过了好一会儿，楼上的动静总算是消停了。袁双一喜，正以为他们已经完事时，新一轮的"地震波"又开始了。

"……年轻就是体力好啊。"袁双感慨道。

那对情侣中，女方年纪稍长，显然，袁双说的是她的小男友。

杨平西闻言侧目，意味不明地说："体力和年纪没关系。"

袁双瞥他："杨老板，你不会是不服气吧？"

杨平西不以为意地笑笑，直勾勾地看向袁双，说："不如你来检验一下？"

袁双脑子里莫名地就浮现出了杨平西的腹肌，她耳郭微热，不敢直视他的眼睛，嘴上却还是逞强道："我没兴趣。"

"脸怎么红了？"杨平西谑道。

袁双抬手摸了下脸颊，是有些烫手。她心里一慌，更觉脸上燥热。

"晚上喝了酒……上脸。"

"刚才还不会。"

"……后劲儿上来了。"

袁双心虚，余光去瞄杨平西，就见他瞧着自己，嘴角还噙着一抹若有似无的淡笑，一副怡然自得的模样。

"袁双，你不会是……"杨平西暧昧地笑道，"馋了吧？"

袁双一惊，立刻矢口否认道："我没有！"

"你要是馋了，我也不是不可以献身。"杨平西把身子往前一倾，几乎是在袁双耳边笑着说，"不是说过了嘛，你如果需要，我随叫随到。"

袁双耳朵发痒，脸上的血色越来越重，即使不用手摸，她也知道自己的脸现在烫得不行。

"我也是挑食的，不是什么都吃。"袁双把杨平西的脑袋推开，故作镇定地站起身，低头飞快地瞟了眼杨平西。

她自觉再待下去就要落入下风，便及时抽身离开："……很晚了，不和你瞎扯，明天还要早起赚钱，我去睡了。"

说完，袁双拔腿就走。

"后悔了就跺脚。"杨平西在她身后喊道。

回应他的是一记关门声。

杨平西低头闷声失笑。他回想起袁双落荒而逃的样子，就像一只被惊着的猫。

✦ ✦ ✦ ✦

因为睡前的刺激，袁双当天晚上又做了个旖旎的梦。梦里杨平西的腹肌出镜率很高，她总是能看到那些结实的肌肉块时而松弛时而紧绷的样子。

一觉醒来，袁双出了一身的汗，她的意识一半醒了，还有一半仍滞留在梦中。迷瞪了好一会儿，她才彻底醒过来，再回想起自己昨晚做的梦，顿时一阵儿羞恼。

寨子里的公鸡已经报晓了，袁双没有赖床的习惯，醒后就撑着身体坐起身，却在行动间觉得腿间有一股暖流淌出。她脸上一臊，怔忪间掀开被子，就看到了床单上的一抹红。她释然地松一口气又惊愕地提起一口气，看着那抹红就像初次来潮的少女，又疑惑又窘迫，尔后又很是欣喜。

袁双的月经一直很不规律，去医院做了各种检查，都没有发现什么病理性问题，医生只说她的内分泌有点儿失调，让她要注意放松身心、好好休息。但以前在酒店，工作压力大，忙起来没日没夜的，她根本就没时间好好调养身体，月经不调的毛病就一直没治好。

来藜州之前，袁双才时隔两个月流了回血。她坐床上掐指一算，距离上次刚好是一个月。亲戚按时到访，她大喜，看着那抹红越看越高兴，高兴完她又想到了个问题——没有东西可以招待这位亲戚。

这次出远门，袁双压根儿就没想到自己会来月经，她行李箱里一次性内裤、一次性浴巾都有，就是没有卫生巾。她起身去卧室外的储物间翻了翻，找到了各种牙刷、香皂、沐浴露、洗发水，就是没看到卫生巾。杨平西一个大男人，指定是想不得这么周到的。袁双想，以后还是要在店里备一些女性用品，以备不时之需。

黎山寨里有小商铺，在芦笙场附近，袁双现在这样，不方便出门。她想了想，回到房间里，轻轻跺了跺脚，随后就站在房门后等着。

没多久，外边就有人敲门了。袁双把门打开一道缝，只露出一个脑袋。

杨平西看她躲躲藏藏的，挑眉说："大早上的反悔了？"

"店里的人都要起了，不合适。"杨平西故作为难，话里带笑。

情况特殊，袁双不和杨平西拌嘴啰唆，快速开口道："你下山帮我买样东西。"

"买什么？"

"卫生巾。"袁双毫不忸怩，直接说了。

杨平西怔了下，很快接道："等着。"

袁双垫了一层纸在房间里等。没过多久，房门又被敲响。她听敲门频率就知道是杨平西，所以没怎么犹豫，直接开了门，从门缝里伸出一只手。

杨平西买了一大袋东西，袁双把门缝拉大了才拿进来。关上门后，她往袋子里扫了一眼，什么长度的都有。

"批发呢，真是。"袁双笑了。

她拿了包卫生巾进了洗手间，处理好后换上衣服，洗漱完毕又把房间里的床单被套换下，这才走出房间。

一大早大厅里没什么人，杨平西在喂狗。袁双就抱着床单被套下楼，刚打开洗衣机要丢进去，又思及床单脏了，直接机洗不行，便拿来洗衣盆，打算先把脏了的那块搓干净。

万婶来到店里，下楼要去厨房，看到袁双在洗衣台前，便走过去看了眼。

袁双刚拧开水龙头要下手去搓，手还没碰到水就被万婶拦下了："早上山里的水很凉的,你放着,等下我来洗。"

袁双的妈妈都没怎么帮她洗过沾上经血的床单,她不太好意思让万婶洗,便说:"还是我自己来吧。"

"你这几天别碰凉水,肚子会痛的。"万婶劝说,"听婶婶的,别因为年轻就胡来。"

"可是……"袁双还是有些难为情,指着那块血渍,"脏了。"

"冷水泡一会儿就好洗了,不脏,搓一搓的事。"万婶把水龙头拧上,说,"本来帮店里洗床单被套就是我分内的事,你上楼坐着吧,我去做饭。"

袁双很感动,道了声谢,又想起一件事,问万婶:"婶婶,今天要买什么菜吗?我让人送上来。"

万婶的表情一时有些微妙,她嚅动着唇,想说什么又没说出来。

袁双稍感疑惑,问了句:"怎么了?"

万婶迟疑片刻,最终摇了下头,说出几种食材。

袁双从底层上楼,"宝贝"一见着她,立刻跑到她脚边围着转。她稍一想就知道了,低头问:"想出门溜达啊?"

"宝贝"轻轻叫了一声。

"行。"袁双弯腰摸了下它的脑袋,说,"等一会儿就带你出去。"

袁双回房间拿了手机,出来时嘴里还哼着不成调的歌。

杨平西正在给"宝贝"套绳子,听到歌声后直起腰,看着袁双谑笑着问道:"今天有很多人预订房间?"

"没有。"袁双说。

"那你怎么这么高兴?"

袁双下巴一抬:"不行吗?"

杨平西挑眉:"这几天不是应该情绪不佳吗?"

"那是别人,我正好相反。"

杨平西不解,扫了眼袁双的肚子,忽想到了之前无意中听到的她和她朋友的对话,了然一笑道:"内分泌——"

袁双走过去,给了杨平西一肘子,警告道:"闭嘴!"

杨平西肚子上挨了一下,却笑了:"看来黎东南很适合你。"

袁双不置可否,她拿出手机走到一旁,找到了市场老板的微信,正要把食材发给他,脑子里忽地又想起了万婶欲言又止的神情,那个发送键就没按下去。

"问你个事。"袁双转身,朝杨平西勾了下手。

177

杨平西走近:"你说。"

袁双便把自己的疑惑说了出来:"我让万婶以后把每天需要的食材告诉我,我再让市场上的老板送到店里来,但是万婶好像不是很高兴,为什么啊?"

"你让万婶别买菜了?"杨平西问。

袁双点头,说:"我昨天去镇上的市场逛了下,有个老板能送菜上门,我觉得挺好的,这样省事,万婶就不需要天天山上山下地来回折腾。"

杨平西听明白了,但没有立刻解答袁双的疑惑。

"想知道万婶为什么不高兴?"

袁双点头。

杨平西牵着"宝贝",笑说:"先陪我去遛狗。"

杨平西平时对客人大方得很,现在回答袁双一个问题却还要谈条件。袁双不忿地看了他一眼,夺过他手中的遛狗绳,气势汹汹地说:"走!"

杨平西去厨房里和万婶说了声,让她先别做自己和袁双的早饭。上了楼,他走出旅店,见袁双在几步之下的台阶上等着,喊了她一声,说:"我们往上走。"

"不去寨子里?"

"嗯,去观日亭。"

古桥景区游客多,黎山寨也顺带着成了一个小景点。当地政府觉得寨子也是个特色旅游资源,值得开发,就出资在黎山顶上修建了一座小亭子,以此吸引更多游客进寨游玩。这座亭子朝可观日出,夕可看日落,因此得名"观日亭"。为了方便游客观光,寨子里铺了条通往观日亭的小路,之前店里的客人想上去看日落,袁双和杨平西一起带着人上去过。从耕云到观日亭,一路上会看到菜圃、梯田和山林,到了亭子里还能纵览黎山寨全景。

黎山海拔不高,但真要爬到最顶上,还是要费些时间和体力的。

一开始是袁双牵着"宝贝",但是它精力太旺盛了,出了门便撒欢儿地跑,袁双控制不住它,就换了杨平西来牵。杨平西力气大,拉着"宝贝",和袁双一起慢慢地往山上走。

到了山顶,狗和杨平西都不累,就袁双一个人扶着亭子大喘气。不过,早起热了热身,她小腹倒没那么不舒服了,做了几个深呼吸后,整个人神清气爽。

清晨的山风不热不燥,带着露水洁净的凉意,拂在脸上令人十分惬意。袁双和杨平西并坐在亭子里,"宝贝"坐在一旁,和他们一起眺望着早已升起的朝阳。

两人一狗在观日亭待了不久就下山了。下山比上山轻松，袁双的脚步轻快了许多，也有力气说话了。

"现在可以说了吧。"袁双扭头看向杨平西，问，"万婶为什么会不高兴？"

杨平西没有回答，反而下巴一抬，示意袁双看过去。

袁双顺着杨平西的目光看去，就看到了一片玉米地。此时玉米秆高高的，茎叶绿油油的，每一根都长出了沉甸甸的玉米。

"玉米，怎么了？"袁双问。

"可以摘了。"杨平西说。

袁双额角一跳，觉得杨平西在耍她，忍不住磨着牙说："我问你万婶的事呢，你跟我扯什么玉米？"

"你回去可以和万婶说一声，告诉店里给她放两天假，让她先把玉米摘了，再不摘，老了就卖不出去了。"杨平西迤迤然道。

袁双愣了下，问："这是万婶种的玉米？"

"嗯。"

"种来卖的？"

"嗯。"

袁双问下去："除了玉米，万婶还种什么？"

"很多，时令蔬菜基本都种。"杨平西说，"她在山下还有一块地，专门用来种菜。"

"也是种来卖的？"

"嗯。"杨平西见袁双开了窍，牵了下嘴角，说，"她有两个小孩儿，大的寄宿在城里的学校，平时家里只有她和小的孩子，菜种得多，吃不完，她就会去摆摊儿。"

袁双讷讷问："她丈夫……"

"两年前出了车祸，意外去世了。"

袁双心口一揪，顿时明白自己不让万婶下山买菜，她反而不高兴的原因，同时也猜到了杨平西带她来爬山的用意。她转头瞪他一眼，愠道："你就不能直接和我说吗？非得绕这么大一个弯子。"

"早说了你还会陪我出门？"杨平西仍是一副优哉游哉的样子。

"我看你就是想要我把店里的人都得罪一遍！"袁双气得牙痒痒，恨不得咬上杨平西一口。

想到早上万婶失望的表情，袁双暗道自己好心办了坏事，忍不住捶了杨平

179

西一拳泄气，之后一刻也不耽搁，拔腿就往山下走。

到了旅店，袁双直奔厨房。万婶正在下饺子，看到她就说："我估摸着你和小杨快回来了，就把饺子下锅了，没想到你还先一步……饿了吧，饺子马上就好。"

不知道是不是生理期激素变化的原因，袁双见万婶待自己还是那样好，忍不住鼻子一酸。她深吸一口气，走上前说："婶婶，我想了下，以后店里的食材还是麻烦你亲自去买吧。"

万婶错愕，问："不是说让人送到店里来吗？"

"我想了下，让人送还是不太靠谱，不如你去买来放心。而且你是掌勺的，买什么菜、买多少你比较清楚，所以以后买菜的事还是交给你吧。"

万婶听完愣了会儿，很快就眉开眼笑地连忙应好。

袁双抿了下唇，又开口道："还有，我看之前你给我的食材清单，上面蔬菜的价钱都不高，好像低于市价？"

万婶点了下头，如实说道："是我自家种的菜，我想着，反正也吃不完，就便宜卖给了店里……那个价钱，我绝对是没有多报的。"

"我相信你。"袁双看着万婶说，"你辛辛苦苦种出来的菜，我不能让你吃了亏，以后你卖给店里的蔬菜就按市价来算。"

万婶表情动容，说："那我不是占大便宜了？"

"能吃到最新鲜的蔬菜，是我们占便宜了。"袁双做主道，"这事就这么定了，以后你可不许把菜便宜卖了，不然……我可不给你放假让你去收玉米了。"

万婶双眼微闪，关了灶台的火，拉起袁双的手，也不知道能说什么话，只是一直夸她"好姑娘"。

袁双和万婶把采购食材的事说清楚，心里头的一块石头算是落了地。她端着一碗水饺从楼底下来到大厅，看到杨平西，对他说："你的那碗在厨房。"

"事情说完了？"

袁双哼一声，表情有些自得。

杨平西低笑一声，下了楼。

袁双舀起一个饺子吹了吹，张嘴要吃时，余光看到了大雷。她想起了失怙的阿莎和寡居的万婶，看着大雷的眼神瞬间就同情起来。

"大雷。"袁双放下勺子，喊了声。

"怎么了，姐？"大雷走过来，在袁双对面坐下。

袁双看着大雷，关怀道："你家里人……都还好吧？"

大雷摸不着头脑:"都挺好的呀。"

"你自己也挺好的吧?"袁双委婉地问,"没遇到什么难事吧?"

"没有啊。"

"有困难要说。"

"姐,我真的没遇到什么困难。"

"那就好,那就好。"

袁双十分欣慰,大雷十分困惑。

杨平西端着一碗水饺上来时正好听到了袁双和大雷的对话,顿时双肩颤抖,闷声笑得不可遏止。他看着一脸如释重负的袁双,眼神不觉地柔和下来。

耕云不是一栋吊脚楼,而是店里每一个活生生的人。袁双之前说她是耕云的入侵者,但杨平西知道,她骨子里和这里的人是契合的。她远比她自己以为的还要美好,有人情味。在他心里,她就是耕云生态系统的一环,不可或缺。

◆　◆　◆　◆

吃完早饭,袁双见阿莎还没到,就去前台后边坐着。她打开电脑,刚要去网上看看旅店的预订情况,就有人走到她面前。

袁双抬眼,是昨天入住的那个"小鲜肉",他来续房。

"你直接在软件上下单就行。"袁双说。

"不用再来你这儿登记?"

"不用,我们有记录。"袁双说完,打量了他一眼,想到昨晚的事,她清了下嗓子,委婉地提醒道,"吊脚楼是木头房子,隔音不是特别好,见谅哈。"

"小鲜肉"眼珠子一转,懂了。他一手撑着台面,完全不觉得难为情,反倒朝袁双抛了个媚眼,兴奋地问:"你听到了,是吧?"

袁双干笑两声。

"怎么样,我是不是很厉害?"

袁双:"……"

"小鲜肉"看着袁双,眼神狎昵,过了会儿摆出了一个自诩风流的表情,轻浮道:"美女,加个微信啊?"

袁双见多了大场面,此时内心毫无波澜,她职业性地笑着说:"你有什么需要可以直接到前台找人,我们店全天都有员工的。"

"我不找员工,就找你。""小鲜肉"眉头微挑,眼睛直勾勾地盯着袁双,腻得流油。

袁双从容道:"你女朋友还在楼上。"

"她不是我女朋友。"

袁双立刻就懂了,以前在酒店,她见多了这样的事,此时也不惊讶,面色仍是淡淡的。

"小鲜肉"拿出手机,朝袁双示意了下,纠缠道:"加一个呗,以后一起玩啊……昨天晚上你也听到了,就不想亲身体验一下?"

袁双在心里骂了句脏话,正要打太极,就听杨平西说:"她找你,是降级体验了。"

杨平西放下手中的调酒杯,从吧台那儿走到前台,垂眼看着"小鲜肉",眼神里警告意味十足。

"小鲜肉"的目光在袁双和杨平西之间打量了下,最后落在杨平西结实有力的臂膀上,那一看就是常年锻炼才能练出的肌肉。

男人越缺什么,就会越关注什么。"小鲜肉"悄悄地收回手机,有意地把手往身后放,收敛起调戏的嘴脸,打着哈哈说:"看哥这样,是不需要我代劳。打扰了,祝你们一直幸福。"他还特地在最后一个词上加了重音,生怕别人听不懂似的。

袁双等人走后,嘀咕了句:"主意都动到我头上来了。"

"以后碰到这种人,不用和他客气。"杨平西的语气难得正经。

"以前在酒店,这种人我碰得多了,就让他嘴上过两句瘾,我少不了一两肉,犯不着和他对着干,落个差评。"袁双耸了下肩,无所谓道。

"袁双,你现在是在耕云。"

袁双抬头,见杨平西神情肃然,全然没了平日里的闲散笑意,不由得一怔。

"我不管你以前在酒店里是怎么做的,在我这里,不需要你去做一些违心的事。"

袁双心口一震,看着杨平西微微失神。她在酒店工作这几年,被顾客骚扰不是什么新鲜事,每每这时候,上司、同事都会劝她忍一忍,息事宁人;和朋友吐槽,他们会和她同仇敌忾,最后只能无奈地道上一句"钱难挣,屎难吃";和父母诉苦,他们先会安慰她几句,之后便会数落她,说这是她自己硬要选的路。一开始袁双还会愤怒,后来便渐渐脱敏,练就了一副金刚不坏之身。这么多年来,杨平西是头一个这么直接、明确地告诉她,不要曲意迎合,委屈自己的人。

袁双感受到胸腔左上方有什么东西在左冲右突,几欲要撞出来。她回神,略显慌张地别开眼,之后故作泰然道:"也没什么违不违心的,就是没必要,做生意嘛，以和为贵。"

"倒是你……"袁双不自在地睇了杨平西一眼，"说什么'降级体验'，这话要是让别人听到了，该误会咱俩有什么了。"

杨平西忽而漏出一声低笑，看着袁双说："你以为，现在在别人眼里，我们还算清白吗？"

袁双呆住。

他们面对面相视，望进了彼此的眼底。

这时，店门口走进来一个姑娘，留着"波波头"，穿着吊带裤，脖子上挂着一台单反相机，学生气十足。她进门就叉着腰，喘了好大一口气，来了句："总算是到了，累死本小姐了。"

袁双当即回神，莫名有种得救了的感觉。她仓促回头，一句"欢迎光临"还没说出口，那个小姑娘先出声了。

"哥！"

袁双愣了下，扭过头去看边上的人。

"你怎么来了？"杨平西看到来人，瞬间惊讶过后就淡定了。

"我不是每年暑假都会来店里帮你的忙吗？"小姑娘蹦跳着走到前台。

"你是来帮忙的还是来度假的？"杨平西直接点破。

"那……店里没啥活儿，我就是想帮也帮不上啊，这不能怪我。"小姑娘骄矜道。

袁双听了几句话，抬眼看向杨平西，拿眼神向他询问。

杨平西随意地介绍道："杨夕南。"

杨夕南刚才就注意到了袁双，此时更是大刺刺地打量着她，不一会儿语出惊人地喊道："嫂子好啊。"

袁双："……"

"我是杨平西的堂妹杨夕南，你可以叫我 Nancy。"

袁双没想到自己会被一个半大的孩子整失语了，噎了下就解释道："你误会了，我和你哥不是那种关系。"

"现在不是，迟早也是。"杨夕南人小鬼大的，以一副笃定的口吻说，"我哥不会让不信任的人进前台。"

"我是店里的新人。"

"他这旅店苟延残喘的，压根儿不需要招人，我看他找你来啊根本就是司马昭之心。"

杨夕南这会来事的样子和杨平西完全不像，活脱儿一个鬼马精灵。袁双转过头看向杨平西，给他使了个眼神，让他自己来应付他的堂妹。

杨平西板着一张脸，拿出哥哥的威仪，看着杨夕南故作严肃地教训道："喊早了。"

袁双忍不住在底下给了杨平西一脚。

杨平西绷不住，笑了，也不再逗袁双，抬头问杨夕南："你的行李呢？"

"在芦笙场呢。"

杨平西喊来大雷，让他下山去把杨夕南的行李箱扛上来。

"那我上楼看房间。"杨夕南一点儿也不客气。

杨平西看了眼袁双，轻咳一声，说："你睡后堂。"

"为什么？"

"楼上的房间是留给住客的。"

杨夕南撇了下嘴，说："我以前来都是睡大床房啊，反正你这店每天都住不满，空着也是空着。"

袁双算是听明白了，这大小姐真是来度假的。她想了下，对杨平西说："就让她睡楼上吧。"

"还是我嫂子好。"杨夕南喜笑颜开，朝杨平西做了个鬼脸。

"别瞎叫啊，不然我可不让你住了。"袁双毫无威胁性地说了句。

杨夕南仍是笑嘻嘻的。

袁双考虑到自己房间顶上那间大床房睡的是情侣，就取了另一头房间的钥匙递给杨夕南。杨夕南接过钥匙，欢欢喜喜地上了楼。

"让她在二楼标间睡就行。"杨平西对袁双说。

"她以前来都是睡大床房，让她住底下，心里肯定会有落差，反正现在房间空着，就让她住吧。"

"她住着可不挣钱。"

"不挣就不挣吧，你开旅店，家里人来了肯定是要优待的。再说了，店里不指着一间大床房入账，最重要的是多些客源，把其他房间住满。"

袁双说到这儿，余光看到杨平西一直盯着自己，她呼吸微滞，刚才那种喘不上来气的感觉又来了。她怕被杨平西看出自己的不自然，便先发制人，乜斜他一眼，说："你还戳在这儿干什么，没听明白嘛，赶紧下山开车到处转转，拉几个活人回来。"

袁双把杨平西从前台推出去，使唤他去干活儿。

杨平西正好要送客人去千户寨，就顺水推舟地出了门，临下山前还问袁双："今天有快递吗？"

"快递站还没给我发短信。"袁双说。

杨平西颔首，交代道："快递到了说一声，我带回来。"

"嗯。"

袁双目送着杨平西下山，转身要回店里时，正巧碰上了杨夕南。

"还说你不是我嫂子，你和我哥刚才多像要出门工作的丈夫和留在家里的妻子。"杨夕南说着，捏着嗓子模仿了句，"'快递到了和我说一声，我带回来'……我爸每次出门也这么和我妈说。"

袁双回味了下自己和杨平西刚才的对话，是有那么点儿意思，但她铁定是不能承认的。她清清嗓子，对杨夕南说："我和你哥就是朋友。"

"真的吗？我不信。"

"……"

"算了，你们大人的感情就是奇奇怪怪的，明明彼此有好感，又不在一起，非要做朋友。"杨南夕双手一摊，语气很是老成。

袁双被她这小大人儿的模样逗笑了，就问她："那如果你喜欢上了自己的好朋友，会怎么办？"

"告白呗，他如果也喜欢我，我们就在一起，不喜欢我，那就拜拜。"杨夕南回答得很干脆。

袁双听了杨夕南的话，心道，她果然还是个刚成年的孩子，天真率性得很。她想了下，说："爱情可能只能维持一段时间，但友情可以是一辈子，因为一时冲动，失去一个交心的朋友，有点儿可惜。"

杨夕南眉头微皱，像在思考袁双的话。很快，她点了下头，说："你说得也有道理，但是……如果你对一个人的喜欢已经超出了友情的限度，那还要强行控制自己的感情，继续和他做朋友吗？这样维持下来的友情还会让你感到快乐吗？"

袁双被问得怔住了。

"而且，我并不认为友情比爱情牢固，友情也可能只能维持一段时间，爱情也可以是一辈子。"杨夕南很有见地地说，"爱情和友情到底是脆弱还是坚固，我觉得最主要的呀还是得看这段关系里的人。"

袁双不得不承认，杨夕南的话是有道理的。

大多数人都默认友情能比爱情长久，或许这是个普遍现象，但不是验证为真的真理，这个论断是可以被证伪、推翻的。

袁双陷入沉思，想着想着就不由自主地想到了杨平西。反应过来后，她一惊，自己本来是想应付下杨夕南的，怎么说着说着反被她绕了进去，认真地思辨起友情和爱情的转换关系呢？难道她潜意识里是想和杨平西从朋友变成情侣？袁双被自己的这个念头骇了一跳，想到早上面对杨平西时失序的心跳，她脑袋嗡的一下，顿感大事不妙。

✦ ✦ ✦ ✦

8月初，袁双给耕云算了一笔账，把大雷、阿莎和万婶的工资发下去后，再扣去店里一些零零碎碎的支出，盈利情况不出所料，并不理想。她虽是拿四成分成，但金额并不大，不及她以前在酒店当大堂经理的薪资。

袁双一开始入职耕云时是打定主意三个月之后一定要走的。但这段时间以来，在寨子晨光熹微时，在仰望满天繁星时，在与店里的人嬉笑逗趣时，在和住客把酒言欢时……她几度动摇过。黎东南山水宜人，耕云有情有义，留在这里的确是舒心的，但有情不能饮水饱，她不得不考虑现实情况。尤其是现在她还要考虑自己和杨平西的关系，虽然目前他们很是投契，但这份意外结下的情谊能维持多久，她心里没底。袁双左右权衡，还是坚定了最初的立场。

苗寨每年农历六七月份都有个"吃新节"，这个节日算是苗族比较重要的一个传统节日，一般是节庆三天。节日办在农作物秀穗之际，寄寓了苗民祈祷农事丰收的美好祝愿。在这一天，寨子里的男女老少都会为了过节忙碌，小伙儿们修制芦笙，姑娘们缝制衣裙。

吃新节首日，袁双一大早起来，推开窗就看到了寨子里升起的袅袅炊烟。太阳还没露面，寨民们就已经开始进出忙活了。从高处往下看，可以看到大小道上来回走动的人，或挑着蔬菜担子，或提着水桶到"三眼泉"打水。

袁双被这种劳动的氛围感染，马上去浴室洗漱。换了条靓丽的长裙后，她用从侗寨带回来的发带把自己的长发盘起来。从房间里出来，刚到大厅，她就碰到刚从楼底下上来的杨平西，他的脸上还沾着水珠，显然刚在水池里洗了脸。

耕云的水是山里的清泉，经过一夜的沉寂，早上水龙头里流出来的水拔凉拔凉，袁双之前用着都觉得冻手，所以她现在早上洗漱用的都是热水兑过的。杨平西的小房间里没有热水器，用不上热水。

袁双看着他，轻咳一声，说："早上的水冷，店里那么多空房，你可以随便挑一间，用热水洗漱。"

杨平西抹了一把脸，挑眉笑问："心疼我？"

袁双给他一个白眼儿，不客气道："我是怕你体质不行，要是病了，店里的活儿就没人干了，影响赚钱。"

杨平西眉头一耸，闲散道："放心吧，我的体力不比'年轻人'差，体质也一样。"

袁双知道杨平西意有所指，在拿她前几天晚上说年轻人体力好的事打趣。她看他这浑不论的模样，就知道他又要拿自己开涮，她不给他机会，轻哼一声，转身走开。

袁双早上起来，例行去喂了"宝贝"，等它吃饱，就给它套上遛狗绳，准备带它出门逛寨子。

她牵着狗刚到门边，吧台里的杨平西突然出声，说："一起去。"

袁双回头："你也要逛寨子？"

"嗯。"杨平西从吧台里走出来，说，"今天吃新节，我出去看看寨子里的人有没有需要帮忙的。"

袁双寻思着大厅里安了监控，一小会儿时间没人不碍事，就站在门口等杨平西。

杨平西走到袁双身边，伸出手说："我来吧。"

袁双会意，把遛狗绳递给杨平西。交接的时候，他们的手碰到了，她的虎口过电一般微微发麻，她很快就把手抽了出来。

杨平西看了袁双一眼，眸光微深。

"宝贝"带路，杨平西和袁双就跟在它后边，它走哪条小道，他们就和哪条道上的人家打招呼。这阵子袁双常常在寨子里溜达，与很多寨民都熟了，有一些长辈会喊她"小双"，一些年幼的小孩儿会喊她"小双姐"，她好像渐渐地融入了这个寨子。

今天过节，寨子里的节日氛围很浓厚，几乎家家户户的人都穿上了苗服，忙进忙出的，或酿酒，或宰牲，或祭拜。

袁双看到有苗民在祭祀的时候把鸡血淋到黄纸上，突发奇想，觉得杨平西才应该打点儿鸡血，免得他一天到晚一副逍遥散仙的模样，无欲无求的。她脑子里浮现出了杨平西淋鸡血的样子，形象滑稽，憋不住，扑哧笑出了声。

杨平西回头看袁双，见她独自笑得开心，嘴角微扬，问："乐什么？"

"没什么。"袁双忍了忍，抬眼看到杨平西的脸时，禁不住又笑了。

杨平西看袁双这乐不可支的模样，便猜出她的笑意定与自己有关。他一哂，不再追问，由着她笑去。

袁双和杨平西跟着"宝贝"溜达到了芦笙场,杨平西解开绳子让"宝贝"在场上自由地跑动。袁双趁机在广场周边转了转,看几位婆婆坐在小凳上给苗服绣纹样。

都说苗服是"苗族服饰博物馆",衣服上的一针一线都有讲究,不同的纹样有不同的寓意,十分考究。

一位婆婆看到袁双,笑着搬来一把小凳,示意她坐下,之后又指了指手上的针线,笑呵呵地看着她,亲切地说了几句苗话。

袁双听不懂,但大致能猜出她的意思,便摆了摆手,说:"我不会。"

婆婆又指了指她身后。袁双回头,就触上了杨平西的目光。他一直在看她。

婆婆指完杨平西,又拿起手上的苗服在袁双身上比画了下,用非常生疏的普通话,说了两个字:"结……婚。"

她的话一出,其他婆婆顿时一起笑开了。她们的笑是没有恶意的,只是对小姑娘的一种友好的打趣。

袁双立刻就明白了那位婆婆的意思,她是想让她亲手给自己做一件嫁衣,好嫁给杨平西。

"我和他不是……"语言不通,徒劳解释,袁双无奈地叹一口气。

杨平西说得对,在外人眼里,他们实在不能算是清白。她不过在黎山寨待了一个月,寨子里上上下下都觉得自己是耕云的老板娘、杨平西的小媳妇,这要是再待久一点,一传十十传百,到时候怕是整个黎东南,不,以杨平西的关系网,怕是整个黎州都会误会他们的关系,届时她就是跳进黄河里也洗不清了!

杨平西让"宝贝"撒欢儿地跑了一会儿就召它回来,重新给它套上遛狗绳。他牵着狗往袁双那儿走过去。袁双看到他,估摸着时间差不多了,就起身和几位婆婆说了再见。

回去路上,仍是"宝贝"打头带路,这个点正好是饭点,袁双闻着空气里浓郁的香味,忍不住用力嗅了嗅,猜道:"糯米饭?"

"嗯。"杨平西垂眼看她,"想吃?"

袁双不由自主地咽了口口水。

杨平西轻笑,拉了下遛狗绳,说:"跟我来。"

袁双跟着杨平西绕进一条小巷,巷子尾正好有个爷爷在用木头锤子用力地捶着木臼里的糯米饭。

杨平西给了"宝贝"一个口令,让它坐下。他把遛狗绳递给袁双,自己上前和爷爷攀谈了两句，接过他手上的木头锤子，接替他的工作，用力地捶起来。

杨平西到底年轻，力气大，抡起锤子来又快又猛，不消多时，糯米饭便被捶成了黏糊糊的糍粑。袁双闻着香味，看着那米白米白的糍粑，已经能想象出它的口感了，手工打出来的糍粑一定弹牙。

爷爷揪了两团糍粑，用食品袋装好了，又装了一大份还没锤打过的糯米饭一起送给了杨平西。

杨平西走到袁双跟前，拿过她手中的遛狗绳，又把装着吃食的袋子递给她。

从巷子里出来，袁双没等回到旅店，就捧着糍粑开吃了。

杨平西低头看她咬了一口糍粑，双颊一鼓一鼓地吃得起劲，眼底露出淡淡的笑意，问："好吃吗？"

手工打的糍粑的确更有嚼头，袁双上下两排牙被粘着，只能点头回应。

他们抄了近路往上走，经过一栋二层小吊脚楼时，一个小哥正坐在门口，捧着芦笙擦拭。看到杨平西，他吹了声口哨，打了个招呼："正想着过会儿上去找你呢，没想到就碰上了。"

杨平西看到他，顿住脚，问："什么时候回来的？"

"昨天夜里，请了假，赶回来过节。"小哥说完，目光一转，落在杨平西边上的袁双身上，他意味深长地说，"之前就听说耕云有了老板娘，我还不太相信，现在是眼见为实了。可以啊，老杨，啥时候请客啊？"

袁双差点儿噎住。

杨平西侧头，抬手轻拍袁双的后背，不过才拍两下，她就躲开了。

袁双费劲地把嘴里的糍粑咽下去，缓了口气，对着那个小伙儿说："你别误会啊，我和杨平西的关系就和你跟他一样……是'铁瓷'。"

小哥闻言愣了下，一改刚才佩服的语气，啧了一声，说："老杨，你不行啊，这么漂亮一美女，怎么处成哥们儿了？"

杨平西轻呵，他也不知道怎么就处成了"铁瓷"。这不是袁双第一回义正词严地澄清她和自己的关系了，不知道是不是他之前那句"不算清白"让她介意了，还是杨夕南那几声"嫂子"让她觉得不自在了，这几天他能很明显地察觉到她在避嫌。她现在连快递都不使唤他取了。

袁双的确是有意回避杨平西，在察觉到自己对他有非分之想后，她第一时间把这种情感上的浮动归因于激素作祟，所以生理期这几天，她刻意拉开了和杨平西的距离，打算冷却下情绪。她怎么也不肯承认自己对杨平西动了心，他这么一个逍遥自在、万事不留心的江湖游侠，对待感情估计也是这样的态度，哪家姑娘摊上他，真的是倒了八辈子霉。都说男女之间谁先认真谁就输了，她要是真对杨平西上了心，那就是输上加输，全盘皆输。袁双觉得自己还能拯救一下。

告别了小哥，袁双和杨平西又往山上走。路上，他们两个都没说话。"宝贝"像是察觉到了气氛不对劲，也不跑了，老老实实地在前头走着。

袁双有一口没一口地咬着糍粑，余光时不时去瞄下杨平西，在他转过头时又迅速地别开眼去，装作若无其事地打量四周的环境。

这种蚂蚁在身上爬的感觉实在有点儿难受，袁双觉得自己手上的糍粑都不香了。她的目光四处乱转，在逮到一个背着登山包正在逛寨子的小伙子时，她就像抓住了一根稻草，二话不说，几步追了上去。

"帅哥，你好啊，一个人来玩吗？"袁双还没看到前边人的脸，就从容地打了声招呼。

生意语言，男的喊"帅哥"，女的叫"美女"，就不至于出大差错。

背包小伙儿听到人喊，停下了脚步，迟疑了下，转过身来。

袁双这才看清他的脸，阳光大男孩，是担得起"帅哥"这个称呼的。不知怎的，她现在有点儿想说男人搭讪时通常用的一个烂俗借口——这个帅哥看着眼熟，好像在哪里见过。

还没待袁双想起来，帅哥开口了，他惊喜道："袁副理！"

袁双听到他的声音，脑中的记忆之弦被拨响，蓦地就想起了眼前的人是谁。

"邹……辛？"

"是我。"

"你怎么会在藜东南？"

"你怎么会在藜东南？"

袁双和邹辛同时开口说了同样的话，话音落地，俩人静默一秒，都笑了。

杨平西还是第一次在听到袁双的笑声时皱起了眉。他扫了眼站在她对面的男人，在心里估摸，这个突然冒出来的毛头小子是哪个"赛区"的？

Chapter 10 换真心

"人能捕捉到风吗？"

邹辛在袁双之前工作的酒店入住过，袁双接待过的客人数不胜数，之所以会记得邹辛，是因为她曾送他去过医院，并陪了一晚的床。

这事并不久远，就发生在今年 6 月底——袁双提出离职前一天。认真说起来，袁双会从酒店离职，还和邹辛有点儿关系。

那天邹辛独自出短差，就住在袁双工作的酒店。当天晚上他突发急性胃肠炎，痛得不行了，就叫了客房服务。客房部的领导不在酒店，袁双正巧值班，底下的人就把电话打到了她那儿。她当即叫了救护车，把邹辛送去了医院。

邹辛到北京出差，身边没人照顾，袁双本着人道主义精神和酒店"顾客至上"的原则就留在医院，照顾了他一晚。隔天一早，邹辛的精神好多了，他就联系了北京的朋友，袁双这才功成身退。

袁双熬了一晚上，天亮了也没回公寓休息，而是立刻赶回酒店上班。刚回去，她就听说了总经理侄女"空降"的事。她为了酒店的口碑，竭力地照顾好客人，不说功劳，苦劳总是有的，但换来的就是这么个结果，当下她心里就凉透了。

现在想想，如果没有邹辛的事，袁双或许不会冲动之下辞职，她可能还是会和之前几回一样忍气吞声，粉饰太平。不过这事怪不得邹辛，他不是压死骆驼的最后一根稻草，从现在的角度往回看，她还得感谢邹辛，不然她也不会来到藜州、来到藜东南、来到耕云，她也不会认识杨平西。

邹辛生病那天晚上，整个人憔悴得不行，垂头丧脑的，今天却精神抖擞，朝气十足，难怪袁双第一眼没认出来。

袁双把邹辛带到了耕云，给他倒了一杯水，问道："你怎么会来藜东南，旅游？"

她想起那天晚上在医院他们之间短短的几句交谈，又说："我记得你是应届生，在大公司实习来着，休假？"

"不是。"邹辛接过袁双递来的杯子，回道，"原先那家公司我干了几个月，不太喜欢，实习结束就走人了。之后我又面试了一家北京的公司，已经顺利拿到 offer（录取通知）了，下个月入职，所以就趁着还是自由身出来走走。"

袁双了然。

邹辛放下包，喝了一口水，抬眼看向袁双，说："我出院后回酒店，听酒店的员工说……你离职了。"

邹辛的尾音有点儿轻，像在犹豫该不该提这件事。

袁双却很坦然，应道："嗯，不干了。"

"希望我那天没给你的工作增添太多的负担。"邹辛歉然道。

"没有的事。"袁双大方道，"就算碰着个生病的陌生人，我也不会丢下他不管的。你不用觉得抱歉，我离职和你也没什么关系，是我自己不想再干下去了。"

邹辛轻舒一口气，说："那天在医院，谢谢你了，要不是你，我一个人住院挂吊瓶，都没人帮我看药水，想想都可以列入人生至暗时刻。我出院后回到酒店，本来想当面向你道谢的，结果找不到你，那天晚上又没留你的号码，还觉得挺遗憾的。没想到离开了北京，居然能在藜东南碰上你。"

邹辛言语间透露着喜悦，他看着袁双，问："你现在……是在这家旅店工作？"

"算是吧。"袁双看到邹辛脸上露出的表情，笑了声问，"很惊讶？"

"……有点儿。"邹辛如实说，"我以为你会在北京换家酒店工作。"

"这里挺好的。"

邹辛看到袁双浮着笑意的眼睛，心头一动，便说："那我今晚就在这儿住下吧……还有房吗？"

袁双刚才还想着问下邹辛晚上住哪儿定了没，如果没有，她就自荐下耕云，现在不用她开口，他主动要入住，她当然是欢迎的。

"有，大床房、标间都有。"

"我一个人，就开一间大床房吧。"邹辛顿了下，又对袁双说，"既然你现在不在酒店工作了，那我再叫你'袁副理'不太合适……"

袁双明白了邹辛的意思，思忖了下，说："你年纪比我小，不介意的话，可以喊我一声'姐'。"

听完袁双的话，邹辛很果断地说："我介意。你不比我大几岁，叫'姐'不合适。"

一个称呼而已，袁双没想到邹辛会这么较真儿。她抿了下唇，又说："不然就直接喊我的名字——袁双。"

"行，那我就这么叫你了……袁双。"邹辛很自然地喊出了袁双的名字。

192

……………

杨平西在吧台里擦拭杯子,时不时抬头看一眼在大厅里相谈甚欢的两人。他们相对而坐,谈话声断断续续地传过来,都是些无聊的寒暄。直到听到邹辛喊了袁双的名字,他把手中的杯子放下,盯着袁双看她的反应。

她笑着点了下头。杨平西眉头轻皱。

偏偏杨夕南这时候还不怕死地凑上来,故意说:"哥,你知道网上有句话怎么说吗?'年下不喊姐,心思有点野'……那个小哥哥指定对双双姐有意思。"

杨平西识人很准,当然看得出来。他只是没想到,会有别的赛区的人跑到藜州来,还恰好碰上了。

袁双带着邹辛去前台办理入住手续,又让大雷把客人带上楼。

临上楼前,邹辛问袁双:"上午你有空吗?我想逛下寨子,你在这里待了一段时间,肯定比我熟,方便的话,我想让你带我走走。"

"行啊。"袁双想着自己和邹辛算是有缘,他这个请求也不过分,就干脆利落地答应了。

"那我先上楼把包放下。"

"好,我在底下等你。"

袁双笑着回应邹辛,目送他上了楼才回头。这一转头,她就看到了杨平西,他正瞧着自己,眼神意味不明。她心头莫名一颤,虚张声势地瞪着他,说:"你这样看着我干吗?"

"给人当免费的导游?"杨平西挑眉说。

"这不是和杨老板你学的吗?"

杨平西嚄了下,说:"让大雷带他逛就行了。"

"今天上午会有人退房,还有几个订了床位的客人要来,到时候肯定需要人帮忙提行李,你一个人应付不来,大雷留下帮你。"

袁双说得有理有据,杨平西也没法反驳。他瞟了眼站在一边竖着耳朵偷听的杨夕南,嘴角微勾,说:"正好,杨夕南要出门拍照,你带她一起去。"

正在看戏的杨夕南:"啊?"

袁双扭头,看向杨夕南,问:"你要出去?"

杨夕南瞄了眼自家堂哥,小鸡啄米般快速点头,说:"上午光线好,适合拍照。"

"你不是连着拍了好几天的寨子了,还没拍够啊?"袁双问。

杨夕南随机应变,回道:"今天是吃新节,寨子里会有很多民俗活动,都是新的素材，没拍过。"

袁双觉得有理，颔首说："行，那就一起出门逛逛。"

他们这头说完，邹辛正好下来，在得知杨夕南会跟着袁双一起外出时，他的情绪稍显不悦，但是没有显露出来。

袁双把店里的事和杨平西交代了一下。临出门前，杨夕南殿后，朝她哥挤了挤眼睛，用唇语说："包在我身上。"

杨平西哂笑，心道，果然养兵千日用兵一时，以前他是没白疼这个大小姐。

✦ ✦ ✦ ✦

吃新节期间，寨子比平日里热闹。首先，人就肉眼可见地多了，很多外出打工的年轻人、寄宿在校的学生都回来过节，每栋吊脚楼里都有欢声笑语传出来。芦笙场上还有歌舞表演，寨民们身着盛装在场上飞歌斗趣，随着芦笙舞曲翩然起舞。

袁双带着邹辛在寨子里四处转了转。她也是头一回在苗寨里过节，亦觉新鲜。途中，邹辛有几回要和袁双攀谈，都被杨夕南打断，她说是出来拍照的，却总缠着袁双说话。

看到寨子里有人吹芦笙曲，杨夕南就说她哥也会吹芦笙，过苗年的时候，寨子里的人还会邀他一起表演；听到有人唱苗家民谣，她就说她哥唱歌很好听，寨子里总有姑娘想约他去山里对唱情歌；看到有人在酿酒，她就说她哥也会，米酒、啤酒、果酒……就没有他不会酿的酒。杨平西虽然没有跟来，但他全程参与了。

邹辛一开始还不知道杨夕南这个多才多艺的哥哥是谁，直到他们逛完寨子回到耕云，杨夕南冲着旅店老板喊了声"哥"，他才恍然。

耕云也过吃新节。一上午，万婶都在厨房里忙活，杨平西也下厨帮着做了几道菜，加上寨子里的寨民做好了送到店里的菜肴，两张长桌拼着都不够放，杨平西就让大雷又拼了一张桌子。

这么多菜，店里的几个人自然是吃不完的。杨平西就和袁双商量了下，请住在旅店的所有客人一起用餐，热热闹闹地过节。

最近几天，耕云的床位房基本都有人住，除去白天去古桥景区游玩的住客，三张桌子坐得满满当当的。

邹辛落座后特意在身边留了个空位，等袁双分完碗筷，朝她招了招手，说："袁双，你坐这儿。"

袁双想，邹辛一个人出门，也没个人陪着说话，抬脚就想绕到桌对面去，步子还没迈出去,就被杨平西按住了。

"就坐这儿。"杨平西一手搭在袁双肩上,把她按坐下来,自己也随后落座。

袁双抖落他的手:"我坐对面招待客人。"

"坐这儿一样招待。"

"招待你啊?"

杨平西牵了下嘴角,看着袁双,轻声说:"你不坐我边上,一会儿有人来敬酒,没人帮我挡。"

"喝酒耽误事。"他说。

袁双下意识张了嘴就要反驳,但又觉得杨平西得有道理,店里下午指不定要接送客人,他要是喝了酒开不了车,的确误事——耽误挣钱。她抿了下唇,到底老实坐着了。

邹辛看到袁双不坐过来,表情略微失望,随后又看见她和杨平西举止默契,一个递碗,一个添饭,目光不由得转为审视。

这顿午宴其乐融融,很多人虽然彼此素不相识,但几杯酒下去就能聊热乎了。有些会来事的住客还学着苗家的节日习俗,对唱几句民谣情歌,比画两下舞蹈动作应景。饭桌上,你来我往,说说笑笑,好不欢乐!

一顿饭吃了近一个小时,所有人酒足饭饱,临下桌前有个住客提了一杯,说是代表所有的客人向老板和老板娘致谢,感谢款待。

袁双一听,立刻摆手解释:"误会啦,我不是老板娘,这顿饭要谢就谢杨老板,是他请的客。"

那位住客一愣,说:"我看你们坐一块儿一起招待客人,袁小姐,你还帮杨老板挡酒,还以为你们是一对儿呢。"

"是啊,你们看着登对得很。"有人附和道。

袁双摇头:"我就是店里帮忙的。"

"所以,袁双,你和杨老板是……"问话的是邹辛。

袁双觑了眼杨平西,咳了下说:"'双人歌唱组合',知道吧?我和杨老板就是他们那样的关系。"

一句话,邹辛的眼睛亮了,杨平西的表情变了。

袁双这么说了,饭桌上也就没人再拿她和杨平西打趣了。

午后黎山寨的芦笙场有表演。吃完饭,杨平西喊大雷带着住客们下去观看,他则留在店里收拾桌子。三张大桌,一个人收拾起来费劲,袁双很自觉,婉拒了邹辛的邀约,帮着一起收拾。

"这几天我在平台上分享耕云的日常，反响还可以。"袁双收着碗筷，开口说。

"……"

"有几个网友发私信给我说想过来玩，我让他们在网上预订了房间。"

"……"

"他们下午就会到，你到时候去接一下。"

"好。"

袁双说了几句话，就得到一个"好"字，不由得蹙眉，转头看向杨平西。他头也不抬，专心擦桌子，好像在干什么细致的活儿。她直觉他和平时不太一样，身上那股子散漫劲儿没了，整个人气压低沉。

"杨平西。"

"嗯。"

袁双走过去，抬手就想去摸一下杨平西的额头："你是不是早上洗冷水，病——"

袁双的手还没挨近杨平西的额头就被他捏住了。

杨平西抓着袁双的手，直起腰，垂下眼看着她，似笑非笑地说："说话就说话，别动手动脚。要是被人看见，该误会了。你说是不是——"杨平西了无意味地呵笑一声，"'搭档'？"

袁双："……"

◆　　◆　　◆　　◆

大雷觉得最近两天自家老板和他命中注定的老板娘有点儿奇怪，虽然他们照常说话，照常互动，照常坐在一起吃饭，但他就是觉得说不出来的奇怪。后来还是阿莎点醒了他，说他们是在较劲、赌气。

大雷觉得这一切都是因为邹辛这个不速之客，他已经在耕云住了三天，现在还要续房。

"古桥景区和黎山寨，你都逛过了吧，怎么还不走？"大雷问来前台续房的邹辛。

"这里空气好，景色美，我反正也不赶时间，就多住一段时间。"邹辛说。

"只是因为空气好、景色美？"大雷阴阳怪气地来了句，"你是因为双姐吧？"

"也的确是因为她。"邹辛很爽快地承认道。

大雷心头一梗，忍不住说："我告诉你啊，双姐是我们店的老板娘，你少打她的主意。"

"袁双说她不是。"

大雷昂起头，斗鸡般说："准的，早晚都是。"

邹辛品出了大雷话里话外的意思，不由得问一句："你不欢迎我？"

"我当然——"

"大雷。"

杨平西从店外回来就听到了邹辛和大雷的最后两句对话，他朝大雷递了个眼神，很淡，但很有威慑力。

大雷立刻就偃旗息鼓了，嘟囔似的说："……欢迎你。"

杨平西这才收回目光，绕到吧台里给自己倒了一杯水。解了渴，他见"宝贝"恹恹地躺在大厅里，就走过去，伸手摸了摸它。

藜东南进入盛夏，这两天气温高，阿拉斯加是雪橇犬，本来就喜寒惧热，天气一热，"宝贝"就不太精神。

午后日光强烈，山林里却无风。杨平西找来一台电风扇，开了后对着"宝贝"吹，虽然空气燠热，风也是热乎的，但聊胜于无。

"我也养狗，一只拉布拉多，和'宝贝'差不多大。"

杨平西听到说话声，回头看是邹辛，随口道一句："你怎么知道'宝贝'多大？"

"袁双说的。"

杨平西颔首，表情淡淡的。他在一旁的椅子上坐下。邹辛迟疑了下，跟了过去，坐在他对面。

"杨老板。"邹辛喊了声。

杨平西把视线从"宝贝"身上挪开，看向邹辛。

"你对袁双……是什么想法？"邹辛单刀直入，近于挑衅。

杨平西没被邹辛这么直白的问题唬到，他面色不改，用不经心的语气说："想把她留在耕云。"

"留多久？"

杨平西垂下眼睑："她愿意留多久就留多久。"

"袁双是个很有能力的人，我想，她更适合广阔的天地。"邹辛顿了下，接着开口说，"你的旅店很有意思，但是这里对她来说……太小了。"

杨平西的目光掠过邹辛的脸："你很了解她？"

"还在了解中，但是我知道，她是个很有野心的人。"

杨平西没否认："嗯。"

邹辛盯着杨平西的脸，却没发现任何变化，他还是那么自在、散漫，好像不会为任何事挂心。

"她很有可能不会留下来，你不担心？"邹辛追问。

杨平西极轻地笑了声，说："我想留下袁双和她想走并不冲突，我是我，她是她，她可以替自己做任何决定。"

"所以就算她要走，你也不会拦？"

杨平西这回回答的节奏慢了一拍，但还是应了声："嗯。"

邹辛听到杨平西的回答却并不自觉地松了一口气，他意识到杨平西身上那种浑然天成的洒脱和从容越发突显自己的青涩和局促。

"我之后会在北京工作，所以希望袁双也能回去。"邹辛看着杨平西，像为自己的话找个立脚点，接着说道，"她属于那里。"

杨平西的表情这才有了轻微的变化，他掀起眼皮，明明看人的眼神里没什么情绪，却无端给人一种无形的压迫感。

"她属于哪里，她自己说了算。"他说。

◆ ◆ ◆ ◆

袁双打从睡过一次午觉就养成了习惯，每天吃完午饭不眯一会儿，一整个下午都会没精神。耕云的杂事虽然多，但每天午后杨平西都会自觉上岗，在店里安生地待着，她也就能安心地睡个午觉。

一觉醒来，袁双精神了。她起床洗了把脸，回到房间里拿起手机想看消息时，突然发现 Wi-Fi 没了。

她出门，刚好碰到大雷，就问："网络怎么连不上了？"

大雷解释道："中午路由器出了点儿小故障，杨哥重置了下，把密码改了。"

"现在的密码是什么？"袁双拿着手机，准备输入。

大雷说出了一串数字。

袁双输入密码，连接成功，但她没有第一时间去看消息，而是问："这个密码有什么寓意？"

"杨哥设置的，我也不清楚。"大雷说，"我看这串数字的排列顺序像日期。"

袁双自然也看得出来了，杨平西的确很爱用日期来做密码，他的手机解锁密码是耕云开业那天的日期，手机支付密码是他做自由行第一次载客那天的日期，银行卡密码是他登上慕士塔格雪山峰顶那天的日期。袁双知道杨平西很多的密码，但他新设置的这个网络密码超纲了，不在她所掌握的范围。

"……0629。"袁双蹙着眉，反复念着这串数字，企图从中觉出一丝线索。

今年6月份，杨平西做了什么？

袁双和杨平西就是在6月底认识的，那几天他们基本上都在一起。她的脑海中像过电影一般开始回放，他送她去大瀑布玩、陪她在侗寨过夜、接她来黎东南……她脑中电光一闪，突然福至心灵。

0629，6月29日那天是她来耕云的日子！

袁双怔了片刻，随即嘴角忍不住地上扬，她抿了下唇，把笑意压下去，但眉眼兀自灿烂。

"又是小把戏。"她低谙一句。

就在这当口，杨平西抱着一个大西瓜从外边回来。袁双见着他，立刻收敛外露的情绪，轻咳一声，问："哪儿来的西瓜？"

"赵叔送的。"杨平西把瓜放在桌上，说，"井水里湃过的，吃吗？"

今天天气热，吃西瓜再合适不过了。袁双也馋了，就点了点头。

杨平西去厨房拿了水果刀上来，利落地把西瓜切分成块，挑了最中间最大块的递给袁双。

袁双捧着西瓜咬了一口，余光看到邹辛从楼上下来，就喊他过来一起吃瓜。

杨平西见袁双嘴角粘着一颗西瓜籽，下意识抬手就想帮她取下来。听她喊邹辛，他手上动作一顿，最后只是指了指她的嘴角。

袁双清楚地看到了杨平西一开始的动作，她抬手擦了下嘴角，垂下眼，状若无意地问："怎么想起改密码了？"

"什么密码？"

"Wi-Fi密码。"

"改了吗？"杨平西似是不知情，说，"我不知道。"

袁双愣住："大雷说你中午重置了路由器。"

"是重置了下，密码是大雷设置的。"杨平西的目光落在袁双脸上，他观察着她的表情，问，"新密码是什么？"

"……就一串数字，我不记得了，你去问大雷。"

杨平西紧盯着袁双，又问："密码不是我改的，你很失望？"

"我没有。"袁双立刻否认，她绷着脸，生硬道，"不就是一个密码，谁改的都一样，有什么失望不失望的。"

杨平西缄默，看着袁双的眸光渐深。

袁双心里空落落的，各种情绪交杂。她自觉再不能在杨平西的视线下待着了,便拿了桌上的一块西瓜,说:"我去给孙婆婆送块瓜。"

到了店门口,袁双正巧碰上大雷,她虽能猜出他的用意,无非是想撮合自己和杨平西,用意不算坏,这会儿却让她恼火。

"大雷,今天晚上只准你吃一碗白米饭!"袁双磨着牙说。

大雷咬着冰棍儿,顿时哭丧着脸,不明白自己不过是开了个小差吃了根冰棍儿,怎么就要受这么大的惩罚。

下山路上,袁双又是恼又是羞,恼自己明明已经想好要和杨平西做"凤凰传奇",却还是忍不住会被小把戏取悦,然而这个小把戏还不是他耍的,她自作多情,简直丢人。

下了山,袁双就去了孙婆婆家。自打之前偶然看到孙婆婆一个人吃米饭拌榨菜后,她就时常请她老人家去耕云吃饭。有时候孙婆婆不好意思,推拒不去,袁双就从店里打包一些饭菜送下来。

孙婆婆的子女都在外地打工,平时鲜少回来。她一个独居老人,住在偌大的吊脚楼里,没人作陪,实在是可怜。这阵子袁双只要有时间就会去孙婆婆的家里陪她坐坐,虽然语言不通,但这并不妨碍她们相处得愉快。

午后太阳大,孙婆婆没有下地干活儿,就坐在吊脚楼前的门廊上做针线活儿。老人家视力不好,袁双搬了把小木凳坐在她边上,帮她穿针引线。

上了年纪的老人身上似乎带着经过岁月沉淀之后的某种力量,温柔又强大,只要待在他们身边,人的心境就会莫名地平和起来。

袁双在孙婆婆身边坐了会儿,混乱的心情就平复了。她开始冷静地复盘自己刚才的情绪,从窃喜到失落再到窘迫甚至是恼怒,这一系列的转变全都是因为一个人。生理期已经结束,她的情绪还是会轻易地被杨平西影响。自从她有意避嫌,杨平西似乎察觉到了她的意图,默契地主动配合她,拉开了他们之间的距离。他不再和她开些浑不论的玩笑,也不再耍些小把戏了,举止更是有礼有节起来。明明一开始就是她主动降温的,但他知进退后,她反倒没有很高兴。

在时间的催化下,芜杂的思绪渐渐地沉了底,露出了澄明的心。

袁双想,或许自己早已跨过了那条界线,只是每次和杨平西相处的愉悦都被她归结为朋友间灵魂的共鸣,所以她一直没有发觉。那杨平西呢?杨平西很招姑娘喜欢,这一点袁双刚认识他的时候就知道了。在旅店里,经常有小姑娘找他聊天,但他很有分寸,从来都是客客气气的,也不会和她们开男女间的玩笑。他只撩拨她一个人。虽如此,袁双却并不觉得杨平西属意自己,他那些撩拨人的话也许只是玩笑话,毕竟他一开始就是因为无意中听到了李珂的话才调侃她,之后便时时拿她打趣。他调侃,她回撑,他们此前就这样相处得很默契,现在突然失衡,不过是因为她心里不再那么坦荡了。

袁双不是没谈过感情,但之前谈恋爱都是对方主动,她觉得合适就试试,不合适了就分开。在感情里,她一直是游刃有余的,以前因为学习、工作,她基本上没多少心思分给前男友们,后来分开也不觉多难过。这还是袁双第一回陷入被动,而且天杀的,对象居然是杨平西。

杨平西向来无拘无束、无欲无求,如风一样自由,袁双很难想象他会为谁停留。她痛恶他这样的本性,可如果他不是这样的人,她又怎么会为之着迷?

"人能捕捉到风吗?"袁双喃喃问。

孙婆婆听到她的话,只是抬起头,微微一笑。

✦ ✦ ✦ ✦

黎山寨午后的时光悠长,袁双陪孙婆婆坐了大半个小时,等一片云彩遮住了太阳,她才起身道别。

袁双打算到芦笙场转转,看看有没有游客。才到场上,她就碰上了杨夕南。这小丫头说是来旅店帮忙的,却天天背着单反跑上跑下,此时也不知道她是遇着了什么事,整个人兴冲冲地往上跑。

"Nancy,"袁双喊,"你去哪儿啊?"

杨夕南听到有人喊,当即刹住,回过头看到袁双,兴冲冲地跑向她:"双双姐,我们去河谷玩,怎么样?"

"河谷?"

杨夕南站定,说:"我刚才听镇上的人说,今天好多人去附近的河谷玩,可有意思了。"

袁双仰头望了望天,太阳从云后出来了,酷烈的阳光重新洒向了大地。

"大热天的,去户外活动?"

"就是天热才去河谷纳凉的呀。"杨夕南凑近,挽上袁双的手,撒娇道,"双双姐,你就陪我去吧,我想去拍照。"

杨夕南眨巴着眼睛。袁双心软,见她着实想去河谷,自己要是不陪着,万一她一个人跑去了,更让人不放心。

"我陪你去可以,但是先说好了,不能待太久。"

杨夕南立刻喜笑颜开,从包里拿出手机说:"那我打电话叫我哥下来。"

袁双拦住她:"叫你哥干吗?"

"不叫他,谁送我们过去?"

袁双想到杨平西就一阵心慌，她暂时不想面对他，思忖了一下就说："你哥要留店里忙活，别喊他，我们和寨子里的人借一辆小电动车骑过去就行。"

杨夕南一心想着要去河谷，此时自然是袁双说什么她就答应什么，也顾不上给自家堂哥制造机会。

杨夕南想去的河谷就在黎山镇周边不远处。袁双找寨民借了一辆电量满格的小电动车，载上杨夕南，二人就出发了。

河谷地势相对较高，出了小镇，小电动车往深山里晃晃悠悠地爬了二十分钟的坡才到地方。

河谷在山沟沟里，两岸都是高山，河滩地势低且开阔，一条小溪流从河谷中间缓缓淌过。

袁双和杨夕南到时，河滩上都是人，男女老少都有。他们衣着清凉，像把河谷当成了海边，沙滩裤、比基尼、太阳镜，全然一副海边度假的打扮。袁双也不知道这些人都是从哪儿得到消息的，一径扎堆儿来这儿玩。

袁双才把车停好，杨夕南就跳下了车，把头盔一摘，找着条小道就打着出溜往河滩底下去。

"慢点儿。"袁双提醒道。

她摘下车钥匙，走到河谷边上往河滩上扫了一眼。好家伙，干什么的都有——烧烤的、野炊的、滋水枪的，溪涧里有人摆了桌子在搓麻将，岸边上还有人负责放音乐。袁双顿时感受到时代发展了，人民富足了，生活多姿多彩了。她从岸上下去，到了河滩上，四下走动着，体验了一把休闲度假的感觉。

河滩上有年轻人在蹦迪，袁双走过去凑了凑热闹。她和一个姐妹交谈了下，才知道他们都是看网上有人发河谷这边的视频，觉得有意思，就趁着周末和好朋友一起开车来玩。有人宣传，又恰逢假日，来玩的人自然就越来越多。

袁双之后，又来了好些人。她在河滩上漫步，没少被搭讪，要是以前，加个好友也并无不可，但她今天没心情，就全都婉拒了。

天热，河谷里虽然比山下凉爽不少，但太阳照着的地方也晒。袁双在河滩上逛了会儿就意兴阑珊了，她找了个阴凉处猫着，拿出手机筛选今天要发到网络平台上的耕云的素材。

又过了半小时，袁双的手机电量所剩无几，她估摸着时间差不多了，就起身走向正在拍别人打麻将的杨夕南，说："出来快俩小时了，我们回去吧。"

杨夕南还不舍得离开，就说："再待一会儿吧。"

"你忘了出发前是怎么答应我的了？"

"时间还早呢。"

"不早了,回去都快五点了。"

杨夕南撇了下嘴,又央求道:"那让我再拍一组照片……就一组。"

袁双见杨夕南可怜巴巴的,轻叹一口气,说:"十分钟。"

她见杨夕南张嘴想讨价还价,直接开口堵住她的话:"计时开始。"

"好吧。"杨夕南嘟着嘴拍照去了。

带小孩儿也不轻松。袁双摇了摇头,转身往岸上走,打算坐在小电动车上等杨夕南。才走到一半,她忽然感觉到脚底下的地面在震动。那种震感不是表面的,是一种来自深层的颤动,仔细去听,还能听到隆隆的声响。

袁双面色一变,立刻转身跑向杨夕南,拉上她的手,同时朝周边的人喊:"都往高处跑!"

◆　◆　◆　◆

杨平西再一次回到旅店时还是没看到袁双,就问阿莎:"袁双还没回来?"

阿莎点头。

杨平西轻皱眉头。袁双虽然常常下山去拉客,但很少一下午都不着店。他刚才下山,特地绕去了孙婆婆家,也没看到她。杨平西看了眼时间,拿出手机给袁双打了个电话,无人接听。

这时候大雷急匆匆地从外面跑进来,边跑边喊:"杨哥,杨哥。"

进了店,大雷只短短地喘了一口气,就说:"我刚才听寨子里的人说,镇子附近的河谷发生了山洪,挺严重的。我们要不要给店里的客人都打个电话,确认下有没有人去了河谷?"

万婶刚从楼上打扫完卫生下楼,听到大雷说"河谷""山洪",表情霎时大变,高呼一声:"糟了。"

杨平西看过去,万婶焦急地说:"小双和夕南下午去了河谷。"

杨平西神色一凛,追问:"袁双说的?"

万婶点头:"半小时前,我给小双发消息,让她回来喝绿豆汤。她说和夕南在河谷玩,没那么快回来。"

杨平西心一沉,立刻给杨夕南打电话,也是无人接听。

两个人的电话都打不通,他不敢往深了想,拿上车钥匙就往外走。

大雷跟上去说:"哥,我跟你一起去。"

"你留下,给店里的客人打电话。"杨平西沉声说。

"杨老板,我跟你去找袁双。"

杨平西回头,见是邹辛,想着多个人多份力量,就点了头。

一路上,杨平西猛踩油门,把车当飞机开。出了小镇,他看到武警官兵的车开往河谷,心更是沉甸甸的。

河谷下游能看到汹涌的洪水正往下奔腾。上游地段歪七扭八地停着很多辆车,杨平西的车开不进去。他当机立断,直接把车停在路边,和邹辛下了车,分头找人。

滚滚的洪水把河滩淹没,山洪暴发地那段河谷两岸乱成一团,很多衣着狼狈的人抱头哭泣。杨平西听到边上人说有人被冲走了,心脏更是重重地一坠。

"袁双,袁双。"

人头无序地攒动着,杨平西的目光在混乱的人群中搜寻。他一声声喊着,一张脸一张脸地确认,一颗心无止境地往下沉。

"杨平西,杨平西!"

杨平西以为自己幻听了,倏地回头,一眼就看到了自己寻寻觅觅的那个人。

下午,袁双在察觉到地面有震感时立刻就想起了以前酒店在野外团建时向导提到过的山洪。她有所预感,这才在山洪暴发前一刻拉着杨夕南往高处跑,有惊无险地躲过了这一劫。

山洪暴发后,河谷两岸陷入了混乱和恐慌。杨夕南年纪小,被吓得不轻,上岸后像有了应激反应,手脚都动弹不了。袁双一直陪在她身边,安抚、宽慰她,直到听到杨平西的声音。

袁双在一道小坡上,杨平西见到她,立刻快步走过去,到了跟前,迅速上下打量她。

"我没事。"袁双又指了指身后坐着的杨夕南,说,"夕南也没事。"

"怎么没接电话?"杨平西问。

"我的手机没电关机了,夕南的手机跑丢了。"袁双解释道。

杨平西在知道袁双和杨夕南在河谷时惊出了一身的冷汗,此时看到她们俩全须全尾的,吊了一路的心才勉强落了地。他往袁双身后走,在杨夕南身前蹲下。

杨夕南看到杨平西,似乎有了安全感,哇的一声哭了出来,一边哽咽一边说:"哥,对不起,我不该带双双姐来河谷的。"

事情已经发生了,责怪也无益。杨平西抬手摸了下杨夕南的脑袋,问:"还能走吗?"

杨夕南打着哭嗝,惨兮兮地回道:"我……腿软。"

杨平西转过身，背上杨夕南，带着袁双走到车边。他把她们俩安置好后，又去把邹辛找回来。

"会开车吗？"杨平西问邹辛。

邹辛点头。

杨平西把车钥匙递给邹辛，说："你先送她们回旅店。"

袁双眉头一皱，立刻扒着车窗问："你呢？"

杨平西垂首："我留下来，看看有没有需要帮忙的地方。"

"你……"袁双想说"武警都到了"，但嘴巴一张又合上了。她想了下，低头从随身带的小包里拿出一把钥匙递给杨平西，说："大刘叔的车。"

杨平西了然，伸手接过车钥匙。

邹辛坐上驾驶座，把车掉了个头。

袁双看着站在车外的人，忍不住喊了一声："杨平西。"

杨平西看向她。

"小心点儿。"

杨平西朝她极轻地笑了下，"好。"

◆　◆　◆　◆

邹辛送袁双和杨夕南回到了黎山镇。大雷他们就等在山脚下，看到她们平安归来，总算是松了一口气。

回到旅店，袁双洗了澡就去了杨夕南房间，安抚了她一番，陪着她直到夜深了睡着后才下楼。

杨平西还没回来，袁双放心不下，就一直坐在大厅里等着。

这次山洪造成的损失不小，还有人员失踪，杨平西自发地参与搜救行动，组织疏散人群，为从外地前来支援的武警官兵提供帮助。一直忙到深夜，他才骑着袁双留下的小电动车回到黎山镇。他上山回到旅店，大厅里静悄悄的，只有一个身影趴在桌上，看着像睡着了。

大雷还在前台，看到杨平西就压低声音说："双姐一直在等你呢。我喊她回房休息，她就是不肯。"

"她有伤着吗？"

"万婶检查了下，没受伤。"

杨平西放心了，让大雷回家休息。他把旅店门关上，放轻脚步走到袁双边上。她睡得正熟，他思忖了下，去储物间取了一条薄毯，盖在她身上。

忙活了大半天，杨平西出汗出了几轮。他怕自己熏着她，没在她身旁久站，下楼拿了衣服就去后堂的标间里冲澡。

杨平西洗好澡出来,袁双已经醒了,看到他,道一声:"回来了啊。"

"嗯。"杨平西见她脸上还有未散尽的倦意,便说,"累了就回房间睡。"

袁双看到杨平西往吧台里走,从酒柜里拿了一瓶酒,诧异问:"你要喝酒?"

"渴了。"杨平西说。

袁双觉得他心里有事,思忖了下便说:"给我也拿一瓶。"

杨平西抬眼看过去,袁双说:"压压惊。"

杨平西颔首,就又从酒柜里拿下一瓶酒。他起开盖子,走过去递了一瓶给袁双,自己拿着一瓶坐在美人靠上,一手搭在栏杆上,兀自喝了一口。

袁双起身,走到杨平西身旁坐下,举起瓶子朝他示意了下。

杨平西余光看到,随意地和她碰了下瓶。

袁双喝了一口酒,忽而笑了下,说:"虎哥说你的酒量不太行。"

杨平西轻呵一声,说:"和他比的确不算好。"

"你喝醉了会耍酒疯吗?"

杨平西问:"虎哥没告诉你?"

"在风雨桥上睡觉?"

"嗯。"杨平西仰头喝了一口酒,散漫道,"差不多就那样。"

一喝醉就喜欢幕天席地地睡觉,杨平西果然很有行吟者的风范,放荡不羁爱自由。袁双瞥了杨平西一眼,他独饮着,目光微微下垂,望着夜色中灯火零星的寨子,整个人莫名地有一种落拓之态。

下午经历生死一刻的瞬间,袁双的脑子里闪过了杨平西的脸。她当时就想,如果能活着回来,他这阵风,她怎么也会试着抓一抓。但此时看着他,她露了怯。自由、孤独似乎才是他原本的样子。他们之间友谊的小船已经失衡,这时候她要是莽撞地往他身边靠过去,这条船大概率会翻。她不敢赌。

似是察觉到了袁双的目光,杨平西转过头来,目光极淡,却又让人为之一颤。

袁双别开眼,仰头猛地灌了一口酒,过了会儿才开口说:"夕南没受什么伤,就是有点儿被吓着了,现在已经睡了。"

"嗯。"杨平西盯着她,"你呢?"

"我没事啊。"袁双的表情还很开朗,她甚至动了动手脚,展示给杨平西看,"跑得快,一根汗毛都没少。"

"被吓着了吗?"

"还行。"袁双笑笑,"已经缓过来了。"

杨平西看着她笑,却觉心口块垒难消。今天他的心算是天上地下走了一遭,就是这会儿看着袁双,想到下午的事,他还觉得后怕。幸好是虚惊一场。

一直以来,杨平西都觉得自己是个心态非常平和的人,万事于他不过如云卷云舒,但自从遇到袁双,他的情绪常常会被她牵动。相识之初,袁双就对他有一种莫名的吸引力,那还是第一次有搭车的客人帮他拉生意赚钱,他当时就觉得这姑娘有意思。杨平西承认自己一开始就对袁双很好奇,所以后来才会邀她来藜东南,把她留在耕云。事实证明,他们的确很投契。他欣赏她,这是毋庸置疑的。他有很多的至交,起初他以为袁双和他们一样,后来才发现她和他们不太一样。他可以坦然地接受和虎哥他们聚散有时,但想到袁双有一天会离开耕云,他就难以忍受。尤其是今天下午,在听到有人被山洪冲走那一刻,想到袁双有可能已经出事,他脑子里就一片空白。这种失控的感觉是此前从未有过的。

杨平西不是今天才察觉,但是现在才确信,他对袁双的欣赏并不只是知己之情,那些玩笑话里不知不觉掺进了他的真情。

杨平西仰头把一瓶酒喝尽,突然开口说道:"密码是我改的。"

"什么?"袁双回头。

"Wi-Fi 密码。"

袁双的心脏骤停一拍,随后又加速地跳动起来。她不明白杨平西为什么这时候提起这件事,或许她明白,只是不敢相信。

"好好的……改什么密码?"袁双的嗓子发紧。

"动物行为。"杨平西顿了下,"示爱?"

袁双咬了下唇:"又来。"

狼来了。

杨平西自嘲地想,他这是自食恶果。他想告诉她这一回是真的,难道之前的都是假的吗?不,不是。一开始,他和袁双说些玩笑话,的确是拿她打趣,想看她咋呼的反应。到了后来,话里有几分玩笑几分真心,他自己也分不清了。可袁双似乎全当成了玩笑,他可谓作茧自缚。杨平西无法说清自己是何时动了心。相识之初,袁双对他来说就是不一样的,和她相处的每一个瞬间都可以是从"不一样"到"独一无二"的节点。但现在,此时此刻,他可以确定,自己有十分的真心。

"袁双,你不是说我做的是人心的生意吗?"

袁双抬眼看到杨平西凑近,心头一窒,像被下了定身咒般动弹不得。

杨平西的脸就停在离袁双不过一拃的距离,他垂下眼睑,看着她问:"你要不要和我做一笔交易?拿真心换真心。"

杨平西的话一字不落地砸进袁双的心里。他看着她的眼睛像幽潭,清澈又深邃,让人不由自主地想沉沦。

袁双屏着呼吸,轻声问:"杨平西,才一瓶,你就醉了?"

杨平西说:"没有。"

"那你开这种玩笑……"袁双说得很勉强。

杨平西郑重道:"我是认真的。"

袁双心头莫名一梗,然后说:"杨平西,我会当真的。"

杨平西看着她倏地湿润的眼睛,心头一动,顿觉天翻地覆。他往前又凑近了一分,额头抵上袁双的,低声说:"你当真一回试试。"

袁双的心里像遭遇了一场山洪,溃不成堤。她想,既然风往她这儿吹,她就不妨放手赌一场。

◆　◆　◆　◆

一轮明月从云后露出来,月光斜照进耕云的大厅里,将一双紧紧相拥的人影投在地面上。

袁双觉得杨平西的胳膊像铁铸的一样,搂得自己透不过气来,或许不是他抱得太紧的缘故,是他肺活量太大了,吻得她缺氧。他们之间说不清到底是谁主动的,反正两人回过神来就亲在了一起。

两人正忘情之际,大厅里忽地响起一声动静,袁双立刻从旖旎中清醒,抬手轻推了下杨平西,埋头躲进了他怀里。

等了会儿,没再听到声音,袁双悄悄探头,越过杨平西肩头往厅里看,一个人影都没有。

"是'宝贝'。"杨平西在袁双耳边哑声说。他在她颈边蹭了下,头一转又想亲上去。

袁双的心还在剧烈地跳动着,她躲了下,杨平西的吻就落在她脸颊上。她被他的呼吸烫得一痒,半羞半恼地说:"万一一会儿有人来大厅,耕云的清誉就毁了。"

杨平西闷声失笑:"那就换个地方。"他说完,不待袁双回答,直接将她拦腰横抱起来。

袁双一惊,下意识地伸出双手搂住杨平西的脖子。

杨平西抱着袁双就要去她的房间,一道门都还没进去,袁双就出声阻止他:"我的房间不行,楼上有人。"

杨平西又要抱着她下楼去自己的房间。袁双又急忙说:"楼下也不行,你隔壁一屋子的人!"

杨平西垂眼:"你说,去哪儿?"

袁双看了杨平西一眼,靠在他的肩膀上,难为情似的,飞快地抬手指了下后堂。

杨平西唇角微勾,抱着袁双就从小门去了后堂。他刚才在后堂尽头的标间洗澡,洗完后没锁门,正好直接进去。进了房间,他摸黑把袁双放在床上,抬手按亮了床头灯。

袁双眼一眯,看人的眼神蒙蒙眬眬的,还带着未散去的情意。杨平西只看了一眼,就忍不住低下头去咬她的唇。

"欸——"袁双挡了下。

杨平西快速说:"底下没人,楼上没人,左右也没人。"

"不是这个问题。"

"那是什么问题?"

"门没关。"

"……"

杨平西呼出一口气,认命地起身去关门。

袁双看到他吃瘪的模样,捂着肚子笑得在床上打滚。

杨平西回过身来,看到她乐不可支的样子,心头一软,也笑了。他抓住T恤的下摆,直接脱了,打着赤膊跪在床上,往袁双身上一压,噙着笑问:"有这么好笑?"

袁双的目光在他宽阔的臂膀上掠过,又往下瞄了眼,莫名有种既视感,好像此情此景曾经发生过。她敛了笑,无意识地干咽了下。

杨平西眼眸微动,伸手摸了下袁双的鬓发,捏着她的下巴就亲了上去。袁双抬手攀着杨平西的肩,肌肤相触那一刻,被他的体温烫得一哆嗦。

灯光幽幽,将两人的身影投射在杉木墙面上,如同一幅古老的板画。后堂的标间靠近山林,此时林间寂静,偶尔有夜枭叫一两声。与外头相比,房间里的声音亲密、细碎,男女的唇齿交缠声暧昧至极。

杨平西在袁双气尽之际,给了她一个气口呼吸。他缓缓地往下吻,一手探到她背后,摸上了她长裙的拉链。

袁双微微起身，意乱情迷之际还觉得有一丝不真实。

"杨平西。"她喊了一声。

"嗯。"

"你想好了，这条裙子脱了，咱们可就做不成朋友了。"

"'歌唱组合'？"杨平西轻嗤，"我不稀罕。"他说完毫不犹豫地拉下拉链，将袁双的裙子脱了。

深夜的山林在不断地降温，耕云的一角却在不断地升温。

杨平西伸手摸向床头桌，打开抽屉，拿出了个方方正正的小盒子。

吊脚楼的隔音本来就比较差，虽然袁双在每个房间都铺了隔音毯，但效果不太理想。她之前让杨平西在房间里备了避孕套，为了防止尴尬的情况频繁地出现，又特意在小盒子上贴上了小字条，借以提醒激情男女们，不到万不得已，千万忍住。现在他们就在"知法犯法"。

"我们这样……是不是不太好？"袁双咳了下，用仅剩的一丝理智说，"带头违反规矩。"

杨平西撕下包装盒上的字条，上面写着"吊脚楼隔音较差，非关乎终生幸福的时刻，请尽量避免使用"。他把字条丢了，贴近袁双，意味深长地笑着问："现在还不是关乎终生幸福的时刻？"

袁双一臊，张嘴在杨平西肩上咬了一口。

杨平西被一激，利索地拆开了小盒子，一番动作后，重新贴了过去。

衣裙落地，两人裸裎相待，房间里重新掀起热浪。

风歇雨住，标间的一张床已经凌乱不堪。杨平西帮袁双擦了下身子，套上裙子，把她抱到另一张床上。

袁双觉得现在自己全身的骨头都是软的，此时一根手指头都不想动，明明两条腿一步都没迈出去，却比她逛完大瀑布景区和古桥景区还酸胀。

"杨平西。"

"嗯。"杨平西帮袁双盖上被子，自己也钻进去搂着她。

"你把刚才的力气用在做生意上，早就日进斗金了。"袁双今晚一直忍住没出声，但此刻声音是沙哑的。

杨平西低头闷笑："看来你很满意我的表现。"

袁双脸上一热，矜持道："还行。"

"这种事也算试用期的考核项目？"

袁双靠在杨平西的胸口，没骨头似的，懒懒地说："怎么不算，你要是中看不中用,我明天就打包行李走人。"

"那我是不是要再卖力一点儿?"杨平西噙着笑,一只手暧昧地在袁双裸露的肩头上摩挲着,故意喊她,"又又。"

袁双骨头一酥,立刻想起了今晚的好几个瞬间。她气血上涌,忙睁开眼睛看着杨平西说:"过犹不及,知道吧?你不能一晚上就想把 KPI(关键绩效指标)完成。"

她说完,眼皮就支撑不住地闭上了,含糊地说:"今天就到这儿吧,再折腾明天就没力气起来挣钱了。"

杨平西见袁双犯困,想到她今天下午才经历过一场灾难,晚上又被自己这么颠来倒去的,估计是累得够呛。他低头在她额上亲了下,轻抚着她的背,低声说:"睡吧。"

"杨平西。"袁双呢喃似的喊了一声。

"嗯?"

"你知道我的脾气吧?"

"嗯。"

"要是早上醒来,你和我说是酒后乱性——"

杨平西自然地接茬道:"你就会把耕云拆了。"

"再把你的钱卷走。"袁双睡意昏沉,语不成调地威胁道。

杨平西低笑:"好。"

袁双心满意足,再也支撑不住,窝在杨平西怀里彻底没了动静,沉沉入睡。

杨平西垂下眼睑,抬手将袁双散乱的鬓发拂到耳后,就这么注视着她,莫名有种失而复得的感觉。

前阵子袁双有意避嫌,杨平西以为她是真的觉得困扰,想和自己拉开距离,因此配合着她,不再越线。现在想来,是因为她心里有他,所以才摇摆。他们一开始就太过熟悉,相遇相识即相交相知,以至彼此都误以为对方只想保持朋友这一身份。知己之情和男女之爱交杂着,很难让人分得清,事实上,也根本分不清。他们的男女之情是从知己之情里萌生的,但杨平西很确定,袁双是知己,却不只是知己。

✦ ✦ ✦ ✦

清晨天色将亮未亮时,寨子里的公鸡就尽职尽责地报晓。后堂的标间离寨子远,离山林近,鸡鸣声不太清晰,但林间鸟儿的啁啾声就在耳边。

袁双的生物钟很准,尽管累,她还是到点就醒了。她翻了个身,缓缓睁开眼，迷瞪了会儿，意识才渐渐回笼。

"醒了？"

袁双听到声音，倏地转过头，就看到了早已醒来的杨平西。他侧躺着，一手撑着脑袋，就那么笑看着她。

袁双记起了昨晚发生的事，耳郭微烫，目光却一动不动地盯着杨平西，观察他的表情。

只一眼，杨平西就猜到袁双心里在想什么。他唇角微扬，反过来诘问道："怎么，睡醒了想耍赖，不认账？"

"我没有。"袁双清了清嗓子说，"我向来很讲买卖精神的，交易都成了，我才不会反悔。"

杨平西知道她指的是昨晚他说的"人心的交易"。他轻笑，回应她："信物都给你了，我也不会反悔。"

"什么信物……"袁双手一抬，忽觉手腕间沉沉的，不太习惯，举起手放到眼前一看，腕上不知什么时候被戴上了一只银镯子。

这只镯子纹理细腻，在暗室里还隐有光泽。袁双一喜，转头问："什么时候打的？"

"就前几天，宝山叔回来了，我找他打了一个。"

"你怎么没和我说？"

"说了就没意思了。"

袁双一听来劲了，她撑起身体，看着杨平西说："原来昨晚你是早有预谋啊。"

杨平西眉头一挑："我对你图谋已久，你今天才知道？"

"喊。"袁双摸着手上的镯子，嘟囔道，"谁知道你是不是故意寻我开心。"

"昨晚我说的话都是认真的。"杨平西揽过袁双，垂眼看着她。

袁双难得看他有点儿着急，心里得意，脸却故意板着，问："哪些话啊？"

杨平西一眼就看穿了袁双的伪装，他低笑了声，附在她耳边说了几句话。

袁双听了两句，耳珠登时红得几乎要滴血，她忍不住推了一把杨平西，羞恼道："我问的是在床下说的话！"

杨平西愉悦地笑出声，袁双见不得他得意，便扑过去，作势要咬他。杨平西手一揽，抱着她一个翻身，就把她压在身下。他看着她，眼底还透着淡淡的笑意，正经地说了一句："袁双，真心换真心，我说话算话。"

袁双心旌一动，忍不住凑上去亲了下杨平西的嘴角，应道："我也是。"

杨平西情动，不由得低下头，加深了这个吻。

这一吻，就有些收不住。

袁双察觉到杨平西的手**蠢蠢**欲动，立刻回神，按住他，喘了口气，说："不行……该起来喂'宝贝'了。"

"让它饿着。"杨平西啄了下袁双的嘴角，无情道。

袁双躲了躲，笑道："客人要起来了……时间不够。"

这事的确速战速决不了，杨平西也没彻底失去理智。他埋首在袁双的脖颈处平复了下，这才松开她，起身去了浴室。

袁双见他憋闷，忍不住埋在被子里笑，过了会儿坐起身，提醒道："你速度快点儿，万婶要来了，我们得把房间收拾一下。"

杨平西正在冲冷水澡，闻言哑着声问："收拾房间干什么？"

"不然万婶问起来怎么说？"

"实话实说。"

袁双扫了眼另一张床，简直不堪入目，明眼人一看就知道发生了什么。她大窘："你不要脸，我还要呢！"

杨平西低笑两声，说："万婶是过来人，她会理解的。"

这道理袁双懂，男欢女爱本来也是人之常情，但她心理上还是很难做到坦然以待。

"我不管，你快点儿。"

"你以为我是'自动挡'？能自动变换挡位？"山里的凉水冰冷刺骨，都浇不熄体内的欲望，杨平西低喘一声，把水流开大了。

外边没了声音，杨平西以为袁双收拾房间去了，正要喊她一声，浴室门忽地被打开了。

袁双直接走进去，扫了眼杨平西，明明双颊绯红，却还是主动靠近他，说："手动'退挡'总行了吧！"

Chapter 11 逆鳞

一辈子专心如一地经营一家小旅店，也是一件了不起的事。

袁双和杨平西简单洗漱完，立刻命令他把房间收拾了。她蹑手蹑脚地从标间出来，见大厅没人，就做贼似的溜回自己的房间里。昨晚杨平西只帮她简单地擦洗了下，她觉得身上不利索，便去洗了个澡。

洗完澡，袁双裹着浴巾在镜子前照了照，忍不住嘀咕了一句"属狗的啊"。她原计划去云南旅行，带的都是夏季偏凉快的衣服，唯一一件长袖还是防晒衣，大白天没出门，在旅店里穿着防晒衣，这不此地无银三百两，明摆着告诉别人自己有情况吗？

袁双挑挑拣拣，最后找到了一件领口较高的短袖。她穿上看了看，勉强能遮住那些暧昧的痕迹。

从房间出来，她在储物间里抱了一床干净的床单被套去标间。杨平西正好刚把脏了的换下，她就动作麻利地把干净的套上，然后一丝不苟地把被子叠好。

"垃圾丢了吗？"袁双问。

杨平西挑眉："什么垃圾？"

袁双走过去，给了他一肘子，勒令道："快处理了！"

杨平西低笑一声，服从指挥，把房间里的垃圾拿出去丢了。

袁双嗅了嗅房间里的气味，走到窗边，推开窗户，山林的风就灌了进来。她去浴室里扫了一眼，又在房间各处检查了一番，确定没有什么不妥后才抱着换下来的床单被套离开。

万婶正巧这时候来到了店里，她先在大厅遇到了在喂"宝贝"的杨平西，问了句："小杨，你昨晚几点回来的？"

杨平西估摸了下，说："十一点左右。"

"难怪今天起迟了，现在才喂狗。"

杨平西极浅地笑了下："嗯。"

万婶下楼要去厨房，看到袁双站在洗衣机前，就走过去看了眼，知道她在洗什么后，不解地问："怎么大早上的洗床单？"

"呃……"袁双快速转动脑筋，找了个理由，说，"昨晚有客人喝多了，吐床单上了,我就给他换了一套。"

万婶颔首,又问:"哪间房啊,要不要我上去再收拾一下?"

"不用了,都整理好了。"

万婶点点头,很是体贴道:"换下来的床单,你放着,我来洗就好,你一个姑娘家别干这活儿,怪脏的。"

袁双心虚地干笑两声:"顺手的事。"

万婶眼尖,瞄到袁双锁骨上有一抹红痕,直接指了下就问:"小双,你这里怎么红了?"

万婶说着就想凑近细看,袁双立刻抬手捂住锁骨,还装模作样地挠了两下,说:"……蚊子咬的。"

"哎哟,你昨晚睡觉没点电蚊香啊?山里的蚊子可毒了,咬了会留疤的。"万婶很上心,皱着眉说,"你这么白,可不能留疤。"

"我记得店里有药膏来着。"万婶嘀咕了句,转过身就朝楼上喊:"小杨啊,你把店里治蚊虫叮咬的药膏找出来,小双脖子上被蚊子咬了一个大包,得抹药才行。"

杨平西闷笑着回了个"好"。袁双一时又羞又窘。

万婶再叮嘱了两句,袁双借口要去抹药,赶紧溜进了大厅。

杨平西见她上来,噙着笑问:"哪里被蚊子咬了,我看看。"

袁双看着他这个罪魁祸首,忍不住磨了下牙,低声抱怨道:"说了让你别咬。"

"你也不赖。"杨平西微微扯了下自己的领口,露出肩上一个小小的牙印。

"……"

昨晚激情时刻的确是没考虑那么多,袁双轻叹一口气,也就不和杨平西计较了。

"宝贝"在吃饭,袁双遛不了狗,就坐在美人靠上,借着熹微的晨光端看着手腕上的银镯子。借着光,她这才看清,镯子上的纹样是云纹,和杨平西颈侧的文身如出一辙,像苗家服饰上特有的纹样。她把镯子从腕上摘下来,仔细看了看,发现内侧刻了字,是她的小名——又又。看到这俩字,她的脑海中就有了不健康的联想,一时双颊发热。

"在想什么?"杨平西见袁双坐着发呆,走过去问。

袁双立刻回神,把镯子往手上套,同时回道:"没……没什么。"

杨平西扫了眼她的镯子,心里了然,挑眉问:"没什么你怎么脸那么红?"

"太阳晒的。"

太阳才从山峦中升起,这个点的阳光根本没什么温度。

杨平西低笑出声,往袁双那儿凑近了些,喊她:"又又。"

他的声音沙沙的,磨得袁双耳朵痒。

"又又。"杨平西又喊了一声,语调暧昧。

袁双的耳朵染上了色,她忍不住说:"听到了,别喊了。"

杨平西笑:"以后我就这么叫你?"

袁双回头:"不行。"

"理由。"

"……不庄重。"

杨平西轻笑:"怎么个不庄重法?"

袁双看杨平西这不正经的样儿,就知道他是明知故问。她瞪他一眼,理直气壮地说:"我现在管着旅店,你当众叫我小名,我岂不是威严扫地了?"

杨平西颔首,像信了她的话,笑着说:"有道理,那我以后就在'不庄重'的场合这么叫你。"

什么是"不庄重"的场合,袁双心知肚明,不由得低声骂他一句:"流氓。"

袁双和杨平西调情的时候,"宝贝"已经吃完了狗粮,很有自我管理意识地把遛狗绳叼过来,冲着他们摇着尾巴献殷勤。

"真乖。"袁双摸了下"宝贝"的脑袋,突然想到杨平西朋友圈里的寻狗启事,回头问:"'宝贝'这么听话,怎么会经常丢?"

杨平西应道:"刚从云南接过来的时候,它对耕云不熟悉,待不习惯,老想跑。"他看了眼"宝贝",若有所思地说,"上个月倒是没丢过。"

"肯定是因为我来了,它喜欢我。"袁双大言不惭,搓了搓"宝贝"的脸,问它:"是吧?"

杨平西牵了下嘴角,漫不经心地说:"嗯,随我。"

袁双被撩拨到,抿了下嘴想忍住笑意,不想让杨平西太过得意,但眼睛兀自弯了。

"花言巧语。"袁双道一句。

杨平西看到她的笑眼,也是一笑,说:"管用就行。"

袁双给"宝贝"套上遛狗绳,杨平西跟着她一起出门遛狗。寨子里有些人见到他们会调侃两句,说"老板老板娘又一起出来遛狗了呀"之类的话,杨平西这回只管点头,袁双但笑不语。

两人遛完狗再回到旅店时，万婶招呼他们吃饭。

大雷吃饱了，正在前台和阿莎聊天，余光看到杨平西抬手自然地给袁双擦嘴，像发现了新大陆一样，示意阿莎看过去。

"你觉不觉得……杨哥和双姐今天有点儿不一样？"大雷问。

阿莎抬手比画了两下。

大雷说："和好了？"

大雷细细地打量着杨平西和袁双，他们俩有说有笑的，的确像和好了，但给人感觉又和以前不太一样，具体哪里不一样，他又说不上来。但不管怎么样，店里没了前几天的低气压，现在总算是雨过天晴了。

大概是因为昨天暴发的山洪的影响，今天黎山镇上的人少了很多，游客骤减，耕云更是一早上都没人入住。

既然没生意，袁双就拿出账本对账。她算账，杨平西坐她边上拿着计算器帮她按数字，两个人打着配合，有商有量地就把最近的账面弄清楚了。

邹辛从楼上下来，看到袁双就走过去，在她对面坐下。

袁双抬头，看到邹辛，随意地打了声招呼，客套地问一句："睡得还好吗？"

"挺好的。"

"昨天忘了和你道声谢了，辛苦你去找我和夕南。"

"不用谢，你没事就好。"

杨平西直觉邹辛有话要和袁双说，思忖了下，起身说："我去问问中午有谁要拼餐。"

"好。"袁双转头，忽然想到什么，伸手拉住了杨平西的手，"我有快递到了。"

杨平西轻轻捏了下她的手指："知道了。"

袁双等杨平西走了，回过头看向邹辛，问道："今天有打算去哪儿转转吗？"

"还没想好。"

"千户寨，你还没去过吧？可以去逛逛，很壮观。"袁双看着邹辛，平静地说，"藜东南很大的，能玩的去处也很多。你的假期就这么些天，别都花在一个地方。"

邹辛总觉得袁双话里有话，他沉默片刻，开口问道："袁双，你不想回北京了？"

"暂时不想。"袁双回答得很果断。

"你要一直待在这里？"

"这里挺好的呀。"

"在这里度假是挺好的，但是工作……你在这里屈才了。"邹辛皱了下眉，说，"以你的能力，应该去更大的平台，机会更多。"

袁双微微蹙了下眉，邹辛对耕云的这种精英似的审视视角让她觉得被冒犯了。她理解他为什么会有这种想法，因为一开始来到这儿，她也是傲慢的，只不过现在她的立场发生了转变，不再会用外来者的眼光来看耕云，渐渐地把自己当成了这里的一分子。

"邹辛，你觉得耕云作为一家旅店怎么样？"袁双问。

"还可以，除了位置偏了点儿，其他的条件都还行。"

袁双哂笑，说："我觉得这里哪儿都好，山好水好风景好，这里的人也好，就是你说的地理位置，我也觉得是好的。我不觉得自己在这儿工作是屈才了，我只恨自己才华不够，不能让更多的人发现这里。"

"但是……"邹辛眉头一皱，说出了自己的看法，"不管怎么说，这就是一家有点儿特色的小旅店而已，它的上限很低，未来一眼就可以看得到。"

"不是爬到多高的职位、领到多高的薪水才算成功。一辈子专心如一地经营一家小旅店，也是一件了不起的事。"袁双抿了下唇，说，"而且，你对耕云的看法过于片面，小旅店的工作并不比大酒店轻松……"

她的目光环视了店里一周，此时阳光正斜斜地洒进大厅里，音响里放着悠扬舒缓的民谣，三两客人坐在位置上做着自己的事，"宝贝"就躺在角落里睡觉，大雷和阿莎一个说一个比画地聊着……

袁双看到杨平西从楼底下走上来，眸光顿时化成一汪水荡开了。她轻笑一声，叹也似的说："这里虽然是小天地，却有大乾坤。"

◆　◆　◆　◆

邹辛没等吃午饭就退房离开了。

杨平西把他送下山，正好去快递站帮袁双取快递。

这次快递小哥见着他，还是笑着调侃道："杨哥，又来帮老板娘取快递啊？"

杨平西这次不只是笑，还点了下头，说："以后有她的快递，直接把消息发给我就行。"

快递小哥咧嘴一笑："好嘞。"

这次的快递是个大件，杨平西用肩膀扛着上了山。到了旅店，他把东西往大厅里一放，问袁双："买的是什么？"

袁双走过来，回道："书桌。"

"书桌？"

袁双点头，说："房间里的桌子太矮了，看书算账都不方便，我就在网上买了一张小书桌。"

书桌是需要自己组装的。袁双拆开快递，看了眼组装说明，再看一眼大小不一的木板和一大袋型号不同的螺丝钉，顿感头疼，就抬起头向杨平西求助。

杨平西笑了，接过她手中的说明书，说："你要桌子怎么不和我说？不用买，我帮你打一张。"

袁双讶异道："你还会木匠的活儿？"

"会一点儿。"杨平西说，"以前跟着寨子里的木匠师傅学过一阵儿。"

袁双啧然，看着杨平西的一双手问："有什么是你不会的？"

杨平西当真想了下，说："写诗？"

袁双扑哧一声笑了，说："算你有点儿自知之明。"

杨平西也笑，他扫了眼手中的说明书，随意道："安装简单，你坐着吧，我帮你装好放房间里。"

袁双看着他，说："我刚下单了一个梳妆台……"

杨平西一哂，明白了："退了吧，我帮你打一个。"

袁双立即展颜笑了，心道，有杨平西这样一个手艺人当男朋友倒是省钱了。

杨夕南昨天受了惊吓，一觉睡到日上三竿才起来。袁双看到她从楼上下来，就抬手招呼她："Nancy。"

杨夕南走过去，袁双去厨房把温着的一碗粥端上来，示意杨夕南吃了。

"睡得还好吗？"袁双问。

杨夕南说："双双姐，我这个点才起床，说睡得不好，你信吗？"

袁双见她脸色还行，人也比昨天晚上开朗了，便放了心："睡得好就行。"

"我想好了，大难不死必有后福，我的福气还在后头呢！"

年轻人的心态就是恢复得快，袁双见杨夕南没被昨天的阴影笼罩，整个人又有了朝气，莞尔一笑，问："以后还拍照吗？"

"拍，摄影可是我的梦想。"杨夕南说完又补了句，"但是我以后不会瞎跑了，人没了，梦想就没了。"

袁双见她吸取了教训，便不再多提昨天的事，转而问："Nancy，你学摄影的，会剪辑视频吗？"

杨夕南点了下头："学过。"

袁双眼睛一亮，说："我想请你帮个忙。"

"姐，你想剪耕云的视频？"杨夕南机灵，一下子就猜到了。

219

袁双点头。这阵子她每天都往平台上发布耕云的内容，大多是以照片为主，但现在短视频流行，她想，自己也得跟上潮流。

"剪辑视频不难啦，你要学也很快，就是……"杨夕南小大人似的，很认真地说，"现在做视频内容的人太多了，很多旅店也会拍些短视频引流，耕云要想出彩，有点儿难。"

袁双也考虑过这个问题，但——

"总得试试。"她说。

杨夕南托着下巴，非常老成地叹了一口气，说："要我说啊，不如让我哥出卖色相拍两个视频，指不定可以火。"她说完还举了例子，"就那种撩起上衣下摆露出腹肌之类的视频，好多人爱看这个。"

杨夕南形容完，袁双就有了画面感。她掩饰性地轻咳了一声，说："你哥的身材虽然不错——"

"姐，你怎么知道我哥身材不错？"

"……"

小家伙一个，还挺会抓重点的。袁双眼神飘忽，含糊地说："穿着衣服……也看得出来。"

说完，不待杨夕南再问，袁双清清嗓，把话题绕回来，说："他不喜欢这种营销方式，还是算了吧。"

杨夕南看着袁双，眨巴眨巴眼睛，忽而有感而发道："双双姐，你对我哥真好。"

袁双莫名道："怎么这么说？"

"耕云生意这么差，你还愿意留下来帮他，还不逼着他做他不喜欢的事。"杨夕南嘟了下嘴，说，"有时候看他这么做生意我都着急。"

袁双笑了，似抱怨实纵容地说："他呀，就是个赔钱的。"

"那你不希望他改变一下吗？"

"变成什么样？"

杨夕南思索了下，说："精明一点儿、市侩一点儿、爱钱一点儿？"

精明、市侩、爱钱，这三样和杨平西完全搭不上边。袁双反问杨夕南："你哥要是变得精明、市侩、爱钱，还是你哥吗？"

"也是。"杨夕南嘟囔着说，"以前我还小的时候，我哥就是长辈嘴里'不务正业'的小孩儿。后来他天南地北地跑，别人都说他没个正经的工作，不成器。他开了旅店，还是有人说他没有出息，一辈子就这样了。"

"不过我还是觉得我哥很厉害，他会吹芦笙、会弹吉他、会唱歌、会酿酒、会做饭……还会木工！"杨夕南嘿然一笑，灿烂道，"不管别人怎么说，我就喜欢我哥现在的样子。"

从世俗角度来看，杨平西自然不能算是成功人士，他或许是别人眼中不成器、没出息的人，但他本就是个脱离世俗趣味的人，不会去在意世人的眼光。他游离于主流世界之外，自有自己的一番天地。

袁双看向正在帮她安装书桌的杨平西，眉眼轻舒，淡淡地笑了。

"每个人都有自己的活法，杨平西不需要活成别人那样，我也不需要他做出改变。"袁双轻声说，"他像现在这样，就很好。"

✦　✦　✦　✦

袁双说想要个梳妆台，杨平西下午就画起了图纸，找寨子里建房子的老师傅要了几块合适的木材，在耕云后头平时晾晒床单被套的小平地上忙活起来。

午后，袁双在店里跟着杨夕南学习剪辑视频。现在网上都讲"诗和远方"，袁双就以这个为落脚点，将耕云的视频剪辑出了一种岁月静好的感觉。

袁双剪辑视频的时候，杨平西就在楼后头锯木头，刺啦声起伏不定，却不会让人觉得吵闹，这种属于生活的噪音反而会莫名让人觉得平静。

耕云虽然不够"静"，但足够"好"。老板会写诗，虽然写得不怎么样，旅店的位置也足够偏远，"诗和远方"两个要素全乎了。

袁双对自己剪辑出来的处女作很满意，把视频上传平台之后，她算是了却了一桩心事。

然后，袁双放下手机，起身去了吧台。她倒了一杯水，走出店门，到了楼后头。见杨平西在大太阳底下锯着木头，热得满头大汗，她忍不住，轻皱了下眉，说："我不急着用，你等傍晚的时候再做。"

杨平西抓起T恤随意地擦了把汗，说："先把木头锯出来。"

袁双走过去，把手中的杯子递过去。杨平西接过，一口气喝了。

"你别中暑了。"

"不会，我心里有数。"

杨平西怕太阳晒着袁双，摘下手上的白手套，把她拉到后边的树荫底下。

袁双背靠着树干，仰头看着杨平西，问："下午要去趟市里？"

"嗯，把车送去检修一下，顺便带'宝贝'洗个澡。"杨平西垂下眼，问，"一起去？"

袁双摇了下头："我昨天和孙婆婆说好了，今天下午去帮她打扫屋子。"

杨平西颔首，笑了下："你和孙婆婆相处得挺好。"

"孙婆婆人好啊，把我当孙女一样。"袁双说，"她自己一个人住，很多事都不方便，我有时间就多去陪陪她，帮帮她。对了，你等下去市里，帮我带两罐钙片回来。"

杨平西一猜就知道袁双是想送给孙婆婆，便点头应了。

阳光透过树木的枝叶，落下斑驳的光影，林间的风带着夏天的温度轻轻吹拂着，整座山林的树叶簌簌作响。

袁双仰头看着杨平西，从昨晚到现在，他们的关系变了，又好像没变。他们像从前一样说话、相处，一切都是自然而然的，只有在现在这样单独相处的时刻，她才能明显地感觉到有什么不一样了。

杨平西低着头，看着一小片光影在袁双的脸上跳动，她看着他的双眼也像光点，带着热意。他喉头一动，忍不住抬手捏住她的下巴，微微弯下腰。

"杨哥，刨子我给你借来了。"

两人的唇刚贴上，大雷的声音就传来了。袁双立刻把杨平西推开，抬手理了下头发，目光不自然地流转。

大雷两级台阶并作一步，到了楼后，看到袁双，没头没脑地傻笑一声，说："双姐也在呢。"

"啊……嗯。"袁双看了杨平西一眼，站直了身，说，"我回去忙了。"

大雷没察觉到杨平西和袁双之间的暗流涌动，还傻呵呵地凑到杨平西跟前，邀功似的说："哥，我速度快吧？"

杨平西乜斜他一眼，接过他手中的刨子，凉飕飕道："还能再快点儿。"

◆　　◆　　◆

杨平西下午去市里的时候，袁双就下山去了孙婆婆家，帮她把吊脚楼里里外外仔细地打扫了一遍。孙婆婆的吊脚楼和耕云的结构相似，比起耕云来要小一些，但楼上楼下加起来也有七八个房间。从房子的大小可以想见这个家以前是个多大的家庭，现在只剩孙婆婆一个人住着，委实孤单。袁双把房子打扫完，陪孙婆婆剥了会儿玉米。等日头西斜，她才起身上山回了旅店。

袁双前脚到，杨平西后脚也进了店门。他带了份快餐全家桶回来，大雷、阿莎和杨夕南看到了，三双眼睛都亮了，齐齐扑上来，拿过全家桶就在大厅里吃开了。

袁双正在前台坐着，见状不由得失笑，心道，这仨还都是孩子脾性。

"这是你的。"杨平西把一个小袋子放在前台桌上。

袁双愣了下，扫了眼袋子，里边装着个小盒子，看不出是什么东西。

"是什么？"

"豆腐圆子，藜州这边的特色小吃。"

袁双没吃过豆腐圆子，听这名字就觉得稀奇。她拿出盒子，打开看了眼，里边装的是一个个土黄色的小丸子，还有一小罐调制好的蘸料。

杨平西说："把蘸料夹进圆子里，直接吃。"

袁双抽了张湿纸巾把手擦干净了，按着杨平西的指示，拿起一个圆子，舀了勺蘸料夹进去，捏着圆子直接塞进嘴巴里。

圆子炸过，表皮酥脆，内里却是软的，豆腐的清甜和蘸料的咸味并不相冲，反而相得益彰。

袁双赞道："好吃。"

她正吃着，店里来了客人，说是听了朋友的推荐来的，要开一间大床房。袁双给他办了入住手续，取钥匙的时候，杨平西开口说："202那间。"

今天201的客人退房走了，现在大床房空着两间，201、202都能睡。杨平西指定让人住202，袁双立刻就明白了他的心思，不由得脸上一烫，却还是听他的话，拿了202的钥匙给了新来的客人。

今天一天，旅店都没多少人入住。晚上大厅里相对没那么热闹，只有几个住了几天的老熟客坐在一起喝酒唠嗑。

袁双在厅里坐着看完了一部电影，人少，不太忙，她估摸着杨平西一个人应付得过来，就先回了房间。

洗完澡，护完肤，袁双抱着一本书趴在床上看。眼睛盯着书页，上面的内容却怎么也看不进去。她正分神，房门被敲响，她噌地坐起身，临下床前却故意磨蹭了下，等外边的人敲了第二回，她才慢悠悠地走过去开门。

"杨老板，什么事啊？"袁双开了门，故意问。

杨平西挑眉，说："夜床服务。"

"之前不是说店里没有夜床服务吗？"

"现在有了，"杨平西笑，"为你量身定制的。"

袁双往下压了压嘴角，问："什么项目啊？"

杨平西弯腰一把抱起袁双，在她惊呼之际，噙着笑开口说："加餐。"

杨平西把袁双抱进房间里，放倒在床上，人也随之覆上去。

袁双拿手挡在胸前，压低声音说："他们都还没睡呢。"

杨平西去亲她："你不出声就行……还是你想叫？"

袁双一臊，抬手掐了杨平西一把。

杨平西不觉得疼，埋在袁双颈侧闷笑了声，说："放心吧，晚上请他们喝了酒，都醉得差不多了。"

袁双这下倒是不担心被人听墙角了，转为肉疼了。杨平西真是个赔钱的，这一晚上，又亏了多少？

◆　◆　◆　◆

天色蒙蒙亮，袁双就醒了。她舒展了下筋骨，转头就看到了裸着上身坐在床上的杨平西。她打了个哈欠，问："你怎么这么早就醒了？"

明明是一起折腾到了大半夜，她还觉得困，杨平西看着却很有精神。

"习惯了。"杨平西垂眼，见袁双脸上还残留着睡意，便凑过去，搂过她说，"再陪你睡一会儿？"

袁双摇头："不行，你得起来了……万姊要来了。"

杨平西挑眉问："我们是偷情吗？"

"啊？"

杨平西手上使了点儿劲儿，把她抱得更紧了。他盯着袁双，不无危险地说："你不打算给我一个名分？"

袁双的脑子还没完全清醒，她下意识地问了一句："什么名分？"

"老板郎啊。"

袁双回过味来，忍不住埋在杨平西怀里笑。她没想到他平时那么云淡风轻的一个人居然会在意这种事。

杨平西见袁双笑得欢实，低下头去亲她，一只手摸上她的身体，惩罚似的揉了揉。

袁双浑身都软了，忍不住讨饶道："我又没想故意瞒着，就是觉得被万姊他们看到我们……不太好。"

"怎么不好？"

"……不庄重。"

杨平西不以为意："对大雷他们，你还怕威严扫地？"

耕云不像一般的酒店，这里没有严格的上下级制度，袁双也从不在大雷他们面前摆架子，他们就和一家人一样，对待家里人自然不需要什么威严。但就是因为太亲近了，有些事要是被撞到，就会比较尴尬。

袁双回抱着杨平西，哄着他说："你先起来，我们再找个合适的时机和大雷他们说一下？"

杨平西也不是真计较这点儿事,反正人都在床上了,有没有名分不重要。他就是逮着机会逗一下袁双,现在她给出承诺,反而是额外的收获。

杨平西起床,去储物间拿了一次性的牙刷,和袁双挤在一个洗手间里洗漱。洗完脸,他回房间套上衣服,打开房门,又打开了储物间的门,结果正碰上推开店门要进来的大雷。

袁双见杨平西站在门口,不由得疑惑,走过去问:"你站着干什么,有东西落我房间——"

她后面的话消失在看到大雷那一瞬间。

大雷瞪圆了眼,像被雷劈了一样僵在原地,他一只脚刚迈进店里,此时也不知道该不该收回去,装作什么都没看见。

"今天怎么这么早就上来了?"最先反应过来的是杨平西,他无事人一样走出去,口气寻常地问了句。

大雷抬了抬手上的盘子,干巴巴地解释道:"我妈早上蒸了米糕,让我送上来当早点。"

"那还不进来?"

大雷听杨平西这么说,才敢把另一只脚迈进店里。

袁双看到大雷那一刻,还想着找个什么理由搪塞下目前的场面,她想了一圈,最后只轻叹了一口气。大雷都眼见为实了,现在说什么理由也不好使了,而且这事也没什么好瞒的,虽然被撞破有些尴尬,但也省事了,她不需要再找机会"官宣"了。

"我去换身衣服。"袁双说。

杨平西颔首:"嗯。"

大雷等袁双回了房,这才两步并作一步,冲到杨平西跟前,试探地问:"杨哥,你怎么从双姐的房间里出来?"

杨平西瞥了大雷一眼,散漫道:"你说呢?"

"你们……你们两个……"

杨平西直接点了头:"嗯。"

"我就说嘛!"大雷像发现了什么天大的秘密一样,表情兴奋。他就说感觉他们跟以前不太一样,原来不只是和好了,还合体了!

大雷按捺着情绪,凑近了问杨平西:"哥,要帮你们瞒着吗?"

杨平西的嘴角往上翘了下,说:"不用。"

大雷充分领会他的意思:"懂了。"

225

袁双不知道杨平西和大雷是怎么沟通的，反正她遛完狗回来，万婶和阿莎看她和杨平西的眼神就非常不一样了。

吃完早饭，袁双下到底层，想把洗衣机里的床单被套拿出去晾晒，结果洗衣机里什么都没有。她正疑惑，就见万婶从厨房里走出来，说："你的床单被套，我拿到楼后头晒着了。"

万婶脸上带笑，有些促狭地说："我早上来店里，看到洗衣机在洗东西，还以为昨晚店里又有客人吐了呢。"

袁双一窘，喊了声："婶婶……"

万婶愉快地笑了两声，爽朗道："哎哟，婶婶是过来人，你不用不好意思的。你和小杨好啊，婶婶再开心不过了，我就没见过比你们更般配的人！"

袁双本来还有些窘迫，见万婶真心为自己和杨平西高兴，心口微烫，便也笑了。

袁双和杨平西交往前后，至少在人前是没多大差别的，因此大雷、阿莎和万婶很轻易地就适应了他们关系的转变，甚至觉得这是理所当然的事。倒是杨夕南异常兴奋，改口改得很快，一口一个"嫂子"，喊得袁双都脱敏了，最后也就随她喊了。

这只是一段小插曲，没在耕云掀起很大的波澜，一切如常。

袁双经营的耕云账号这阵子稍微有了点儿人气，会有一些人看到她分享的内容后主动在网上订房来店里玩。但因为山洪灾害的影响，这两天入住率又变低了，一个下午也就只有一个人入住旅店。

下午，袁双去了孙婆婆家，待到傍晚又在寨子里溜达了一圈，本想看看能不能碰上游客，但一无所获。她空手而归，回到店里，没有看到杨平西，就问大雷："杨散人呢？"

大雷蒙了下，问："谁？"

"就是你们杨老板。"

大雷立刻咧嘴一笑，回道："杨哥去景区里卖酒了。"

袁双颔首，懂了，他赔钱去了。

店里无事，大雷说想去给楼后头的树除除虫，袁双就让他去了。在外面走了一圈，袁双感到口渴，正想去吧台给自己倒杯水，这时大厅里一个正在喝酒的中年男客喊了她一声。

这个中年男客就是今天下午唯一入住旅店的人。

袁双听他喊自己，立刻拿出职业态度，笑着走过去，问："大哥，有什么需要帮忙的吗？"

"你会喝酒吗？"

袁双斟酌了下，说："会点儿。"

"会喝就行，坐下陪我喝两杯。"

袁双虽然平时偶尔会陪客人喝两杯，但这个男人态度粗野，她并不想作陪，便婉拒道："不好意思啊，大哥，店里还有活儿要忙，喝酒误事。"

"你这旅店拢共就没多大，也没住几个人，能有什么活儿啊？别磨叽，过来陪哥喝两杯。"

袁双还要拒绝，那男人不耐烦道："你们店就这服务态度啊，我花钱住店，让你们陪喝杯酒都不愿意，是不是看不起我？回头我就给个差评！"

"差评"俩字直接击中了袁双的痛点，她暗地里咬了咬牙，轻吐一口气，拿出以前在酒店伺候"祖宗"的态度，赔上笑脸说："大哥，你误会了，我不是那个意思，不就是喝酒嘛，我陪！"

袁双去吧台拿了一瓶酒和一个杯子，见阿莎看着自己，眼神透着担忧，便朝她露出了个安抚性的微笑。

她把酒放在桌上，正要在那男人对面落座，那男人又不满意了，虎声虎气地说："坐对面干啥啊，碰杯都费劲，坐边上来。"他拍了拍自己身边的椅子。

袁双拿杯子的手紧了紧，最后她还是本着多一事不如少一事的想法，搬了把凳子坐在桌子侧边，笑笑说："我坐这儿，不影响碰杯。"

她刻意拉开距离，却不想那个男人直接挪了过来，挨着她坐。

袁双手上快速地起盖开瓶，利索地倒出一杯酒，打算速战速决。

"大哥，谢谢你来光顾本店的生意，我敬你一杯。"袁双举起杯子面向那个男人，身子往后靠了靠，一口干了杯中的酒。

"慢慢喝，急什么。"那个男人拿起杯子放在嘴边要喝不喝的。他看着袁双，眼神狎昵，问："听你口音，不像是藜州人，外地来打工的？"

袁双不想和他多说，便敷衍地点了下头。

那个男人的目光在袁双身上流连，过了会儿，他又问："这旅店微博上的账号是你经营的吧？"

袁双不明白他怎么会问这个，迟疑了下，点了点头。

"我们聊过，还记得吗？"那个男人不怀好意地提醒道，"前两天晚上。"

他这么一提，袁双想起来了。山洪发生前一天，她在微博上发了几张耕云的日常照片，其中就有一张她坐在美人靠上看日出的侧影。那张照片是杨夕南

227

拍的，她觉得意境很美，就发了出去。当天晚上有个男人给她发了私信，话没说两句就问照片里的人是不是她、去旅店住是不是就可以看到她。袁双直觉这人不对劲，就没再搭理。之后，他又发了一些擦边的照片过来，她觉得恶心，直接把他举报、拉黑了。

想到这一茬，袁双对眼前的男人更是警惕，但他现在是客人，职业素养还是让她保持着客气的态度，按兵不动。

"怎么把我拉黑了？"那个男人问。

袁双绷着脸说："手滑。"

"有这么滑吗？我摸摸……"那个男人说着就觍着脸伸手过来。

袁双脸色微变，把手一缩就躲开了，不承想那个男人喝了点儿"黄尿"就色胆包天，手一转，直接摸上了她的大腿。

袁双当即冷下脸，欻地站起来，拿起桌上那瓶没喝完的酒，直接对着那男人的脑袋兜头浇了下去。

大厅里一时落针可闻，几个闲坐的客人不知道具体发生了什么，都瞪大了眼睛，一脸惊诧。

一瓶酒浇完，那个男人才慢半拍地反应过来，抹一把脸，顿时暴起，骂骂咧咧的："臭娘儿们，你找死！"

他挥起手要打人，就在这时，"宝贝"高亢地叫了一声，冲过去一口咬住他的腿。袁双也被人往后一拉，护在身后。

杨平西抬手攥住那个男人的手，捏着他的腕骨，眼神是前所未有的冷峭。

"你想让谁死？"他沉声问。

接下来事态的发展就有些不受控制了。

杨平西和袁双从镇上的警察局回到耕云时，天色已晚。

到了旅店，杨平西去厨房泡了一杯蒲公英茶，再回到大厅里就见不着袁双了。他去敲了她的房门，无人回应。最后还是"宝贝"带着他去了楼上，再次在小阳台上找到了她。

袁双这回还是坐在台阶上，捧着那本"逍遥诗人"的诗集看。杨平西算是发现了，她只要心情不好，就爱看他的诗集。有这么好笑？

杨平西掩上阳台的门，在袁双身边坐下，把手中的杯子递过去。

袁双瞥一眼，说："我就喝了一杯酒。"

"这不是蜂蜜水，是蒲公英茶。"杨平西说，"安神的。"

袁双下午是有些被惊着了，但不是被那个猥琐男，而是被杨平西，她还是

第一回看到他这么激动。

"你不应该出手打他的。"袁双接过杯子，扫了眼他的手背。他的指骨关节处到现在还隐隐发红，可见下午使了多大的力气。

她抬眼看着杨平西，说："你动了手就不占理了，还要赔医药费，多亏。"

杨平西浑不在意："不亏，他要小半个月不能出门，赚了。"

袁双想到那猥琐男一瘸一拐的模样，心里头是有点儿暗爽，但又想到下午这件事带来的负面影响，就忍不住叹了一口气。

杨平西听到叹气声，看着袁双，问："愁什么？"

"那男的之后一定会投诉旅店。还有，下午的事，很多客人都看见了，影响不太好。本来这阵子店里的生意稍微向好了，这一闹，又该回到以前了。"袁双说着轻蹙眉头，不无后悔地说，"我当时要是没浇那瓶酒，而是找个其他的折中办法处理，就不会发生这样的事了。"

袁双的脾气是有些急的，但打从大学毕业进入酒店管理这行，她就收敛了许多。尤其对待客人，她向来都是极有耐心的，哪怕碰到故意刁难、有意揩油的人，她也都能妥善圆滑地处理好。今天这样完全无视"顾客至上"的原则，真的是全无职业素质可言，堪称她从业生涯的滑铁卢。在耕云待着的这段时间，她身上社会人的属性逐渐变弱，倒是越发地解放天性了。

杨平西见袁双自我反省，眉头微蹙，问她："爽吗？"

"什么？"

"我问你，浇酒的时候爽吗？"

袁双微怔，随后眉眼一展，点头承认道："爽！"

杨平西笑道："那就行了。"

他看着袁双的眼睛，缓声说："我说过，在耕云，不需要你做违心的事，这里没有那么多规矩，来住店的人是客，不是主子，你不用放低身段去讨好他们，更不要忍气吞声。"

袁双心头一动，抿了下唇，说："浇那男的一头酒，我倒是出了气，就是……我刚才问过大雷，下午好些人退房了。"

"那也不是被你吓走的。"杨平西懒散道。

袁双想到杨平西下午揍人的样子，罗刹似的，不由得笑了一声，嗔怪一句："你还好意思提。"

杨平西不以为意，仍是一副淡然的语气，说："人挑旅店，旅店也挑人，不适合耕云的人，走了也不算损失。"

229

袁双瞥他:"你倒是看得开。"

杨平西抬手，将袁双散下来的鬓发拂到耳后，说:"我希望你留下来，不是为了让你受委屈的。如果耕云需要你给人喝酒作陪才开得下去，那它也就没有存在的必要了。"

杨平西的目光平静又深邃，自有一股望穿人心的力量。在他的注视下，袁双心里头的阴霾渐渐散去，拨云见日。

杨平西见袁双失神，轻笑一声，问:"感动了？"

袁双就知道杨平西正经不过三秒，她捧着杯子，拿手肘轻轻地戳了他一下。

杨平西捻了下袁双的耳垂，低笑道:"酒，店里多的是，不够我再酿，以后再碰到渣滓，你只管浇，我来善后。"

袁双听杨平西怂恿自己动手，心道他没谱，但脸上露了笑，嘀咕一句:"我直接喊你来打人不就好了，多余浪费酒，亏两波钱。"

杨平西还挺当回事地点了头，附和道:"行，以后你直接喊我打人，我们就亏一波钱。"

说完，他们相视一眼，忍不住一起笑了。

他们在这儿像煞有介事地商量打人的事，怎么看都不像开旅店的良民，倒像占山为王的贼寇，从老板、老板娘变成了大当家和他的压寨夫人。

如果袁双的前同事在，一定会惊讶于以前凡事多隐忍、以和为贵的大堂副理竟然会出口喊打喊杀。或许是之前压抑本性活了太久，一朝解放，袁双忽觉通体舒畅。她看着杨平西，心想，自己和他相处久了，身上也沾染上了江湖人的匪气，这种感觉……倒也不赖。

◆　◆　◆　◆

这个时代，坏消息总是比好消息传得快。

袁双第二天起来，果然看到了那个猥琐男留下的差评。他言辞恶劣地控诉旅店的老板会打人，把昨天袁双浇酒和杨平西教训他的事添油加醋地一说，还附上了自己打着石膏的胳膊，却丝毫不提自己被打的原因。

那个猥琐男不仅在订房网站上留了差评，还去各大平台上耕云的账号底下留言卖惨，将自己塑造成了被害者的形象，引得不明真相的路人跟着他一起讨伐旅店。

袁双见他颠倒是非地抹黑耕云，气得七窍生烟，当下就在各条评论底下回复他，把他咸猪手性骚扰的行为捅出来。但小人之所以是小人，就是因为他脸皮厚，没有廉耻心，那个猥琐男拒不承认自己做过的事，还反过来诬陷袁双，说是她勾引他。

流言总是跑得比澄清快,猥琐男这么厚颜无耻地一搅和,袁双后续就算是拿出再有力的证据或是把评论删了,也不能完全消除负面影响。

袁双一大早起来,因为一根搅屎棍,心情跌到了谷底。本以为旅店的生意会受影响,出乎她意料的是,今天一天主动上门入住的人比前两天加起来的还多,且来的都是之前在店里住过的老顾客。他们一来就和杨平西攀谈,还主动提到了网上的差评。

袁双好奇,问:"看了差评你们还来?"

其中一个老顾客哈哈一笑,回说:"我们还能不知道杨老板是什么人?"

袁双这才明白这些人都是看到了网上的评论,特地从藜州各地赶来旅店给杨平西撑场子的。她心里动容,觉得不能白白叫人跑一趟,就和万婶打了声招呼,让她晚上多备点儿菜招待客人。

晚上,万婶做了一大桌子菜,袁双招呼住店的客人都坐下吃饭。她正分着碗筷,店里又来了人,还不少,一下子进来四五个。

打头的是一个剃着光头、穿着花衬衫、戴着大金链子的壮汉,看上去来者不善。袁双以为这伙人是昨天那个猥琐男找来寻衅滋事的,霎时冷下脸,走上前就要发难。

不料,那个光头大汉见着她,反而喜笑颜开,非常客气地问了一句:"是弟妹吧?"

这一个"弟妹"直接把袁双整蒙了。

杨平西这时从厨房端菜上来,见到大厅里突然多出来的一伙儿人,表情稍稍有点儿意外,不过很快就恢复了寻常样子。

"老杨。"光头大汉看到杨平西,省去了寒暄,指着袁双开口就问,"是弟妹吧?"

杨平西放下手中的盘子,看了还愣在原地的袁双一眼,唇角微勾,坦然应道:"嗯。"

光头大汉走过去,抬手搭上杨平西的肩,啧然道:"你小子,闷声干大事啊,给耕云找了个这么漂亮的老板娘。"

袁双听了两句,反应过来了,这伙人不是来闹事的,他们和虎哥一样,是杨平西的朋友。她登时放下警戒心,轻呼一口气,抬起头朝杨平西使了个眼色。

杨平西心领神会,介绍道:"老宋。"

袁双刚才听这个老宋喊自己"弟妹",估摸着他的年纪应该比杨平西大,因此就笑着打了声招呼："宋哥。"

老宋一听这称呼，心花怒放，笑着拍了下杨平西的肩，对袁双说："老杨这小子，我让他喊我一声'哥'，他死活不愿意。还是弟妹识大体，是个爽快人！"

杨平西又向袁双介绍了另外几个朋友，袁双一一打过招呼。那些人也很爽气，左一口"弟妹"右一口"嫂子"的，叫得她都有点儿不好意思了。

不过是一个称呼罢了，袁双很是热情地招待道："店里正好吃饭呢，宋哥，你们吃了吗？没吃就一起呀。"

老宋回头看了眼，拼着的餐桌旁已经坐了不少人，他问："我们几个坐下方便吗？"

"没什么不方便的。"袁双抬手喊大雷加碗筷，又说，"今天晚上店里本来就请客，菜做得多，宋哥，你们就坐下一起吃吧，人多热闹，我去给你们拿酒。"

袁双说着就去了吧台。

老宋搭着杨平西的肩，看着袁双说："弟妹真不错，不怯生，大大方方的，人还热情，有老板娘的风范……你从哪儿又找到一个'宝贝'？"

杨平西抬眼看向袁双，嘀着笑道："她自己闯进来的。"

老宋一听，捶了下杨平西，揶揄道："好小子，守株待兔算是被你玩明白了。"

大雷拿了碗筷过来，老宋他们入了座，餐桌上更热闹了。袁双从吧台拿来几瓶酒，在杨平西身旁落座。她熟练地开盖倒酒，丝毫不忸怩作态，直接敬了老宋他们一杯，把场子盘热了。

"宋哥，你们今天怎么一起来耕云了？"一杯酒下肚，袁双开口问。

"听说老杨打人了，我们特地过来看看。"老宋放下酒杯回道。

袁双咂舌，说："就因为这个？"

老宋笑着说："老杨好久没和人动过手了，上回还是两年前？"

老宋说着，不太确定地看向杨平西。杨平西轻轻点了下头。老宋这才接着对袁双说："他这人啊，轻易不动火，但谁要是踩他底线了，他是真揍啊。所以我们好奇，这回又是哪个不长眼的触到了他的逆鳞。"

老宋说完又看向杨平西，谑道："我可听说了，这回是冲冠一怒为红颜啊。"

杨平西轻呵一声，没否认。

"弟妹，是不是有人欺负你啊？"老宋问。

袁双回想起昨天那猥琐男一瘸一拐的样子，到最后还真说不清到底是谁"欺负"谁。她笑笑，回道："那人没占到便宜。"

"老杨下了狠手吧？"老宋瞄一眼杨平西，和袁双透露道，"他以前练过，知道怎么打人最痛又不致命。"

袁双不知道杨平西还是个练家子，不过昨天看他打人的架势，是有两下子的。她问老宋："杨平西上回打人是因为什么？"

老宋憋着坏水，故意说："也是为了'红颜'。"

袁双转过头看向杨平西，脸上倒是没有不悦之色，反而带着几分促狭的意味，说："原来杨老板这么怜香惜玉啊。"

杨平西一个眼刀劈给老宋，老宋摊了下手，嘿然一笑，说："老太太怎么不算是红颜？"

老宋见袁双看过来，这才正经解释道："黎东南很多寨子现在都是'老人寨'，年轻人全都出去打工挣钱了。两年前，有一伙儿地痞流氓打着巡山护林的名头，到各个寨子找留守的老人收保护费。老杨知道了，和几个朋友一起，把他们收拾了一顿。他这一顿打，算是声名远扬了，从那之后啊，就再也没人敢打留守老人的歪主意了。"

袁双听完，心里稍稍震撼。杨平西果真如武侠小说里匡扶正义的侠客一样，快意恩仇，也难怪他在黎东南的声望这么高。之前几回她随他去别的寨子送酒，寨子里的人见着他也都很热情。

"老杨有两年没动过手了，他这回还是在店里打人，看来是气得不轻。"老宋刚才在袁双面前坑了杨平西一回，玩笑开过之后，就帮着他说好话。

他看着袁双，慨然道："原来老杨的'逆鳞'是弟妹你呀。"

袁双心头微动，回以一笑。

老宋举杯和杨平西碰了一下，喝下一杯酒，说："上回来耕云，你还是孤家寡人一个，问你什么时候给店里找个老板娘，你说随缘。看来老天待你不薄啊，随到了弟妹这么一个又漂亮又能干的姑娘。"

老宋说着，目光在杨平西和袁双身上转了转，好奇地问了一句："弟妹是怎么来到耕云的，听人推荐？"

"我是被忽悠来的。"袁双看了杨平西一眼，玩笑似的说。

老宋闻言，抬手点了点杨平西，笑道："我当是老天爷牵的红线呢，原来是你小子自己给自己牵的，敢情你的'随缘'随的是自己的眼缘。怕不是第一眼见到弟妹，你就上心了，这才想着法儿把人忽悠过来。"

袁双回头，透着笑意的眼睛就那么好整以暇地看着杨平西，听老宋拿他打趣，她似是乐见其成，还问他："是吗？"

杨平西回视袁双，被老宋这么调侃，他丝毫不觉难为情，反而见袁双高兴，眉峰一挑，扬起唇笑着佻慢道："嗯，见色起意。"

老宋酸倒牙，忍不住叹一句："瞧你得意的样儿，看来弟妹是真砸你心坎上了？"

杨平西轻轻点了下头，漫不经心地附和说："知道吊脚楼的结构吧——"

袁双一听这话，立刻知道杨平西要说什么了。她怕他一股脑把"榫卯结构"说出来，不及思考，下意识出声阻止道："欸——"

杨平西被打断，噤了声，眼里却泛起了笑意。

餐桌诡异地静了两秒，袁双转过头，就看到了老宋他们几个意味深长的眼神。气氛突然尴尬起来了。袁双一窘，顿觉自己失了方寸。老宋他们都是藜州人，肯定知道吊脚楼的主要结构是什么。本来不过是一个寻常的比喻，她这一阻止反倒显得欲盖弥彰，没那意思也变得有那意思了。

袁双脸上烧得慌，遂轻咳了下，起身说："酒没了，我再去拿两瓶。"

袁双仓促离开餐桌。待她走后，老宋他们这才笑出声来。

杨平西的目光投向吧台里的身影，他牵了下唇角，也随着低笑一声。

夜色越发浓郁，天际几颗星辰隐隐浮现，寨子里家家户户都点起了灯，薄凉的晚风拂来，吹不散耕云大厅里的热闹。

直至深夜，这一场晚宴才尽兴而散。

袁双给老宋他们安排了房间，把他们都安置好后，她下楼回到大厅。一时不见杨平西的身影，她正疑惑间，往前走两步，就看到了躺在美人靠上的人。

有朋友来，杨平西多喝了两杯。袁双走过去，低头见他合着眼，似是睡着了，不由得无声一笑。

看时间不早，收拾完餐桌，袁双就让万姆和大雷回家了。她把旅店的门关上，再次走到美人靠边上，弯腰盯着杨平西看。

虽然这两天他们同床共枕，但袁双其实并没有看过杨平西的睡颜。每次折腾完，总是她累得先睡过去，第二天他又醒得比她早。

大厅的灯被袁双关了。此时一轮皎月高挂空中，杨平西就睡在一片月光之中。喝醉了就爱在空旷处睡觉，他这人，就是睡着了，身上那股浪荡自由的气息也不减分毫。

袁双失神地看了杨平西好一会儿，忍不住抬起手顺着他高挺的鼻梁骨往下滑，最后堪堪停在他的唇瓣上，轻声呢喃一句："酒量真差。"

她说完，正欲收回手，不料被抓个正着。

杨平西大手一拉一揽，袁双就扑在他身上。

袁双蒙了下，回过神来，抬眼气道："你没睡着？"

"嗯。"

"那怎么不吱一声！"

杨平西懒笑："想看看你想干什么。"

袁双心虚，别开眼说："我什么也没想干。"她手一撑，就想从杨平西身上起来，但他搭在她腰上的手箍得她动弹不得。

"别闹，万一等下有人来大厅，耕云除了老板打人，又要多一则逸闻了。"

杨平西搂着袁双的手使了点儿劲儿，把她按在自己的胸口上。听到她的话，他从喉间溢出一声低笑，附在她耳边说："怕什么，今天晚上住店里的人，谁不知道你和我的关系？"

袁双耳郭一热，恼道："谁让你没事提什么吊脚楼的结构，多容易让人想歪呀。"

"谁想歪了？"

袁双抿唇。

杨平西轻轻咬了下袁双的耳朵，暧昧地低语道："就是想歪了也没什么不对，我们的确很契合。"

袁双的耳朵很敏感，杨平西一咬，她的身体就忍不住轻颤了一下。她抬手捶了下他的胸膛，恶狠狠地质问道："你不会和宋哥他们也这么解释吧？"

"想知道？"

杨平西抬手，学着袁双刚才的动作，一根手指顺着她的鼻梁骨滑到她的唇上，暗示意味十足地摩挲了下。

袁双自然懂得杨平西的意思，要是平时，她肯定啐他一句"流氓"，但许是今晚月色正好，她被他如深潭一般的眼神勾引，便主动凑过去，低头在他唇上落下一个吻。

"这样可以——"

袁双一句话未说完，嘴巴便被堵住了。杨平西抬手按着她的脑袋，微微起身，追上了她的唇，把这个吻从蜻蜓点水变成了缠绵悱恻。

明月渐移，洒下的月辉将一对璧人的身影勾勒出来。

一吻结束，袁双脱力般伏在杨平西身上。

杨平西一手揽着袁双，一手往下轻轻捏揉着她的后颈。等她喘匀了，他才侧过头，在她耳边愉悦地答复道："我告诉老宋他们……你既是我的'榫'，也是我的'卯'，有你在，耕云的结构才算完整。"

Chapter 12 宝贝儿

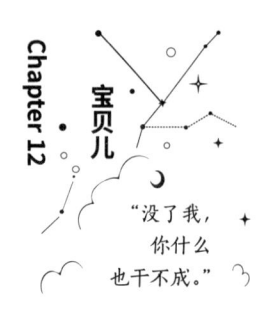

"没了我,你什么也干不成。"

老宋他们来的那天晚上,袁双又登上耕云在各大平台的账号看了一眼,发现那个猥琐男的评论底下多了好多自发为旅店、为杨平西说话的人。猥琐男许是欺软怕硬,被众人这么一讨伐,隔天一早起来,袁双就发现他主动把评论删除了。她颇有一种赢了场战争的感觉,于是乘胜追击,又去订票网站上申诉,申请删除猥琐男留下的差评。

猥琐男带来的负面影响还在,但耕云接下来几天并不冷清。老宋他们走了之后,店里每天都有新的朋友上门做客,有些是黎州本地的,有些则是大老远从别地赶过来的。这些人统一口径,都说是听说杨平西和人动了手,好奇,来看看。但袁双心里透亮,明白他们是知道旅店遇到了点儿麻烦,特地来给杨平西撑场子的。

"出门在外靠朋友",这句话袁双从小就听过,但也就是这几天她才真真切切地体会到这话的深意。杨平西的朋友多,也讲义气,他们像是约好了似的,轮流来耕云照顾生意。托他们的福,店里载歌载笑了好些天,全然没有颓靡的气氛。

就这么过了一阵儿,猥琐男的事算是彻底过去了。之前山洪的影响也降低了不少,黎山镇上的游客又多了起来,来耕云入住的散客也就随之增加了。

这天午后,袁双小憩一觉起来,见前台没人,知道阿莎还没从千户寨回来,就暂替了她的位置。她坐在前台,用电脑去网站后台看旅店的订房情况。

虽然这两天在网上订房的人比前几天多了,但总体情况并不理想,还是订床位房的人多,订单间的少。袁双在考虑要不要把店里所有的房间都改成床位房算了,当然这只是个赌气的想法,一栋房子自有它的承载量,人太多,耕云反而承受不住。

浏览了一遍网站后台,袁双又拿出手机,登录短视频软件。打从她跟着杨夕南学习剪辑视频以来,她每天都会像完成作业一样,剪一段不长不短的视频发布到平台上。她学习能力强,从几个视频中可以明显地看出她剪辑水平的进步,但视频的播放量不见增长。

自媒体时代,只要有个手机就能上传信息。短视频的热度高、市场大,但想分一杯羹的人也多,如杨夕南之前所言,耕云想要在一众视频中出彩,不太容易。

理想和现实总是有出入，袁双退出视频软件，趴在桌上幽幽地叹了一口气。她现在愁的不是旅店能不能赚钱变现，而是单纯地觉得耕云明珠蒙尘，为自己没有能力把它擦亮而沮丧。

"老板娘，我来退房。"

袁双立刻打起精神，她站起身，见来退房的是在店里的床位房住了一阵儿的一个小伙儿，不由得问一句："要走了啊？"

"嗯，在这儿充满电了，得回去接着当'社畜'了。"小伙儿自我调侃了一句。

袁双理解地一笑。

床位房退房没什么手续，既不需要交钥匙，也不需要退押金。袁双以为这小伙儿就是来知会自己一声的，就转过身，从身后的柜子里取出一份自己之前在网上定制的耕云周边小礼物送给他。

小伙儿接过礼物道了声谢，又说："老板娘，你算一下账吧。"

袁双愣了下，问："什么账？"

小伙儿回道："我在店里吃了好几顿饭都没交钱呢。"

这几天杨平西的朋友来得多，袁双每天晚上都让万婶做顿大餐，请店里的人一起吃饭。既然说是老板请客，她自然不会事后再收钱。

袁双摆了下手，说："最近老板心情好，餐费就不用给了，你回去之后多推荐些朋友来店里玩，就算是饭钱了。"

"朋友，我肯定是会推荐的，但是我也不能白白占你们便宜。"小伙儿看着袁双，很真诚地说，"开店做生意不容易，杨老板还处处不收钱，这样下去，旅店要是维持不下去，关门了，多可惜。"

小伙儿虽然只是耕云的一个过客，但像店里的一员一样，很是担忧旅店的未来。他见袁双不算账，就自行扫了码，转了一笔钱过去。

转了钱，小伙儿像了却了在旅店的一桩心事，脸上露出了笑容。他抬起手朝袁双挥了下，开朗道："老板娘，我走了……希望下次来，耕云还在。"

袁双有所触动，便回了个笑容，点头承诺道："会的。"

小伙儿离开后，袁双轻呼了一口气，觉得方才郁结在胸口的闷气一并消散了。她想，虽然目前耕云的生意不太景气，但只要内核还在，旅店一时半会儿就倒不了。

◆ ◆ ◆ ◆

午后，阿莎从千户寨回来了。袁双从前台出来，本想去寨子里逛一下，但一出门就被热辣的太阳逼回了店里。

大雷满头大汗地从外面回来，立刻找了台电风扇对着自己吹，同时和袁双絮叨着今年的天气真怪,往年8月份下旬藜东南都开始降温了,今年这会儿气温却还在升,再这样下去,藜江的水都要被晒干了。

袁双以前没在藜州待过,不知道这边8月份的天气是怎样的,但在北京,这时候差不多该有点儿凉意了。

她才来藜州,受不住这样的燥热,但更受不住的是"宝贝"。这阵子随着气温的高升,白天里它总是病恹恹的,安静地窝在旅店的一角,吃饭不积极不说,对漂亮的小姐姐也没那么大的热情了。

袁双走到角落里,蹲下身摸了摸"宝贝"的脑袋,听到杨平西回店的脚步声,她抬起头,朝他招了下手。

杨平西把客人的行李箱放下,招呼阿莎和大雷帮客人办入住手续,随后走向袁双。

"'宝贝'会不会生病了?"袁双蹙着眉,担忧地问。

杨平西也蹲下,摸了下"宝贝",说:"太热了。"

"那怎么办?"袁双看向杨平西,问,"我们要不要带它去宠物医院看看?"

一听"宠物医院","宝贝"倒是有了反应,它不情不愿地叫了一声,摇了下尾巴像表示反对。

杨平西攒眉盯着"宝贝"看了会儿,顺了顺它的毛,思忖了下,开口说:"帮它把毛剃了。"

"啊?"袁双犹疑道,"能行吗?"

"试试。"

杨平西说干就干,起身就去找推子。

袁双不放心,给养狗的朋友打了电话,询问后知道天热给狗剃毛是挺正常的操作,这才安心。

杨平西找来了电动推刀,牵着"宝贝"去了楼后头的空地,袁双跟在后头,打算搭把手。

他们牵着狗出门的时候正好碰上从山下回来的杨夕南。得知要给"宝贝"剃毛,她很兴奋地跟了过去,拿着手机全程跟拍。

袁双怕"宝贝"惜毛,会对剃毛有抵触心理,便先摸着它说了一些好话,和它解释了剃毛的原因。等安抚好狗,她才让杨平西动手。

许是袁双的解释和安抚起了作用,"宝贝"很配合,全程不叫不闹的,就乖乖地让杨平西把身上的毛剃了。

杨平西的手很稳,他没有把"宝贝"剃秃,考虑到狗长毛的周期,特地给它留下了一层毛护体。"宝贝"脚爪上和尾巴上的一小撮毛他没动,脑袋上的毛也没剃掉,只是稍微修了下。

袁双看杨平西动作细致,丝毫不见手生,像干惯了剃毛的活儿,便打趣道:"以后耕云要是开不下去了,你可以去开个宠物店,专门给狗洗澡、剃毛。"

杨平西手上动作不停,闻言只轻笑一声,说:"那你还当我的老板娘,帮我哄狗?"

开宠物店当然是在说笑,杨平西附和袁双的玩笑,袁双便故意埋汰他一句:"没了我,你什么也干不成。"

杨平西牵了下嘴角,应了声:"嗯。"

边上正在拍摄的杨夕南被秀了一脸,忍不住吐了下舌头。

此时一阵风过,树荫下的光点如粼粼波光闪动,"宝贝"舒服地眯起了眼睛,吐着舌头一副享受的模样。

身上的毛剃了,"宝贝"就不再蓬松,变成了一只瘦狗,头大身小,看着不太聪明。但它似乎很满意自己的新造型,杨平西松开它后,它觉得凉快,也不再郁郁寡欢地窝着,撒了欢儿地跑了一阵儿。

时间已近傍晚,袁双想着这个点从景区出来的人多,就拉着杨平西去山下卖酒。有她帮忙吆喝,一冰柜的酒不消多时就卖完了,她还顺带拉到两个客人入住旅店。

晚上,杨平西收到了一个朋友发来的消息,说推荐了两个人来耕云。在知道他们是搭动车来藜东南后,袁双就让杨平西开车去市里接人,顺便把寨子里一些老人委托购买的东西带回来。

杨平西不在店里,袁双也不让大雷加班。晚上喝酒的人多,除了店里的住客,镇上的一些人也会上来喝两杯,她一个人招待着客人,虽然忙,但充实。

等时间再晚点儿,大厅里的人散了,袁双才有时间坐下来,往各大平台上分享些耕云的日常。虽然这些账号经营了一段时间,流量也就那样,每条分享下基本上都是杨平西的朋友们捧场,但她没有因此消极、懈怠,还是坚持日更。

今天下午袁双忙着帮杨平西给"宝贝"剃毛,晚上又忙着店里的事,都没时间拍视频。她正愁着没有视频素材,杨夕南就把一条已经剪辑好的视频发了过来。

袁双一点开,就看到"宝贝"一脸享受地冲着镜头眯着眼睛,吐着舌头,像在笑。

杨夕南的视频是下午杨平西给"宝贝"剃毛的时候拍的,她没怎么加工,只是稍微剪辑了一下。视频里,杨平西没有露脸,只露出了他拿着推子剃毛的手,但视频的背景音很丰富,有风声、叶声、虫鸣、鸟叫,还有路过的寨民打招呼和好奇的住客问询的声音,以及袁双和杨平西的对话。

"以后耕云要是开不下去了,你可以去开个宠物店,专门给狗洗澡、剃毛。"

"那你还当我的老板娘,帮我哄狗?"

"没了我,你什么也干不成。"

"嗯。"

…………

这条视频可以说没什么内容,就是旅店里一个极其寻常的午后,但袁双觉得意境丰富。她给杨夕南发了个"点赞"的表情包,随后就把这条视频发到耕云的短视频账号上。

对完一天的账,夜已经深了,袁双收到杨平西发来的消息,说高速上发生了车祸,他被堵在了路上,一时半会儿回不来,让她不用等他,早点儿休息。

夜里走山路,危险程度更高,袁双知道杨平西出门带了旅店大门的钥匙,但她还是放心不下,所以没关店门,一直坐在大厅里等着。

杨平西带着客人回来时,见店门没关,大厅里还有灯亮着,走进来就看到了趴在桌上的身影,顿时心头一软。这些年,他早已习惯了只身来只影去,从来不知道有人点着一盏灯等着自己归来的感觉原来这么好。

杨平西见袁双睡着了,先去储物间拿了条毯子盖在她身上,过后才带着两个客人上楼,给他们安排了房间。

袁双打了个盹儿,睡着睡着,忽然惊醒。她还惦记着杨平西的安全,拿起手机正要给他打电话,余光就瞥到了身上的毯子。她怔了下,过了会儿才轻轻呼出一口气,抬手揉了揉眼睛。

旅店的门被关上了,袁双听到楼下的厨房有动静,便起身,把毯子叠好放在一边,循声走了下去。

杨平西正在灶台前煮面,厨房昏黄的灯光打在他身上,映着腾腾升起的热气,莫名有一种人间烟火的气息。

袁双轻悄悄地走过去,从他身后一抱。

杨平西倒没被吓着,他不用想也知道身后人是谁,只微微侧头,笑着说一声:"醒了呀。"

"嗯。"袁双抱着杨平西,脑袋往他后背上一磕,嗅着他身上熟悉的味道,这才从噩梦中彻底脱离。

"这么晚了怎么还煮面?"袁双稳了稳心神,抬起头问。

"刚来的客人没吃晚饭，给他们弄点儿吃的。"杨平西把火关小了些，一只手抚着袁双交握在自己腰前的手，问她，"饿吗？给你也煮一碗？"

袁双本来不觉得饿，但这会儿闻到香味又有些馋了。打从住进耕云，她在饮食上就完全没有节制，此时突然惊觉，自己已经有段时间没量过体重了。

她顿时有了危机感，遂摇了下头，义正词严地说："不行，我这段时间胖了，不能再吃夜宵了。"

"哪儿胖了？"

"感觉。"

杨平西失笑，劝慰她说："你每天山上山下地跑，吃再多也胖不了。"

袁双想了下，说："好像也是。"

杨平西听出了她话里的动摇，暗笑一声，往锅里又下了一把面。

袁双看到他的动作，嘟囔一句："我看你就是存心诱惑我。"

"嗯。"杨平西随口接道，"想喂胖你，把你从袁双变成袁又又。"

这个笑话一点儿都不高级，袁双却被逗笑了。她低声抱怨了句："再这么吃下去，估计真被你得逞了。"

"就一碗面，长不了几两肉，还是你想吃点儿别的？"杨平西噙着笑，回过头谑问，"藜州的'荤腥'？"

袁双听杨平西又拿这个梗打趣，瞥他一眼，故意唱起反调，用一种不屑一顾的口吻说："藜州的'荤腥'也就那样，我已经有点儿尝腻了。"

"是吗？"杨平西被挑衅，仍是一副老神在在的样子，还有闲心搅动一下锅里的面条，懒散道，"我怎么记得你昨天晚上不是这么说的，还缠着我要——"

袁双血气上涌，立刻抬起手去捂杨平西的嘴，又羞又恼地低喊了一声："杨平西！"

杨平西的嘴巴被捂着，眼睛里却露出了点点笑意。他抬手拉下袁双的手，放唇边亲了下，垂眼看着她佻声笑问："还腻吗？又又。"

◆　◆　◆　◆

袁双早上起来，和杨平西一起带着"宝贝"出门遛了一圈。遛完狗回到店里，她还没来得及将"宝贝"的绳子解下，就见大雷拿着手机跑过来，一脸兴奋地说："杨哥，双姐，耕云火啦！"

"啊？"袁双没明白。

大雷就将手机凑到她面前，激动地说："就这个视频，火了！"

袁双扫一眼就知道是自己昨晚发布的给"宝贝"剃毛的视频，她仔细看了

241

眼"转、赞、评"的数据，不由得咂舌。

"我早上刚刷到的，好像上了热搜，好多人评论呢！"大雷说。

袁双自己的手机放在房间里，她就拿来大雷的手机，点开视频评论区去看评论。最顶上点赞最多的一条评论是"我居然从一只狗的剃毛视频里看出了岁月静好的感觉"。

再往下，有评论问："视频里对话的是旅店的老板和老板娘吗？好恩爱啊～"

又有评论说："翻了下这个账号之前的视频，旅店是在一个寨子里吗？景色好美啊，想去玩了！"

视频底下还有一些曾经在耕云入住的客人留下的评论，无不是夸旅店景色美、环境好、人也好的，很多人还分享了自己住店的经历，发了自己拍的照片，然后竭力推荐没去过的人一定要去一趟藜东南，在黎山寨住一晚。

再往下好些人留评说，这辈子还没在寨子里住过，有生之年一定要来这家旅店住一宿。

袁双快速浏览了一遍上面的几条评论，又点进耕云的账号看了眼，发现粉丝数在成倍地增加，往期几个视频的播放量也有大幅的增长。

耕云曾经撒出去的善意，被分散在各处的人积攒起来，在这一刻来了个大爆发。

袁双把手机还给大雷，迫不及待地绕去前台，打开电脑，登上订房网站的后台看了一眼，惊喜地发现，不仅今天，接下来几天店里的房间都被预订了。

"满房！"袁双抬起头看向杨平西，眉目一弯，眼神里满是喜悦。

杨平西听到大雷说耕云火了时，情绪还没什么浮动，此时见袁双满眼的欢喜，才露出了笑容，因她的高兴而高兴。

袁双昨天还想着什么时候旅店能住满人，没承想今天这个愿望就实现了。之前她和杨夕南精心剪辑的视频都没什么人看，昨天发布的这条粗剪的视频反倒意外地火了。

无心插柳柳成荫，耕云火起来的方式都很"杨平西"，全然随缘。

袁双看着一溜儿的订单信息，打心里高兴。她忍不住从前台出来，抱着"宝贝"一阵爱抚，又笑着对杨平西说："'宝贝'真是店里的宝贝，是吉祥物！"

杨平西低笑，看着袁双说："你也不差。"

"嗯？"

"店里的'招财猫'。"

袁双轻哼一声，说："那你以后可得好好供着我俩。"

"狗粮猫粮管够。"杨平西笑答。

"去你的。"袁双嗔了句。

杨平西和袁双这边说笑,店里正好有客人进来,听到他们的对话,眼神顿时暧昧起来,笑着道了句:"老板和老板娘果然恩爱,我看吃狗粮的是我们才对。"

因为"宝贝"视频的意外火爆,今天一天,来耕云打卡的人非常多,不仅有游客,有些临近的乡镇、城市里的人也会出门周边游,来黎山寨里逛一逛。旅店的房间都被预订了,很多线下来问房的人知道店里没有空房后,虽然失望,但没有当即离开,而是在店里消费几杯酒水,拍几张照片。

一天下来,耕云大厅里的椅子就没有落空的时候,美人靠上时时刻刻都有人在摆拍,"宝贝"也成了宠儿。

袁双把杨平西按在吧台里调酒,自己则四处招待客人。头一回面对这么多顾客,大雷、阿莎和万妌都有些紧张,袁双却是八面玲珑,如鱼得水。

今天拼餐的人尤其多,就是没住店的人也想凑这个热闹。人家闻名而来,袁双不好驳了他们的热情,便有一个算一个,都让他们拼了。

吃饭的人多,菜势必要做得多些。袁双怕万妌一个人忙不过来,就和杨平西商量了一下,在寨子里请了两个婆婆上来帮忙。

晚上,大厅里的桌子全拼在一起,弄成了两大长桌,摆起了苗家的"长桌宴"。就这样还不够坐,袁双无法,只好和杨平西一起去寨子里借了桌子椅子搬上山。

一顿晚餐吃到深夜,十点过后,寨子里不让大声喧哗,店里的人这才慢慢散去。袁双让杨平西把不在店里住的人送下山,自己则帮着万妌他们收拾餐桌,等一切忙完,已经很晚了。

杨平西把客人一一送回镇上其他的酒店、旅馆,这才上山。到了旅店,见大厅里没人,他就把店门关了,然后径直走向了袁双的房间。

房门虚掩着,杨平西推门直接进去。进房后,他反手关上门,抬眼见袁双坐在书桌前看着手机,在本子上写写画画,便知道她在算账。

"不累?"杨平西走近,在袁双身旁站定。

袁双忙了一天,身体有些累,但心理上是满足的。她拿起手机,朝杨平西晃了下,愉悦道:"赚钱了。"

杨平西见她双眼发亮,忍不住笑一声,说:"这么高兴?"

"赚钱哪有不高兴的?"袁双说,"这可是我来耕云后店里头一回有这么多进账。"

杨平西说:"不只是你来了之后。"

"嗯?"

"今天是耕云开店后第一回来这么多人。"

袁双闻言眉开眼笑:"你也是头一回一天内调这么多杯酒吧?"

"嗯。"杨平西谑道,"摇酒器都摇变形了。"

袁双禁不住,笑了,道了句:"辛苦你了,杨老板。"

"就这样?"杨平西挑眉。

"不然呢?"袁双昂起头看他,"你还想要我写张奖状表扬你呀?"

"奖状就不用了……"杨平西说着弯下腰,一把把袁双从椅子上抱起来,往边上的床上一放,顺势一压,低声说,"给点儿奖励就行。"

袁双躺着,看着上方的杨平西,揶揄似的问:"调了一天的酒,你还有力气啊?"

杨平西喉头一动,说:"有没有,试试不就知道了?"

他低头正要吻,袁双抬起手抵住他的唇,眨了眨眼睛,狡黠道:"今天不行。"

"你忘啦……"袁双指了指楼上,说,"今天店里的房间都住满了。"

耕云冷清太久了,突然满房,杨平西还很不适应,的确是忘了这一茬。之前大床房住满了,他们还能去后堂标间解解瘾,现在整座旅店没有能"加餐"的地方了。

袁双见杨平西神色微变,就知道他看清了形势。她得意地一笑,推开了杨平西,翻身撑在他的胸膛上,轻佻地摸了下他的脸,不怀好意地笑道:"杨老板,力气就留着明天调酒吧。"

杨平西仰躺在床上,看着袁双得意的笑脸,好像看他吃瘪,她比赚了钱还高兴。他眉头微挑,倏地坐起身,把她一抱。

袁双低呼一声,整个人被扛在杨平西的肩上,不由得拍了拍他的后背,压低声问:"杨平西,你干吗?"

"洗澡。"杨平西扛着她往浴室走。

✦ ✦ ✦

隔天一早,寨子里的公鸡才报晓,袁双就睁开了眼睛,她往边上一看。不出意料,杨平西还是醒得比她早。

"时间还早,你可以再睡会儿。"杨平西说。

"不早了,鸡都叫了,得起来赚钱了。"

袁双昨天紧锣密鼓地忙了一天，今天还是很有干劲儿。想到店里现在住满了人，她就为之一振，想趁着耕云热度正高，抓住机会，让旅店更上一层楼。

她揉了下杨平西，说："今天来店里的人估计还会很多，我们得做点儿准备。"

杨平西不是爱赖床的人，袁双起了后，他便起了。他们挤在一个洗手间里洗漱，随后又一起回到房间里换衣服。

这段时间他们同吃同住，基本上是同居状态。杨平西慢慢地也把自己的东西从底下的小房间里搬了回来，再不需要去男生房里洗澡了。

上午，耕云仍是来了很多顾客，杨平西和大雷上山下山地帮人搬行李，袁双和阿莎、万婶就在店里接应、招待。之前店里生意冷清的时候，总觉得人手充足，现在客人一多，倒是忙不过来了。

午餐拼餐的人也多。袁双还是让杨平西去寨子里请了婆婆来帮忙，一顿饭又是吃了近两个小时。

生意好，忙是自然的，累也是肯定的。之前住店的人少，袁双还有时间睡午觉，现在她是连半个小时的时间都抽不出来了。

杨平西帮客人提了行李上来，见袁双打哈欠，知道往常这个点是她睡午觉的时间，便开口说："店里有我，你去休息。"

阿莎去了千户寨，袁双得顶她的位置。杨平西和大雷一上午山上山下地跑，已经很累了，她不忍心把所有的事全丢给他们。

"没事，扛一扛就习惯了。"袁双揉了下眼睛，觉得这段时间自己的身体被娇养惯了，现在忙一点儿就觉得累。以前在酒店，就是让她通宵，第二天她照样能打起精神去应付琐事。

杨平西眉头微紧，还要再说什么，这时一个姑娘走过来问："老板，老板娘，你们店里的狗呢？"

"在那——"袁双往"宝贝"之前常待着的位置一指，空空如也。她愣了下，随即笑着和姑娘解释道："可能跑后堂去了，我去找找。"

袁双从前台出去，到后堂找了一圈，没看到"宝贝"，又上楼去了小阳台，还是没有找到。她在旅店里里外外寻了一遍，愣是一根狗毛都没看到。

"杨平西，杨平西，"袁双慌慌张张地下楼，到了大厅，跑到杨平西面前说，""宝贝'不见了。"

"可能是跑去寨子里玩了。"杨平西安抚袁双，"你先别急，我去找找看。"

"……好。"

"宝贝"之前虽然偶尔会自己跑到寨子里溜达，但要不了多久它就会自己回来。袁双中午忙着招待客人，也没发现它到底是什么时候不见的，心里一时有些懊恼。

　　杨平西出门去寨子里找狗，袁双一直心不在焉的。好不容易等他回来了，却是不见狗，心情霎时沉到了谷底。

　　杨平西见袁双心情低落，抬手摸了下她的脑袋，宽慰道："不用太担心，'宝贝'之前也跑丢过，最后都找回来了。"

　　袁双立刻抬起头，问："怎么找回来的……发朋友圈？"

　　"嗯。"杨平西说着就拿出了手机。

　　"有用吗？"

　　杨平西点头，说："跑过太多回了，十里八乡的人都认得它。"

　　"但是它刚剃了毛……"

　　杨平西思忖了下，找了张"宝贝"剃了毛的照片发到了朋友圈，并附上文字："狗又丢了，看到的人联系我。"

　　"这要多久才会有消息？"

　　话音刚落，杨平西的手机一震。

　　"有了。"

　　"这么快？"袁双咂舌，为杨平西的人脉网震惊。

　　一个朋友发消息给杨平西，说是中午在马路上看到了一只剃了毛的狗，但没细看，不确定是不是"宝贝"。

　　袁双看到这条消息，也不知道该喜该忧。

　　那个朋友又发了条信息，说狗是往南山寨方向跑的。

　　杨平西思忖片刻，收起手机，说："我开车出去找找。"

　　袁双想也不想就说："我也去。"

　　"不行啊。"说话的是一直站在一旁的大雷。他等杨平西和袁双看过来，才解释说："杨哥、双姐，店里好些客人是冲着你俩来的，你们都出门了，会影响生意的。"

　　杨平西垂下眼，对袁双说："你留店里，我自己去找。"

　　袁双蹙眉，说道："'宝贝'丢了，我哪还有心情赚钱啊。"

　　"那店里的生意……"

　　"影响就影响吧。"袁双干脆道。

　　杨平西听到袁双这话，不知怎的，心情莫名舒畅。他牵了下嘴角，点头说："那就一起去。"

袁双等杨平西拿了车钥匙,一起出了门。身后大雷跟着,问一句:"要是店里的客人问起你们来,我怎么说啊?"

"就说——"杨平西牵着袁双的手潇潇洒洒地往山下走,头也不回道,"老板和老板娘找狗去了,请自便。"

❖ ❖ ❖ ❖

下了山,杨平西开车,载着袁双就往南山寨方向去。一路上,他将车开得慢之又慢,袁双的目光就来来回回地在马路两旁搜寻,嘴上一直喊着"宝贝",却始终没得到回应。

两人到了南山寨,正好碰上寨子的集日,芦笙场及主道两侧都是摆摊子做生意的人,有卖水果蔬菜的、卖自制香料的、卖手工制品的,还有卖活牲的,种类奇多。

杨平西的朋友说"宝贝"往南山寨来,袁双想,它总归不会是来赶集。

南山寨比黎山寨大,住的人也多,袁双和杨平西在寨子里找了一圈,问了好些人,他们都说没看到一只剃了毛的狗。

袁双的心又往下沉了几分,"宝贝"如果只是贪玩,这也就罢了,就怕是遇到了什么意外。

杨平西的一些朋友看到他的朋友圈,给他发了消息,都说在路上看到了一只剃毛狗,但是不确定是不是"宝贝"。一个朋友发了张抓拍的照片过来,照片很模糊,但杨平西一眼就认出来了,就是"宝贝",它尾巴上毛的形状还是他亲手修的,他再熟悉不过了。

拍照片的朋友说,看到这只狗觉得眼熟,正要追上去看看,狗就很警觉地跑了,之后就没影儿了。

"宝贝"之前跑过好几回了,回回都被杨平西的各路好友逮了回来。有了之前的经验,它已经学聪明了,还懂得了反侦察。

杨平西将几个朋友提供的信息结合起来,在脑子里画出了一条路线,他从这条路线上推测"宝贝"可能会去的地方,倏地一个念头闪过,他心里就有谱了。

"走吧。"杨平西拉住袁双的手说。

袁双皱着眉,问:"不再找一遍吗?"

"'宝贝'不在南山寨。"

袁双一听,立刻抬头看向杨平西,急切地问:"你知道'宝贝'去哪儿了?"

杨平西沉吟片刻,回道:"去石岩上寨看看。"

袁双不知道石岩上寨在什么地方,只知道坐在车上。外边的山越来越高,山路越来越险峻，往窗外稍微探看，就能看到万丈深渊。

杨平西开得很谨慎，就这么在山路上弯弯绕绕了半个多小时，袁双的视野里才出现吊脚楼。

杨平西把车停在路边的小广场上，袁双看着山脚下的小寨子，问："到了？"

"这是石岩下寨。"

袁双随着杨平西下了车，关上车门看向他："那上寨在哪儿？"

杨平西抬起头，往河对岸示意了一下。

袁双回头，目光越过河水，望向对面的几座高山。她的视线从山脚慢慢往上，隐隐约约地在一座山的山顶上看到了吊脚楼。

杨平西说："上寨没修公路，只能爬上去。"

袁双目测，石岩上寨的海拔比黎山寨还要高上不少。

杨平西走到袁双身边，低头说："山路不好走，你在下寨等着，我爬上去看看'宝贝'在不在。"

"我都来了，你觉得我在底下待得住吗？"袁双瞥向杨平西。

杨平西一笑，牵起她的手："走吧。"

袁双跟着杨平西走过风雨桥，又踩着田塍穿过一片农田，这才到了对岸的山脚下。进了山，他们爬了一小段路，碰到一条小溪。溪水上方架着一座木桥，在风雨的侵蚀下，桥上的木头肉眼可见地不结实，桥中段还有几块木板已经破损。杨平西走上桥踩了踩，确定桥上还能走人，这才向袁双伸出手。袁双抓着他的手，小心翼翼地上了桥，一步一步踩得极轻，生怕步子踩重了，人就掉下去了。

好不容易走到桥对面，袁双松了口气，拉着杨平西的手沁出了一层细汗。她心存疑虑地问："'宝贝'真的会跑到这个地方来吗？"

"有可能。"杨平西拉着袁双接着往山上走，一边解释说，"之前它就跟着寨子里的人去过上寨。"

袁双颔首："那我们赶紧上去看看。"

黎山寨的路都是石子石板铺就的，并不难走，但去石岩上寨的路是名副其实的山路，是被当地人劈出来的一条小道。道上两侧都是树木杂草，两人并行都不能够，只能一前一后地走。

杨平西打前，把路踩实了，袁双循着他的脚印走。爬到后面，她没了力气，还是杨平西拉着她到了山上。

山路尽头的路宽阔了许多，还铺上了水泥，再往上就是寨子。袁双喘了口气,调整了下呼吸,这才跟着杨平西往寨子里走。

石岩上寨的芦笙场就在寨子口,袁双一进去就看到了在场上撒欢儿狂奔的"宝贝",和它一起奔跑的还有一只大黄狗,它们好像在玩闹。

袁双惊喜道:"'宝贝'!"

"宝贝"猛地回头,看到袁双和杨平西,摇着尾巴屁颠屁颠地跑了过来。那只大黄狗就跟在它后头,一起过来了。

看到"宝贝"没事,袁双吊了一路的心才算落了地。

杨平西蹲下身,检查了下"宝贝",和袁双说:"没受伤。"

袁双松了口气,正想开口批评"宝贝",又见它浑身脏兮兮的,也不知道长途跋涉了多久才跑到上寨,一时又是气又是心疼,也不忍心骂它。

"怎么离家出走了?"袁双蹲下,捧着"宝贝"的脑袋揉了揉。看到它边上的大黄狗,她大概猜到了原因,便说:"你出来找朋友玩,不修书一封,也得叫两声告诉我啊。"

"宝贝"叫了一声,脑袋蹭了下袁双的手,像在道歉。

袁双立刻心软了:"好了,这次也怪我,店里的人太多了,没抽出时间陪你玩……下次你可不能再自己跑出来了。"

狗找到了,袁双放心了,扭头看向杨平西,问:"我们现在回去?"

杨平西正要回答,就听有人喊他:"老杨。"

声音脆生生的,袁双循声看过去,就见芦笙场边上有一栋吊脚楼,此时一群大大小小的孩子正趴在二楼大厅的栏杆上,冲着杨平西招手。喊杨平西的是个儿最高的一个男孩儿,看上去不过十四五岁的样子,喊起人来却老成得很。

不一会儿,那群孩子后面出现了个衣着朴素的中年女人。她戴着眼镜,一副知识青年的模样,很是儒雅。

"杨老板来了啊。"那女人打招呼。

杨平西颔首致意。

袁双松手让"宝贝"去和大黄狗玩,起身问道:"朋友?"

"刘姐是来黎东南支教的老师。"杨平西说,"来了十年了。"

袁双稍稍讶异。

杨平西拉上袁双,往刘姐的吊脚楼走。进了楼,袁双看到大厅里摆着一张张小书桌,书桌上还放着一本本书,就知道他们刚才是在这儿上课。

杨平西才进楼里,一群小孩儿就围了上来。高个儿男孩儿自来熟地抬高手搭着他的肩膀,说:"老杨,你好久没来了,打一场啊,这次我肯定赢你。"

男孩儿说的是打球，杨平西挑了下眉，嘬着笑说："你个儿没长多少，口气倒是不小。"

男孩儿不服，哼了一声，说："我现在投篮可准了，不信你和我比比。"

除了高个儿男孩儿，还有几个小男孩儿也缠着杨平西打球，连女娃娃都附和着起哄，看样子他的小孩儿缘也不错。

袁双抬眼，见杨平西看过来，知道他是询问自己的意见，便笑道："你就陪他们玩玩，我在这儿陪刘姐说说话。"

杨平西不担心袁双怯生，刘姐也是很好相处的人。他挨不住这些小兔崽子的纠缠，就把头一点，跟着他们去了芦笙场。

芦笙场上摆了个木质的篮球架，看着就是手工制作的，虽然简易，但结实。此时杨平西就在场上陪几个男孩儿打球，女娃娃在边上欢呼，"宝贝"和它的朋友大黄狗就绕在外围追赶打闹。

刘姐示意袁双在美人靠上坐下，她倒了杯水递过去，说："杨老板隔段时间就会来上寨一趟。寨子里的孩子都喜欢他，尤其是男孩儿，总爱缠着他一起打球。"

袁双知道杨平西会固定去几个地方送酒，但石岩上寨这么偏僻，不像景点，送酒到这儿来应该也卖不出去，便问了句："他来这儿是……"

刘姐在袁双边上坐下，解释道："他资助了几个孩子上学，所以会经常来看看。"

袁双微感惊讶，很快又不觉得意外。刚认识杨平西那会儿，她总觉得他做生意像在做慈善，现在一看，他还真是做慈善的。

袁双从高处往低处看，目光落到正在运球的杨平西身上，抿唇笑了下，说："的确是他会干的事。"

刘姐淡笑着接道："杨老板是个有善心的人。"

"刘姐你也是啊。"袁双回过头，看着刘姐说，"杨平西说你来黔东南支教十年了。"

"差不多。"刘姐说，"二十七岁的时候来的，现在都要三十八了。"

"刚来上寨的时候，这里基本是与世隔绝的，别说进城，就是去大寨子也不方便。

"这里的孩子读书难，以前只有镇上有学校，他们要上学，就只能背着背篓起早贪黑地走去镇上的学校，有些人家穷，干脆就不让小孩儿读书。"

袁双说："所以你来了。"

刘姐点了下头，娓娓说道："一开始是以前在城里任教的学校安排的暑期支教活动，我被安排到了藜东南。两个月的活动结束，我却舍不得走了。"

"山里的孩子很渴望认识外面的世界。大山把人困住了，读书能让人走出去。"刘姐微微一笑，说，"所以我辞了以前的工作，留在了藜东南，想用自己的力量让更多孩子从大山里走出去。"

十年的光阴在刘姐嘴里一揭而过，她轻笑着问袁双："你是不是觉得我太天真了？"

"怎么会？"袁双动容，"我很佩服你。"

刘姐莞尔，说："我当初决定留在藜东南时，几乎遭到了身边所有人的反对，我的父母、同事，还有当时的爱人，都不理解我，他们觉得我是一时脑热，以后一定会后悔的。"

袁双无意识地转了下手中的杯子，轻声询问道："那你现在……后悔吗？"

刘姐缓缓摇了摇头，说："有过坚持不下去的时候，但是让我再选一回，我还是会留下来。我在藜东南待了十年，教过很多孩子。对他们来说，我是看往外面世界的一只眼睛，这对我来说很有意义。"

"当年有同事劝我，说我想支教，可以等退休后，有时间有金钱了再去，何必浪费大好青春。我告诉他，我等得了，这里的孩子等不了，而且……"刘姐顿了下，从容又坚定地开口说道，"年轻的时候想做的事，我为什么要等老了以后再去做？"

刘姐的话就如钟磬一般，沉稳而有力量，敲在袁双耳畔，振聋发聩，让她不由得微微失神。

太阳西斜，炽热的光芒有所收敛。杨平西怕再晚些下山不方便，就和几个打球的男孩儿约好了下次再打。他去洗了把脸，回到刘姐那儿，和她打了声招呼，把袁双领走了。

回去路上，"宝贝"在最前头带路，袁双走在中间，杨平西殿后。

下山比上山省力些。杨平西见袁双始终低着头一声不发，比来时还沉默，思忖了下，问道："下午和刘姐聊什么了？"

"啊？"袁双回神，抬了下脑袋说，"没什么，就是聊了些她支教的经历……刘姐很厉害。"

"嗯。"杨平西说，"她以前经常去各个寨子里劝那些辍学的孩子去上学，还教出过很多个大学生，在藜东南很受尊敬。"

"真佩服她的勇气。"袁双由衷地赞叹了一句。

杨平西抬眼注视着前方的身影，片刻后应了声："嗯。"

袁双心里头挂着事，谈兴就低。她低着头看着路，脑子里一直在回想刘姐下午说的话。之前她和杨平西定了三个月之约，现在已经过了一半，按照约定，留给她做决定的时间不多了。她之前一直笃定自己三个月之后会对黎东南、对耕云失去新鲜感，但目前来看，情况正好相反，且加上她和杨平西现在的关系，她的天平倾斜了。但这毕竟不是小事，关乎人生重大方向的抉择，袁双觉得自己没办法轻易下决心。

正出神着，走在前边的"宝贝"突然叫了一声，袁双被吓了一跳，垂眼一看，只见草丛一动，似乎有什么东西溜了过去。

袁双顿住脚，僵着身体问："不会是……"

"蛇。"杨平西接得很从容。

那个字一出来，袁双就起了鸡皮疙瘩，她往后退到杨平西身边，不敢再往下走。

杨平西低笑，说："就是一条小土蛇，没有毒，不用怕。"

袁双从小胆子大，不怕蟑螂不怕老鼠，但对蛇这种日常少见的生物，她还是怵的，尤其是一想到它刚才就从自己脚边溜过去，她就控制不住地头皮发麻。

杨平西见袁双着实害怕，就没逼着她往下走。他往前一步，绕到她身前，蹲下身示意道："上来。"

袁双看着他宽阔的后背，也不矫情、忸怩，直接趴了上去。

杨平西轻松把她一背，喊了还在扒拉草丛的"宝贝"一声，继续往山下走。

有人工轿夫背着，袁双乐得自在。她搂着杨平西，脑袋搁在他肩上，定定地看着他的侧脸，脑子里又开始想事情。

在一起后，杨平西从来没问过她到底要不要留在耕云，他似乎恪守着三个月之约，只待她自己做决定。袁双是了解他的，他不受拘束，也从不强求别人，就如当初她第一回萌生要走的念头时，他就说过好聚好散。她想，可能三个月之期到了，她说要回北京，他也不会多作挽留。他给予她足够的尊重、自由，但袁双心里并不因此感到快活。

"我有这么好看？"杨平西忽然侧头，谑笑着问。

袁双对上杨平西的视线，这才回过神来，抬手轻轻推了下他的脸："少自恋了。"

"不好看你这么盯着我？"

袁双不想坦露心思，便别开脸说："谁盯着你了，我明明是在看风景。"说着，她稍稍直起身，真的放眼去看风景。

他们走在山间小道上，往山外看去，是一大片梯田。这时节稻子结了穗开始变黄，在夕阳的余晖下呈现出一种黄绿的渐变色。一阵风吹过，还能闻到丝丝的稻香味。

袁双深吸了一口气，笑着问杨平西："逍遥诗人，这么漂亮的景色，有没有激发你作诗的灵感啊？"

杨平西听出了袁双话里的揶揄，像煞有介事地点了点头，说："还真有。"

"哦？"袁双稀奇，"作一首来听听。"

杨平西装模作样地清了清嗓子，开口先读了个诗歌名："山间小道。"

"走在山间的小道上。

"前边是条狗。

"背上是个姑娘。

"狗的名字叫'宝贝'。

"姑娘的名字叫'宝贝儿'。"

作这首诗已经是杨平西超常发挥了，还会用双关。袁双绷着笑，问："怎么有两个'宝贝'呢？"

"收留了两个，一个南方的，一个北方的。"

袁双忍不住埋头在他颈侧闷笑，故意问："那么哪个'宝贝'好？"

"各有好处。"杨平西挑唇一笑，说，"'宝贝'能看家，'宝贝儿'……能成家。"

袁双忽然感到一股前所未有的悸动，忍不住搂紧了杨平西，在他耳边轻声说："听起来还不错。"

杨平西侧头，噙着笑应道："嗯。"

漫天余晖洒落，清风拂过树梢，稻田翻起波浪，世间最美好的时刻似乎就是现在。

袁双看着杨平西透着淡淡笑意的眼睛，心口微微灼热。她想，不管以后如何，至少此时此刻他们心意相通，便足够了。

Chapter 13 羁绊

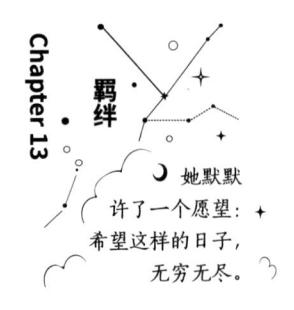

> 她默默许了一个愿望：希望这样的日子，无穷无尽。

袁双和杨平西回到黎山寨时，晚星已亮。寨子里的家家户户都点上了灯，空气里飘的都是饭菜的香味。

寨子不同于往日的宁静，都这个点了，还有不少游客走动。袁双一猜就是因为耕云这两天曝光度高，所以来黎山寨的人也就多了。

饶是做好了心理准备，回到旅店，看到整个大厅都是人，比昨天晚上的人还要多，袁双还是忍不住吃了一惊。

大雷、阿莎他们正忙着摆桌上菜。看到袁双和杨平西，大雷立刻奔过来，见了救星一样，说："哥、姐，你们可算是回来了。"

袁双问："下午来了这么多人？"

大雷点头，回道："你们走了之后，来了好多来店里打卡的人，知道你们不在，还特意等着，这就越等越多了。"

大雷话音刚落，就有客人瞧见了袁双和杨平西，激动地喊了声："老板和老板娘回来了。"

他这一嗓子，大厅里几乎所有人的目光都投向了袁双和杨平西。很快，很多年轻男女拿着手机围过来，说想拍张合照，还有人拿着手机对着他们拍视频，要他们秀恩爱。

昨天来的第一拨客人也很热情，拿着手机、相机在旅店内外到处拍照摄像，袁双和杨平西就算是不想入镜，也提防不住。客人们把拍到的照片和视频往网上一传，杨平西和袁双露了脸，耕云的热度就达到了新高，因此今天有很多人是冲着他俩来的。

袁双看了眼杨平西，他眉头微拧，显然很不喜欢这种备受瞩目的感觉。

"不好意思啊，今天没化妆，不上相，就不拍了。"袁双委婉地表明意思，但拦不住客人们按快门的手。

还有些客人拿着手机支架做直播，镜头扫到袁双和杨平西，还给作介绍，说："这就是旅店的老板和老板娘，大家小礼物刷起来，我就去采访下他们……"

袁双纵使是见过大世面的，也没碰到过今天这种场面，一时都有些瞠目、张皇，不知如何应对。

有个女主播见围着袁双和杨平西的人多，就把镜头对准了边上的阿莎，说："这个小姐姐是旅店的前台，她不会说话，是个哑巴。老板和老板娘人好啊，给了她一份工作，小姐姐也很努力，可以说是身残——"

女主播话还没说完，杨平西就走了过去，抬起手把她的手机镜头一挡，直截了当地说："关掉。"

杨平西一动，袁双就知道他要干什么，遂立刻跟上去，沉着声音对那个女主播说："不好意思啊，美女，店里的景色你随便拍，但是拍人的话，我想，还是要经过本人同意的。"

"露个脸而已，又不会少块肉。"女主播不满地嘟囔了句。

如果只是拍袁双和杨平西，他们虽然不太愿意上镜，但也不会做出太大的反应，但是涉及阿莎他们，情况就不一样了。

袁双冷静下来，稍微强势地说："我们店里的员工都是普通人，不是公众人物。如果你未经本人同意就拍摄的话，可能会侵犯到他们的肖像权和隐私权。"

女主播这才讪讪地收起了手机。

袁双没把事情做绝，等女主播关掉直播，又请她喝了一杯酒，算作赔礼道歉。

一整个晚上，杨平西和袁双都在处理这样的事。

今天来店里的客人以年轻人居多，他们追热点赶潮流。耕云这两天曝光度高，成了网红打卡点，杨平西和袁双成了打卡人物，很多人非要和他们合照，就是"宝贝"，也有人排着队要和它拍照。

"宝贝"今天才离家出走，袁双猜它跑去石岩上寨的原因除了去见朋友，还有可能是昨天店里太多人拍它了，它不喜欢。

袁双担心"宝贝"不适应，再次出走，就把它送到了孙婆婆家，让它暂时和孙婆婆做伴。

从山下回来，还没到店里，袁双就透过大厅的开放式护栏看到了乌泱泱的人。一群客人挤在美人靠上拍照，房子里的喧闹声隔老远都能听到。

从前的耕云是悠游自在的，现在却是紧张、局促的，好像事赶事一样，一点儿喘息的空间都没有。以前店里住的人虽然少，但人情味满满，现在人变多了，不觉得是热闹，而是呈现出一种不协调的嘈杂。这些人来看耕云，看的却又不是真正的耕云。

袁双在底下静静地站了会儿，这才举步回去。

晚上，到了点，大厅里的客人才逐渐散去。杨平西和昨晚一样，把不住店的人送下山。回到旅店后，他把店门关了，去了袁双的房间。

袁双洗了澡躺在床上，杨平西去浴室冲个澡的工夫，再出来时她已经睡着了。今天她去找"宝贝"，在外面奔波了小半天，晚上回来又一刻不停歇地忙，他想，她肯定是累得扛不住了。

杨平西掀被上床，伸手将袁双揽过来。

袁双没有抵抗，找了个合适的位置窝在杨平西怀里。她似乎是带着心事入睡的，睡着的时候，眉头还皱在一起。

杨平西抬手轻轻地把她眉心的褶皱抚平，这才伸手关了灯，拥着她入睡。

隔天一早，公鸡准时报晓。袁双按时醒过来，她习惯性地往边上看去，就对上了杨平西清醒的双眼。

袁双一动不动，杨平西挑眉，问："鸡都叫了，不起来赚钱？"

袁双还是躺着没动。片刻后，她语气平静地对杨平西说："我想把耕云关了。"

杨平西只是微微愣了下，很快就点头应道："好。"

"你不问我原因？"

杨平西说："我知道。"

袁双眨了下眼，笑了。

她说到做到，起床后就找了个牌子，写上"打烊"两个字，挂在旅店门上，然后将店门关上。

万婶、大雷和阿莎到店里时，看到旅店门没开，再看到门上的"打烊"的字样，都十分惊讶。他们敲了门进来，大雷迫不及待地问在前台的袁双："姐，店里是出什么事了吗？"

"没有。"袁双摇了下头，解释道，"就是暂停营业一阵子。"

大雷和阿莎面面相觑。

大雷直接问："姐……你是认真的吗？"

袁双点头。

"为什么啊？"

"这两天来店里的人都不是冲着耕云来的，是冲着热度来的，避一避。"

大雷想到这两天旅店里乌七八糟的景象，很容易就理解了袁双的话。他再次确认了一遍："姐，你想好了？错过了这一阵儿的热度，之后就很难再吸引到这么多客人了。"

袁双莞尔，说："人挑旅店，旅店也挑人。热度过去之后，想来耕云的人还是会来，至于那些仅仅是想蹭热度的人，不来也不算是损失。"

杨平西正在吧台里清点酒柜上的酒，听袁双这话耳熟，不由得无声一笑。

袁双点了两下电脑，把旅店的状态改为"歇业中"。她又对大雷和阿莎说："你们把接下来几天已经确认过的订单都取消了，打电话告知客人一声。"

大雷看向边上的杨平西。

"听她的。"杨平西淡然道。

大雷见两个当家的都这么说了，也就爽快地点了下头，应道："好嘞。"

一上午，袁双都在解决订单的事，因为是旅店的问题导致客人不能入住，所以平台扣了一笔钱。袁双让大雷打电话给已经确认过订单的客人，向他们致歉后，对还有意向来黎山镇的人，就由耕云这边安排了镇上的酒店、旅馆。

解决完线上的订单，袁双就开始处理线下的。中午，她让万婶做了一桌菜，请住店的客人吃了顿饭。午后，大部分客人退房离开，袁双就和还住店的客人协商了下，把他们安排到了镇上的酒店、旅馆，住房的差价由耕云补上。

平台扣一笔钱，补差价花了一笔钱，这几天不营业没有收入，相当于损失了一大笔钱……袁双算了一笔账，嘀咕了句："好多钱啊。"

杨平西听到后低笑，问："后悔了？"

"有点儿心疼。"

"我赔给你。"杨平西说。

袁双轻哼一声，说："羊毛出在羊身上。"

虽然亏了钱，但袁双心里格外轻松。

热度带来的收入的确诱人，但这样的热度早晚都会过去，而耕云在被过度消费后会变了味。

袁双想，比起"一家过气的旅店"，她更喜欢"一家始终默默无名的旅店"这个评价。

客人都被送走后，旅店一片安静，比之前还要冷清。

没人住，自然没活儿干。袁双看着在一旁无所事事、百无聊赖地围着"宝贝"的大雷、阿莎和杨夕南，思忖了片刻，拍了下桌，站起来，掷地有声地说："走，出门团建去！"

杨夕南一听来劲了："出去玩？"

袁双点头："嗯。"

大雷、阿莎和杨夕南齐刷刷地看向杨平西，袁双也看了过去。

压力过来了，杨平西牵了下唇角，表态："听老板娘的。"

大雷他们欢呼雀跃。

决定好要出门团建，他们就开始商量去哪儿玩。杨夕南和大雷一个说去钓鱼、烧烤，一个说去看电影、吃火锅，阿莎打着字说想去游乐园，万婶把刚洗的床单被套晾好回来，说一句"都行"。

袁双见他们意见不一，也不商量了，大手一挥，简单粗暴地说："都去！"

杨平西看她这彻底放纵的模样，不由得低笑。

店里加上杨夕南有六个人，再带上"宝贝"，杨平西的小汽车坐不下。袁双本来想和寨子里的人借一辆车，分两辆车走，但杨平西轻而易举地解决了这个难题。不知道他从哪儿弄来了一辆面包车，九人座。袁双一看座位管够，就让万婶把她的两个小孩儿也带上了。

他们一行人浩浩荡荡地下了山，碰到寨子里的游客问起旅店为什么关门，袁双就大大方方地说店里的人要出去团建，这几天都不营业。

下了山，杨平西把面包车开过来，大雷他们自觉地坐上后座。袁双招呼"宝贝"上车，这才坐上副驾驶座。

杨平西敲着方向盘，问："先去哪儿？"

"先去钓鱼、烧烤？"袁双回过头问。

后座的几个人纷纷点头，尤其是三个大孩子和两个小孩子，甚至是"宝贝"，都一脸的兴奋，就像要去春游的学生。

袁双一笑，看向杨平西，问："项目确定了，地点你来安排？"

杨平西挑了下眉，把车挂上挡，提醒道："坐稳了。"

袁双系上安全带，举起手一声令下："杨师傅，出发！"

◆　◆　◆　◆

袁双心血来潮带着店里的人出门团建，没有做任何的计划，说去钓鱼、烧烤，却什么工具都没带。但杨平西从从容容的，完全没觉得困扰，袁双知道他本事大得很，也就放宽了心。她出了个主意就当甩手掌柜，把剩下的事全交给了杨平西。

杨平西开着面包车，在山路上弯弯绕绕七拐八拐，最后停在一个小寨子前。"到了。"杨平西把车熄了火。

袁双下车，环顾一周，发现这个寨子和昨天去的石岩下寨有点儿像，都是寨子靠山，隔着马路的另一侧临水，河对岸是大片的农田。

四五点钟的光景，太阳的威力开始减弱。一群小孩儿穿着泳衣在风雨桥底下游泳戏水，上游有几个大人拿着竹竿作为钓竿，坐在岸边垂钓。

258

夏天天热，人看到水就想往里头扎。大雷、阿莎、杨夕南和万婶的俩小孩儿下了车就往河里跑，很快就加入了那群游泳滋水枪的小孩儿的队伍，和他们打成了一片。

"这条河……安全吗？"袁双回头询问杨平西。

杨平西知道上回山洪暴发，让袁双心里有了点儿阴影，遂安抚她："这条河是藜江的支流，放心吧。"

袁双这才松了口气，她见河水也不深，就安心让大雷他们玩水去。她扭了扭坐车坐僵了的身体，对杨平西说："走吧，去拜访下你的朋友。"

杨平西挑眉，袁双瞥他一眼，笑了一声，说："藜东南哪个寨子里没你的朋友？再说了，你不去拜访朋友，钓鱼和烧烤的工具从哪儿来？"

袁双料得准准的，她主动往寨子里走，走两步还回头催杨平西："别戳着了，你的朋友还要我带你去找啊？"

杨平西轻笑一声，三两步追上去，和袁双一起往寨子方向走。

这个山脚下的小寨子叫"朗寨"，寨头寨尾有两道寨门，前后相距也不过百来米。杨平西带着袁双径直去了寨尾，进了寨门往台阶上走了几级就停住了。

袁双抬头，打量了眼手边的这座吊脚楼，入眼的是门上的一个招牌——朗寨饭馆。

杨平西直接进了店里。这时候饭馆没人用餐，很安静，前台倒是有人，是个怀孕的女人。她听到动静抬起头，看到是杨平西时，脸上露出惊喜的表情，放下手机，扶着腰就站了起来。

"小杨啊。"女人打了声招呼，又冲厨房方向喊："老王，小杨来了。"

厨房那头传来声音："谁来了？"

随后一个中年男人掀起厨房的帘布，探出了脑袋。老王看到杨平西，哟了一声，忙走出来，呵呵一笑，说："这不是这两天网上很火的明星老板吗？"

他说完又看向袁双，也是一句调侃："这是明星老板娘？"

袁双知道老王只是在拿他们打趣，没有恶意，便自如地一笑，很是熟稔地喊了声"王哥"，接着说道："我和杨平西哪是什么明星啊，就是出来烧烤还没工具的普通人。这不，正想问你借呢。"

她说着看向老王身边的女人，眉眼一弯，问："嫂子，方便吗？"

"哎哟，这有什么不方便的。"女人朝袁双招了招手，说，"你跟我来，我带你去取。"

袁双回头看向杨平西，杨平西朝她微微颔首，又说："重的东西先别拿，我来。"

"好。"

老王等袁双跟着自己的老婆去了储物间，这才问杨平西："你不在店里好好赚钱，怎么有时间跑我这烧烤来了？"

杨平西淡然回道："店关了。"

老王傻眼："真关了？"

"嗯。"

老王错愕了几秒，抬起手捶了下杨平西，笑骂道："好小子，真是一点儿都没变，还是这么潇洒……这两天你的旅店在网上多火啊，这么好的赚钱机会不要，说关就关。"

"耕云不是我要关的。"杨平西嘴角一勾，话里带着淡淡的笑意。

"那是……"

杨平西往储物间看了眼，他站在外面还能隐隐约约听到袁双的声音，在询问店里有没有木炭。

"弟妹？"老王露出惊讶的表情，"她说关店的？"

杨平西点头："嗯。"

老王咂摸了下，而后摇头失笑："你们俩可真是一对……侠侣啊。"

"以前我就在想，到底要什么样的女人才能把你这匹'野马'给驯服了，今天我算是见着了，是另一匹'野马'。"老王竖起了大拇指，夸赞道，"弟妹和你真是天造地设的一对儿，绝配！"

杨平西垂下眼睑，笑了。他和老王说了几句话，就去储物间帮袁双拿东西。

老王是开饭馆的，偶尔也会在路边摆摆摊儿做做烧烤生意，赚点儿过路人的小钱，因此店里烧烤用具一应俱全。老王夫妇不仅提供了工具，还热情地把店里的食材拿了出来。这还不够，老王又带着袁双去了河对岸，在自己的菜地里摘了好些新鲜的蔬菜。

很多寨民看到他们在河边烧烤，上前询问自己能不能参与。袁双乐得人多，欣然应允。寨民就拿了自家的食材，加入了耕云的团建。

大雷他们还在河里乐此不疲地玩水，"宝贝"在河滩上奔跑，杨平西和人借了竹竿钓鱼，袁双就跟着万婶和几个朗寨的妇女处理食材。她厨艺不精，只能在一旁打打下手。

老王的妻子吴姐也来帮忙。袁双看她挺着个大肚子，不敢让她摸刀子，就让她干些轻松的活儿，主要是陪着说说话聊聊天。

时值傍晚，金乌西坠，暮色四合，天际浮现了大片的红霞，像被水彩洇湿的棉花一样，析出了好几层深浅不一的颜色。

杨平西拿着竹竿坐在河岸边垂钓。一开始他身边还有两三个一起钓鱼的人，后来那些人都陆续走了，就剩他一个人坐着不动。他的目光平静地落在水面上，不急不躁地守着。

河滩上都是小石子，人踩在上面窸窣有声。杨平西听到身后轻微的动静，余光又看到边上的"宝贝"回头盯着后面的人摇尾巴，不由得垂眸一笑。他装作不知，静静地等着。

袁双轻手轻脚地靠近杨平西，自以为唬人地往他身上一趴，却没得到预想中的效果，一时纳闷儿。

"你怎么没被吓着？"

"心灵感应？"

"少来。"袁双看了眼"宝贝"，埋怨了它一句，"一定是你出卖了我。"

杨平西失笑。

"钓到鱼了吗？"袁双往杨平西边上的小红桶看了眼，嘲笑他，"一条都没有。"

"嗯。"杨平西应得坦荡。

"这么难钓吗？"这条河的水不深，暮色中袁双还能看到有小鱼跃出河面，照理说河里的鱼不少。

杨平西缓缓起竿，把绳子拉上来。袁双一瞧，顿时笑了。杨平西的鱼竿连鱼钩都没有，仅仅是用绳子缠着饵料就下水钓鱼，这会儿鱼饵被吃了个精光，只剩下一个绳结空荡荡地晃着，像感叹号的那个点。

"你是钓鱼呢还是喂鱼呢？"袁双笑道。

"钓上来了就是钓鱼，没钓上来就是喂鱼。"杨平西没有执着于结果，达观得很，一如他的人生态度。

袁双脸上的笑意渐微，她看着杨平西恍了神。

杨平西侧头："怎么了？"

袁双回过神来，摇了下头，拍拍杨平西的肩膀，说："烤串弄好了，快来生火。"

"嗯。"

夜幕降临，山林间的天空星辰密布，河岸边一阵青烟滚起，烟雾里都是笑声。

261

来河岸烧烤的人越来越多,有些已经吃饱饭的寨民也来凑热闹,几乎大半个寨子的人都聚在一起,欢声笑语不断。

老王拿来几瓶酒,寨民们便不约而同地唱起了敬酒歌。歌都唱了,舞蹈自然是少不了的。河岸上载歌载舞,其乐融融。寨子里还有小伙子拿了芦笙出来,吹着曲子助兴。

老王见了,问袁双:"弟妹,你听过小杨吹芦笙吗?"

袁双摇头。

老王便回到饭店,拿出自己的芦笙,往杨平西面前一递,怂恿他:"弟妹还不值得你吹一曲?"

杨平西回头看向袁双。

袁双喝了酒,双眼发亮,睨着他故意说:"嫂子刚才和我说,黎东南好多寨子里的姑娘都想听你吹芦笙……不知道我有没有这个荣幸听一听?"

杨平西一哂,懂了。他接过老王手上的芦笙,捧着试了试音,然后站在袁双对面,看着她思索片刻,才将芦笙吹响。

杨平西吹芦笙时,眼睛始终望着袁双,好似这首曲子只为她一人演奏。他吹的曲子节奏舒缓、柔和,像傍晚的夕阳、徐徐的晚风、河道里潺潺的流水……还像情人间私密的呢喃。

曲调悠扬,袁双心头一动,想起了吴姐刚才说的话——黎东南好多寨子里的姑娘都想听杨平西为自己吹一首芦笙曲,但他从来没答应过。她忍不住在心里一叹,觉得自己可能真是被杨平西种下情蛊了,不然怎么会被他拿捏得死死的?

一曲毕,周围人鼓起掌来。杨夕南趁机给袁双和杨平西拍了几张照片,又拉他们过来,喊上阿莎、大雷和万婶及她的两个孩子,说:"我们拍一张合照吧。"

老王主动说要担任摄影师。他拿着杨夕南的单反,有模有样地指挥道:"我数'一二三',你们就喊'耕云'啊。"

"一——"

"二——"

"三——"

"耕云——"

咔嚓一声,此刻定格。

耕云的团建最后变成了一个露天的大派对,所有人都很尽兴。等夜深人散后，杨平西帮老王把工具收拾好了抬回去。

袁双趁着老王夫妇不在店里，扫了下他们店里的收款码，转了一笔钱。她本以为自己的这个行动是很隐秘的，没想到钱才转过去，店里就响起了语音播报，那声音吓得她一个激灵，差点儿就把手机丢了。

杨平西进门就看到了袁双的一系列举动，像刚入行的小毛贼一样，既胆大又胆小，顿时在门边笑得不能自抑。

袁双微窘，忍不住抢白："笑什么笑。"她走过去，拿手肘轻轻戳了下杨平西，瞪他一眼，"给我憋着！"

杨平西垂眼看着袁双，不知怎的，今晚的她格外动人。他忍不住把她往身上一揽，低头亲了下。

袁双余光看到老王夫妇拿着东西出现在门口，笑得一脸暧昧，赶忙抬手推开杨平西。

"果然是年轻人啊。"老王笑着揶揄一句，"我还是头一回看到小杨把持不住。"

袁双脸上发热，不由得暗地里掐了杨平西一把。

"小杨，你们今晚就别回去了，在朗寨住吧。"吴姐热情地邀请道。

"不了。"杨平西抓过袁双的手，说，"人多，不方便。"

"怎么会不方便，我们这儿有的是房间。"

老王的目光在杨平西和袁双身上转了圈，他忽而笑呵呵地说："人多，的确是不方便。"

吴姐还要说，老王阻止她："就让人小两口儿回去吧，他们在自己的地盘更放得开。"

到底是夫妻，老王这么一说，吴姐立刻露出了然于心的表情。她盈盈笑了两声，开口说："那我们就不留了。"

和老王夫妇道了别，从饭店出来，袁双脸上的热度一直没散去。她瞥了眼杨平西，埋怨道："都怪你，让王哥吴姐误会了。"

杨平西低下头，问："误会什么了？"

袁双抿着嘴不说。

杨平西笑了一声，搂过她，说："他们没误会。在自己的地盘上……的确更放得开。"

时间不早，收拾好东西，杨平西招呼店里的人上车。

因为要开车，杨平西晚上就没喝酒，袁双倒是喝了些，上车后在山路上一晃悠，没多久就靠在椅背上睡着了。她睡得不沉，察觉到车停下后就醒了。

杨平西帮袁双解下安全带，说："你先回店里，我送阿莎回去。"

阿莎家里还有母亲要照顾，不方便外宿。袁双点了下头，她从车上下来，回头见杨夕南还坐在车上不动，就喊了她一声。

杨夕南回道："我刚才和阿莎姐说好了，今晚和她一起睡，明天可以拍拍她的寨子。"

在阿莎家住倒没什么不安全的。袁双拉上后座的车门，叮嘱杨平西开慢点儿，这才跟着万婶、大雷他们上山回了黎山寨。

万婶、大雷的家都在芦笙场附近，袁双和他们道别后，一个人带着"宝贝"往山上走。她走的是水上粮仓那条道，本以为这么晚了，孙婆婆应该已经睡了，却不想她一个人坐在门前，似是睡不着觉，出来纳凉。

袁双看孙婆婆孤零零的，就拉着"宝贝"一起陪着孙婆婆赏月，直到老人家催她回去睡觉，她才起身，往上走回旅店。

◆ ◆ ◆ ◆

耕云现在是座空楼，静悄悄的，显得外边山林里的虫鸣鸟叫声更加清晰。

袁双把大厅的灯打开，就近在一把椅子上坐下，等杨平西回来。以前住店的人少，晚上大厅里还能有一两个住客一起说说话、喝杯酒，今天却是一个客人也无，她难免觉得有些孤单。

她正感慨的时候，李珂打来了视频电话，袁双正愁没人说话，立刻接通。

"没打扰你和杨老板的好事吧？"李珂开口就揶揄道。

袁双和杨平西定下关系后没瞒着李珂，李珂没少拿这事调侃她。袁双早已习惯，就从容地回道："他不在店里。"

"那去哪儿了？"

"送员工回家了。"

袁双把今天店里团建的事一说，李珂马上问："我看网上有人说你们旅店今天关门来着，还以为是假消息，原来是真的啊？"

"嗯。"

"杨老板关的？"

"我关的。"

李珂愣了下，随即眼睛一眯，问："这是你的又一个营销策略，对吧？"

袁双笑了："不是，就是单纯地觉得冲着热度来的人太多了，把耕云的氛围都破坏了，想避一避。"

李珂傻眼了:"袁又又,这还是你吗?你不趁着热度涨房费大赚一笔,居然把店关了?"

"我有那么爱钱吗?"袁双故作不满。

"是谁以前说的,和杨老板性格不合,你爱钱,他不爱。"李珂学着袁双以前的口气说道。

袁双笑了声,说:"我还是爱钱的,但是赚钱也得分情况,我不想让耕云变成那种商业化的旅店。"

"啧啧,我居然能从你嘴里听到这样的话,真是活久见了。"李珂感慨道,"你真是越来越像你的杨老板了。"

"像他不好吗?"

"倒不是不好,只是你以后是要回来的,要是太像杨老板了,还怎么在北京的酒店工作啊?这里可是吃人不见血的名利场。"

袁双敛起笑意,沉默了。

李珂盯着袁双的脸,眉头倏地一皱,问了个紧要的问题:"袁又又,你不会是真想留在藜州吧?"

袁双露出了为难的表情。

李珂之前以为袁双和杨平西只是春风几度,顶多算是旅途中一场美好的邂逅,之后就会回到各自的生活轨道,现在却觉得情况不妙。她一唬,马上正色道:"我之前和你说让你留在那儿别回来是开玩笑的,你可千万别当真。你在北京辛辛苦苦干了那么多年,好不容易在行业里有了点儿积累,真要是去了藜州,那这一切可就都付诸东流了。

"虽然你现在待在那儿挺好的,但是以后的事都是说不准的……"李珂不想浇冷水,她叹了一口气,由衷道,"不夸张地说,这是关乎人生的抉择,要慎重再慎重,你千万别一时脑热做决定,不然真的后悔都来不及。"

袁双知道李珂是为了自己好,只有真朋友才会说真心话。她扯起嘴角笑了下,颔首应道:"嗯,我知道。"

袁双和李珂又聊了会儿。挂断视频后,她托着下巴,陷入了沉思。

她二十岁的时候,渴望去大城市生活,所以不顾父母的反对,执意去了北京。这几年在北京,她满身疲惫,到后来都不知道是自己想留下还是为了争一口气而留下。她靠着一股拼劲儿,付出了时间、心血,总算是做出了点儿成绩,说一点儿留恋都没有那是假话。但她也舍不下耕云,这里没有那么多钩心斗角、阿谀奉承,只有日升月落、云卷云舒,还有人与人之间最纯粹、质朴的感情。

在这儿生活的这段日子，可以说是她这几年来最轻松惬意的时光。

袁双觉得脑子里有俩小人儿在打架，难分胜负，她一时取舍不下，不由得幽幽地叹了口气。

她正纠结间，杨平西回来了。他进了门，反手把旅店的门关上。袁双回神，看到他手上提着个袋子，就问了句："拿着什么？"

"杨梅汁。"杨平西走近，把手上的一杯杨梅汁放在桌上，解释道，"看到镇上有人卖，就买了。"

杨平西说完坐下，袁双立刻就闻到了一股淡淡的烟草味。她从烟草味的浓度上就可以判断出，他是在进店前不久才抽的。杨平西的烟瘾不大，偶尔会点上一支。她没放心上，拿了袋子里的杨梅汁，用吸管一戳，吸了一口。

晚上喝了酒，杨梅汁酸酸的口感正好能中和酒精的味道。袁双咬着吸管，余光看到杨平西一直盯着自己，眼神幽深，不由得双颊一鼓，把嘴里的杨梅汁咽下去，笑问道："你一直看着我干吗？想喝啊？"

"想喝你怎么不多买一杯？"袁双故意做出一副护食的姿态，说，"我可不会分给你。"

杨平西眸光微闪，低笑着说："那我喝你嘴里的。"他说完不待袁双做出反应，抬手捏住她的下巴，迫使她微微仰起头。

一吻毕，杨平西抚了下袁双的唇瓣，盯着她看了几秒，才笑道："不是很酸。"

袁双喘着气，觉得舌根都是麻的。她捧着一杯杨梅汁，张嘴想喝，又见杨平西虎视眈眈地盯着，好像她一喝，他就要从她嘴里夺食。

"你喝吧。"

袁双把吸管塞进杨平西的嘴里，却没想到他花样这么多，自己喝了还来喂她。

一杯杨梅汁见底，袁双已经有些缺氧了。

杨平西把她一抱，起身往房间走，边走边说："今天晚上可以彻底放开了。"

今晚店里就只有他们俩，不用再瞻前顾后左右提防了。袁双搂着杨平西，看着他问："Nancy不会是你故意支开的吧？"

杨平西挑眉一笑，垂眼说："我只是'随口'告诉她，阿莎家的寨子里有一棵百年的枫树，比黎山上的所有树都高。"

杨夕南是个摄影迷，就喜欢拍不一样的景色，枫树又是苗族的神树，杨平西这么说，她指定是会想去拍照的。

袁双看着杨平西，数落他一句："有你这么当哥的吗？"

"这叫互相成全。"

袁双憋着笑："成全你的一己私欲。"

"是我们的。"杨平西打开房门走进去，意味深长地问，"难道你不想？"

袁双耳郭微热，她倒是没否认，只是说："清空了整座旅店，这代价也太大了。"

杨平西见袁双都到这会儿了还惦记着亏掉的钱，忍不住闷笑两声。他把她放在床上，倾身压上去，在她耳边哑声说："所以我们得好好享受，绝对不能白白亏了。"

✦ ✦ ✦ ✦

耕云暂停营业那几天，袁双和杨平西天天带着大雷他们出门玩，先是把藜东南的山山水水看了个遍，又去城里吃了火锅、看了电影、逛了游乐园。

等他们玩了个尽兴，耕云的热度也就散得差不多了。流量时代，本来就是风一阵儿雨一阵儿的，公众并不长情，很快就会被新的热点吸引。袁双见时机差不多了，这才收了心，准备开店营业。

8月底，杨夕南因为要去学校报到，就收拾东西离开了耕云。走之前，她把团建这段时间拍的照片都洗了出来。袁双特地在店里弄了个照片墙，挑了些拍得好的照片贴在上面，作为这段经历的见证。

耕云里人来人往，诸多过客，有些人住的时间长些，但总归有分别那天。袁双有不舍，却也学会了释怀。

9月初，耕云重新开张。当天杨平西的一众好友前来捧场，热热闹闹地聚了一场。

袁双本来还担心，热度过去之后，旅店的生意会一落千丈。但意外的是，入住率居然不错。

耕云本来就有口碑，之前有了曝光度，更是被很多人推荐。虽然热度过了，但旅店还是被更多人知道了。因此，重新开店营业后，从各地前来入住的人依旧不少。

住的人多，店里就比较忙，五个人有时候都忙活不开。袁双考虑过后就用小黑板写了一个招义工的启事。当天下午，一个住床位房的小伙儿主动找上了她，说想留下当一个月的义工。

小伙儿名叫赵奔，是今年刚毕业的应届生，打算花一年时间环游中国。袁双和他聊了聊，发现他口才不错，说话幽默风趣，性格也很开朗，关键是人壮实，扛得动行李，就让他留了下来。

袁双和赵奔说话的时候，大雷就在边上悄没声儿听着。见赵奔把袁双逗乐了，他立刻一脸肃然地走向吧台，对杨平西说："哥，又来了一个'年下'。"

杨平西抬头，往袁双他们坐着的地方扫了一眼。

大雷说："我看这个和上回那个邹辛一样，对双姐有点儿意思，你看……一直在逗乐子，故意哄双姐开心。"

杨平西恰巧此时听到了袁双爽朗的笑声，不由得微挑了下眉头。

"哥，双姐还挺招年下男人喜欢的，你提防着点儿。"大雷觑了杨平西一眼，咳了下，说，"毕竟在年纪上……你可不占优势。"

"我就比她大三岁。"

"那也是大。"

杨平西轻嗤，目光却不由得又投向袁双。

袁双和赵奔说定，就带着他去和店里的人打招呼。她先是去了吧台，和杨平西说："认识下，这是赵奔，之后一个月会在店里当义工。"

杨平西耷拉着眼睑，半打量似的看着赵奔，问："他有什么本事？"

袁双愣了下，倒是没想到杨平西会有此一问。毕竟早上她和他商量招义工的事时，他只让她看着办就行。

"年轻，体力好。"袁双以为杨平西就是想摸底了解新来的人，就说了个最直观的回答。

说者无心，听者有意。杨平西眼眸一沉，不由得再次打量了下赵奔。

赵奔是个自来熟的人，抬手热情地和杨平西打招呼："杨老板，接下来这个月，我就是你的小弟，有什么事你尽管吩咐我。"

"欸欸欸，八字还没一撇呢，我们杨哥还没说要不要留你。"大雷做了个"打住"的手势。

赵奔愣了下，随即懂了："我知道了，要二面……杨老板，你还有什么要问的？"

杨平西把手上擦着的杯子放在一旁，随意地问了句："有女朋友吗？"

"没有。"

杨平西正要说什么，就听赵奔接着说道："但是有个男朋友。"

杨平西："……"

袁双这会儿似是察觉到了什么，看了杨平西一眼，站在一旁憋笑。

赵奔问："杨老板，不介意吧？"

袁双见杨平西难得语噎,绷不住笑了,说:"不介意,耕云很包容的。"她瞥向杨平西,别有深意地问:"是吧?"

杨平西见袁双眼神狡黠,也觉得自己和一个小年轻较劲很好笑,便低笑了声,应道:"嗯。"

"二面过了,你可以留下。"他对赵奔说。

✦　✦　✦　✦

9月,黎东南的气温有所降低,早晚间山里甚至是寒冷的,草木上都能凝出露水。等太阳一出,驱去寒意,山间便不冷不热的,正相宜。

暑期结束,来黎山镇旅游的人虽然少了些,但黎江的枯水期还没到,所以景区仍是热闹的。尤其是一些特意错峰出来旅游的人,专门等着七八月旅游旺季过去,这才优哉游哉地出门。

耕云最近的入住率都很高,住的人多,旅店的招牌就推得广。袁双都不需要特意去引导,店里的客人就会主动向自己的亲朋好友宣传旅店,还会在网上平台发一些相关推文,为旅店增加人气。

耕云现在的经营进入了一个良性循环的状态,一切都在有条不紊地向好。当然,住店的人多,偶尔也会出点儿状况。

客人起摩擦、喝酒闹事都是小事,最严重的状况是有一个住大床房的客人在房内抽烟,不知道怎么搞的,把被子点着了,直接触发了房间里的烟雾报警器,把店里所有的人都吓了一跳。幸好杨平西救火救得及时,这才没酿成大祸,没有造成人员伤亡。店里除了一条被子,也没别的财物损失。

苗寨里都是吊脚楼,吊脚楼又是全木质建筑,木头最怕的就是火,稍有不慎就会把整个房子点着了。耕云的这场事故把镇上的消防大队都惊动了,消防大队的人特地上山来了店里一趟,提点了下店里的人千万要注意防火。

这件事影响甚广,隔天袁双就在镇上的公告栏看到了一则消防大队贴出来的公告,点名批评耕云防火做得不到位,险些发生火灾,借此提醒全镇上下,特别是黎山寨的居民,一定要提高防火意识,注意防范火灾。那一整天,黎山寨的公共喇叭里播放的全是防火宣传语,从早循环到晚,几乎是把耕云反复"鞭尸",就差没指名道姓了。

耕云被这么批评,袁双作为旅店的管理者,深觉失职。因此她马不停蹄地制定了一系列的计划,组织店里的人学习消防知识,参加消防演练,还从镇上买了一面铜锣回来,挂在店里,学习千户寨"鸣锣喊寨"的习俗。

千户寨的吊脚楼多,设有专门的鸣锣喊寨人,每天定时敲着锣在寨子里四下巡逻，提醒居民注意防火。袁双就有样学样，每天时不时地敲一下铜锣，让大雷和赵奔听到锣声记得立刻在店里巡视一圈，到各个房间里看看有没有潜在的火灾风险。

"鸣锣喊寨"的规矩在耕云执行了几天。这天下午，大雷和赵奔趁着袁双带着阿莎去镇上逛集市，就抓着杨平西倒苦水。

大雷说："精神控制，双姐绝对是在控制我的精神。"

赵奔说："肉体驯化，小双姐绝对是在驯化我的肉体。"

杨平西见他两个难兄难弟一样，满脸苦瓜相，忍不住笑了，问："她怎么控制你们的精神、驯化你们的肉体了？"

大雷耷着眉说："双姐现在一敲那个锣，我的神经就会紧张起来，有时候不在店里，我听到锣声都想冲进别人家里，看看他们的灶台熄没熄火。"

赵奔说："哥，你知道'巴甫洛夫的狗'吗？小双姐现在一敲那锣，我的身体就自动有反应，有时候到点了她不敲，我也会有反应，我这不是被驯化了吗？"

杨平西抚额闷声笑了好一会儿，才抬起头说道："她也是为了旅店好。"

"我们肯定知道双姐是为了店里好啊，就是……她总敲这锣，弄得我们紧张兮兮的，干别的活儿都不能专心。"大雷愁道。

赵奔在一旁忙不迭地点头："对啊对啊。"

杨平西这时隐约听到了袁双的声音，估摸着她差不多从山下回来了，而以她喜欢扫货的性子，买的东西必定少不了。他没多想就站起身来，低头对大雷和赵奔说了句："你们的意思，我明白了，我会和她说一声。"

杨平西说完这话就往店门的方向走，才到门口就听袁双喊他："杨平西。"

杨平西直接从店里走出去，应道："来了。"

袁双和杨平西这一喊一答，完美配合，连时间差都没有。

大雷和赵奔坐在原位，目瞪口呆后相视一眼。

大雷咂舌道："我们是不是找错人了？杨哥早就被精神控制了？"

赵奔竖起大拇指，佩服道："小双姐真是厉害，把杨哥训得服服帖帖的，高手，这绝对是高手。"

晚上睡觉的时候，杨平西把下午大雷和赵奔的话给袁双复述了一遍，逗得她在床上笑得直打滚。

"他们真的这么说啊？"袁双问，"说我控制他们的精神、驯化他们的肉体？"

"嗯。"杨平西低笑道,"都成'巴甫洛夫的狗'了。"

袁双把头埋在枕头里,笑得浑身打战。半晌,她才抹了抹眼角的泪花,勉强止住笑意,说:"这事是我不对,我光顾着防火了,倒是没考虑到他们的感受。"

杨平西搂过袁双,安抚道:"上回只是个意外,你别太紧张了,店里安装了消防喷淋系统,没那么容易发生火灾。"

袁双也觉自己有点儿神经过敏,弄得店里上下风声鹤唳、草木皆兵的。她自我反省了下,说:"我明天就找大雷和赵奔道个歉。"

杨平西垂眼:"那锣……"

"不敲了。"袁双说,"我之后会在店里的每个房间里都贴个小告示,提醒客人避免用明火,不过旅店的防火检查还是每天都要做的……以后我们就相互提醒吧。"

杨平西应声:"嗯。"

聊完正经事,袁双又想起了大雷和赵奔的话,再次忍不住笑:"精神控制、肉体驯化,亏他们想得出来,我要是真会这些技能,第一个就用在你身上。"

"你不是早用了?"杨平西挑眉一笑,说,"对付我都不需要用到铜锣。"

袁双说:"杨老板,你的精神世界那么辽阔,我可控制不了。"

"也不想控制。"她又补了句。

"那就驯化我的肉体?"杨平西说着往袁双身上贴过去。

袁双察觉到了他身体的变化,虚推了下他,说:"店里都是人。"

杨平西眉头一紧,问:"要是店里以后每天都满房……"

"那可太好了!"袁双想到旅店最近的进账,笑弯了眼,说,"发财了。"

杨平西看袁双这欣喜又得意的小财迷样儿,完全无可奈何。他没想到上个月的团建是他最后一顿"大餐",之后他就断粮了。这段时间,逢袁双生理期,好不容易生理期结束了,耕云重新开始营业后,店里的房间每天都住得满当,他就这么旷了好长一阵儿。

旅店满房,杨平西憋得慌,袁双倒是乐开了花。

现阶段,耕云的基本矛盾已经从老板娘对增加旅店营收的需要与老板不积极不主动的生意观念之间的矛盾,转变为老板娘日益满足的物质欲望与老板日益不满足的身体欲望之间的矛盾。

杨平西搂着袁双,问:"我们明天去镇上的酒店?"

袁双抬头:"你一个旅店的老板,去别人的酒店开房,是生怕镇上的人不知道我们想做什么吗?"

杨平西重重地叹了一口气,认命般平躺在床上。

袁双见他这副生无可恋的模样,憋不住,笑了。她凑过去,抬手摸了摸他的嘴角,亲了下,说:"我帮你啊。"

杨平西垂眼,立刻微微起身追上袁双的唇,一手按住她的手往下。

条件有限,全荤的吃不上,只能凑合一下了。

✦ ✦ ✦ ✦

袁双第二天一早就将店里的铜锣撤下了,她打印了一些防火的小告示,贴在店里每个房间的门后,让入住的客人进屋就能看到。之后,她又定下了每日防火检查的时间,让大雷和赵奔早、中、晚都在店里转一圈,排查店内有无发生火灾的风险。

上午,袁双在网上买的咖啡机到了。她让杨平西下山去取,他取回来后又让他帮着组装。以前在酒店工作,袁双就是靠着咖啡续命的,她喜欢咖啡苦涩的口感,因此自己买了台小型的咖啡机放公寓里,时不时地就给自己冲泡一杯。她冲泡咖啡的手艺虽然不能说是精湛,但也差不到哪儿去。以前她在酒店给客人冲泡过,还被称赞了。这阵子她就在琢磨,耕云白天喝酒的人少,店里可以卖些别的饮品,她难得有一门拿得出手的手艺,正好卖弄一下,还能给店里增收,何乐而不为?

咖啡机组装好后,袁双就迫不及待地上手试了试。她在耕云冲泡的第一杯咖啡自然是给杨平西试喝的,在看到他轻轻点了下头,她像通过考试的学生般松了口气。她再接再厉,又接连冲泡了好几杯咖啡,招呼店里的人都来喝。

一上午,一小包咖啡豆就用完了,耕云里几乎人人都喝过袁双冲泡的咖啡。袁双收到了很多好评,心情大好。

杨平西见她脸上笑意盈盈的,轻笑一声,问:"不收钱?"

"当然要收。"袁双拍了拍手上的咖啡渣,说,"现在先试营业,等我的手艺更成熟些再定价。"

杨平西颔首:"那我等你的耕云咖啡馆开张。"

袁双美滋滋地笑了,说:"耕云现在既是旅店,也是酒馆,以后还能是咖啡馆。"

她悄声说:"能挣三份钱。"

"嗯。"杨平西垂下眼,慢声说,"托你的福,财源滚滚。"

袁双毫不谦虚,骄矜地抬起头,得意道:"我说过的,肯定能把耕云盘活。"

三个月内，袁双的确说到做到。

杨平西一哂，看着她的眼眸渐渐深沉。

✦　✦　✦　✦

藜东南9月气候宜人，午后微风不热不燥，太阳也不再逞威风，有所收敛。

袁双早上喝了咖啡，中午睡不着觉，干脆抱着账本在大厅里对账。最近店里进账多，对起来也费劲，她拿着个计算器，就这么算着算着，眼皮就开始重了。睡意迟迟来袭，她抵抗不住，就合上账本，趴在桌上打算小憩一下。

山风穿堂而过，徐徐的，吹得人昏昏沉沉。

袁双做了个梦，梦里似是有人一直在亲吻自己的脸，脸颊上的触感极其真实。她一时分不清是梦境还是现实，忍不住抬手推了推，皱着眉撒娇似的嘟囔道："杨平西……别亲了。"

话一出，袁双顿时就感觉周遭安静了，连山风都静止了。她若有所感，睁了睁眼，蒙眬中就看到了"宝贝"的脑袋，它正往自己脸上蹭。她迷糊了片刻，慢慢撑起身来，往周围看了眼，就见大厅里的人都在看着她窃笑。袁双蓦地清醒过来，回想起自己刚才说的话，恨不得当场找个地缝钻进去。大厅里还有杨平西的朋友，她可以预想到不久后，整个藜东南的人都会知道这件事。"社死"了，绝对"社死"了。

杨平西正在吧台调酒，自然也听到了袁双在睡梦中呢喃的话。他一手撑在台上，低头笑得肩膀都在颤动。

"袁双。"杨平西抬眼见袁双窘在了原地，就喊了她一声。

袁双立刻抱起账本，逃也似的奔到杨平西身边，躲到他身后，避开大厅里众人的视线。

杨平西转过身，垂眼噙着笑，低声问："梦见什么了？"

袁双想到了先前纷繁旖旎的梦境，心虚地别开眼："也没什么。"

"梦到我了？"

袁双不想承认，但刚才这么多人都听到了她叫杨平西的名字，现在怎么解释都是苍白的。

杨平西低声一笑，在她耳边说："有段时间没沾'荤腥'，你的身体馋了。"

袁双否认不了杨平西的话。她就纳闷儿了，怎么别人都是日有所思夜有所梦，她倒过来，夜有所思日有所梦。

"去镇上？"杨平西问。

袁双耳朵发痒，忍不住抬手揉了揉："镇上不行……"她觑了杨平西一眼，

273

用轻不可闻的声音说,"去市里。"

杨平西挑眉,随即笑了。

袁双下午睡觉说梦话的逸事很快就在旅店上下传开了,几乎所有的客人都知道耕云的老板老板娘恩爱得很,没事就亲来亲去。袁双窘得都想换个星球生活儿,她在店里再也待不下去,就喊来阿莎、大雷和赵奔,告诉他们自己和杨平西要出趟门,让他们顾好旅店。

大雷好奇,问:"姐,你和杨哥要去哪儿啊?"

袁双瞥了眼杨平西,他就站在一旁,噙着若有似无的笑,好整以暇地看着自己。

"我们,呃……"袁双卡了下壳,慢了半拍才故作镇定地回道,"去做个行业调查,打探下同行的情况。"

杨平西低笑了以声,很快忍住。

赵奔问:"小双姐,怎么突然想起去做行业调查了?"

"'知己知彼,百战不殆'嘛,呵呵。"袁双干笑两声。

大雷和赵奔似懂非懂地点点头。

袁双怕他们再问,立刻推着杨平西往外走,边走边回头说:"我们可能没那么早回来,你们招待好客人,回头加奖金。"

匆匆出了门,杨平西这才从喉间溢出之前压抑的笑。他看向袁双,别有深意地重复她的话:"行业调查?"

"不然怎么说?"

杨平西揽过袁双,夸她:"你回答得很好。"

袁双轻轻杵了他一下,想到自己刚才打掩护,也觉得好笑,不由得翘起了嘴角。

杨平西晃着车钥匙,低头笑问:"老板娘,今天……先去打探哪个同行的情况?"

袁双依着他,索性破罐子破摔,坦率地应道:"从评分最高的开始了解!"

◆　◆　◆　◆

一大早,袁双就起来了,她和杨平西一起去遛了狗。回到店里后,杨平西在吧台里清点酒柜上的酒,她则开始忙活自己的咖啡生意。

袁双练习了好几天,在精进冲泡咖啡的技术后就挂牌营业了。她亲手誊写了一份咖啡清单,给每种咖啡都定了价,和酒单一起摆在吧台上,有客人点单,她就开整。

大早上起来，店里总有客人想喝一杯咖啡提提神，这个时段是咖啡生意最兴隆的时候，她也很有干劲儿，哼哧哼哧地忙活。

袁双在冲泡咖啡的时候总觉得杨平西一直盯着自己看，刚才遛狗也是，他时不时就打量她，好像她脸上开了花一样。她磨完咖啡豆，忍不住瞥他一眼："你没事总看我干吗？好看啊？"

杨平西轻笑："嗯。"

袁双眉眼一弯："好看你也不能一直看，赶紧干活儿，今天不是还要去千户寨黑子那儿，你还不抓紧点儿？"

杨平西端详着袁双的表情，见她一如往常，便轻挑了下眉。

早、中、晚是旅店相对较忙的时候，袁双忙完早上那一阵儿，就回房间化了精致的妆。化完妆，她打开衣柜想换件衣服，抬眼就见柜子里挂着一条自己从没见过的长裙。那裙子是蓝白相间的，裙面上的纹样是云朵，和杨平西颈侧的文身、她手上镯子的图案一模一样。

袁双在苗寨待了一阵，了解过苗族人传统的蜡染手艺，所以只看了一眼，她就知道这条裙子是人工蜡染出来的。她把裙子拎出来，往身上比了比，随即笑了。

袁双换了裙子出来，特意走到杨平西面前，转了一圈，问："好看吗？"

杨平西眼底透出笑意："嗯。"

"我以为你不记得了。"袁双说。

杨平西笑道："我以为你自己都忘了。"

袁双小时候，父母给她过的都是农历生日，长大后她也习惯性地和朋友过农历生日，阳历的生日她从来只用在填写资料上，因此就没那么上心。她会记起今天是自己的生日，还是因为一早各个品牌就给她发来了会员生日祝福，提醒她记得去消费。袁双清楚杨平西是知道她的阳历生日的，之前他还让她把手机软件的密码设成自己的生日，但今早起来，他什么也没说，她还以为他忘了。她有点儿失落，但很快便觉得没什么，毕竟要不是各大品牌的祝福，她也不会记得今天是什么日子。

"我就说嘛，你早上怎么一直在看我，原来是在观察我的反应。"袁双忍不住笑道。

"本来想来个先抑后扬，但是你跟个没事人一样。"杨平西不禁失笑，"我准备好的话都没用上。"

"什么话？"

杨平西看着袁双，眸光柔和下来，道了句："我没忘记今天是什么日子……生日快乐。"

袁双的眉眼里兜满了笑意，她扯了扯裙摆，问："你亲手做的？"

"裙子是我请寨子里的婆婆缝制的，纹样是我染的。"

"还挺合身。"

杨平西挑眉笑道："尺寸是我亲手量的，肯定准。"

袁双见他光明正大地耍流氓，忍不住戳了他一下。

他们这边说着话，正好碰上大雷在店里做防火巡查，袁双就喊住了他。

大雷回头看袁双打扮得这么漂亮，想也不想就说："姐，你和杨哥今天这么早就要去做行业调查啊？"

袁双："……"

杨平西忍住笑。

袁双很快清了下嗓子，说："今天不做调查，我和他要去趟千户寨，估计傍晚才能回来，旅店你们看一下。"

大雷点头："没问题。"

交代好店里的事宜，袁双就和杨平西一起出门了。之前耕云一有事，杨平西的朋友们就会来帮忙，今天黑子的酒吧店庆，他们自然也要去搭把手。

杨平西今天还是把车停在千户寨的北门，带着袁双去了寨前的大广场，让她把之前没喝的几道拦门酒喝了。

十二道拦门酒喝完，袁双和杨平西一起进了寨子。尽管过了旅游旺季，千户寨还是非常热闹。偌大的寨子里处处是人，每座风雨桥上都有拍写真的姑娘，主街上更是人潮如流，丝毫没有因为假期过去而受影响。

袁双和杨平西先去了黑子的酒吧。黑子一见着他们，就拿上回的事调侃，说自己料事如神，早猜到他们俩要不了多久就会在一起。

黑子的酒吧店庆，十里八乡来了好多朋友，场子白日里虽不对外营业，但仍是非常火热。黑子的朋友中很多也是杨平西的朋友，有些袁双之前见过，有些没有见过，杨平西就趁着这个机会又带她认识了一圈。

中午，袁双和杨平西在酒吧里吃了饭。饭后，他们出门消了消食。见时间正好，就去芦笙场看阿莎的演出。

袁双之前就问过阿莎每天两头跑会不会很辛苦。阿莎回答说，不会，她喜欢在耕云工作，也喜欢在千户寨跳舞。听她这么说，袁双也就释然了，她没阻止阿莎每天去千户寨，还给她提供了交通补助，减轻她的压力。

看完表演，袁双和杨平西就在街道上闲逛。今天是千户寨的集日，他们凑热闹赶集，好巧不巧就在集市上遇到了万雯。

万雯看到杨平西很高兴，一口一个"平西"，还以自己父亲的名义邀请他去家里做客。

袁双正想着要不要腾出空间让他们聊一聊，还没等转过身，手就被抓住了。

杨平西垂眼看她，淡然道："人多，别乱跑。"

万雯看到袁双和杨平西牵着手，表情顿时有些幽怨，很快就待不住，和朋友一起走了。

袁双看背影就能感觉到万雯伤心了，不由得道了句："杨平西，你又伤了一个姑娘的心。"

"又？"

袁双说："Nancy说过，黎东南好多姑娘约你去山上对唱来着，你都拒绝了，好绝情啊。"

杨平西呵了声，说："不拒绝就是滥情了。"他耷下眼睑看着袁双，问，"我要是答应了她们，还能遇上你吗？"

袁双的心弦被拨动，她忍不住抬头回望杨平西，问："那么多姑娘，为什么是我呢？"

"因为你……最漂亮？"杨平西说。

袁双见杨平西又没个正形，不由得白他一眼，甩开他的手就往前走。

杨平西低笑一声，两步追上去，重新拉住袁双的手。

他们一起穿梭在集市的人潮中，就在袁双以为不会得到杨平西的答案时，却听到他在嘈杂的市井声中缓缓地说道："大概是……亦友亦情人。"

一瞬间，袁双的心口仿佛被一种突如其来的情绪击中了，她的鼻子莫名发酸，眼睛蓦地就湿润了。

亦友亦情人，世上还有比这更能形容他们关系的表达吗？

袁双抬起头，正好碰上杨平西垂下来的视线，他们就这么默默地注视着对方，半晌，无声地笑了。

✦　✦　✦　✦

袁双和杨平西在千户寨待到了傍晚，这才起程回黎山寨。到了寨子里，夕阳最后一缕光芒正好敛去，天边的彩霞渐渐地也淡去了颜色，像燃烧过后的余烬。

袁双下午逛了集市，买了点儿新鲜的水果带回来。她特意拉着杨平西走水上粮仓这条道，绕去了孙婆婆家，把水果送过去。孙婆婆的女儿今天正好回来，她见着袁双就说自己常听母亲提起耕云的老板娘很照顾她。

孙婆婆的女儿三十出头，袁双喊她"兰姐"，她们聊了一阵儿。杨平西就说今天旅店有活动，请孙婆婆和兰姐一起上去吃饭。

袁双纳罕："店里有什么活动？"

杨平西没有挑明，只是说："你回去就知道了。"

杨平西神神秘秘的，袁双直觉这活动和自己有关，就加快脚步上了山。回到旅店，她见大厅的桌子已经拼起来了，桌上摆着各式菜肴，稀奇的是万婢不在厨房，而是在美人靠上坐着。

正好这时候有一个客人捧着个大盘子从厨房上来，朝人介绍说："新疆的大盘鸡，绝对正宗。"

另一个客人说："厨房轮到我用了吧？我去整个东北菜，搞个乱炖。"

袁双见住客们轮流下厨，一时不明所以，回头看向杨平西，问："今天是耕云一年一度的'厨王争霸赛'吗？"

杨平西笑着摇了下头，袁双不解："那这是……"

这时，大雷看见了袁双，就招呼了声："大寿星回来啦。"

"你的生日宴。"杨平西同时说。

杨平西给袁双办了个生日宴，宴会的菜品都是店里的客人做的，他们知道袁双今天过生日，都跃跃欲试，一定要展示下自己的厨艺，做一道地道的家乡菜给袁双尝尝。

桌上的菜肴，天南地北什么菜系的都有，虽然在苗寨里拼着长桌吃饭，但这顿饭并不能说是苗家传统的"长桌宴"。席间，在座的所有人热烈地讨论了下，最后定下了一个非常豪气的名字——江湖宴，而袁双就是这次宴席的主角。

袁双大门不出二门不迈，一顿饭就从南吃到了北，十分满足。

喝了酒，场子热了，也不知道是谁提议说要跳舞。音乐声响起，一群人就把耕云的大厅当作舞池，扭起了腰肢。有人觉得气氛不够，拿了个万能充电器插上电当灯球使，大厅里关上灯，只剩下万能充电器五颜六色的光芒在闪动，还真像那么回事。

这年头谁还随身带着万能充电器这种东西？袁双看着在灯光中跳舞的人，心想，住在耕云的客人真是卧虎藏龙，什么人才都有。

一晚上，袁双都在接收别人送来的祝福。往年阳历生日，她基本上都在酒店忙。酒店员工有生日福利，送个蛋糕，一群同事围着自己唱一首生日歌送送祝福，很形式化，她每回都觉得有负担。但今天一群不相熟的人给自己庆生，她却觉得热热闹闹、欢欢喜喜，别有一番乐趣。到底工作和工作是不一样的。

袁双以前总将工作和生活混在一起，现在虽然也是如此，但又有所不同——以前她是生活趋向工作，现在却是工作趋向生活。

现在的她和耕云一样，达成了一个平衡，在旅店，她每天既充实又悠闲。她并不把店里的事当成烦人的工作，反而觉得是休闲娱乐活动，总是充满趣味。其实一家小旅店的工作内容重复度很高，但因为总能遇上有意思的人，她便觉得每一天都是新鲜的。

杨平西订了个蛋糕，大雷他们点上蜡烛后就让袁双许愿。

袁双站在人群的中心，抬眼看向站在边上正专注地看着自己的阿莎、大雷和万婶。

山中不知岁月长，在藜东南的日子就如同藜江的水一样，缓缓东流去，虽然不波澜壮阔，但也有起伏。

袁双已经习惯了每天早上带着"宝贝"在寨子里溜达一圈，能看懂阿莎比画的简单的手语，对大雷的粗神经"免疫"了，也吃惯了万婶做菜的口味，就连一开始十分排斥的鱼腥草，她现在也能吃得津津有味。袁双的目光又投向身边的杨平西，他目光灼灼，正注视着她。她很难想象，没有他，之后的人生将会是什么样的。她和这些人之间已经有了羁绊，耕云对别人来说或许只是一家落脚的旅店，但在这一刻，对她来说，是家。

袁双盯着蛋糕上的蜡烛，缓缓闭上眼睛，只默默许了一个愿望：希望这样的日子，无穷无尽。

Chapter 14 榫卯

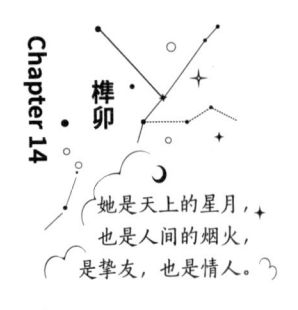

> 她是天上的星月,
> 也是人间的烟火,
> 是挚友,也是情人。

今晚,袁双作为寿星,很多人来和她喝酒,她心情好,就没有推拒,多喝了几杯。她的酒量向来是好的,但一下子喝多了难免上头。

杨平西见袁双眼神迷蒙,好似微醺,就让她回房间休息。

袁双寻思着时间差不多了,就和大厅里的客人打了声招呼,先行回了房间。

杨平西去厨房冲了杯蜂蜜水上来。进门没看到人,见小书桌的台灯亮着,他就把杯子放在桌上。

袁双这时从洗手间里出来,看到杨平西站在书桌前,立刻走过去。

"给你冲了蜂蜜水,喝了吧。"杨平西转过身来说。

袁双扫了眼书桌上的平板电脑,屏幕是黑着的,她松了一口气,收回视线,抬头看向杨平西。

"不早了,我让大厅里的人散了,你不用再出去,早点儿休息。"

袁双听杨平西语气寻常,点了下头,应道:"好。"

杨平西出去后,袁双在书桌前坐下,她验了指纹,平板电脑解锁后就是邮箱界面,一封邮件正处于打开状态。

前段时间由于耕云走红,袁双露了脸,离职的消息便瞒不住了。这阵子,她的父母、亲戚都给她打来电话,询问旅店的事,她都含糊地简单说明了下情况。除了家人、朋友,以前的一些同事也联系过她,还有同行向她抛来了橄榄枝。

袁双今晚看的就是北京一家大酒店给她发来的面试邀请函。这家酒店在北京口碑不错。以前因为工作的关系,袁双和这家酒店的经理见过几次,对方很赏识她,曾想把她挖过去,但她那时候还对上家忠心耿耿,便婉拒了。袁双离职的消息传开后,这家酒店的经理就主动联系她,问她现在有没有意向接受他的工作邀请。她当时没把话说绝,就回复说需要时间考虑考虑。对方很有诚意,没多久就给她发来了面试邀请函,说是面试,照那个经理的意思,就是过去面谈待遇。这家酒店的就业前景很好,只要袁双愿意,她随时可以入职。此前她心里一直在摇摆,便没有正式回复这封邮件,直到今晚,她才再次登录邮箱。

◆ ◆ ◆ ◆

夜深了，杨平西把喝了酒的住客都送回了房间。收拾好桌面后，他和赵奔一起把桌子搬回原位。他见时间不早，就让赵奔回去休息，自己拿了瓶酒坐在美人靠上自斟自酌。

赵奔看见了，忍不住问："哥，晚上人多的时候你怎么不喝？"

"总要有个人清醒着。"杨平西说。

"一个人喝多没意思，要不……我陪你喝两口？反正我也睡不着觉。"赵奔说。

杨平西见赵奔神采奕奕的，就点了下头。

赵奔自个儿开了一瓶酒，和杨平西碰了下，感慨道："时间真快啊，一眨眼，一个月就要过去了。"

杨平西喝了一口酒，随意道："要走了，是吧？"

"本来是打算这两天走的，但是晚上小双姐找我了，她想让我在店里多留一段时间。"赵奔说。

杨平西抬眼，赵奔接着说："小双姐说，过两天就是国庆了，假期旅店会比较忙，到时候店里会缺人手，她问我能不能待到假期结束再走，我答应了。"

杨平西领首，主动举起酒瓶和赵奔碰了下，说："到时候给你算工资。"

"啧，哪有义工拿工资的啊，包吃包住已经很划算了。再说了，在旅店的这段时间我很开心，还学到了东西。"赵奔喝了一大口酒，满足地喟叹一声，"哥，你不知道吧，我本科学的是管理，虽然不是酒店方向的，但是也差不离。这一个月，我跟着小双姐，长知识了。她跟我分享了她以前在酒店工作的经验，将她踩过的坑都和我说了一遍，还传授了好多有用的职场技能给我，像怎么处理好职场的人际关系啊，怎样保障自己的权益啊，如何抓住机会表现自己……这可比我以前读书的时候老师说的那些都实用。"

赵奔由衷地赞叹道："小双姐以前在酒店肯定非常出色，她真的很厉害。"

杨平西喝了一口酒，半响才垂下眼，应了声："嗯。"

赵奔喝完一瓶酒就回去休息了，杨平西独自坐了会儿，才起身回房。

袁双今天喝得有点儿多，此时已经睡着了。杨平西往床边走去，就看到她还抱着他的诗集。他无声地勾了下唇，弯下腰把她手上的诗集拿开，而后注视着她的睡颜，眸光渐深。

袁双很出色，杨平西一直都知道，她一个人去大城市，从无到有，肯定付出了很多。她曾经有一片可以任意施展才华的天地，那里繁华、广阔，有很多的机会可以实现她的野心。她是一只受了伤的鹰，一时失意才会从那片天地落到他身边，有朝一日她养好了伤，就会想鹰击长空。

耕云对杨平西来说是自由自在的小天地，但他不知道，这里对袁双来说是否过于狭小而不能让她尽情地振翅高飞。

◆　◆　◆　◆

国庆假期如期而至，国内各大景点都迎来了一个小的旅游高峰期，古桥景区也不例外。黎山镇人流量一多，逛黎山寨的人也就多了。

耕云这段时间基本天天满房，入住率已经没有上升的空间了。虽如此，小长假对旅店还是有影响的，就这几天，前来店里喝杯小酒、品杯咖啡的人明显多了。

旅店的人连着忙了一周，等到假期最后一天，很多人返程了，他们才算缓了一口气。

傍晚，袁双又去了孙婆婆家。

兰姐之前在城里的饭馆当服务员，上个月因为饭馆效益不好，她被辞退了，这段时间都待在寨子里。袁双这阵子每天都会抽时间去孙婆婆家坐坐，和兰姐说说话。

今天旅店的客人少了些，袁双就在孙婆婆家多坐了一会儿。等天色暗下来，她才带着好心情，一路哼着小曲儿上山。

回到旅店，袁双环视了大厅一周，没看到杨平西的身影，就问大雷："杨平西人呢？"

"又带着店里的客人去周边玩了。"大雷说。

袁双皱眉："又？"

大雷点了头，叹口气，又说："不止呢，杨哥下午又请客人喝酒了。"

袁双拧着眉，有些郁闷。

杨平西这段时间变着法儿地败家，每天一摸着空就带几个住店的客人出门逛着玩，还常常给店里的客人免单，去景区卖自酿酒，买一送一，简直就是在散财。如果说以前他是打白工，现在完全就是在变本加厉地赔钱。照这么下去，赚再多都不够他亏的。袁双觉得自己有必要和杨平西谈谈。

一直到天色全然暗下，杨平西才带着人姗姗回来。

袁双上前询问被杨平西带出去的客人晚上有没有吃饭，他们回说吃了顿大餐，杨老板请的客。她眉间一蹙，等客人都散开，就对杨平西说："我们聊聊。"

杨平西倒是很配合："聊什么？"

大厅里有人在"慢摇"。自从上回袁双过生日，意外开发了这一项目，现在每天晚上，大雷都会在店里插上万能充，拿音响放几首舞曲，和店里的人一起扭一扭，美其名曰"锻炼身体"。

音响声大，袁双不得已提高了音量，问："你怎么又带着人出门玩？"

"正好没事。"

"那怎么又请人喝酒？"

"外来是客。"

"卖酒呢，买一送一怎么说？"

"卖个高兴。"

杨平西回答的话都是以前说过的，但他现在的行为和之前比起来有过之而无不及。袁双皱起眉，一脸严肃地说："杨平西，你不能再这么做生意了。"

袁双说这话时，音响正好切歌，音乐声消失后，她的声音就显得十分突兀。

大厅里静了一秒，袁双察觉到所有人都往自己和杨平西这儿看过来，立刻调整了下情绪，转过头笑着对客人们说："没事，你们接着奏乐接着舞。"

音乐声重新响起，袁双拉着杨平西的手，把他带到了门外，直接去了楼后的小平台上。

"杨平西，你不能再这么做生意了。"袁双重复了一遍刚才的话，接着说道，"照你这么来，耕云早晚被你败光。"

杨平西不以为意道："我一直都是这么做生意的，你又不是不知道。"

杨平西做生意随性，不太计较得失，但袁双知道他心里其实是有谱的，也就睁只眼闭只眼随他去了。可这几天他完全离了谱，纯粹散财童子一个，也不知道是不是有钱烧得慌，得散出去才甘心。

"我一不看着你，你就给我败家。"袁双蹙着眉，不满地咕哝了句。

杨平西的目光落到袁双脸上，他很是不经心地说："那你看着我不就行了？"

"可我也不能一直看着你啊。"

杨平西眸光微闪："为什么？"

袁双想着时机正好，轻咳了下，就说："我有事要回北京。"

杨平西垂眸往地面上扫了一眼，片刻后很平静地应了声："嗯。"

袁双觉得他这反应不对，问一句："你不问我有什么事要回去？"

"我知道。"杨平西抬眼，语无波澜地说，"酒店面试。"

袁双愣了下，很快明白了："那天晚上你看到了我的邮件？"

"嗯。"

"那你怎么不问问我是怎么回复的？"

杨平西了无意味地一笑，说："现在不就有答案了？"

袁双怔了下，反应过来杨平西是误会了。她张嘴想要解释，可是抬起头，看到月光下他的表情一如平常，便又把话咽了回去。半晌，她试探着开口说："我这次回去，如果面试过了，就留在那家酒店了。"

杨平西极轻地点了下头。

袁双眉间紧皱，问："你不留我？"

杨平西低头注视着袁双，再次想起了她之前说过的话。她说，她从来不会感情用事，要不要留下来，三个月后她自有判断，他别妄想干扰她。杨平西一开始留下袁双时并不知道他们之间会产生这么深的羁绊，他不想拿感情作为筹码去影响她的判断，徒增压力。自从上回无意中听到她与朋友的通话，他一直在等她做决定。她生日那晚，他看到了那封面试邀请的邮件，他想，她可能已经有了决断。

9月一过，三个月期满，杨平西见袁双没有提要走的事，还心存一丝侥幸。现在看来，她只是太过心善，觉得国庆假期旅店忙，就多留了赵奔一阵子，自己也打算忙过这段时间再走。耕云对她来说，或许真的太小了。她养好了伤，准备飞走了。

"如果这是你考虑三个月后的选择……"杨平西眸光微澜，声音微沉，"我尊重你。"

袁双闻言，一颗心便往下坠了坠。她轻咬了下唇，不甘心地再次开口说："我是认真的，航班我都订好了。"

杨平西问："什么时候的飞机？"

"……明天。"

杨平西默了下，颔首道："我送你。"

袁双眼神里的光芒一点点地熄灭。

杨平西的性子如风，自由自在的，他做事只享受过程，从不执着于结果，就像钓鱼，能不能钓上来他都能自洽。对鱼如此，对人也是如此。

袁双向来清楚，杨平西对待朋友一直都是潇洒的，人来就欢迎，人走不留恋。她和他是投契的朋友，但除此之外，他们还是恋人。她以为自己对他来说是不一样的，可原来她并不是特殊的。袁双知道，自己若是要留，杨平西一定欣然接受，但若自己要走，他也会洒脱地放手。对杨平西来说，她和那些朋友一样，是可以好聚好散的存在。

和杨平西聊完，袁双回到旅店，直接进了房间，拉过行李箱就开始收拾行李。她把自己的东西一股脑地全都塞进箱子里。但她越收越来气，索性在手机上订了张第二天从藜阳飞往北京的机票。她和杨平西说有事要回北京是真的，本来没想走得这么急，但现在话都说了，干脆第二天就走，免得在这儿待得憋屈。

一整个晚上，袁双都没有出房门。入夜后，杨平西也没回来。她一个人躺在床上，左翻右翻，愣是睡不着。

现在整个旅店都没有空房，杨平西不回来还能睡哪儿？楼下的小房间？

袁双趴在床上仔细地听底下的动静，不像有人的样子。她坐起身，掀开被子想出去看看，刚一起身，又坐了回去。她又想起了今天晚上的事。对她的离开，杨平西一句挽留的话都没有。

"爱睡哪儿睡哪儿。"袁双蹬了鞋子，重新躺回去。

身旁没人，袁双很不习惯，一整夜就这么来来回回地翻腾，时不时醒来，去摸身边的床位，却始终没摸到人。时醒时睡，她就没睡个整觉，第二天因为要赶飞机，又早早地起来了。

袁双收好东西，挎上包，提着行李箱出门。刚到大厅，她就看到了躺在美人靠上的杨平西，这才知道他昨晚是在哪儿睡的。

杨平西几乎一夜未睡，听到动静就起了身。看到袁双提着行李箱，他眸光微黯，问："这么早就走？"

"中午的航班。"袁双说。

杨平西估摸了下时间，问："不和万婶他们道个别？"

其实昨天晚上袁双就有些后悔了，机票买得太仓促了，都没来得及和店里的人说一声，但转念想了想又觉得没必要这么郑重。

"不了，不想弄得那么伤感。"袁双说。

杨平西缄默片刻，很快站起身，说："我去洗把脸，送你去藜阳。"

袁双抿唇。一晚上过去，杨平西还是一样的态度，洒脱得很，留都不留她一下。

"宝贝"像是知道袁双要走，一直在她脚边摇着尾巴，抬着脑袋巴巴地看着她。

袁双蹲下身，揉了揉它的脑袋，轻声说："我不在的时候，你要乖乖的啊，不能随便乱跑，知道吗？"

"宝贝"乖巧地在她手心蹭了蹭，似是不舍。

袁双心底一时动容。狗都知道挽留一下她，有人却不知道。

杨平西在楼底下用冷水洗了把脸，他在洗手台前沉默地站了会儿，这才转身上楼。

"走吧。"杨平西提上袁双的行李箱。

"店……"

杨平西见袁双还惦记着旅店，眼神微闪，应道："赵奔会看着。"

袁双垂眼，最后摸了下"宝贝"，起身决然道："走吧。"

◆　　◆　　◆

最近天亮得晚，清晨天色还灰蒙蒙的。这个点寨子里起来的人少，袁双跟着杨平西下山，路上遇到了三两个寨民。可能是杨平西平日里经常提着行李箱上山下山的，寨民们习以为常了，就没多问，只是简单地跟他们打了个招呼。

到了山下，杨平西把袁双的行李箱放进汽车的后备厢里，又去了最近的早餐店买了份早餐回来。

坐上车，他把早餐递给袁双，说："垫垫肚子。"

杨平西买了两个包子和一杯豆浆，袁双只接过豆浆，说："包子你吃吧，我喝豆浆就行。"

"豆浆喝不饱。"杨平西说。

袁双回道："我不饿，你开车需要体力，你吃。"

杨平西没收手，说："空腹喝豆浆容易反酸。"

"那我吃一个……"

"你先吃一个……"

袁双和杨平西几乎同时开了口。

这该死的默契，都这时候了还管用。袁双闭上嘴，杨平西接着把话说完："剩下一个我吃。"

袁双这才接过包子，她给豆浆插上吸管，吸上一口，余光去瞄杨平西。她想知道，他放手让自己走，是不是在他那儿已经默认他们这段关系结束了？袁双没敢问，她以前自诩是个爽快人，但遇上杨平西却好几回在他面前露了怯。没确认关系前，她怕问了连朋友都做不成，现在是怕问了就真的结束了。

从藜东南开往藜阳，走高速也要三小时，一路上袁双和杨平西都不说话，车里异常沉默。

袁双想起三个多月前杨平西去动车站接她，明明认识不过两天，他们一路上还能有说有笑地拌嘴，现在该做的、不该做的都做过了却无话可说了。她有些懊恼，恼自己明知道他是个什么样的人，昨晚还要去试探他，把事情弄成了现在这样，不可收拾。

藜阳机场在郊区，杨平西开车抄了近道，临近正午时将车停在机场入口。他解下安全带，回过头去看，袁双还没醒。她睡得不踏实，眉头拧着，看上去不太安宁。

杨平西默默地注视着袁双。刚才这一路，他几度想问她，她决定回北京是不是就意味着不想继续这段关系了。话几回都到了嘴边，最后他却没问出口。坦荡如杨平西，还是第一回想逃避。他想，现在还不是最后一刻，一切都还有转机。

杨平西不知道袁双的航班具体是几点，虽然他想让她多睡一会儿，但怕耽误了登机，就抬手轻轻推了她一下。

"袁双。"

袁双一下子就惊醒了。

"机场到了。"杨平西说。

袁双往窗外扫了眼，看到航站楼，不由得咬了下唇。

杨平西下车，把后备厢里的行李箱抬下来。

袁双走过去拉过箱子，她看着杨平西，忽地想起他们上一次在藜阳分别，明明萍水相逢，却一见如故，道别的时候开彼此的玩笑，气氛轻松。今天却全然不同。

"走了。"袁双沉默片刻后说。

杨平西眼神微沉，应了声："嗯。"

袁双见杨平西再无话说，气不过似的，转身就走。

杨平西看着袁双离去的背影，忍不住，开口喊了她一声："袁双。"

袁双心里一凛，立刻顿住脚，缓缓转过身来。

杨平西眼底几番情绪涌动，最后都归于沉寂。他看着袁双，只叮嘱了一句："落地给我发条消息。"

袁双刚升起的心又倏地坠落。

从藜东南到藜阳，路上花了太多时间。袁双匆匆值机，托运了行李，小跑着去了登机口，赶在最后一刻登上了飞机。

坐在飞机上，她恍惚间还有种不真实的感觉，脑子里空空的，直到飞机起飞，她透过窗户往下看到了离得越来越远的陆地，胸腔里才泛起真实的情绪。

三个多月前意外落地藜州，她直道倒霉，想着法儿地要离开，现在真要走了,心里却非常不舍。本以为这里只是个过路站,没承想最后成了人生的一个必经站。

◆ ◆ ◆ ◆

耕云这两天的气压有点儿低。

袁双离开第一天,大雷他们就问过杨平西,得到的回答——她有事要回趟北京。一开始大雷他们还觉得没什么,袁双回去办事而已,又不是不来了。但杨平西的反常让他们渐渐察觉到了事情不妙。

这两天,杨平西对什么事都不太上心,虽然他以前就散漫,但现在是颓靡。他活儿照干,客人照接,但心似乎不在旅店里,店里的客人都说杨老板像变了个人儿似的。以前在店里,杨平西鲜少喝酒,现在每天晚上忙完,他总是一个人坐在美人靠上自斟自饮。

大雷、阿莎和万婶私下里讨论过,都觉得杨平西和袁双可能是闹别扭了,毕竟那天晚上他们在大厅里小吵过,吵完隔天袁双就走了,这很难不让人多想。

店里没了袁双,像失去了灵魂,大雷、阿莎和万婶都很不适应,更有些郁郁不乐。他们想问,但见杨平西这两天寡言少语的,都不敢在他面前提起袁双;想联系袁双,又怕搅和了他们之间的事,适得其反。

袁双走后第三天,杨平西整个人明显地消沉了许多。

早上他去寨子里遛狗,"宝贝"兴致缺缺,也不撒欢儿了。回到旅店,他拿出手机,点开了和袁双的聊天页面,聊天记录仍停留在三天前。她落地后给他发了条消息,他回复后就再也没收到她的消息了。

杨平西好几次想主动发条消息过去,又怕得到自己不想要的回答。现在这情况,没有消息可能就是最好的消息。

"杨老板。"

有客人要退房,杨平西收起手机走过去。

客人还了房间钥匙,说:"旅店的环境很好,住着很舒服。你放心,我一定会给你一个好评的。"

杨平西闻言眸光微动,抬眼看着客人,缓缓开口说:"好评就不用了……给个差评吧。"

客人瞪大了眼:"啊?"

傍晚,大雷提着袋蔬菜从山下回来,看到站在门口的杨平西,就说:"孙婆婆给的蔬菜。"

杨平西咬着烟,微微颔首。

"孙婆婆还问双——"大雷忽然意识到了什么，立刻噤了声。他觑了杨平西一眼，岔开话题说："我看兰姐在家大扫除呢，她不去城里打工了，好像是想回来自己做生意。"

"嗯，挺好的。"杨平西漫不经心地说了一句。他抬手夹着烟，吐出一口烟雾，忽地抬眼对大雷说："你去后台看看明天的订房情况。"

杨平西很少关心店里的入住情况，大雷纳罕，但还是照办了。

半支烟的工夫，杨平西就见大雷慌慌张张地跑出来，到了他跟前，喘上一口气就说："哥，店里今天多了好几条差评，评分都掉了。"

杨平西掸了下烟灰，还很淡定："这种事找我没用。"

大雷皱眉："你是老板，不找你找谁？"

杨平西给了他一个轻飘飘的眼神，大雷顿时豁然开朗，一拍手就拿出手机，毫不犹豫地拨了个电话出去。

等待期间，杨平西一只手夹着烟站着不动，不一会儿就见大雷露出了欣喜的表情，接着高声喊道："双姐，大事不好了，耕云快倒闭了！"

杨平西："……"

袁双接到大雷的电话时，正和李珂在公寓里打包行李。她听完大雷的话，立刻打开手机软件看了一眼。果不其然，耕云一天内多了十几条差评。她扫了一眼，血压噌地就高了。

她切回通话页面，问大雷："杨平西呢？"

大雷说："在我边上。"

"你把电话给他。"

大雷立刻就把手机递给杨平西，压低声音说："双姐要和你说话。"

杨平西接过手机，竟然破天荒地感到紧张。他转过身，把手上的烟碾灭在石阶上，这才把手机放到耳边，清了下嗓子，说："是我。"

一听到杨平西的声音，袁双稍稍恍了下神，但很快她就找回了状态，开口连珠炮似的说："店里怎么会一天之内有这么多差评，是不是今天哪个方面没做好？酒不好喝，还是饭不好吃啊？客人退房的时候，你有没有询问一下入住感受？"

袁双在客厅里来回走动，接着又说："还有一种可能，就是竞争对手故意找人来刷恶评，你得留意下镇上的酒店、旅馆，看看是不是他们下的黑手，如果真是这样，也太没有职业道德了，连公平竞争都不懂，一定要找他们评评理去。"

杨平西维持着一个动作,就这么听着袁双在电话那头快人快语地说了一大串话,眉头一展,露出了这几天第一个笑容。

袁双对杨平西的笑声太熟悉了,虽然轻,但她的耳朵还是捕捉到了,不由得脚步一顿,蹙了下眉,说:"你还笑得出来?我不在店里才几天,你就搞成这样,也太不让人省心了。"

杨平西听袁双话里话外都在关心耕云,也没把自己从旅店择出去,阴沉了几天的心情总算是见了一缕阳光。

"就是你不在,耕云才这样的。"他说。

袁双心头一紧:"什么?"

"袁双。"杨平西喊了一声。

袁双心口一跳,随后莫名觉得紧张、期待。

"面试怎么样?"杨平西问。

袁双忐忑了半天,就得到杨平西这么一个问题,心情马上就跌了下去。

"还行。"她含糊道。

"结果出来了吗?"

"没有。"

"什么时候出结果?"

袁双听杨平西这么关心自己的面试结果,好像巴不得她通过一样,顿时气就不打一处来,遂冲着那头喊:"你别惦记着我的面试结果了,赶紧把差评的事调查清楚!"

杨平西缄默。

袁双听那头没了动静,也沉默下来。

他们就这么无声地僵持了一会儿,最后还是袁双受不住了,开口说:"杨平西,把耕云顾好,别又折腾回去了。"

"……好。"

袁双挂断电话,把手机往沙发上一丢。她平复了下情绪,很快就皱着眉说:"不行,我得尽快回去。"

李珂耳闻了所有,不由得道一句:"不是吧,刚才不是还说要高冷,怎么现在杨老板一个电话,你就要回去了?"

大雷打电话来之前,袁双正和李珂说着自己和杨平西的事,她才放话说要端着,现在就自己打自己的脸,不免有些尴尬。

"你刚才也听到了……旅店有状况。"袁双支吾着说。

"是因为旅店出了事你想回去，还是你就是给自己找个借口回去啊？"李珂一针见血地问。

"我……"袁双想辩驳，但对上李珂犀利的眼神，便又把话吞了下去。

李珂叹口气，开口直白道："杨老板连个台阶都没递，你也能顺着往下走？"

这句话直接扎进了袁双的心里，让她心口一痛。她离开，杨平西一句挽留的话都没说。这几天，他也没主动联系她。就是刚刚，她满心期待他会像当初一样，说耕云需要她，想让她留下来，可他还是什么也没说。他似乎对她毫不留恋，当真洒脱极了。

袁双往沙发上一瘫，抿了下唇，说："他这人就是这样，没什么执念。"

"你既然知道，还要去藜州？"李珂坐到袁双身边，正色道，"又又，杨老板这人吧，潇洒又自由，我也很欣赏，但是他只适合做朋友，不适合做恋人。他这样的人，谁能抓得住呢？"

李珂说的话，袁双都懂。杨平西就是一阵风，无论用什么方法，都无法将他捕捉。她为此着迷，也为此痛苦。

李珂见袁双沉默，知道道理她都懂，便不再多说，只拍了拍她的肩膀，劝道："你再好好想想。"

李珂离开后，袁双一个人在公寓里呆坐了许久。

晚上，袁双又失眠了。回到北京之后，她的失眠症似乎犯了，这两个晚上，辗转反侧，睡不着觉。她开始怀念在耕云的夜晚，伴着虫鸣鸟叫声入睡，一夜好眠。明明才在藜东南待了三个多月，她却觉得自己仿佛在那儿度过了一段悠长的时光，以至于那里的一切都让她难以割舍。

睡不着觉，袁双就从床头桌上拿起了"逍遥诗人"的诗集，这本书是她离开藜州那天早上特意收进包里的，是她从耕云带走的唯一一件东西。这本诗集是袁双这三个多月的床头读物，她时不时地读两首。这两天看得勤，现在差不多要看完了。以往看这本诗集时，她总能乐呵呵的，今天读着那些滑稽的诗句，却是一丝笑意都扯不出来，反而越看越难受。

袁双靠在床上静静地翻着书页，看完最后一首诗时，心里空落落的，若有所失。她叹一口气，正想合上书本，却借着灯光，透过白色的封底，隐约看到底下有字。她凝眉，翻过最后一页，就看到封面内衬上有一首手写的诗——

袁双
她是天上的星月，

也是人间的烟火，

是挚友，

也是情人。

这首诗一点儿也不好笑，袁双却笑了。她拿手抚摸着上面的字，眼底微润，嘟囔了句："叫什么'逍遥诗人'，干脆叫'情话诗人'算了。"

◆　◆　◆

杨平西一早起来，喂完"宝贝"就要带它去寨子里遛一遍。但它兴致缺缺，也不主动去咬遛狗绳，就耷拉着脑袋，闷闷不乐的。

杨平西以前很少大早上带着"宝贝"出门逛寨子，这习惯还是袁双来了之后养成的。这几天她不在，"宝贝"出门溜达都不积极了，看到小姑娘也不往上凑了。

其实不只"宝贝"不习惯、不高兴，杨平西也是这样。之前他每天都和袁双一起出门遛狗，在寨子里闲逛的时候，遇上寨民，就停下来和他们说说话，聊聊家长里短。偶尔他们会带着"宝贝"一起去逛早市，看看市场上当季的果蔬是什么，尝尝刚出炉的点心。有时候他们不往山下走，而是往山顶爬，在日出时分坐在观日亭看着太阳从山顶跃升，再一起踏着朝晖回店，开启一天的忙碌生活。

因为有袁双在身边，仅仅是遛狗这么一项活动，杨平西都觉得有滋有味的。她身上有人间的烟火气，总能将日子过得热热闹闹的，将每一天的生活都点缀得精彩纷呈。

这几天袁双不在，杨平西忽感到日子变得长且淡，像一道没加调料的菜肴，有些乏味。他以前过惯了这样的生活，还觉得一个人舒心、自在，可自从袁双闯进他的小天地，将之搅得天翻地覆，他身上就沾染上了烟火气，就再也不能独作游云野鹤了。

杨平西有很多朋友，他和他们从来不刻意联系，平日里各散天涯，偶尔相聚，把酒言欢之后又是各归来处。他来去自由，身边的朋友也是如此，对于离别，他甚少伤感，纵情相聚过后也从不觉惋惜、遗憾。

但这次不同，袁双走后，杨平西第一回体会到了落寞的感觉。这种感觉不是一股脑袭来的，而是渗透在日常生活的点点滴滴中，在日升月落中，在一饭一蔬中，在一呼一吸中。

亦友亦情人，袁双是所有朋友中最特殊的那个，杨平西无法坦然地接受她的离开，体会过那样热气腾腾的生活，他已经不能再过回从前那种独来独往的日子了。想到这一方小天地以后再无她的身影，他便觉得未来无滋无味。

"宝贝"怏怏地趴着，杨平西蹲下身，摸了摸它的脑袋，片刻后说："给又又打个电话？"

"宝贝"像听懂了，立刻坐起身，吐着舌头，隐隐有些兴奋。

杨平西没有犹豫，拿出手机就拨了出去。电话铃响了很久，就在他略感失望，以为无人接听时，电话通了。

"喂。"袁双清亮的声音从听筒里传出来。

杨平西呼出一口气，说："是我。"

"我知道。"袁双那头有些杂音，她提高音量说，"这个时间你不带着'宝贝'出去遛遛，怎么会给我打电话？"

"'宝贝'想你了。"

杨平西说完，"宝贝"就叫了一声。

袁双笑了，杨平西听到她的笑声，眸光微动，垂下眼喊了她一声："袁双。"

"嗯？"

杨平西沉了一口气，缓声说："大刘叔的儿子要结婚了，想请你喝喜酒。"

"啊？"

"宝山叔打了条银链子，想送给你。

"寨子里的婆婆说，藜东南的苗年要到了，问你想不想要一套苗服。

"住芦笙场附近的那几个小孩儿想找你一起玩'老鹰捉小鸡'。

"店里的客人想喝咖啡了。

"万婶、大雷和阿莎都很想你。"

杨平西的每一句话里都有个"想"字，他说完，电话那头一阵沉默。良久，他听到袁双问："杨平西，你说这些……是什么意思？"

杨平西垂下眼，眼底情绪交杂，片刻后似是孤注一掷，开口说道："耕云有个职位，包吃包住，十成分成，送个暖床的和一只狗，不知道你有没有兴趣？"

袁双似乎笑了一声，问："什么职位？"

"老板娘。"

袁双沉吟片刻，说："条件听起来不错，不过……"

杨平西的一颗心悬了起来。

"我得实地考察下再做决定。"

杨平西愣了下，像没明白袁双这话的意思。

"你还愣着干什么？"袁双似乎看到了杨平西此时的状态，笑着说，"还不赶紧来机场接我！"

她话音刚落，杨平西就从听筒里听到了背景音。

是飞机广播——从北京飞往藜阳。

杨平西刹那间就舒展了眉头，这几日积压着的情绪顿时烟消云散。他很快低笑一声，应道："好。"

◆　　◆　　◆　　◆

从北京飞往藜阳要三个小时，从藜东南开往藜阳机场也是三个小时。

袁双搭乘最早的航班从北京飞到了藜阳。落地后，她取了行李从出口出来，一眼就看到了在航站楼大厅等着的杨平西。他倚在柱子上，懒散地站着，在一众动态的人群里静止着。这个场景让她一下子就想到了上一回他去藜江市的动车站接她，也是如此。

兜兜转转，他们还是在一起了。

"杨平西。"袁双喊了声。

杨平西闻声回头，看到袁双，眉目一舒，走过去接过她的行李箱，道了句"来了"，又说："走吧。"

袁双觑了杨平西一眼，他反应寻常，说的话也和上回在藜江市接她的时候无二。那次他们认识不过两天，这么打招呼显得熟稔，但现在他们的关系不一样了，他这样倒显得生分得很。袁双蹙眉，不由得怀疑早上和自己打电话示爱的人不是杨平西，不然他见了她，怎么会这么冷淡，不说亲一下，连个拥抱都没有。

机场的停车场在航站楼东侧。杨平西拖着行李箱，带着袁双到了自己的停车位。他把行李箱放到后备厢里，合上背门就坐上了驾驶座。

袁双扯过安全带系上，才抬起头就被人按在椅背上，随后嘴巴被堵个正着。

杨平西捏着袁双的下巴，完全没有循序渐进的过程，咬着她的唇瓣猛烈地亲吻，好像要把这几天落下的一次性补回来。

袁双先是愣了下，随即抬起手钩着杨平西的脖子，仰起头去回应他。

车内温度逐渐攀升，唇齿交缠间的暧昧声在耳边回响。袁双的肺活量不敌杨平西，很快就透不过气来。杨平西给了她一个气口，不过一秒，又重新亲了上去。袁双被夺去空气，没多久浑身就软了下去。她这才知道，杨平西刚才的冷静都是装的，他现在整个人都是火热的，像要把她烫化。

"杨平西，停……停一下。"袁双受不住地别过头。

杨平西见吻被躲开,就去亲她的颊侧、耳朵。

袁双被他的胡楂扎得发痒,整个人忍不住往后缩,笑着边躲边说:"机场停车场收费的,换个地方……换个地方再亲。"

杨平西闻言,从喉间溢出一声笑。这时候还惦记着钱,是他熟悉的袁双。杨平西微微起身,双手捧着袁双的脸,定定地看了她好一会儿,这才敢确定她真的回到了自己身边。他抚了下她的唇角,再次低头亲了下,这才松开手。

袁双理了理散乱的头发,喘匀了气,掰下车内后视镜照了下自己,嘀咕了句:"口红都给我弄花了。"

她抽了张纸,擦了擦被弄到唇边的口红,问:"我们现在回店里?"

杨平西听袁双说"回",牵了下嘴角,说:"不急。"

"那去哪儿?"

杨平西把车从停车位上开出去,一踩油门,说:"在藜阳市里做个'行业调查'。"

机场附近酒店多的是,杨平西采用就近原则,挑了家离得最近的酒店,停好车就拉着袁双去开了间房。才刷卡开门进去,他们就忍不住贴在一起。

衣物一路脱落,等到了床上,两人已近乎赤裸。这一回比第一回还要激烈,他们像失而复得,都想要通过某种方式来证明彼此的存在。

时间分秒流逝,袁双在沉浮间勉强凝住一缕神智,问:"早上……怎么会给我打电话?"

"'宝贝'想你了。"

"只是这样?"

"我也是。"杨平西坦然承认。

袁双嘴角一扬,故意说:"我走的时候,你不是很潇洒嘛,留都不留我,怎么……突然后悔了?"

"不是。"杨平西附在袁双耳边,低声说,"不是突然。你离开耕云那天,我就后悔了。"

"袁双,"杨平西顾不得那么多了,哑着声坦诚道,"耕云需要你,我也需要。"

袁双终于等来了这句话,她心头一动,不由得搂紧杨平西,将自己完全打开。

一场云雨过后,杨平西揽着袁双,一只手轻轻地捏揉着她的后颈,享受着这失而复得的温存。

"什么时候买的机票？"杨平西问。

袁双忽地醒神："昨天晚上。"

"因为店里的差评？"

袁双昨晚看到杨平西手写的那首诗后就直接订了飞往藜阳的机票。在杨平西给她打电话前，她就已经登上了飞机。他还没挽留，她就已经出发。这事要是让杨平西知道了，不得嘚瑟死。

袁双遂顺势点点头，说："对啊，我怕我不回来看看，耕云真会被你折腾倒闭了。"

既然提了，袁双就接着问道："差评的事，你有没有调查清楚啊？打电话给那些客人询问了吗？还是真的是镇上其他的酒店旅馆搞的鬼？"

"不行，差评对旅店影响很大的。"袁双忽地操心起来，一时也没心情温存了，噌地坐起身就说，"我们得赶紧回去，把这事调查清楚了。"

袁双说风就是雨，掀开被子就要下床。杨平西见状，立刻伸出手把她一揽，重新按进了怀里。

袁双急了："杨平西，现在可不是卿卿我我的时候。"

杨平西看她对耕云比对自己还上心，竟然有些吃醋，清了下嗓子就说："不用查了，我知道是谁搞的。"

"谁？"袁双趴在杨平西身上，巴巴地看着他。

杨平西受不住她目光的拷问，轻咳了声。

袁双看着杨平西，似是察觉到了什么，眼睛微微一眯："不会是……"

杨平西点了下头："嗯。"

袁双的血压一下子就升高了，她气急了，抬起手去揪杨平西的耳朵，质问道："杨平西，你平时败家也就算了，主动让客人给差评是整哪一出？想把店搞黄吗？

"你知不知道，差评很影响入住率的，你一个旅店老板，不想着给店里增收就算了，怎么还变着花样地扯后腿，嫌钱太好赚了是不是？

"十几条差评啊，评分都掉了，你知道涨点儿分多难吗？

"你真是要气死我了！"

杨平西自知理亏，就任凭袁双训。看她气势汹汹地数落自己，他忍不住勾起嘴角，她骂得越狠，他笑得越高兴。

"你还敢笑！"袁双瞪他。

杨平西抓住袁双的手，放唇边亲了下，说："不这么做，你会回来吗？"

袁双微怔。她不傻，杨平西今天说了这么多，现在她只须稍稍琢磨就能明白他的心思。袁双有些愕然，问："你让客人给差评，是想引我回耕云？"

"嗯。"

"之前那样做生意也是故意的，想留住我？"袁双想到这次离开前杨平西的反常，便举一反三。

都到这时候了，杨平西也没什么不好承认的，遂轻轻点了下头。

袁双动容，又是气又是笑，道："你真是……这得白白亏了多少钱啊。"

"你回来了，就不算亏。"杨平西看着袁双，缓缓开了口，"我说过，你既是我的'榫'，也是我的'卯'，有你在，耕云的结构才算完整。"

袁双的眼里闪着碎光，笑他："没了我，你什么也干不成。"

杨平西一笑："嗯。"他抬手摸着袁双的脸，语气认真道，"袁双，耕云或许不如大酒店，但店里的一切都属于你。"

"所以……"杨平西顿了下，郑重地问，"老板娘这个职位，你要不要接受？"

袁双微哽，问："包吃包住？"

"嗯。"

"十成分成？"

"嗯。"

"送个暖床的和一只狗？"

杨平西轻笑："嗯。"

袁双拧着眉头，故作思考状。半晌，她撑在杨平西的胸膛上，看着他说："留下来也不是不行……"

杨平西挑眉："但是？"

袁双的表情倏地一变，她抬手再次捏住杨平西的耳朵，恶狠狠地说："你回去得给我想办法把那些差评删了，不然我饶不了你！听到了吗？"

杨平西翘起嘴角，翻身把袁双压在床上，低头在她额上亲了一口，笑道："一言为定。"

Chapter 15 · 钓月

藜东南
明天又是个
好天气。

　　袁双和杨平西在酒店里进行了深度的"调查"，一直到傍晚才退房离开。
　　坐上车，杨平西才腾出时间，拿出手机逐一回复消息。
　　袁双整个人懒洋洋的，问："你一天不在，店里没事吧？"
　　"没事，"杨平西说，"有大雷他们看着。"
　　袁双忽地想到什么，又问："你上午来接我，我们晚上才回去……一会儿怎么和大雷他们解释啊？"
　　杨平西笑："实话实说？"
　　袁双瞪他。
　　"那就老规矩？"杨平西挑眉。
　　袁双颔首，又叮嘱他："别露馅儿了。"
　　杨平西失笑。
　　时间不早，杨平西带袁双去吃了点儿东西，然后启程回藜东南。
　　袁双今天被折腾了小半天，累得犯迷糊，没多久就在车里睡着了。
　　杨平西听身旁没了动静，转头看了袁双一眼，眼底不自觉地露出笑意。来时路和回时路，她都睡着了，但他的心境迥然不同。来时他恨不得这条路永无止境，这样他们就不会分开。而现在他只希望这条路越短越好，这样他们就能尽快回到他们的寨子、他们的旅店。
　　袁双连着好几天都没休息好，现在精神一放松，整个人松弛下来，倦意顿时就席卷而来。明明山路颠簸，她却睡得安恬，还做了个美梦，梦里有寨子，有旅店，有店里的所有人，还有杨平西和狗。她一觉醒来，天色已晚，车已经驶入了黎山镇的地界。
　　袁双看着窗外的山上有星星点点的灯光，恍惚间好像回到了第一次来这里的时候。那时的她并不知道自己会与这片土地、这里的人结下这么深的羁绊。
　　杨平西把车停在镇上。袁双下了车，深吸了一口气，不由自主地露出笑容。不过是小别几天，她却格外想念这里的一切，再回来，身边所有的事物，包括空气里的烧烤味，都让她感到亲切。

"走吧。"杨平西提着行李箱，朝袁双伸出手。

袁双自然地牵住，和杨平西一起往山上走，路上碰到在吊脚楼前坐着的寨民，还主动和他们打了声招呼。现在她已经能认清寨子里的所有人了，寨子里的人也都认识她，见到她会笑着道上一句"回来啦"，就好像她是这里的一分子。

到了芦笙场，袁双拉着杨平西的手说："我们去水上粮仓。"

杨平西一猜就知道她想去看看孙婆婆，点了头回："好。"

他们择了道，经过水上粮仓，从"三眼井"旁走过，就到了孙婆婆家。

老人家正坐在吊脚楼门前择菜，看到袁双，立刻放下手中的菜，缓缓地站起来，朝袁双招了招手，嘴里还说着话。

袁双现在已经能听懂一些简单的苗话了，她知道孙婆婆是让她过去，便听话地走上前去。

屋子里的兰姐听到动静走了出来，看到袁双，立刻绽开笑脸，热情道："小双，你回来了。"

袁双点头。

兰姐走过去，说："房子这几天我里里外外都打扫过了，你看还需要我做什么？"

袁双摇了下头，回道："暂时不需要了。租房合同我已经找人拟好了，晚上发给你，你先看看，具体的事情明天我们再一起商量。"

兰姐应声："行。"

离开孙婆婆的家，杨平西按捺不住，问袁双："你要租孙婆婆的吊脚楼？"

袁双点头："嗯。"

杨平西想到大雷之前说兰姐想回寨子做生意，稍一琢磨，就猜出了端倪："你想在寨子里开店？"

袁双迤迤然一笑，算是默认。

"做什么？"杨平西看着袁双，很快猜道，"旅店？"

"民宿。"袁双递了个挑衅的眼神给杨平西，问，"杨老板，有没有危机感？"

杨平西知道袁双要在黎山寨开民宿，一时惊讶，他不觉得有危机感，倒是第一时间想到了别的事。

"你什么时候和兰姐说好的？"杨平西站定，盯着袁双问。

袁双知道这事瞒不过，也不打算瞒，遂如实回道："孙婆婆的吊脚楼那么大，空着可惜，我之前就觉得那栋房子很适合改造成苗寨特色民宿。所以兰姐回来之后，我就找她说了我的想法，还邀她一起干。她和孙婆婆商量了下，觉得可行，就同意把吊脚楼租给我了。"

杨平西抓住重点："所以你之前就打算留在黎山寨？"

袁双咳了下，说："嗯。"

"你说有事要回北京……"

"我不得回去把北京的公寓退了啊，一直租着不住很浪费钱的，还有行李，我不回去怎么收拾好了寄过来？"

杨平西眸光微闪，接着问："酒店面试……"

"我压根儿就没去。"袁双站在高两级的台阶上，低下头说，"生日那天晚上我就回复了那封邮件。"

袁双看着杨平西的眼睛，一字一句地说："我回：'感谢赏识，但我已找到了想坚持一生的事业。'"

杨平西眼波微澜，随后掀起了巨浪。

"那天晚上，我本来就想把这事告诉你的，谁知道你都不听我的回复，自以为我回京就是为了面试。"袁双双手叉在腰上，叹了口气，说，"我就是想试探一下你看看你会不会挽留我，结果你毫不犹豫地就送我走了！"

杨平西解释道："我以为你是真的决定好了要回北京。"

"我知道。"袁双柔声说。

经过今天，袁双已经完全明白杨平西的心意，他不是不挽留，只是真的以为她选择了回北京，所以不想绊住她。他们这次分开，完全是阴错阳差，是彼此对这段关系的不确定撞在一起才产生的误会。他以为她真心要走，她以为他不想挽留。

袁双心里若有所触，遂笑着朗声说："杨平西，我现在明明白白地告诉你，你通过试用期的考核了，我不回北京了！"

杨平西显然也想明白了事情的始末，在知道袁双本来就要留下来时，他心口微烫，又听她发表宣言似的说自己不回北京了，便忍不住扬起了嘴角。

"求之不得。"杨平西笑着应道。

此时，山风忽起，袁双和杨平西在山间石阶上一高一低地站定相望，良久，齐齐笑了。

两人回到旅店，大雷、阿莎和万姊都在，他们知道袁双今天回来，就一直在店里等着。袁双刚进店就被围住了，不只是人，还有狗。

"宝贝"见着袁双就兴奋地在她脚边疯狂地摇尾巴，看上去非常高兴。袁双弯腰摸了摸它的脑袋，和它打了声招呼。

"姐，你可算是回来了，店里没有你感觉少了什么似的。"大雷激动道。

袁双开他玩笑："现在不说我是外人了？"

大雷把脑袋摇成拨浪鼓，忙说："你就是耕云的一分子！"

袁双莞尔。

阿莎给了袁双一个热烈的拥抱。万婶拉着袁双的手来来回回地抚摸，闪着泪花说："回来了就好，回来了就好。"

杨平西把袁双的行李箱搬去房间里，出来时，大雷问："哥，你一大早就去接双姐了，怎么这么晚才回来？"

袁双轻咳了声。

杨平西说："打探同行的情况。"

大雷嘟囔："又去做行业调查啊，你和双姐可真敬业。"

袁双别开眼，转头就对上了万婶意味深长的眼神，过来人阅历深，她一时心虚，就故作淡定地理了理头发。

在大厅喝酒的新客问是不是老板娘回来了，居然看到杨老板笑了。杨平西坦然承认，又爽快地说，今晚的酒，他请了。

袁双看过去，杨平西垂眼，笑着说："今天不是故意的，是真高兴。"

"仅此一次。"袁双轻哼一声，说，"以后你的心情好不好，我说了算。"

杨平西颔首："好。"

晚上，袁双让杨平西给那些留了差评的客人打去电话，请求删除评论。因为这些差评是杨平西主动要的，所以那些客人很痛快地就答应了他的请求，还开玩笑问他是不是酒醒了，终于知道后悔了。

让客人留差评这件事，杨平西并不后悔，虽然袁双说她本来就打算留在黎山寨，但是之前他们之间有误会，如果没有差评这事做契机，她今天也不一定会回来。留差评这事虽然损害了耕云的短期收益，但是从长远来看，简直是赚大了。想到袁双之前就决定要留下，杨平西的嘴角一晚上都没放下过。旅店里有人撺掇他弹吉他唱首歌，他心情好，也没拒绝。

袁双和大雷、阿莎还有万婶聊了会儿天，又听完杨平西的弹唱，就进房间收拾行李去了。之前一气之下，她把自己的所有东西都带走了，现在还得一样样地再摆回去。

✦　　✦　　✦　　✦

10月份，黎东南已经有点儿冷了。袁双这次回来，带了秋装。她还整理了冬装，从北京寄出。

刚和杨平西认识的时候，袁双还问过他藜州的冬天冷不冷。他说冻骨头，让她到时候可以来感受一下。她那时候备降藜州，对这个地方还有抵触情绪，谁承想，三个月过去，她就对这片土地难舍难分了。

命运有时候真是妙不可言，它让萍水相逢的两个人成了人生伴侣，让偶然途经的地方成了又一个家乡。

夜深了，杨平西关了店门，回到房间里就看到袁双抱着平板电脑在看。他去洗了澡，出来见她还在专心致志地盯着屏幕看，不由得躺上床，问："在看什么？"

"喏。"袁双把平板电脑斜了一下，让杨平西看。

杨平西扫了眼，都是民宿的图片。

"怎么突然想开民宿了？"

"也不是突然，"袁双说，"我刚入行的时候就想过，只是一直没下定决心去做。"

"那现在怎么下定决心了？"杨平西挑眉，谑笑着问，"因为我？"

袁双见杨平西得意的样儿，笑了声，坦然道："因为你，还因为我自己。"

她正色道："上回我们去石岩上寨，刘姐和我说'年轻时候想做的事，为什么要等老了以后再去做'，我觉得她说得很有道理。

"年轻最有冲劲儿的时候我不去做，老了以后可能就没精力，冲不动了。

"我评估过了，黎山寨背靠古桥景区，寨子又独特，景色也好看，发展前景很好。

"上个月耕云基本满房，很多人想住寨子里都订不到房，所以再开一家民宿是可行的。"

"最重要的是这里有你。"袁双冲杨平西眨了下眼睛，说，"有你在，我就不是单打独斗，可以放手去试一试。"

杨平西心头一痒，忍不住抬起袁双的下巴，亲了她一下。

袁双趴在床上，托着腮说："我想好了，耕云呢，就保持现状，多方面综合经营。孙婆婆的房子呢，我不打算大改造，准备做成家庭式的民宿，最大限度地保留吊脚楼原有的特色。这样，两家店的风格就区分开了，各有特色，还能联动。"

杨平西点头，噙着笑说："听上去不错。"

袁双翻身窝进杨平西怀里，找了个舒适的位置靠着，又有些担忧地说："其实我心里没底。"

杨平西搂着她,宽慰道:"耕云就是你的底气,不管怎么样,有我给你托底。"

袁双被感动,转身回抱住杨平西,说:"等民宿开了,也有你的一半。"

杨平西眉头微挑,话里带笑:"那以后在山上我是杨老板,你是袁老板娘,在山下你是袁老板,我是杨老板郎。"

袁双被逗得咯咯直笑。

杨平西见她笑,勾了勾唇,问:"民宿的名字,想好了吗?"

袁双沉吟了一下,说:"我想过,但是一直没有想到合适的。"

她抬起头,问:"你有没有什么建议?"

杨平西很认真地思索片刻,说道:"耕云在山上,离云更近,民宿在山下,离大地更近,不如就叫耕——"

"闭嘴!"

杨平西见袁双恼了,反而畅快地笑出声来。他低头望着她,心里头一片释然。他的小天地里闯进了一只苍鹰,本以为这里对她来说过于狭小,但苍鹰振翅高飞,用行动告诉他,她还是能够自由翱翔。

◆　◆　◆　◆

早上公鸡报晓,袁双悠悠转醒。睁开眼,她下意识地转过头看向身旁,杨平西正侧着身子支着脑袋看着她。

"早。"杨平西说。

袁双昨天还一个人孤零零地从北京公寓的床上醒来,今天身旁就有了个暖床的,她不再感到失落,而是被一种满足填满。

"早啊。"袁双伸了个懒腰。昨晚一夜好眠,她今早神清气爽,心情大好,笑着推了推杨平西,说:"赶紧起来,把你之前故意亏掉的钱都给我挣回来。"

杨平西失笑,顺着她的力道起身,被推着进了洗手间。

他们像之前一样,一起挤在洗手台前刷牙洗脸,看着镜子里的对方发笑。

袁双的睡衣领口低,她看到镜子里自己的锁骨上有几道红痕,不由得抬手摸了下,随即乜斜了杨平西一眼,说:"看你干的好事,被人看到了多尴尬。"

杨平西垂眼去看,挑眉笑道:"你就说是蚊子咬的。"

袁双立刻就想到了上一回自己忽悠万婶时找的蹩脚借口,嘟囔了句:"现在天冷了,哪儿来的那么多蚊子。"她对着镜子扯了扯衣领,又说,"我觉得'行业调查'这个理由,万婶好像不相信。"

杨平西一点儿不意外："她是过来人，一眼就看出来了。"

"看出来什么？"

杨平西意味深长地一笑。

袁双微臊，说："这理由以后不能用了，万婶都看穿了，再说就是明摆着告诉她我们要去做什么。"

"那……实话实说？"

"不行。"袁双思忖了下，忽地眼睛一亮，说，"以后就说见朋友去了，反正你这么多朋友，这么说他们不会怀疑的。"

杨平西闷笑两声，缓慢道："照我们的频率，用不了多久，整个黎州的朋友都能'见'一遍。"

袁双脸上一烫，轻轻戳了杨平西一下。杨平西看她耳尖泛红，心头一动，低下头就想亲她。袁双故意躲开，杨平西追过去，她被他的胡楂蹭得发痒，不由得捧着他的脸问："你怎么不刮胡子？"

杨平西抬手摸了摸下巴，说："前两天没心情。"

袁双一听，登时笑了。她从洗手台的架子上拿下刮胡刀，朝杨平西晃了下，说："我帮你。"

杨平西唇角一勾，微微弯腰。

袁双给杨平西的下巴打上泡沫，用刮胡刀小心翼翼地帮他把胡子刮掉，又拿毛巾给他擦干净。她打量了一番就亲了他一嘴，说："好了。"

杨平西对着镜子看了看，夸她："刮得不错，以后这工作就交给你了。"

"你知道我的，不做白工。"袁双故意拿腔拿调说。

杨平西笑："耕云赚的钱都给你了，不如我……'肉偿'？"他说着就伸手揽过袁双，作势要亲她，"今日份的先偿了。"

"你想得倒美！"袁双笑着闪躲。

他们在房间里腻歪了一阵儿，等收拾好出去时，"宝贝"已经巴巴地在门外等着了。

袁双愧疚，赶紧倒了些狗粮出来，等"宝贝"吃完休息了一会儿，就和杨平西一起牵着它出门溜达。

黎东南的苗年要到了，最近黎山寨家家户户都在操办过年的事宜。一大早，寨子的空气里就飘着酒香，很多人家都在准备烤酒，备着年节待客用。

袁双今早出门，寨子里好些人都热情地朝她打招呼，说有几天没见着老板娘了，怪想的。她到了芦笙场，几个婆婆还朝她招了招手，用苗话问她要不要做一件苗服过年穿。袁双想着入乡随俗，就点头应了。

住在寨子口的大刘叔说今早镇上有卖冲冲糕的，袁双嘴馋，就和杨平西遛着"宝贝"去逛了早市。

临近过年，市场上每天都很热闹，从各地来卖货的人比比皆是，什么稀奇玩意儿都有。很多东西袁双都没见过，她左看看右看看，杨平西也不催她，牵着"宝贝"不紧不慢地跟在她身后，一人一狗跟保镖似的。

逛尽兴了，袁双就买了些糕点，拉着杨平西往回走。他们牵着狗慢慢悠悠地爬上山，还没到旅店，就听到有人喊："杨老板。"

袁双抬头，只见一个戴着眼镜的大叔半跪在店里的美人靠上，撑着栏杆兴奋地挥着手喊道："好久不见啊。"

袁双当这个大叔又是杨平西的一个忘年交，见怪不怪地说："是你朋友吧？"

杨平西抬眼看着招手的人，淡然道："是我爸。"

袁双："……"

杨平西进了店，杨父张开双臂要给他一个热烈的拥抱，杨平西灵敏地一闪，躲开了。

"你怎么来了？"

杨父抱了个空，尴尬地搓了搓手，说："这不是黎东南的苗年要到了，我来你店里凑凑热闹，一起过个节。"

"投资又失败了？"杨平西凉道。

杨父表情讪讪，挠了下头，问："你怎么知道？"

"你每回亏了钱都往我这儿跑。"杨平西轻嗤，问，"这回又投资了什么？"

"早餐店。"杨父咳了下，说："开了一个月，挣不到钱，还贴进去不少。"

杨平西挑眉："你用大红袍煮茶叶蛋了？"

杨父闻言，很是欣慰地拍了下杨平西的肩，笑道："真是知父莫若子啊。"

袁双在一旁傻眼。

杨平西啧了声，说："你不会做生意就别瞎折腾了。"

袁双居然从杨平西嘴里听到了这句话，一时忍俊不禁。要她说，这对父子在做生意上半斤八两，大哥莫说二哥。

杨父听到笑声，回过头去看，见到袁双，亲切地问道："是小双吧？"

袁双感到稀奇："叔叔，您知道我？"

"知道，夕南那丫头和我提过好几回了，说她哥找了个特别能干的老板娘，让耕云起死回生了。我今早过来一看，嚯，真是这样，这店居然住满人了。"

袁双谦虚地笑笑。

杨父瞧着袁双，双眼倏地一亮，问："小双，要不你把叔叔的早餐店也救一救？"

袁双想到大红袍煮的茶叶蛋，心想，这够呛。

她还没回答，杨平西就开了口，问杨父："你不想留下过年了？"

杨父立刻收起了挖人的心，对着袁双叹道："这小子，还怕我把你给抢了。"

袁双莞尔。

这时寨子里的木匠师傅进门找杨平西，想让他搭把手，把刚在山上砍下的木头搬下去。

袁双让杨平西去帮忙，又说："放心吧，叔叔这边我会好好招待的。"

杨父接道："你去忙吧，我和老板娘说说话。"

杨平西看了他们一眼，知道袁双不是怯生的主儿，老头儿也不会为难人，就跟着木匠师傅出门了。

杨平西走后，袁双给杨父倒了杯水，抬眼就见他示意自己坐下。

"小双，叔叔问你个事儿……"杨父看着袁双，开口说。

对方到底是长辈，袁双不免有些紧张，她本以为杨父会问她的个人情况，比如家庭、学历、工作经历之类的，不承想他问的问题——

"你觉得我投资个奶茶店怎么样？"

袁双噎了下，问："……用大红袍？"

"还有毛尖、普洱、龙井……我之前投资的茶庄倒闭了，还有好多茶叶没卖出去，你说，我用这些茶叶做奶茶怎么样？"

袁双委婉回道："您的奶茶，一般人可喝不起。"

"那我就低价卖。"

"那不是亏了？"

杨父似是恍然："说得也对。"

袁双看杨父投资失败了这么多次还一点儿教训都没吸取，不由得发问："您怎么这么执着于投资呢？"

杨父笑笑，说："退休了时间多，就想找点儿事做做，又不想和别的老头儿一样每天遛鸟下棋，没什么意思。"

袁双打趣道："那您这消磨时间的方法可有点儿费钱。"

杨父应道："可不是，十投十亏，随了平西这小子了。"

"您随他？"

杨父哂笑道:"论做生意,他是我前辈。"

"您摸着他过河,难怪总失败。"袁双说。

杨父畅快地大笑:"你说得没错,我找错榜样了。"他叹了一口气,说,"平西这人啊,逍遥自在,他这性子既不随我,也不随他母亲,是随了藜东南的山山水水。"

袁双闻言微微一笑:"听着他像是从石头缝里蹦出来的。"

"差不多。"

袁双猜道:"您和阿姨是用放养的方式教育他的?"

"基本上是放生了。"杨父说道。

袁双:"……"

杨父喝了一口水,接着说道:"他很小的时候,我因为研究所的工作,常年不在家。后来他母亲和我离了婚,他就一直跟着他奶奶在藜东南生活。

"我和他母亲都没怎么教养过他。说起来惭愧,我们做父母的只是给了他一具肉身,其他的一切都是他自己习来的。

"他这性子是在藜东南的山林间养出来的,不忮不求,超然自得,有时候我都羡慕他。"

袁双会心地笑了。

杨父看着袁双,沉吟片刻后说:"不过,太过自由有时候也是个缺点,平西太随心所欲了。在他身边,人容易患得患失,很难有安全感。"

"以前不乏有人想改变他,但是都没能成功,你……"杨父欲言又止。

袁双了然,她见杨父面露难色,反而爽快地一笑,说:"叔叔,就像您说的,杨平西的性子是随了藜东南的山山水水,他天性就是这样,改变不了的,我也不想改变他。

"我喜欢的就是现在的杨平西,他要是变了,耕云也就变了,这里也就不值得我留下来了。

"您说您羡慕他,其实我也是,他让我相信这个世界真的有纯粹美好的一面,所以我希望他一直都是自由的。"

袁双浅笑了下,接着道:"不瞒您说,之前我也害怕他是一阵风,不会为任何人停留,但是现在,我已经做好了乘风而起的准备。"

袁双句句都是出于真心,杨父听完她的一番话,似是很受触动,默然良久才开口感慨道:"难怪夕南说你和平西是天生一对儿,我看也是,你们两个啊,真的是灵魂之交。"

"什么'灵魂之交'？"杨平西搭把手回来，进门就听到自家老头儿和袁双说的话，便走过去问了句。

袁双可不想当着杨平西的面把刚才和杨父说的话重复一遍，肉麻死了，遂打了个哈哈，说："我和叔叔在聊投资的事呢。"

杨父推了下眼镜，点头附和道："我在向小双学习怎么做生意。"说着，他还问一句："奶茶店……"

袁双和杨父交过心了，彼此间熟稔了许多，也就直说了："叔叔，奶茶店不靠谱，你要是真想投资……"她狡黠地一笑，"不如投资我的民宿，我保您稳赚不亏！"

杨平西在边上低笑。

杨父也笑："这主意不错，小双都能把耕云救活了，开民宿一定也能成功。"

"民宿在哪儿呢，叫什么名字？"杨父问。

袁双回道："在寨子水上粮仓的边上，名字还没想好呢。"

袁双说完就想到杨父刚才说他是在研究所工作过的，他指定是个知识分子，遂问道："您给取个名字？"

杨父当真细细思索，而后一本正经地说："耕云在山上，离云更近，民宿在山下，离大地更近，不如就叫耕——"

"叔叔，"袁双打断道，"不如，算了？"

杨平西在一旁闷声笑得不行。

袁双这下是真信了父子连心这句话了。

正巧这时有客人点咖啡，袁双觉得他们父子俩许久不见，可能有话要说，就顺势起身把空间让给他们，自己泡咖啡去了。

杨父看着袁双，目露赞赏之色，缓缓说道："小双真是个好姑娘。"

杨平西颔首："嗯。"

"世间万物，一物降一物。你这性子，我看也就只有小双降得住。"杨父笑着问，"你还挺乐在其中的，不抗拒被人管着了？"

杨平西把目光投向袁双，她正在吧台里一边磨着咖啡豆，一边笑着和客人聊天。就是这样一个简单的场景，足以让他感受到生活的温度，他的世界又有了人间的烟火气。他无声一笑，说："如果是她，管一辈子都行。"

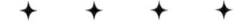

✦　✦　✦　✦

耕云已经进入非常稳定的经营状态，现在每天基本上都住满了人，住房的加上在店里消费酒水的，总体收益非常可观。

耕云的账号，袁双还在认真运营，虽然旅店目前情况良好，但开店毕竟是一件长久的事，还需要持之以恒地用心。因此，她还是每天都在各个平台上分享旅店的日常，偶尔剪个视频发布出去，维持一定的曝光率。

日子似流水，缓缓淌去，平淡却也精彩。

这天早上，袁双和杨平西与往常一样，起床后先带着"宝贝"出门溜达。他们在寨子里转了转，和寨民们打听了下这两天的新鲜事。生活在山里，寨民就是百事通，他们凭借着经验就能知道明天的天气、这个季节山里长了什么野果、路旁哪种野菜是能吃的……只要和他们聊上几句，就能得到好多信息。

遛完狗回来，袁双和杨平西就开始忙活了。早上喝咖啡的人多，袁双忙些，杨平西就给她打下手，帮忙磨咖啡豆。等退房和入住的人多了，他就上山下山地跑。

万婶来到店里，说今天要烤酒，再过些日子就是苗年，她想备一些苗家米酒到时候用来招待旅店的客人。袁双觉得可行，就和杨平西一起帮着万婶在楼后的小平台上搭了个柴火灶。

万婶之前就在自己家里发酵好了米饭带了过来。这时候，她直接端上来，在柴火灶上坐锅，倒入那些米饭，再盖上烤酒的工具。杨平西在一旁看着火，袁双拿着手机拍视频素材，不多时就见有酒从漏孔中流出，袁双登时兴奋起来。

潺潺流动的液体经由导管缓缓注入储酒器。袁双收起手机，问："刚烤出来的酒，我能喝一口吗？"

杨平西看她好奇、犯馋，笑了声，说："不行，刚烤出来的酒度数很高，喝了对身体不好。"

"那要等它稀释了？"

"嗯。"杨平西解释，"多烧两三锅水兑一下，度数没么高了，就能喝了。"

"那我们晚上就来尝一尝？"袁双跃跃欲试。

杨平西颔首笑道："好。"

上午烤了酒，中午袁双小憩了一觉。午后无事，她就抱着几本书来回地翻看。杨平西从外面回来，看到袁双坐在大厅支着脑袋锁着眉头发愁。

杨平西走过去，扫了眼桌上的几本书——《楚辞》《诗经》，还有唐诗宋词，了然道："还在想民宿的名字？"

"嗯。"袁双叹口气，说，"之后就要去办各种手续，民宿的名字得定下来了。"

有"耕云"珠玉在前，要想找到与之匹配的名字，很不容易。袁双抱着几本书翻了好些天,就是没找到心仪的名字。

杨平西看她愁眉不展,抬手把她的书合上,说:"你硬想是想不出来的,慢慢来,时机到了自然就能想到。"

袁双瞥他:"名字也看缘分?"

杨平西笑了一声,说:"嗯。"

杨散人又开始"无为"了,袁双幽幽地叹口气,倒是没去抢他手上的书。

杨平西把书放回书架上,转身见袁双还在犯愁,思忖了下,问:"要不要去田里抓鱼?"

袁双眼睛一亮,来了兴趣:"能抓吗?"

杨平西眉头一挑,示意她:"换身衣服。"

"你等我。"

袁双立刻跑回房间,换了身休闲的衣服出来。

入秋后,气温降低,现在白天里山上已经完全没了暑意,但太阳底下还是有些晒的。杨平西不知从哪里找来两顶斗笠,自己戴了一顶,又给袁双戴上一顶。

"要不要带上水鞋?"杨平西问。

袁双抬眼:"你穿吗?"

"我直接下去。"

袁双便爽快地说:"那我也直接下去。"

杨平西笑了笑,点点头。

袁双同大雷和阿莎知会了一声,便提上个小桶出了门,跟着杨平西往山上走。

这个季节,山上的稻子金灿灿的,稻香扑鼻。登高望下,梯田层层叠叠,风一吹,稻田就荡起了波浪。

寨子里的老人说今天是吉日,因此今天下田里收割稻子的寨民非常多。现在黎山上很多块田已经不见了稻穗,只剩下稻秆了。

藜东南的稻田是水田。在插秧的时候,寨民们就会往田里放鱼苗,等收割稻子的时候再把鱼抓上来。几个月的时间过去,稻田里的鱼已经非常肥美了。经过梯田时,袁双一直能听到鱼儿在水里游动的声音,叮叮咚咚,此起彼伏。

袁双说:"偷偷抓鱼被发现是要罚钱的,白天三百,晚上五百。"

杨平西闷声笑了,说:"那我们今天就抓个几百块钱。"

袁双抬手按着自己的斗笠,看着杨平西问:"你不会真是要带我去偷鱼吧?"

"嘘,小点儿声,别被听到了。"杨平西话里带笑。

到了一个岔路口，杨平西往下走到田塍上，转身朝袁双伸了手。

"我和大刘叔说过了，在他田里抓两条鱼。"杨平西说。

袁双就知道杨平西不会干偷鸡摸狗的事，笑了一声，搭上他的手往下走。

大刘叔家的稻田已经辟了一个空地出来，杨平西挽起裤脚，直接下了田。他在田里来回踩了踩，确定没石块之后，这才抬头示意袁双下田。

袁双有样学样，挽起裤腿，扶着杨平西的手下了田。田里的水凉凉的，淤泥软乎乎的，她牵着杨平西的手慢慢走动起来，很快就适应了。

稻田里的鱼很多，袁双总能感觉到它们在自己脚边游动，但弯下腰去摸却怎么也摸不着。

"我就不信了。"试了几回都无果，袁双的好胜心被激了起来，她撸起袖子，大有一种不抓住一条誓不罢休的架势。

杨平西看她一脸认真的样儿，不由得失笑。

杨平西是抓鱼的好手，让他来，不消一会儿工夫就能抓到两条鱼，但他今天带袁双来，就是想让她玩，所以一直没出手，只是在一旁看着她。

"你右手边有一条。"杨平西提醒道。

袁双马上伸手去摸，那鱼儿倏地就溜走了。

"游得也太快了。"

杨平西笑："慢慢来。"

稻田里的水很混浊，袁双看不清水里的情况，只能凭借耳朵，听到哪儿有动静就往哪儿逮，因此总是慢一步。有一回好不容易逮住了一条大鱼，可那鱼太有劲儿了，鱼尾一摆就挣脱开了，还甩了她一脸泥水。杨平西见袁双这狼狈样，忍不住笑出声。

袁双来气，见他浑身还干干净净的，就拿手沾了点儿泥水往他身上弹。杨平西敏捷地躲开，她袭击不成就追了过去，两人在田里笑闹起来。

玩闹了会儿，袁双便沉下心来抓鱼。杨平西在田边走着，把鱼往她那儿赶。有了刚才的经验，袁双琢磨出了抓鱼的技巧，她先是按兵不动，等鱼儿放松警惕，在她腿边游动时出其不意地把手往水里一探。

"杨平西，杨平西，我抓住了！"袁双两只手紧紧地抓住一条鱼，兴奋地朝杨平西展示自己的成果，那高兴劲儿，就好像她抓的不是鱼，而是什么奇珍异宝。

杨平西被她的情绪感染，眉目一舒，笑意便传到了眼底。

有了第一回的成功经验，袁双依葫芦画瓢，很快就抓到了第二条鱼。她出手不凡，两条鱼都是个顶个地肥。

抓了鱼，杨平西从田里上来，伸手拉上袁双。他们俩现在一身狼藉，脸上却都是笑着的。

袁双脚上沾了泥，不想穿鞋。杨平西看出了她的心思，穿上鞋后很自觉地就蹲下了身。袁双立刻绽开笑靥，提上鞋，直接往他背上一趴。

杨平西提上桶，把她背起，笑着说："走，回去给你做酸汤鱼。"

"你的拿手好菜？"

"嗯。"杨平西说，"之前不是说过，等稻子收割的时候，捞一条稻花鱼给你尝尝？"

杨平西这么一提，袁双忽想起她第一天来黎山寨时，他的确说过这话。那时她满心以为自己在这儿待不到收获季节，但谁能想到她不仅留到了秋天，以后还会在这里度过无数个春夏秋冬。

"回去你得和人说鱼是我抓的。"袁双趴在杨平西背上说。

杨平西低声笑："好。"

"用自己抓的稻花鱼做酸汤鱼，一定很好吃，再喝上一杯上午刚烤出来的酒……"

"馋了？"

"杨老板，走快点儿，我饿了。"

"好的，老板娘。"

袁双盈盈一笑，看着杨平西，心想，现在这样饭稻羹鱼的生活虽不在她此前的人生计划之中，但这个意外十分美好。

袁双和杨平西一路说说笑笑，回到旅店，时间已临近傍晚。

洗了澡换了身衣服，杨平西就去厨房处理抓上来的稻花鱼。袁双想着今天是收获的日子，就喊来大雷，让他告诉晚上住店的客人，今天是旅店的纪念日，让他们都来吃饭。

大雷问一句："什么纪念日？"

袁双眼睛一弯，笑道："老板娘第一回抓鱼的纪念日！"

为了庆祝耕云老板娘第一回抓到鱼，晚上旅店大摆宴席。席上，杨平西用袁双亲手抓的稻花鱼做成的酸汤鱼成了当仁不让的主角。秋季的稻花鱼肉质鲜嫩，佐以地道的酸汤鱼酱汁，非常下饭，这时候再配上一杯刚烤出来的苗家米酒，简直令人快活似神仙。

袁双胃口好，难得地吃下了两大碗米饭。一旁的杨平西见了，谑道："不怕胖了？"

袁双揉了揉撑起来的肚子，瞥他："反正你还背得动。"

杨平西笑一声，见袁双揉着肚子，便凑到她耳边问："出去走走消消食？"

"去哪儿？"

"景区。"

"现在？"袁双低声问，"丢下客人？"

杨平西挑眉。

袁双蠢蠢欲动，她喝了酒，双眼如星辰一般发亮，隐隐兴奋道："我先出去，你晚点儿再出来。"

杨平西闷笑着点了下头。

袁双先陪着席上的客人们喝了一杯酒，再故作镇定地起身，作势去吧台拿东西，之后寻着空就溜出了旅店。

客人们正喝得起劲，谈笑声不断，没有注意到袁双离开，倒是杨平西起身时，有人看到了，问一嘴："杨老板，不喝酒，哪儿去啊？"

杨平西大大方方地离开饭桌，噙着笑回道："遛猫。"

客人不解，嘀咕了句："店里除了养狗，还养猫了？"

杨平西出了门，一眼就看到袁双躲在一棵大树的阴影底下。他走过去，拉上她的手就往山下走。

两人才走没两步，就有人从大厅里看到了他们，当即扑到美人靠上喊道："杨老板，老板娘，你们哪儿去啊？"

袁双一惊，立刻拉着杨平西快步往山下跑："被发现了，快走！"

杨平西愉悦地笑了两声，举起手朝身后挥了挥，头也不回地下了山。

到了山下，杨平西拉着袁双直接去了景区。晚上景区有人值班，值班人员看到他们俩，打了声招呼，揶揄道："杨老板，带老板娘夜游呢？"

杨平西点头："嗯。"

"正好，你们可以搭巡逻车进去。"

杨平西道了谢，和袁双进了景区，搭上了刚要出发巡查的巡逻车。巡逻车要绕着景区各景点转一圈。晚上光线不佳，看不到什么景色，杨平西和袁双下山是为了走路消食，所以在古桥景点就下了车，牵着手在里边闲逛。

藜江的江水缓缓地流动着，泠泠的水流声和着山间的虫鸣鸟叫越发突显山林的寂静。白天，古桥上总是人来人往热热闹闹的，夜里空无一人，在皎洁的月光下，呈现出一种古朴的质感。

晚间山风萧瑟，杨平西问袁双："冷吗？"

袁双今晚喝了几杯酒，现在身子发热，并不觉得冷，遂摇了下头。

"醉了？"杨平西又问。

袁双不屑地一笑："你都还没醉，我怎么会醉？"

"再多一杯，我就醉了。"杨平西说。

袁双抬眼看他："你会酿那么多种酒，怎么酒量这么差？"

"遗传？"

袁双想到今晚杨父不过喝了两杯米酒就回房间躺着了，便忍不住笑了，说："看来你还真不是石头缝里蹦出来的。"

"嗯？"

"没什么。"袁双轻摇了下头，又说，"你一个卖酒的，酒量这么差可不行。"

杨平西不以为意："不是还有你？"

袁双乜斜他："杨平西，你当初不会是看上了我的酒量吧？"

杨平西从喉间溢出一声笑，点了头，说："被你猜到了。我就是看你喝一杯莫吉托都醉不了，才想把你留下来。"

袁双扑哧一笑。

他们牵着手走上古桥，藜江的江水里有鲤鱼在跳跃，激起阵阵水花。

袁双忽地想起自己第一回来古桥时，杨平西陪着她，那时候他刚提出让她留在耕云，她欲拒还迎，心里头却又摇摆不定。当时他说，以后有的是机会夜游古桥，现在一语成真，他们今晚真的就一起来了。

"杨平西。"袁双站定。

"嗯？"

"我们认识多久了？"袁双问。

"四个月。"

"才四个月啊。"袁双感叹道，"感觉我们已经认识很久很久了。"

杨平西轻笑："嗯。"

回想相识至今的点点滴滴，时间虽然不长，但是他们在一起的每一分每一秒都是充实的。袁双恍然回望，想起和杨平西初次相遇时，笑道："我第一回见你的时候，就觉得你不是个正经师傅。"

杨平西眉头微挑："那你还敢上我的车？"

袁双故意重重地叹口气，说："当时没的选。"

"后悔了？"杨平西笑问。

袁双反问他："你呢，后悔接我这单生意了吗？"

杨平西只是一笑，慢声道："袁双，我的人生到目前为止就后悔过一次。"

袁双立刻就懂了。杨平西说的是不久前他放手让她回京的事。他这个人，恣意放荡，此前的人生率性、自由，凡是己为，从不后悔。唯一一次后悔，与她有关。

莫名地，袁双的眼底沁出了湿意。她仰着头，定定地看着杨平西，片刻后缓缓开口说道："杨平西，我不后悔，如果再给我一次机会……我还是会坐上你的车。"

"去大瀑布？"

"嗯。"

"去侗寨？"

"嗯。"

"来黎东南？"

"嗯。"

"留在耕云？"

袁双毫不犹豫地点了点头："嗯。"

杨平西眸光微闪，似月光下的黎江水，情动之下，他忍不住低头吻下去。

袁双在他靠近的一瞬间就闭上了眼睛，迎上了他的唇。

月光之下，古桥之上，有人影一双。

✦　✦　✦　✦

晚上深山寒凉，又没有灯光，杨平西没带着袁双往山里走，他们就在古桥附近携手漫步，直到巡逻车回来，搭上车离开了景区。

回到寨子，袁双习惯性地拉着杨平西走水上粮仓这条道，想要和孙婆婆、兰姐问声好。

他们慢慢悠悠地走着，经过"三眼井"时，袁双往井水里看了一眼，就见一钩弯月映在井水中，清清冷冷，银辉似水。她脑子里倏地闪过一个念头，不由得停下了脚步。

"怎么了？"杨平西回过头问。

袁双抬眼，双眸发亮，问杨平西："你脖子上的文身哪里文的？"

杨平西不解，还是回道："在黎江市一个朋友的店里文的。"

"我也想文一个。"

杨平西眉头一抬，了然道："想到民宿的名字了？"

袁双略微激动地点点头，一字一顿地开口说道："钓——月。"

"'耕云钓月'……"杨平西颔首笑道，"听起来就是一对儿。"

果然有些东西冥冥之中就有缘分，人如此，名字也是如此。

袁双迫不及待道："明天我们就去办手续！"

杨平西笑："这么急着想当袁老板？"

袁双下巴一抬："你有意见？"

杨平西摇头一笑："钓月开了，你不会就不管耕云了吧？"

"耕云现在已经很稳定了，大雷他们也都能独当一面了，不需要我再一直看着了。"

袁双话音刚落，兜里的手机就响了。她有所预感，拿出手机一看，果然说曹操曹操就找来了。

电话一接通，那头的大雷就急切地说道："双姐，店里出事了，你和杨哥快回来。"

袁双面色一变，问："出什么事了？"

"店里南方的客人和北方的客人因为豆腐脑要吃甜的还是吃咸的吵起来了，我劝不住他，你们快回来吧！"

袁双听大雷语气着急，好像旅店下一秒就要发生南北大战一样，不由得加紧脚步往山上走。挂了电话，她轻叹一口气，嘀咕了句："果然没了我还是不行。"

"杨平西，快点儿。"袁双回头催道。

"来了。"杨平西几步追上去。

他们并肩往山上走，袁双仰头看到悬在天上的明月，忽地促狭一笑，问："逍遥诗人，今晚的月亮又是什么饼？"

杨平西头也不抬，看着袁双，嚼着笑说："老婆饼。"

"你少给我来这套。"

"我尝一口？看看是甜的还是咸的。"

"欸——"

"米酒馅儿的。"

"流氓！"

…………

山林里晚风拂起，黎山寨里灯火如星，山道上的人影相互追逐着，笑声朗朗。天上一缕彩云伴着新月，藜东南明天又是个好天气。

全文完

2022.12.9

番外一 风在耕云

"走，我们'下凡'去。"

苗年前两天，袁双和店里的人一起把耕云里里外外打扫了一遍。为了渲染气氛，她还特地从镇上的集市淘了些很有年节气息的装饰品挂到店里，让旅店看上去喜气洋洋的。

过年这天，袁双和杨平西一大早就起来了。寨子里的婆婆给袁双做了套苗服新衣，她洗漱后化了个美美的妆，就迫不及待地拿出新衣服穿上。

"怎么样？"袁双穿上新衣服后在杨平西眼前转了个圈。

婆婆们给袁双做的苗服以红色为主，衬得她整个人肤白貌美，还很喜庆。

杨平西上下打量着她，颔首点了下头，笑道："可以直接嫁人了，不如——"

"你想得美！"袁双笑着啐一句，她对着镜子看了自己一眼，卷起一小绺头发问杨平西，"你手这么巧，会给女人盘头发吗？"

杨平西看着袁双披肩的长发，挑眉说："我试试？"

他说着就上手绾起袁双的长发，但是总是归不拢，要么右边垂下一绺，要么就是左边漏下一绺。

袁双瞧着杨平西不得其法的模样，忍不住翘起嘴角奚落他："想不到啊，杨老板，你也有手笨的时候。"

杨平西也笑："没帮人弄过。"

他再次试了试，但袁双的头发就跟有想法似的，就是不服从他手上的指令。

袁双看着自己一头秀发被折腾得不成样儿，拉下杨平西的手，说："算了，不为难你了，一会儿出门我找寨子里的婆婆帮我盘。"

"行，我正好也学学。"杨平西笑道。

袁双理了理头发，最后看一眼镜子，确认没什么不妥之后，就说："我们出去吧，今天可有的忙了。"

因为过年，袁双给大雷、阿莎和万婶都放了假，所以店里今天就只有她和杨平西俩人忙活。从房间里出去，袁双去喂狗。杨平西下了楼，去了厨房，手脚利索地拌了两份面端上来。

袁双看到拌面还很诧异，问："今天不带'宝贝'出门了啊？"

"出。"杨平西递了筷子,说,"吃了再遛它。"

往常他们都是遛完狗再回店里吃早餐。袁双以为是因为万婶今天不上来店里做饭,杨平西才早早地下厨做了吃的,就接过筷子,坐下吃面。

吃完早饭,袁双在前台挂了个牌子,说老板老板娘出门遛狗去了,请客人自便,有急事打电话。

苗年是个大节,大年头一天,黎山寨从清晨开始就热闹得很。寨子里的人显然多了,很多在外地工作的年轻人都回来过节了。一些人没见过袁双,见杨平西牵着她,不由得多打量了几眼,随后试探地喊一声"老板娘"。袁双一点儿也不忸怩,爽快地应下了,还邀人家有空上耕云坐坐。

到了山下,袁双去找孙婆婆和兰姐。孙婆婆见她穿着新衣,真心地夸了几句,又帮她把头发盘了,兰姐还拿出自己的银饰,给她戴上。

苗族人过节少不了喝酒,袁双和杨平西今天逛寨子时,就被寨民们多次请进家里喝上一小杯米酒。遛完"宝贝"回来,他们俩肚子里已经装了不少的酒。

袁双这才明白杨平西今天为什么让她吃了饭再出门,原来他早就知道过年是要喝"串寨酒"的。

上午寨子里有活动,寨里的老人喊杨平西一起吹芦笙。袁双也想去凑热闹,又苦于旅店无人看管。正好这时候杨父从楼上下来,她眼睛一亮,立刻殷勤地凑上去。

杨父在黎山寨里过过苗年,对节庆活动倒是不觉得新鲜。袁双央他看店,他乐呵呵地就应了。

袁双找到了人看店,拉上杨平西就要出门,杨父追上去问:"店里什么规矩还没和我说呢?"

"没有规矩。"袁双笑着回道,"您随意。"

一句话的工夫,袁双和杨平西已往下走了好远。杨父看着他们的背影,无奈地摇了摇头,笑道:"这小两口儿,越来越像了。"

寨子里过节,来体验民族风情的游客更多了。袁双和杨平西到达芦笙场时,场边都被人围住了。寨里的老人朝杨平西招手,示意他过去。

杨平西回头看向袁双,袁双说:"你去吧,我就在边上看。"

"别乱跑。"杨平西叮嘱道。

袁双笑他:"在自己寨子里,我还能丢了不成?"

杨平西闻言眉头一展,笑了。

上午的表演,几乎全寨的人都参与了,年轻的男女飞歌跳舞,老人们吟唱苗族古歌，之后就是"芦笙踩堂"。寨子里吹芦笙的长辈和小伙儿带头，姑娘们跟在后头舞蹈，加入的人越多，圆圈就越大。

到后来，场中的寨民还热情地邀请边上的游客加入。袁双看到兰姐朝自己招手，立即提着裙摆跟了上去。她不会舞蹈，就学着兰姐的动作随意地舞动着，不求动作标准，只求尽兴。

"踩堂舞"结束，黎山寨的芦笙场已经围满了人，寨民和游客们玩到了一块儿，好不热闹。表演活动结束，寨子里比较有威望的长辈讲了几句吉祥话，之后寨民们就搬出拦门酒迎客。

袁双不去喝酒，而是踮着脚，穿过人群朝芦笙柱的方向走。很快，她就看到了杨平西，他正被几个姑娘围着。

杨平西抬头看到袁双，立刻朝她招了下手。

一个姑娘看到了，开口问道："小杨哥，她是……"

"耕云的老板娘。"杨平西自然地回道。

寨子里的一些姑娘，或外出工作，或外出求学，有段时间没回来，还不知道耕云有了老板娘，此时见了袁双都有些好奇，目光不住地往她身上打量。

袁双坦坦荡荡地让她们瞧，还大大方方地邀请她们有时间去店里坐一坐。

很快，姑娘们就识趣地散开了。

袁双噙着笑看着杨平西，揶揄道："桃花真不少。"

"以后就不开了。"

"不遗憾？"

杨平西看着袁双，笑一声说："最漂亮的这朵已经摘下来了，没什么好遗憾的。"

"花言巧语。"袁双道了句，嘴角却在上扬。

杨平西轻笑："管用就行。"

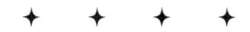

◆　◆　◆　◆

黎山寨的游客多了，光顾耕云的客人也相应地增多。杨平西和袁双回到旅店后就马不停蹄地忙活，因为人手不足，他们基本就没歇的时候。

各地区苗族过年的时间长短不同，短的只过三五天，长的十天半个月，而黎山寨过九天。不知是不是有人对外宣传，来黎山寨体验年节气氛的游客一天比一天多。袁双和杨平西忙不过来，就找了住店的客人搭手，客人们也很豪爽，说帮就帮，店小二当得有模有样。

万婶不在那几天，店里的客人轮流下厨，自给自足。耕云一天北方菜，一天南方菜，有时候时间紧迫，杨平西和袁双就随便熬点儿白粥就着咸菜，大家也吃得有滋有味。

第五天，万婶和大雷就探亲回来了，阿莎也来旅店帮忙，袁双和杨平西有了援手，总算是可以歇一口气，能抽出时间去苗寨了。

以前苗寨过年是各过各的，现在有些地区联合在一起过年。期间，各个寨子里的人会去别的寨子做客。杨平西朋友多，过年这几天每天都有人来旅店做客。礼尚往来，袁双觉得他们也该去人家的寨子里走一走。

袁双和万婶、阿莎、大雷交代了下店里的事，说自己和杨平西要出门见见朋友，让他们把店看好。大雷和阿莎高高兴兴地应下了，万婶也说了好，就是笑得有些暧昧。袁双顿时就想到了苗年前她和杨平西几回出去"见朋友"，频率一高，万婶这个过来人怕是又觉出了端倪。

袁双觉得万婶误会了，忍不住解释道："婶婶，这次我们真的是去见朋友。"

万婶笑呵呵地点点头："知道的，婶婶都知道的，你们就安心去吧，晚一点儿回来没关系。"

袁双颇有种"狼来了"的感觉。

离开旅店，袁双叹了口气，对杨平西说："以后'见朋友'这个理由也不能用了。"

杨平西哂笑，问："你还有什么借口？"

"不找了。"

"不找了？"

"嗯。"袁双点头，说，"现在只要我们俩一起出门，估计万婶都能往那方面想，多余找什么借口。"

杨平西挑眉："那以后我们就光明正大地去？"

事已至此，只能顺其自然了。袁双轻悠悠地叹口气，余光见杨平西一脸的浑不在意，自如得很，不由得说道："你倒是一点儿都不害臊。"

杨平西低下头，含着笑说："害臊就沾不上'荤腥'。"

袁双谑笑道："杨老板，我还以为你和神仙一样无欲无求呢。"

"差一点儿就升仙了，被你坏了修行。"杨平西漫不经心地说着玩笑话。

袁双扑哧一声笑了："这么说，怪我了？"

"当神仙哪有当凡人有意思？"杨平西笑笑，一手揽过袁双，说，"走，我们'下凡'去。"

"真把自己当神仙了。"

袁双笑着，跟着杨平西潇潇洒洒地往山下走。

天际，云彩翻涌，风在耕云。

番外二

三五知己

日子便如锅中的汤底，红火、滚烫，热气腾腾。

冬天一到，黎山上的树木象征性地落了一层叶子，但没有像北方那样变秃。冬日的山林里，鸟兽鱼虫仿佛都深居简出，不再活跃，林间也就更加幽静。

藜东南的冬天确实冷，袁双是北方人，虽然以前工作的时候常到南方出差，但还没在南方度过完整的冬天。这里没有暖气，冷的时候空气都挟带着砭骨的寒意，直往骨头缝里钻。天气一冷，袁双就把从北京寄过来的羽绒服穿上了，但还是抵挡不住南方冬天的"魔法攻击"。

杨平西知道袁双怕冷，特地弄了只暖炉放旅店里，有了这个神器，袁双白天基本上都靠它取暖。晚上睡觉，杨平西就是她的夜间取暖神器。

冬季天色暗得早，不到六点的光景，黎山寨就点起了灯，家家户户早早地吃了饭就在屋子里猫着了。寨民们休息得早，耕云也就紧跟着寨子的节奏，营业时间调整为冬令时，晚上九点过后，旅店就打烊了。

夜里山间更冷，杨平西关上店门就先去洗了澡，然后躺在床上暖被窝。等袁双洗了澡出来，他就把暖好的被窝让给她。

袁双哆嗦着钻进被子里，忍不住往杨平西身上靠。杨平西顺手揽住她，拉着她的双手往自己胸膛上贴。

袁双的手脚渐渐暖了，她舒适地吁一口气，抬眼问："为什么你身上一直这么热乎？"

杨平西笑："阳气重。"

"不冷吗？"袁双把手往杨平西脖子上按。

杨平西就顺势歪了下脑袋，夹着她的手帮她取暖，同时说："习惯了。"

"你说得没错，藜东南的冬天真的冻骨头。"

杨平西搂着她："北京不冷？"

"干冷，而且有暖气，待在室内就不冷。"袁双换了个舒适的姿势窝在他怀里，说，"不过外面下雪时很不方便，出行很麻烦……你知道吗，我以前每年冬天都会流鼻血。"

杨平西眉头一紧。

袁双立刻解释说:"屋子里开暖气太干燥了……今年倒是没犯这毛病。这里湿度高,都用不上加湿器。"

杨平西摸了下袁双的脑袋,问:"你想回北方过冬吗?"

"你舍得吗?"袁双故意问。

"不舍得。"杨平西态度坦荡,又体贴地说,"但是如果你觉得在北方过冬更舒服,就回去待一段时间,等春天再过来。"

"你就不怕我走了就不回来了?"

杨平西挑眉:"你不会。"

袁双谑道:"杨老板,你对自己这么有信心?"

杨平西哂笑:"钓月还没开,你不会半途而废。"

这段时间,袁双除了忙耕云的事,就是在为钓月奔波。杨平西有经验,带着她去办各种手续,现在万事俱备,就等各种证批下来,钓月就能正式营业了。付出了这么多,袁双当然不会轻易放弃。

她轻呼出一口气,说:"我又不是候鸟,候鸟冬天还往南飞呢。我既然决定留在这里,就要适应这里的天气,总不能一到冬天就回北方去吧。"

"也不是不行。"杨平西笑道。

"那山上山下两家店谁管?"

杨平西微抬下巴,袁双瞥他一眼,说:"你?算了吧,我怕用不了一个冬天,大雷就给我打电话说旅店又要倒闭了。"

杨平西失笑:"就这么不放心我?"

袁双轻哼一声,说:"没我看着,你指不定怎么败家呢。"

杨平西勾唇一笑,问:"还冷吗?"

袁双摇了下头。杨平西就跟个大火炉一样,她紧紧挨着他,浑身上下都被热意包围,忍不住说:"你怎么还越来越烫了?"

杨平西低呼了一口气,垂眼哑声道:"你说呢?"

袁双的一只手搭在杨平西的小腹上,此时察觉到他腹部紧绷,手下块垒分明,一时讶异:"昨天不是才……"

"这种事不是昨天做了今天就不想。"杨平西附在袁双耳边说,"你贴这么近,我没反应才不正常。"

袁双面上微热,又觉得好笑:"杨老板,你的精力可真够旺盛的。"

杨平西稍稍松开手,深吸一口气,笑道:"你不是早就检验过了?"

袁双抬手捂住杨平西的嘴,压低声音说:"小点儿声,楼上还住着人呢。"

杨平西背靠着床头，仰头看着天花板，露出无可奈何的神情。他啧了声，说："干脆把楼上这间大床房撤了。"

"好。"

杨平西只是随口一说，听到袁双应了"好"，他微微一怔，低头看向她。

"你同意？"

袁双领首，说："我之前就想过了，我们总去市里也不是办法，楼上这间大床房赚的钱还没有我们花出去的多，不如就撤了。"

杨平西来了兴致，问："撤了，那个房间用来做什么？"

"咖啡室？读书室？"袁双轻蹙了下眉，说，"其实我还没想好。"

"不急，慢慢想。"杨平西翘起嘴角，"先撤了再说。"

袁双取笑他："你就这么等不及呀？"

杨平西坦然道："再憋就要坏了。"

袁双笑："就这样你还想让我回北方过冬？"

杨平西哑声一笑，说："你不躺在我身边，我没这么大反应。"

"那我离你远点儿？"

袁双说着要往边上挪，杨平西却收了手劲儿把她揽进怀里："我这边暖和。"

他轻呼一口气，拍了拍袁双的背，说："睡吧。"

袁双看他额角都出汗了，于心不忍，轻咳了下，说："看在你这么尽职尽责地帮我暖床的分儿上，我也帮帮你。"

"'手动'退档？"杨平西笑了。

"不然呢？"说着，袁双伸出手探过去。

杨平西闷哼一声，随后埋首在袁双颈侧，喘息片刻后沉声说："明天就把楼上的房间撤了，直接'上路'。"

…………

隔天一早，袁双按时醒过来，却不像以前一样利索地起床。黎东南的冬天太冷了，她贪恋被窝里的温暖，总想赖床。

杨平西也没有让袁双起床，自己起来后把被子掖严实了，哄她再睡一会儿。

袁双又在被窝里眯了会儿，听到大厅有了动静，就动了动身子，起了床。虽然耕云没有固定的工作时间，就算她不起来，杨平西也能应付得了店里的客人，但他在忙，她就躺不住。

袁双洗漱完，换了衣服出去。大厅里已经有客人坐着了，见到她还打了招呼，说就等着喝一杯老板娘冲泡的热咖啡。袁双立刻笑着应好，去了吧台，和杨平西一起忙活起来。

进入冬季，古桥景区的游客量骤减，黎山镇的酒店、旅馆都没了生意，进入了淡季。旅游淡季对耕云也有影响，但影响没那么大，和镇上的同行相比，耕云的入住率一直很不错，不说每天百分百，但百分之八九十是有的。

耕云主打的从来不是旅游招牌，所以来住店的客人很多都不是冲着景区来的，而是冲着旅店本身来的。这也得益于杨平西一直以来的待客之道，以及袁双坚持不懈的宣传。

上午，袁双和万婶、大雷还有阿莎说要把楼上的一间大床房撤了。大雷心直口快，直接问原因。袁双不好明说，正想找个理由糊弄一下，万婶就先开口了。

"撤了好，正好店里缺个大点儿的房间放杂物。"万婶说。

大雷说："大床房放杂物，会不会有点儿浪费空间啊？"

"不会。"万婶笑盈盈地说，"以后小杨和小双要是添了孩子，这房间也能住。"

大雷和阿莎立刻对视一眼，齐齐笑了。

袁双抬头对上万婶带笑的眼睛，知道她是体贴自己和杨平西，这才替他们说话，也就不去推翻她的理由，一笑而过。

前几日寒潮来袭，黎东南连着几天阴天。今天阴云散去，太阳重新露了脸，寨子里的"三眼井"就热闹起来了。很多人家趁着这个好天气，拿了床单被套在井边浣洗，芦笙场上架起了竹竿，晾晒着不少棉被。

袁双睡了个午觉起来也不觉得冷了，看到斜照进大厅里的阳光，反而觉得暖洋洋的。

阿莎还没从千户寨回来，袁双就坐进了前台，在电脑前随意地点点按按消磨时间。

"老板娘，住店。"

店里来了客人，袁双听这声音耳熟，抬眼一看，顿时欣喜。

"虎哥！"袁双站起身喊道。

"妹儿啊，好久不见啊。"

袁双见了虎哥是真高兴，笑问道："你'清洗'心灵来了？"

虎哥放声大笑，说："可不是，在外头碰上了些狗屁倒灶的事儿，就想来耕云住住，喝杯小酒，快活快活。"

"杨平西，杨平西——"袁双激动地喊了两声。

杨平西正在楼后头帮万婶晾晒床单被套，听到袁双的声音，马上回了旅店。

进店看到虎哥，他微微一怔，随即轻扬唇角，颔首打了个招呼："来了。"

老友相聚，自然是少不了坐在一起喝杯酒的。虎哥说最近天冷，提议吃火锅。袁双觉得这主意不错，就让万婶准备了各种火锅食材。

晚上，所有人围坐在一起，桌子中央一口鸳鸯锅正滚滚地冒着浓烟，丝丝缕缕地弥散开来。

杨平西知道袁双吃不了辣，就专门给她烫了清汤的。

虎哥看见了，说："妹儿啊，藜东南冬天湿气重，你得吃点儿本地的辣椒才行。"

袁双听虎哥这么说，又看大雷他们吃辣锅吃得热乎乎的，也是蠢蠢欲动，忍不住就把筷子伸进杨平西碗里，从他那儿夹了几块辣锅烫的牛肉，直接放嘴里吃起来。

牛肉入口微呛，才嚼了两下，袁双就觉得口腔里跟着了火似的，但这种辣并不难受，还让人有些上瘾。

虎哥见袁双的脸红了，哈哈笑道："怎么样，不冷了吧？"

几口肉吃下来，不仅是脸上，袁双觉得自己浑身上下的毛孔都张开了，由内向外地散发着热气，倒真觉得没那么冷了。

"藜东南的辣椒这么厉害？"袁双叹道。

"那可不，我就是冲着这一口辣来的。"虎哥说。

袁双也笑，说："上回你可是说冲着杨平西的酸汤鱼来的。"

虎哥大笑，说："这不错过了稻花鱼的季节，只能来吃辣椒了。"

他说完，看着袁双，有些感慨道："上回离开，我还说呢，希望下回来耕云还能看到妹儿你。今天来，见着你我是打心眼儿里高兴，这说明咱俩缘分未尽。来，喝一杯。"

袁双爽快地举杯和虎哥碰了下，一口喝完了杯中的酒。

"妹儿还是这么豪爽，果然适合当老板娘。"虎哥放下酒杯，长舒一口气，说，"我就知道，有你在，耕云一定会越来越好的。"

说到这儿，虎哥才想起来问一句："现在旅店生意这么好，我不会没地儿住了吧？"

袁双给虎哥倒酒，笑着回道："放心吧，虎哥，我给你留了间大床房。"

"哪一间啊，201？"虎哥随口一猜。

袁双还没回答，大雷就先说了："虎哥，201，你住不了，杨哥今天把那个房间撤了。"

325

"撤了？为什么？"虎哥问。

大雷嘿嘿一笑，回道："那间房是要留给杨哥和双姐的小孩儿睡的。"

大雷这话一出，连杨平西都愣了一下，随即看向袁双，暧昧地笑问道："这么快就想好那间房要怎么用了？"

"不是——"

袁双话还没说完，虎哥就豪迈地笑了两声，谑问道："这么着急准备小孩儿的房间，不会是……"

袁双一臊，忙摆手说："没有，没有。"

杨平西看袁双脸上泛红，也不知是辣的还是羞的，低声一笑，接过话说："提前备着。"

杨平西这话无异于承认楼上这间房就是用来给小孩儿住的，袁双这下真是有口说不清了，忍不住在桌底下轻轻踢了他一脚。

杨平西低头看着袁双笑。

虎哥见他们俩"眉目传情"，啧然叹道："看样子我下回再来耕云指不定喝的就是喜酒了。"

虎哥看向袁双，拿出大哥的架势说："妹儿啊，以后老杨要是对你不好，你和我说，我帮你教训他。"

袁双爽朗地笑问道："虎哥，你站我这头？"

"当然了。"虎哥毫不犹豫地说，"你喊我一声'哥'，我就认你这个妹子。老杨要是对你不好，就算他是我朋友，我照样帮你教训他。"

袁双眉眼一弯，抬头看向杨平西，挑衅道："听到了没？"

"听到了没？"虎哥重复一遍，他看向杨平西，说，"老杨，你可要对我妹儿好。"

"嗯，我肯定对她好。"杨平西眉头微挑，轻笑道，"不然楼上那间房就没人住了。"

袁双忍不住又踢了他一脚。

虎哥朗声大笑，举起杯子说："来来来，碰一杯，就祝……耕云早日满房！"

大厅里顿时笑声一片，袁双嗔怪似的看向杨平西，两人对上眼时又忍不住一起笑了。

夜色渐浓，耕云里碰杯声和庆祝声交杂着，好不热闹。冬季虽然寒冷，但有三五知己相聚而坐，举杯共饮，日子便如锅中的汤底，红火、滚烫，热气腾腾。

番外三·日日月月

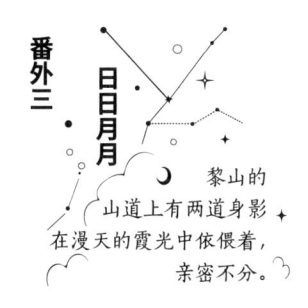

> 黎山的山道上有两道身影在漫天的霞光中依偎着，亲密不分。

冬天一过，黎山上的草木铺了一层新绿，在日光的照耀下，呈现出勃然的生机。山林里的生灵们经过一个冬天的沉酣，都在春天重新活跃起来。

万物复苏，钓月就是在开春之际开张的。

正式营业那天，袁双的父母来了黎东南。他们本来是不太同意袁双定居黎州的，但是在黎山寨小住了一阵儿，他们的态度就有所软化，对杨平西的看法更是大为改观，不过才住了几天就一口一个"小杨"叫得亲切。

因为前期的铺垫宣传，钓月开张后生意还不错，很多小家庭会举家来民宿入住，体验民俗风情。袁双没有招更多的人手，孙婆婆和兰姐就是她的帮手，她给她们付房租、开薪水，这样兰姐就不需要再背井离乡去外地打工，孙婆婆也不用一个人独居了。

耕云和钓月一个在山上，一个在山下，两家店的客人偶尔还会串一串。耕云较大，又有床位房，住的人多，更热闹，有时候办了什么活动，袁双就会让钓月的客人上来一起参与。

黎山寨因为有了耕云和钓月，常常有外地人走动，寨子里的婆婆们闲来无事，就会在芦笙场上坐着卖些自己做的手工艺品或者小吃，赚点儿辛苦钱。

耕云和钓月没有破坏黎山寨的民俗生态环境，反而成了寨子生态系统重要的一环。

春天山上草木生长，寨民们常常进山开荒。偶尔无事，杨平西也会带着袁双去深山里转一转，或是挖挖春笋，或是摘摘野菜，或是单纯地欣赏百昌苏醒后的山林。

这天下午，袁双跟着杨平西进山。傍晚时，他们提了小半袋的春笋回来，到"三眼井"旁剥皮清洗。

袁双看着小半袋春笋，说："我们是不是挖多了？好像吃不完啊。"

"不多。"杨平西说，"耕云和钓月各分一点儿，再给你爸妈寄一些过去。"

袁双挑眼一笑，问道："讨好我爸妈？"

"嗯。"杨平西坦然点头。

袁双侃道:"杨老板,没想到你也有和人献殷勤的时候。"

"和岳父岳母献殷勤,不丢人。"杨平西笑答。

"谁是你岳父岳母?"袁双不怀好意道。

杨平西抬起头,轻挑了下眉,说:"现在整个藜州都知道你是耕云的老板娘,你要对我始乱终弃?"

袁双憋不住笑了,明媚道:"你现在只是藜州分赛区的冠军,能不能拿到总冠军,还得看你表现。"

杨平西轻笑一声,意味深长地说:"那我今天晚上一定好好表现。"

袁双知道他意有所指,忍不住沾了些水往他脸上弹,笑骂道:"没溜儿。"

杨平西躲也不躲,见袁双笑得开心,便勾勾唇,从喉间漏出一声笑。

◆　◆　◆　◆

春夏之交,藜东南的气温渐渐攀高,早晚间山里仍是凉的,但正午时分,太阳开始发了威,逼得人穿不住外套。

午后日光倾暖,寨子里一片宁静,白天很多住客出门游玩,耕云和钓月就有了闲暇的时光。

空闲之余,袁双也没虚度。午觉起来,她就在吧台乒乒乓乓地捯饬着什么。

夏天就要到了,袁双想着,天气热起来,喝咖啡的人势必会减少,所以她打算在旅店里制作一些简单的夏日饮品售卖。她买了个榨汁机,专门用来榨果汁,后来又不满足于此,跃跃欲试地自主调制起了饮品。

袁双在吧台忙活了大半个小时,总算调出了一杯饮料。她先是朝大雷招手。

大雷立刻摇了摇头,委婉道:"姐,我一会儿还要送客人下山,可不能跑厕所。"

袁双知道大雷是在说前几天她让他喝自己的特调饮料拉肚子的事,一时心虚,就看向前台的阿莎。

阿莎看着袁双手中的棕色饮品,微微面露难色。

袁双叹了一声,喊道:"杨平西。"

杨平西正陪"宝贝"在大厅里玩耍,听到袁双叫自己,就把手上的球一丢,站起身往吧台走。

"又研究出了什么新饮品?"

袁双捧着杯子递过去,眉目舒展,笑着说:"我特调的奶茶,你喝喝看。"

杯子里放着吸管,杨平西凑过去吸上一口,忽地尝到了什么滑溜溜的东西,不由得往杯子里扫了一眼,问:"里面放了什么,布丁吗?"

袁双神秘地一笑，摇了摇头。

杨平西咂摸了下味道，一时恍然："刺梨冻？"

袁双展颜，点了点头，说："黎东南的饮料肯定要有黎东南的特色，我就用银球茶做茶底，调了一杯奶茶，还在里面加了刺梨冻。怎么样，好喝吗？"

杨平西咳了下，说："还行。"

袁双盯着他，杨平西无声一笑，如实道："有点儿怪。"

"怪？"袁双自己尝了一口，蹙了蹙眉，说，"是有点儿，可能是因为刺梨冻是酸的，而我又加了糖……我再调一杯你试试？"

"行。"杨平西应得很爽快。

袁双又开始埋头调制奶茶，杨平西回身去了大厅，接着陪"宝贝"玩起球来。

大雷这时候凑过来问："哥，双姐调的饮料……好喝吗？"

杨平西挑眉，意思不言而喻。

大雷纳闷儿："那你还喝？"

这时袁双又喊杨平西，杨平西应了声，站起身的同时说："我选的老板娘，我不负责，谁负责？"

一个愿打，一个愿挨。大雷看了看袁双，又看了看心甘情愿当小白鼠的杨平西，啧然叹道："爱情的力量真是伟大。"

◆ ◆ ◆ ◆

盛夏时节，黎山上草木葳蕤，气温节节攀升，山风里都挟带着几分灼人的热意。

天气一热，耕云的酒水生意就非常好。有些游客逛寨子，渴了会进店消费一杯喝的，钓月的住客也会上耕云来坐坐。

这天下午，大雷正在大厅里和住客们搓麻将，忽地听袁双和杨平西在前台发生了口角。其实也不算是口角，是袁双单方面输出，而杨平西只是顺从地听着，嘴角隐隐噙着笑意。

桌上一个住客有些担忧，问大雷："老板和老板娘没事吧？"

"没事。"大雷见惯不怪了，很有经验地说，"老板又败家了，老板娘训话呢。"

住客开玩笑道："看不出来啊，杨老板还是个'妻管严'。"

大雷也笑，附和道："何止啊，简直就是爱妻如命。"

傍晚，"爱妻如命"的杨老板找不到老板娘，以为她在钓月，正想亲自下山把人哄上来，不承想出了耕云就见她坐在山道的台阶上支着下巴看天。

杨平西两步并作一步走过去，在袁双身边坐下。

袁双心里还有气，往边上挪了一屁股，丢下一个字："热。"

杨平西看着身边人的侧影，故作颓然地把双手往身后一撑，重重地叹口气，说："冬天的时候说我暖和，夏天的时候就嫌我热了。"

"看来我就是个取暖的……所托非人啊。"杨平西自怨自艾，话里还夹着一丝笑意。

袁双果不其然被逗笑了，她转过头来，睨着杨平西说："你可不就是个取暖的，取暖器也就耗点儿电，比你省钱。"

"取暖器的功能没我齐全。"

袁双嘴快："你还有什么功能？"

杨平西只是笑，袁双意会，忍不住拿胳膊戳了他一下。

"还没消气？"杨平西见袁双回过身来，便侧过身来，低头看着她问。

袁双看着杨平西云淡风轻的模样，又是气闷，数落他："让你去卖酒，你倒好，一瓶没卖出去，全送人了，还是个陌生人。"

"现在是朋友。"

袁双气笑了："你是做生意去了，还是交朋友去了？"

"正好碰上聊得来的。"

袁双知道杨平西的性子就是这样，只要碰到聊得来的人就引以为友，会掏心窝子地对人家好。她虽然气他总是当冤大头，也常在他败家的时候数落他，但矛盾的是她并不想让他改变。杨平西显然也是知道这一点的，所以回回有恃无恐。

大雷常说杨平西对袁双百依百顺，可袁双对杨平西又何尝不纵容？

袁双无可奈何地轻叹，挪了挪屁股，主动靠近杨平西，问他："今天碰到的人是什么样的？"

"一个户外运动爱好者。"杨平西说，"他也爬过慕士塔格雪山，我们的向导还刚好是同一个人。"

袁双看杨平西表情愉悦，就知道他今天和那位新结识的朋友肯定相谈甚欢，她眉眼一舒，说："看来你们很合得来。"

杨平西颔首。

"比我还合得来？"袁双故意问。

杨平西轻笑："男人的醋，你也吃？"

"我现在不是以老板娘的身份问你，而是以朋友的身份问你。"

杨平西看着袁双，从容道："以你为标准，我大概交不到几个朋友。"

袁双闻言翘起嘴角，又问："我和你的其他朋友比起来，好在哪儿？"

杨平西沉思片刻，一本正经地说："身体也契合？"

袁双见杨平西又没个正形，气急之下忍不住扑过去，作势要教训他："我说了，我现在不是老板娘，是朋友！朋友！"

杨平西低笑出声，抓住袁双的手和她闹了会儿，最后才抬手拥着她，垂眼缓声道："袁双，你既是我的朋友，也是耕云的老板娘，这两个身份分不开。"

"作为朋友，你和我方方面面都合得来；作为老板娘，你和我又是互补的。"杨平西摩挲了下袁双的脸，轻笑道，"所以你既是我的'榫'，又是我的'卯'。"

对杨平西而言，有的朋友是"榫"，有的朋友是"卯"，但袁双兼之。

杨平西的话像一粒石子，投入袁双的心湖，让她的心湖为之一荡，眼底慢慢就透出了笑意。

"亦友亦情人"，他们对彼此而言的确是无可取代的。

夕阳西下，最后一缕余晖洒向大地，万事万物都在这点儿微光中显得温柔可人。

杨平西看着袁双眼里映着的碎光，像藜江的粼粼江水，脉脉含情，不由得行随心动，低下头吻向她。

"杨哥，双姐——"

杨平西和袁双的唇才挨着，大雷就急急忙忙地跑出来找人。看到正坐在山道上亲吻的老板和老板娘时，他顿时定住脚，噤了声。

袁双听到声音，立刻推开杨平西，她轻咳一声，故作淡定地看向大雷，问："什么事啊？"

大雷觑了眼正瞧着自己的杨平西，绷直了背，磕巴地回道："耕云……挂热搜上了。"

"啊？"袁双愕然，"我昨天发的那个酿制果酒的视频火了？"

大雷摇头，看了眼杨平西，说："下午有个很有名气的纪录片导演在网上发了条微博，说认识杨哥很高兴，就有网友扒出了耕云。"

袁双一听，立刻从兜里拿出手机上网看了眼，发现耕云还真在热搜上。她点进去看了下那个导演的微博，他其实并没有点名，只说在藜东南认识了一个很有意思的旅店老板，两人都爬过慕士塔格雪山，他们聊了一下午，非常投缘。这条微博还附带了几张照片，其中一张是导演的个人照，他坐在椅子上，手上拿着一罐酒。网友就是从这罐酒入手，按图索骥，找出了耕云，还连带着提及了钓月。

袁双扭头问杨平西："他就是你今天认识的朋友？"

杨平西扫了眼袁双的手机，点了点头，又笑一声，说："原来是纪录片导演。"

连对方是做什么的都不清楚，就和人称兄道弟，袁双哭笑不得，又觉得杨平西无心插柳，无意中反倒宣传了耕云和钓月。

大雷在一旁问："双姐，店里多了好多的订单，要不要确认？还有很多人打电话来问有没有空房……怎么处理？"

这个情况似曾相识，袁双思忖片刻后看向杨平西，朝他眨眨眼。

袁双一句话没说，杨平西却懂了她的意思，不由得一笑，颔首应道："嗯。"

"嗯？"大雷蒙了。

袁双扯起嘴角，对大雷说："订单都别确认，有人打电话来就说没空房了，你和阿莎、万婶还有孙婆婆、兰姐说一声，收拾收拾，我们……出门团建！"

大雷先是一愣，很快就懂了，乐呵呵地回了店里。

"想好了，关了店可不止损失几罐酒的钱？"杨平西噙着笑看向袁双。

袁双肉疼，但豁达道："人挑旅店，旅店也挑人，耕云和钓月要的是日日月月的温度，不是一时的热度。"

杨平西的耳边似乎听到了榫卯严丝合缝地扣上的声音。他眼神微热，忍不住托起袁双的下颌，低下头把刚才被打断的吻接续下去。

一吻毕，袁双低喘着轻声说："等这次团建回来，你得把亏掉的钱都给我挣回来。"

杨平西笑笑："任你差遣。"

袁双这才满意地哼一声，问："我们这次团建去哪儿？"

"你之前不是说想去藜南？"

"那择日不如撞日，明天就走。"

"行。"

"你在藜南也有很多朋友？"

"嗯。"

"你朋友这么多，我都认识不过来。"

"没关系。"杨平西抬手搂过袁双，笑道，"我们还有很多的时间，你可以慢慢认识。"

袁双顺势把脑袋靠在杨平西肩上，微微一笑："也是。"

金乌西坠，天上彩霞绚烂，好似万丈红练。

黎山的山道上有两道身影在漫天的霞光中依偎着，亲密不分。

出版番外·亦情人

和杨平西在一起的日子总是有滋有味的，她永远过不腻。

夏天的太阳才升起时，藜东南的气温正是最宜人的时候，不热不燥，风里还有凉意。

袁双早起，与往常一样，和杨平西一起出门遛狗，顺道去了钓月。她和兰姐聊了聊，确认民宿没什么事就放了心。

今天是镇上集日，有商贩从各处前来黎山镇摆摊儿。即使已经逛过好几回藜东南的集市了，袁双仍对赶集兴致不减，回回都能发现新奇的东西。

一大早，赶集的人不少，集市上人头攒动，吆喝叫卖声此起彼伏。袁双在前头兴致勃勃地探看，杨平西就牵着"宝贝"在她身后不紧不慢地跟着，时不时为她答疑解惑，给她介绍各种稀奇古怪的玩意儿。

逛到一个西瓜摊子前，袁双见摊子无人看管，桌上只摆着西瓜和一张付款码，那些大大小小的西瓜上写着不一的数字，显然是每个西瓜的价钱。

这摊主心够大的，全凭顾客的良心做买卖。袁双觉得这做生意的方式太熟悉了，不由得回头问杨平西："这摊主……不会是你朋友吧？"

杨平西微哂，回道："这是大雷的摊子。"

袁双纳罕："大雷？"

"他家里有一块瓜田，种的瓜吃不完，就会摆出来卖。"

袁双左右看了眼，都没瞧见大雷，便指了指桌上的西瓜，问杨平西："……这是你教他的？"

杨平西笑而不语。

"我就知道。"袁双半点儿不意外，嘀咕一句，"也不教点儿好的。"

她装模作样地拍了拍几个西瓜，也听不出什么名头，最后挑了一个最大的，扫码付了瓜上写着的价钱。

买了个西瓜和一些零零碎碎的东西，袁双和杨平西就上山回店里了。

大雷看到杨平西抱着个西瓜回来，讶然问："哥，你们买西瓜了？"

袁双故意说："这瓜是我们偷来的。"

大雷："啊？"

袁双憋着笑,说:"集市上有个卖西瓜的摊子,没人看管,瓜都被偷没了。"

大雷一惊:"那是我的摊子。"

"你的摊子你不好好看着?"

"这是杨哥教我的。"

"你学他做生意,不怕赔个底儿掉。"

大雷挠挠头,憨憨地说:"没事,几个西瓜而已,被拿了,我就当请人吃了。"

潜移默化的影响果然厉害,大雷现在都有些像杨平西了。袁双摇了下头,又是一笑。

夏季是旅游旺季,入住耕云的人多,很多住客会来询问藜东南可玩的去处。袁双在这儿待了两年,早就对各个景点了如指掌,就一一为他们介绍。

午后,一对带小孩儿的夫妻来找袁双,说他们许久不来,想好好逛逛寨子,但带着小孩儿爬上爬下的实在太累了,就问旅店的人能不能帮忙照看下小孩儿。

杨平西说,那对小夫妻是老熟客了,他们的蜜月都是在藜东南度过的,没生小孩儿的时候就经常来耕云小住。

既是熟客,袁双自然帮忙。

小孩儿还不到两周岁,走路都不稳当。旅店忙碌,没办法专门派个人看着他。万婶有带娃娃的经验,不知道从哪儿找出了一件"背扇",说是把孩子背上就省事了。

袁双还是第一回见到"背扇"这种东西,不由得从万婶手里拿过来一阵打量。万婶说,以前的人生了娃娃也要下地干活儿,孩子没人看管,就用"背扇"把娃娃背在身上,这样不耽误事。

万婶要打扫卫生,又要做饭,再背个娃娃实在太累了,袁双就主动说自己来背。

小孩儿虽然不大,但挺重。万婶舍不得袁双受累,就喊来了杨平西,说:"小杨啊,以后小双生了孩子是要你亲自带的,你现在就练习一下。"

袁双被万婶打趣惯了,这时候还朝杨平西抬了下下巴,谑笑着说:"听到没,赶紧背上。"

"这算适应性训练?"杨平西笑问。

"当然。"袁双故意说,"你要是适应不了,楼上那间房就别想住人了。"

杨平西闻言,立刻把小孩儿背在背上,万婶帮着把"背扇"绑好。

袁双看到杨平西人高马大的一个男人身上绑着五颜六色的带子,十分滑稽,忍不住笑开了。她拿出手机对着他拍了好几张照片,嘻着笑说:"还挺像那么回事。"

"我这是通过考核了?"

"早着呢。"袁双说,"你背着他到处走走吧,别弄哭了。"

旅店客人多,下午杨平西就背着个娃娃接待客人,不知情的人还以为这是他和袁双的小孩儿,有的人还打趣两句,说杨老板真是好男人,活儿也干,孩子也带。

杨平西不是爸爸,但胜似爸爸,照顾起小孩儿来有模有样的。他时不时回头逗弄孩子,还给唱儿歌,哄得小家伙呵呵直笑,最后乖乖地趴在他背上睡着了。

袁双看了熟睡的小娃娃一眼,轻声问杨平西:"背着累吗?"

"还行。"杨平西说,"比扛行李轻松。"

"看不出来,你还挺招小孩儿喜欢。"

杨平西挑眉,问:"怎么样,我适应得不错吧?"

袁双看他那嘚瑟样儿,憋着笑表扬他:"是不错,以后耕云就开设一个带娃项目,你就专门帮客人带小孩儿,这样肯定会吸引很多宝爸宝妈来住店,到时候又能多赚一笔钱。"

杨平西听袁双算盘打得噼啪响,无奈地一笑,问:"那我有什么好处?"

"你长经验了呀,"袁双说,"以后用得上。"

杨平西看着袁双的眼神一时炽热,问:"这算是承诺?"

"谁知道呢?"

袁双丢下轻飘飘的一句话,留杨平西在原地回味,继而无声地笑了。

这两天有个综艺节目制片人来耕云里住。当天下午,他找到袁双,说觉得黎山寨环境很好,氛围也轻松,想借旅店录一档慢综艺节目,问她愿不愿意。

晚上睡觉前,袁双就把这事和杨平西说了。

杨平西问:"你怎么回的?"

"我当然说,不愿意。"

杨平西不意外。

"那个制片人说黎山寨像个世外桃源,拍出来一定会很受欢迎。"

"世外桃源?"杨平西一哂,说,"这世上根本没什么世外桃源。"

袁双深有同感。

只要有人,就有生活,而生活是有苦有甜的,在哪儿都一样,只不过人们通常都会美化别人的生活,而忽视其中不完美的地方。

袁双侧着身说:"他想请几个明星入职耕云,到时候让他们经营旅店,展现下旅店的日常。他才在寨子里住了两天，对黎山寨的认识一定很表面，而且他都没摸清耕云的命脉是什么，以为请了明星来旅店，店里还能像现在这样。"

杨平西听完一笑，问："耕云的命脉是什么？"

"你呀。"袁双理所当然道。

"'榫'和'卯'，少一个都不行。"杨平西看着袁双说。

袁双明白他的意思，眼睛一弯，笑着接道："还有万婶、大雷和阿莎。"

"黔东南苗寨那么多，吊脚楼大差不差的，不一样的只是里边的人。"袁双说。

杨平西颔首。

袁双托着下巴，说："我看他在网上发了几个耕云的视频，估计这几天又会有一些人跟风过来。"

杨平西挑眉："避一避？"

袁双点头，说："正好有一阵子没团建了，上半年大雷他们也挺辛苦的，带他们出去玩玩。"

"行。"杨平西没意见。

袁双躺在床上，忽地又叹一口气，说："那个制片人说要请的明星里有个我挺喜欢的小偶像来着，可惜了。"

杨平西看她，问："男的？"

袁双点了下头，故意说："很帅的，我差点儿就松口答应了。"

杨平西似笑非笑地瞧着她，问："我现在出道去？"

袁双憋不住，笑出声来，抬手摸了下杨平西的脸，说："我看行，到时候你去选秀，我带着店里的客人一起给你'打投'。"

袁双尽说些没谱的话，杨平西还附和着开玩笑，他们胡侃了会儿，乐得在床上打滚。

半晌，袁双说："还是算了，当偶像规矩太多了，随随便便就失格。我呀，还是更喜欢逍遥自在的杨老板。"

杨平西心头一动，忍不住压过去，在她脖颈处的月亮文身上轻轻咬了一口。

隔天，袁双和大雷他们说了团建的事，大雷他们都很高兴。耕云关门谢客也不是一回两回了，这流程他们都熟，一个上午就把事情搞定了。

耕云的事安排好了，袁双又拉上杨平西下山，打算去钓月看看。

耕云的人加上钓月的人，一辆小轿车肯定坐不下。袁双就和杨平西说："你得去借车。"

"好。"

袁双想了下，忽地说："杨平西，不如我们买一辆大一点儿的新车吧，你那辆小破车，我第一眼看见的时候就想让你换了。"

杨平西闷笑："有那么嫌弃？"

"要不是我当时找不到别的车，我指定不上你的车，看上去就不是正经人开的。"

"难怪你上车那么防着我。"

"主要是怕你见色起意。"袁双轻哼。

"你当时那打扮……"杨平西回想了下，笑道，"我以为是来藜州躲债的。"

"去你的。"

一个引子，袁双就回想起了和杨平西初相识的场景。他们之间没有生疏尴尬的时期，很自然地就从陌生人过渡到了好友阶段，之后一路吵吵闹闹地走到了现在。袁双觉得，和杨平西在一起的日子总是有滋有味的，她永远过不腻。

"杨平西。"袁双突然喊道。

"嗯？"

"既然要出门，不如我们就顺便把证领了吧，不然以后要专门抽时间去一趟，耽误挣钱。"袁双的语气如常，就像在说今天的天气一样。

杨平西一怔，很快畅畅快快地笑了，点头应道："行。"

"杨老板，你可想好了，这买卖划算吗？"

"你又不是第一天认识我，我做买卖只在乎值不值得。"杨平西拉着袁双的手，笑意盎然道，"真心换真心，让你当老板娘，稳赚不亏，值得。"

"算你识相。"袁双也笑。

她被杨平西拉着快步往山下走，最后几乎是在小跑，不由得喊道："你跑什么？慢点儿。"

"晚了民政局就关门了。"

袁双难得见杨平西着急，失笑道："这才几点，我看你是怕我反悔。"

杨平西站定，回过头，忽而正经地问："袁双，你想清楚了？"

袁双看着杨平西，一时间脑海中闪过很多画面，最后定格在千户寨的集市上。那天他说，他们的关系是"亦友亦情人"。两年过去了，袁双知道，再也不会有人能像杨平西一样，和自己这么契合。

"走吧，再磨蹭真关门了。"

杨平西释然一笑，再次拉着袁双往山下走，奔向又一个好天气。

图书在版编目（CIP）数据

耕云钓月 / 叹西茶著. -- 南京：江苏凤凰文艺出版社，2023.12
ISBN 978-7-5594-8028-6

Ⅰ. ①耕… Ⅱ. ①叹… Ⅲ. ①长篇小说 - 中国 - 当代 Ⅳ. ① I247.5

中国国家版本馆 CIP 数据核字（2023）第 190375 号

耕云钓月

叹西茶 著

责任编辑	白　涵
特约编辑	丛龙艳
装帧设计	吴思龙 @4666 啊
特约印制	赵　明　赵　聪
出版发行	江苏凤凰文艺出版社
	南京市中央路 165 号，邮编：210009
网　　址	http://www.jswenyi.com
印　　刷	天津中印联印务有限公司印刷
开　　本	880 毫米 ×1230 毫米　1/32
印　　张	10.75
字　　数	390 千字
版　　次	2023 年 12 月第 1 版
印　　次	2023 年 12 月第 1 次印刷
书　　号	ISBN 978-7-5594-8028-6
定　　价	52.80 元

江苏凤凰文艺版图书凡印刷、装订错误，可向出版社调换，联系电话：025-83280257